U1007512

2017中国年度小小说

任晓燕　秦俑　赵建宇　选编

漓江年选 ■ 品质阅读 ■ 恒久珍藏

漓江出版社

目录
contents

001 / 编选前言　秦　俑
001 / 归　航　陆颖墨
004 / 花　镜　刘庆邦
008 / 一盏马灯　薛培政
010 / 沉　默　阿　成
013 / 论王石头的重要性和非重要性　非　鱼
015 / 七　妹　大　解
017 / 聂　耽　聂鑫森
021 / 台上坐着个杀人犯　邓洪卫
024 / 梁三丫头的爱情　陈源斌
026 / 凤　凰　乔　叶
030 / 滴血残卷　次仁罗布
032 / 捉迷藏　石舒清
036 / 尘　缘　吴克敬
039 / 永不掉队　谢志强
042 / 有兔子的田野　陈　毓
045 / 云　品　方英文
047 / 酒里金刚　海　飞
051 / 蓝莓谷　津子围
053 / 梁上土　郑彦英
055 / 最会讲故事的人　秦　俑
058 / 白　鹿　申　平
060 / 糖　纸　孙春平
063 / 懒　爷　刘建超
065 / 神奇女友　周洁茹
067 / 少年与猫　安石榴
069 / 父亲是一盏灯　崔　立
072 / 债　戴　希
074 / 失语的秋天　符浩勇
077 / 群山之巅　何君华
080 / 黄　雀　胡　炎
083 / 陈官庄的枪声　李士民
086 / 风　景　金　光
088 / 轻度近视　黎　晗
090 / 苏同学　李　方
093 / 熬　冬　江　岸
096 / 云　刘国芳
098 / 牌　局　苏　北
102 / 小米窝头　刘　泷
104 / 三　年　芦芙荭

106 / 治　军　吕啸天
109 / 沉香佛珠　马宝山
111 / 第八颗牙齿　秦德龙
114 / 法医李炎　刘立勤
116 / 胸　片　万　芊
119 / 世界末日前夕　王　溱
122 / 顺　路　王琼华
125 / 放蜂人　王　往
127 / 修车老汉　韦　名
130 / 恋上你的床　夏　阳
133 / 遗　训　相裕亭
136 / 到乡下干几天农活儿　谢大立
139 / 陀螺王　徐水法
141 / 信　许　锋
144 / 硬打三分　许福元
148 / 堂　号　袁炳发
150 / 卜　白　袁良才
154 / 鞋匠李老歪　袁省梅
156 / 朵　田　赵长春
158 / 世　界　周海亮
160 / 马蹄铁　朱雅娟
163 / 手机是你的器官　安　谅
165 / 湿漉漉的雨　陈　敏
167 / 你真的敢报警啊　邓耀华
169 / 浮城慢光阴　郭震海
172 / 自画像　海　华
174 / 太阳一族　何一飞
177 / 蓝花花　红　酒
180 / 工　钱　侯发山
182 / 迷路的人　胡金洲
184 / 没事请到丰城玩　季　明
187 / 俩县长　李立泰
189 / 小偷之死　李伶伶
191 / 一筐杏子　李永康
194 / 老　团　李永生
196 / 飞　虎　练建安
199 / 贼知道防贼　刘正权
202 / 唐木匠　马　犇
204 / 机器人罢工　马　卫
207 / 那　马　孟宪歧
210 / 灵魂师　墨中白
213 / 门当户对　宁　柏
215 / 一件军大衣　欧阳明
217 / 天鹅都去哪了　庞　滟
219 / 北方馒头　申　弓
221 / 奶汤蒲菜　宋以柱
224 / 教授付天一　苏　平
227 / 海鲜为什么是腥的　唐丽妮
230 / 一枚铜钱　歪　竹
232 / 爸爸回来了　王明新

234 / 微信时代的爱情 王培静
237 / 帮　忙 王孝谦
239 / 扁担王 韦如辉
242 / 包子的香味儿 伍中正
244 / 桃花流水鳜鱼肥 肖建国
247 / 良心价 胥得意
250 / 说谎者说 徐均生
252 / 吐金子的人 徐小红
254 / 响　担 杨海林
257 / 那儿好像有棵树 杨轻抒
260 / 刺　青 远　山
262 / 杨小黎 赵明宇
264 / 原　形 赵淑萍
266 / 癞蛤蟆的梦想 朱红娜
268 / 肥胖症 阿　社
270 / 关于爱情之她见 彩　红
273 / 牧　羊 曹隆鑫
275 / 老母子 岑燮钧
278 / 家 长白山
281 / 影　子 陈婷婷
283 / 乡　愁 陈小庆
286 / 刺　眼 陈振林
288 / 比如生活 飞　鸟
290 / 锦　衣 高沧海
293 / 最浪漫的事 红　鸟
295 / 杨花在秋天消失 侯建臣
298 / 连心诀 荒　城
301 / 同学会 黄克庭
303 / 白　露 李忠元
306 / 红鞋子和口琴 李卓群
308 / 卧龙锥 刘博文
311 / 大卫混书 刘会然
313 / 城里乡下 刘　平
315 / 老哥儿仨 刘向阳
318 / 门口有棵槐树 麦浪闻莺
320 / 阿　宝 砌步者
323 / 孤山上的老狼 张红静
325 / 鞋匠阿三 鹿禾先生
327 / 乡村兽医师 墨　村

编选前言

秦　俑

编完 2017 年度小小说年选本，照例有一些话想说。

曾经有人做过统计，全国发表小小说的报刊阵地有数百个，其中包含专业小小说期刊十余种；常年参与创作的小小说作者有数千名，且分布于不同区域不同行业不同年龄段；每年在各类各级报刊上发表的小小说作品数量逾万篇，而在网上发布被不停转发的作品则不计其数……这一方面说明当下的小小说整体态势仍然繁荣，小小说作家的创作还是很活跃；而另一方面，也显示出小小说的报刊、图书在编选过程中，可能需要做更多的工作，付出更多的努力。于我们而言，《小小说选刊》从数百种报刊中遴选佳作，一年能选发的作品最多也就是七八百篇，再到年选本的一百多篇，算得上是优中选优，精益求精了。

在 2017 年度年选本编选过程中，有几个现象引起了我们的关注：一是部分小说名家积极参与创作，涌现出了一批高质量的精品力作。这得益于《百花园》改版之后，每期都在头题推出一位鲁迅文学奖得主的小小说力作，吸引了刘庆邦、阿成、陆颖墨、乔叶、次仁罗布、石舒清、吴克敬、大解、郑彦英等当代文学名家来关注与创作小小说，这对于提升当下小小说创作的文学品质，起到了非常好的引领作用。二是一大批年轻作者通过自媒体方式闯进我们的视野。微博、微信公众号、天天快报、今日头条等自媒体的兴起，让手机成了小小说创作新的孕育基地。年轻作者们纷纷将自己的作品在网上公开首发，不仅赢得了点击与转发，而且为编者、作者、读者的交流互动提供了一种更为快捷的方式。《小小说选刊》官方微信公众号上线之后，出现了一系列群体性微信公众号，其中“我们都爱短故事”“活字纪”等公众号坚持原创首发，为小小说的未来发展开拓了新的思路。三是“80 后”“90 后”作者的重新活跃，让小小说文体看到了新的曙光。这几年来，各大报刊都开始加大了对新作者的关注力度，纷纷以专栏、专辑、专刊来推出更年轻一代的小小说作家；一些报刊相继推出函授、网络教学等培训服务以及各种形式的征文大赛，也给年轻作者的崭露头角提供了迅速成长的平台与环境。当然，小小说三十余年的繁荣发展，一直都是多方合力的结果。有识之士的倡导、报刊阵地的坚守、作家队伍的延续、评论理论的观照、文体的规范与创新、文本的深度开发、全媒体的发展趋向，以及怎么与国内外大的文化、文学背景相适应，这些都是小小说未来发展需要认真思考并积极面对的课题。

一年一度的年选本，相当于是一年一次对全国小小说创作成果的梳理与展示，对于小小说的阅读、收藏与研究来说，是很有意义的一件事情。当然，由于编者视野与能力所限，难免会有遗珠之憾，也欢迎广大读者、作者给我们提出更多宝贵的意见。

2017.12.5

归　航

陆颖墨

巨浪猛扑过来，掠过右甲板，迎头浇盖了整个舰桥。舰长肖海波心头一凛，死死盯着右边的海面。一个巨浪更加猛烈地狂扑过来，舰身大幅度左斜。他扶牢站稳，对那个把身躯捆在铁座椅上的操舵兵果断下令：“右满舵！”

海情这么糟，一切都在预料之外。从日本海过来的台风“丽莎”，原来预测是九级，所有舰艇全部驶离军港，进入防风锚地。没想到，风力骤升到十一级，上级命令机动防台防风锚地的五艘驱逐舰、八艘护卫舰迅速撤离驻泊海湾。偏偏，肖海波的西昌舰却无法离开，围着防风水鼓来回打转。

西昌舰是新型驱逐舰，肖海波任舰长已有三年。他知道，一般的台风对他和西昌舰来说，不算大事。但他下达出航命令时，立即感到了异常：兄弟舰很顺利地解缆起锚，西昌舰却无法解开缆绳离开防风水鼓。“丽莎”风向向南，机动防台必须顶风，军舰统一迎着台风向北航行就可以了。西昌舰遇到的麻烦是，一股更大的台风从偏离航向九十度的方向扑来。巨浪一次次冲上甲板，水兵根本无法过去解开缆绳。肖海波马上感到：军舰被狡猾的土台风咬住了。

军舰左右猛烈晃悠，有几次和钢铸水鼓擦肩而过，有些水兵开始慌神。一个老水兵在腰上系好保险带，要冲出舰桥，试图在巨浪间隙中解缆，他半个身子刚出舱门，肖海波一把把他拽回，吼道：“想喂鱼呀?！”

怎么办？肖海波自己把头伸出舰桥舱门，看着缆绳那侧的甲板随波浪上下摇摆。那几千吨的水鼓上拽住军舰的缆绳异常结实，随着风浪和军舰的摇摆，缆绳一下子沉入水中，一下子又划破海面从水里跳出，绷得笔直。突然，一个更大的浪扑过来，缆绳猛地蹦出拉直，肖海波一咬牙，一把斧子从他手中飞了过去，斧刃准确地砍中了绳子的中间，但舰身随着波浪左斜，绳子也开始下垂，斧刃和缆绳的撞击远远没有产生应有的力度，滑过去了。

手里只剩一把斧头了！肖海波握住斧把的手有些颤抖，如果这次失败，要不了半小时，更大的风浪就要过来，西昌舰就只能和钢铁铸就的水鼓不停地碰撞了……

台风不允许他犹豫，他对自己说："你能行，一定能行！"缆绳刚弹出水面，斧子飞过去，在缆绳绷得最直时，一下子被砍断了！

西昌舰像脱缰的野马，飞速驶离锚地。

一团蓝色火球从远处的海面滚过，不一会儿传来一阵闷响，是滚地雷！滚地雷是南太平洋特有的怪物，沿着海平面乱串，一般避雷装置对它没用。西昌舰设备先进，不怕。但看到了滚地雷，肖海波更加断定今天这土台风来者不善。不一会儿，像是为了印证他的判断，更猛烈的风变换着方向来回推揉着舰身，能听到舰上的龙骨在嘎嘎作响。巨浪中，几千吨重的西昌舰像一叶小舟，前挑后撅，左晃右摆。有两次，倾斜角度超过了六十度，似乎就要翻身沉入海底，但它还是倔强地回过身来，昂起舰首。

现在，无关人员都撤离了舰桥。电报员只能趴在地上发报，肖海波也只能抱着柱子，努力不让自己滑倒。他有点慌神，但很快镇静下来。海情简单时，不能大意；海情复杂时，千万不能害怕！眼前，土台风像一条毒龙死死缠上了西昌舰，四面都有飓风巨浪的重围，怎么也冲不出去。

他久久凝视着海面。

突然，他腾出左手，揉了一下眼睛，又揉了一下，心里一动。

他连忙问操舵兵："看见左边那个大旋涡了吗？"

操舵兵立刻点头。

"就朝那儿开！执行命令！"

没有犹豫，舰艇马上左拐三十度，猛一加速，一下子冲进了那片有旋涡的海面。好像，舰身变得平稳起来。

肖海波长嘘了一口气：又一次判断正确。

现在西昌舰到了土台风的中央，在台风中心，风力是最小的。

舰桥里的几个兵，管舵向的、管速度的、管航线的、管报务的等，都回过神了，用钦佩的目光看着他们的舰长。肖海波羞于接受这种钦佩：暂时是安全了，但依然在最危险的地方。下一步怎么办？副舰长早让他派到了轮机房，那里非常重要，舰桥是军舰的脑子，轮机是军舰的心脏。台风刚来时，有几个新兵晕船呕吐，吐出了胆汁。舰医出身的舰政委就是有办法，思想和身体一起调理，把他们算是稳住了，到现在也没人惹麻烦。

台风中心在朝西移，但具体方向老是变来变去，肖海波只能凭自己的经验，指挥着军舰与台风中心同步西移。

什么时候风能小下去呢？这是他现在最想知道的问题。土台风无法预测，上级也没法告诉他。怎么办呢？忽然，他心中一阵发空，几乎同时，他听到报告："舰长，我舰已进入公海！"

每次离开祖国的领海，肖海波都会感觉心里空空的，但现在立刻变得沉重了——由于高度紧张，不知不觉在台风中心已航行八个小时了。以往对付土台风，如果冲不出去，就拖时间，台风闹腾一阵，就会慢慢变弱。而今天这个土台风，看样子绝非善类，铁了心让军舰跟着它走。再这样被台风胁持着漂下去，不知会漂到哪个国家！还有，航道上会不会遇到暗礁？肖海波的心揪了起来！

新舰服役时，首长对他和舰政委说过：这么好的家当，就由你们收拾了。记住，军舰只要一离码头，不管遇到什么难处，不能指望别人，要靠自己过硬的本领！是的，靠自己。

肖海波脑中飞速盘算着。台风是旋转的，冲出去就必须顶着风，还要同时朝外围偏离。台风旋转无规律，要突围，军舰的速度和航向只能靠他的即时判断，稍有差错，军舰就可能被掀翻。他深情地看了看身边的几个操作兵，他对每个人都了如指掌，但是在这生死关头，他们对我这个舰长有没有信心？

肖海波下达了突围命令。几个兵都没吱声，只看了他一眼，他用眼神给予了回答。按规定，遇到突发海情，航线变化都是合理的。上级也来电指示，让他们根据具体情况处置。

很快，军舰调过身来，冲进了狂风巨浪。庞大的舰身，在肖海波和水兵们的操纵下，竟然变得如此灵活！不管风向怎么变，巨浪怎么打，舰首总是紧紧咬住台风的风头。台风好几次绕到了舰身的左侧，想咬住它，把舰掀翻，就是没有成功。舰首和左甲板都像勺子一样伸进了巨浪，但是每一次都把巨浪的牙齿击碎。每一次快要冲出台风圈的时候，总有一个更高的巨浪张开大口，似乎要把西昌舰吞掉。肖海波知道这张大口的后面，就是平静的海面。他终于下定决心指挥操纵军舰冲进了那看似凶猛的大口……

突然间，舰身一震，恢复了期待已久的平静。肖海波眼睛一闭，凉凉的东西从他的面颊流下。他回过头去，看到身后的海面上，一条“巨龙”翻滚着远去。再回过头来，霞光万道，风平浪静，一条金色的航道在前方展开。

“向着祖国，归航。”他呢喃了一声，但水兵们都听到了，响亮地回答：“归航，向着祖国！”肖海波忽然意识到，他下达的这个命令，是他当兵以来，声音最轻的命令。

（选自《百花园》2017 年第 8 期）

花　镜

刘庆邦

燕奶奶的头发花了，眼也花了。头发花的表现，是白头发越来越多，眼看就要从一头“黑花”变成一头“白花”。眼花的表现呢，是眼珠子上像涂了一层面糊子，看啥都是模模糊糊的。头发花就花了，无所谓，反正头发是无用的东西，花开花落随他去。眼睛花了，就有些麻烦。一只苍蝇在屋里飞来飞去，飞得嗡嗡的。从声音判断，这只苍蝇个头儿不小，是那种让人讨厌的绿头红眼的大家伙。她抄起蝇拍，想把苍蝇打死。可她只听见苍蝇振翅飞翔的声音，就是看不清苍蝇在哪里。她左拍一下，右拍一下，每一下都落了空，不但没把苍蝇打死，苍蝇弄出的响声反而更大了。苍蝇像是和她做起了游戏，仿佛在说：“来呀，来呀，你个花眼的老太婆，我在这里呢！”

“看你往哪里跑，我今天非打死你不可！”有点儿执拗劲儿的燕奶奶，终于把苍蝇打死在厨房的墙上了。她要把粘在墙上的苍蝇尸体捏下来，一捏，原来是一个钉在墙上的锈蚀的钉头儿。

眼睛花成这样，燕奶奶买一副老花镜戴上不行吗？戴老花镜行是行，问题是，她不认为自己的眼花是个问题。她的儿子在井下处理哑炮时受了伤，两只眼睛啥都看不见了。比起儿子的眼睛，她白天能看见太阳，晚上能看见月亮；看树还是绿的，看花还是红的，戴不戴老花镜有什么关系呢！虽说她的眼睛看不清苍蝇和蚊子了，恐怕也是老天爷的安排，自己活着，也得给苍蝇、蚊子留一条活路不是？还有，她挣钱不容易，舍不得把钱花在买老花镜上。儿子双目失明后，挣钱少了，她就开始到处捡废品。废品不是钱，但她把废品捡多了，就可以换成钱。比如说捡十张废报纸吧，交到废品收购站，就可以换到一分钱。白铁皮做成的瓶盖子不是钱，有一次，她把别人踩扁在地上的一个瓶盖子当成了钱，心中一喜，心里说这不错，捡废品还能直接捡到钱。她弯腰把钱捡起来，想看看是一毛还是一块——奶奶的，远看像个钢镚子，近看原来是一个破瓶盖子。破瓶盖子她也舍不得扔掉，放进了盛废品用的蛇皮袋子里。把和钢镚子模样差不多的瓶盖子攒多了，也能卖钱呢！

眼看她的眼花得越来越厉害，曾有熟人劝她买一副花镜戴。她问人家：“买一副花镜多少钱？”人家告诉她：“花镜有贵的，也有便宜的，贵的几百上千块，便宜的也就几十块钱。”燕奶奶把熟人的鼻子和眼看一看，见熟人的鼻子还是鼻子眼还是眼，就说：“没事儿，再等等吧。”

居民小区门口放有一只绿壳子的塑料垃圾箱，燕奶奶每天都要往垃圾箱里看一看，在垃圾箱里扒一扒。在她看来，垃圾箱简直就是百宝箱，她在“百宝箱”里捡到过鞋子、袜子、帽子、铅笔、钢笔、圆珠笔，还捡到过耳机、收音机、照相机等。凡是人们使用的东西，垃圾箱里差不多都有。好玩儿的是，有一天，她竟在垃圾箱里捡到了一副眼镜。她几乎认定，这副眼镜应该是一副花镜。老天爷真是有眼哪，正当她需要花镜的时候，就给她送来了一副。镜框是黑色的，眼镜腿也是黑色的，她拿起眼镜看了看，觉得这副眼镜真不错，整个眼镜通透得跟没装镜片子一样。她把镜片子摸了摸，不由得笑了，大拇指摸到了二拇指，原来真的没装镜片子，只是两个圆形的空框子。

中秋节那天，二儿子和二儿媳从市里到矿上来看望燕奶奶，燕奶奶把捡到空框子眼镜的事当笑话讲给二儿媳听。大儿子出事故后，大儿媳已离家一去不返，只有二儿媳还时常来看望她。二儿媳在市里的晚报社当记者，愿意听一些新鲜有趣的事。燕奶奶摸准了二儿媳的胃口，二儿媳每次来，她都会讲一些新鲜有趣的事给二儿媳听。这次讲完了空框子眼镜的事，燕奶奶还把那个空框子拿给二儿媳看，问二儿媳能不能找两个镜片子装上，她当老花镜戴。二儿媳把空框子看了看，说："这是儿童玩具，框子上没有槽儿，没有装镜片子的地方。"二儿媳认为，婆婆的确该配一副花镜了。她说："这样吧，我下午带你去市里的眼镜店，让人家给你验验光，配一副花镜。"

"我听人家说，买一副花镜得花好几十块钱呢！"

"妈，这个您就不用管了，一分钱都不让您花，就算是我送给您的礼物。"

二儿媳带燕奶奶来到市里的一家眼镜店，又是验光，又是挑镜框，又是选镜片，算下来，配一副眼镜竟需要八百九十块钱。老天爷，这怎么得了！燕奶奶心疼坏了，也感动坏了，两只有些塌坑的眼眶里顿时涌满了泪水。燕奶奶的孙子叫小明，她习惯把二儿媳叫成小明他婶子，她说："小明他婶子，咱挑便宜的随便买一副，凑合能戴就行了，眼都老成这样了，哪里配得上这么贵这么好的眼镜呢！"

"眼镜天天戴在眼上，哪能凑合呢？买就买合适的。"二儿媳把花镜给婆婆戴上试了试，问，"怎么样，清亮吗？"

"清亮，清亮得跟年轻的时候一样。"戴上花镜的燕奶奶不看别的，只看着二儿媳，看了眉毛看眼睛，看了眼睛看睫毛，说："我就看着俺小明他婶子好看。”

二儿媳的眼睛笑得弯弯的，说：“您看得我都不好意思了。”

过了几天，燕奶奶一个人到眼镜店来了，要求把花镜退掉。营业员问她为什么，她说：“花镜戴着不合适，头晕。”营业员不给她退，她自己先退了一步，让人家给她换一副。营业员说：“穿过的袜子戴过的眼镜，用过就不能再换了。”燕奶奶不跟人家吵，也不跟人家闹，她的办法是，人家不给她换眼镜，她就待在眼镜店里不走。她还提到，自己患有高血压，千万别晕倒在眼镜店里。营业员拗不过她，到底给她换了一副价值只有六十多块钱的花镜。不过，人家没有把两副花镜的差额款全部退还给她，扣了她一百多块钱的折旧费，只退给她七百块钱。能拿到七百块钱，燕奶奶好像已经很满意，一再对眼镜店的人说：“谢谢啊，谢谢啊，给你们添麻烦了。”

城是小城，眼镜店有位女营业员认识燕奶奶的二儿媳，还知道燕家的二儿媳是位有名的女记者。有一天营业员碰到了女记者，对她说：“你婆婆把你给她买的花镜退了，换了一副便宜的花镜，你知道吗？”

二儿媳一点儿都没有表示惊奇，也没问为什么，只是说：“这老太太，肯定又是为她孙子攒钱。一次为她孙子花一千块钱都舍得，为她自己花一分钱都心疼。”二儿媳不会忘记，嫂子跟哥离婚时，本来要把儿子小明带走，不料婆婆舍不得自己唯一的孙子，不吃不喝，哭得一次又一次背过气去。眼看就要出人命，嫂子才把小明给婆婆留下了。当时小明还在上幼儿园，眼下燕小明已经是一名高中生。孙子上的年级越高，花销就越大，买一双鞋几百块，买一部手机几千块。只要孙子提出要什么，奶奶就尽量满足孙子的要求。哪怕孙子想要天上的星星呢，她都想给孙子摘下一颗来。就算她没有上天的梯子，借做梦的机会也要为孙子摘一颗星星。这个老太太呀，真拿她没办法。

二儿媳又去矿上看婆婆时，没敢提老花镜的事，担心婆婆会回避这个话题。不料，婆婆却主动说起了花镜，说人老了戴上花镜就是好，以前人从对面走过来，她连男女都分不清，现在她不但能分清男女，连年轻的还是年老的都分得出来。

二儿媳说："只要您觉得好就好。我听说，人的眼会越花越厉害，对花镜度数的要求也越来越高，等您啥时候觉得这副花镜不合适了，我带您再去配一副。"

（选自《百花园》2017 年第 10 期）

一盏马灯

薛培政

我到 C 市干休所采访"老边防"梁英才，发现他家卧室的墙壁上，挂着一盏老式马灯，看上去与室内的现代陈设极不协调。

梁老的老伴儿打趣道，自打老头子回到内地后，这盏马灯就再没点燃过。老头子却拿它当宝贝，隔几天就拿下来擦拭一番，还捧在手里左右端详，像欣赏宝贝似的。

见我对这盏马灯好奇，梁老便将马灯从墙上摘下来捧在手中，给我讲了一段往事——

那是 20 世纪 70 年代初，26 岁的我担任了连指导员。暮春的一天早上，尚未吹起床号，通信员便将我推醒，通知我到团部接受一项紧急任务。

当我快步赶到团部时，团长已在那里等候我了。团长告诉我，根据气象预测，今年天山天池冰面解冻可能要提前。他随即命令由我带队，以最快的速度将山上伐下的木材，用马匹通过天池冰面运到对岸，为战备施工备足木料。

当我带领两个排的兵力赶到天池边时，才发现作业的艰难程度远远超出了我们的想象。这次要往山下运送的木材，都是 6 至 10 米长、粗得一个人都抱不过来的松木。近似原始的运输方式，是在木材的一头钉上数个铁耙，用绳索系牢套上马匹拖过冰面。要将堆积如山的木材全部运到天池对面，至少需要一个月。

当运输进入后期时，我们不愿看到的一幕出现了：随着气温逐渐升高，天池出现了解冻的迹象，放眼望去，湖面上的裂纹清晰可见，并不时发出阵阵冰裂的声音。

天池平均水深60余米，最深处约105米，因属高山湖泊，水温较低，假如人或马匹不慎坠湖，几乎没有抢救的可能。

任务紧急，情况突变，向上级请示已经来不及了。如果停止运输，剩余的木材只能等到冬季封冻时才能运出，势必会影响战备工程的进度；若是按照原来的运输方式作业，造成伤亡怎么办？我心急如焚，在天池边踱来踱去，虽有寒风吹过，但仍感到身上一阵阵燥热。

经过一番深思熟虑后，我决定利用夜间气温低，浮冰间再次形成封冻连接，天池冰面相对固定的时机，组织展开夜间作业。

夜幕渐渐降临，呼啸的寒风夹着雪花扑面而来。漆黑一片的冰面上，别说战士难以行进，就连拉木头的马匹都扭动着身子不愿前行。

见此情景，我瞬间做出第二个决定：由我提着马灯走在前面开路，大家看着灯光，跟我保持距离连成一线行进。如果一旦看不见灯光，要赶紧卸下木材，立即返回原地，大家记住了吗？

“记住了——”在这罕无人迹的天山上，战士们那悲怆的回答响彻旷野，我感到肩头上有千钧的压力。

我提着这盏马灯在前面挪动，身后运木材的人员和马匹形成一条长龙，渐渐向天池对岸靠近。

就这样经过两个整夜的紧张抢运，终于将所有木材运到对岸。这时人困马乏，都盼着早点儿返回营区休整。

我顾不上歇息，再次来到天池边，仔细观察了现场情势后，回到队伍前做出了第三个决定：原地进行短暂休整，备足两天的干粮，准备翻山绕道返回营区。

“指导员，咱们昨夜不是才从冰面上过来了吗？这回又是轻装返回，不会出事的！”几个老兵劝我道。

“您看俺们都劳累成这样了，为啥有近道不走，非要绕远路自讨苦吃呢？”有的战士也发起了牢骚。

…………

在稍作休整、备足干粮之后，我铁青着脸向着队伍下达了命令：“同志们，上级赋予我们的任务已经完成，团首长在等待着我们安全返回。现在湖面上的情况已经发生变化，我们任何人都不能盲目蛮干，做无谓的牺牲，我必须把人员、马匹一个不少地带回营区，开拔——”

两天后，当我站在营区门口，看着所有人员和马匹安全进入营区后，竟一头晕倒在地……

若干年之后，当那些身处天南地北、已是子孙满堂的老战友，偶尔与我见面或电话联系时，总少不了提起这档子事，都认为我当年提着马灯在前面开路，颇有些“壮士一去不复返”的豪情。

“其实，当时我也后怕。上有年迈的父母，下有即将分娩的妻子，倘若我那夜掉进湖去，对他们的打击可想而知。可是，想想担负的任务，再看看身边的战士，作为指挥员，我别无选择。所幸的是，我把他们一个个安全地带回来了！”

抚摸着那盏马灯，诉说完这段往事，梁英才微眯的眼里充满了笑意。

（选自《军事故事会》2017年第6期）

沉　默

阿　成

年轻的时候（当然现在也不老），有个爱吃牛羊肉的朋友。我们俩关系处得挺好的，只是我没他有心眼儿。他挺鬼的，还好甩脸子。的确，有的人生下来就觉得自己应该是别人的领导。他就属于这一类人。总之，我在他面前有点儿仰之鼻息的样子。但是，坦率地说，我们是酒肉朋友——应当这样认识，人的一生不交几个酒肉朋友也是个遗憾，食性男女嘛。

我们经常一块儿去下小馆儿。您别皱眉头，年轻人不下小馆儿干什么呢？光去图书馆，光写诗写小说，那经济发展这一块怎么办？诗和小说能让中国人实现中国梦吗？再者说，小酒馆儿也是青年人畅谈人生理想、畅谈是非、展示个性的重要场地之一。

因为我这个朋友爱吃牛羊肉，我也只能跟着他去吃牛羊肉。我对牛羊肉的喜爱，全是他硬给培养起来的。顺便说一句，我还是挺欣赏他的，他能心安理得地靠批评与挖苦别人过寻常的日子，这本身就不寻常。我不行，议人议事的时候，偶尔说走了嘴，脸就红了，心理特脆弱。

我们常去的饭馆是赫赫有名的“北来顺”。那是一家清真的馆子。现在我很久没去了，不知道变化没变化。但当年的“北来顺”挺好的，食客批评他们什么，不管对不对，都没事儿，不赶你走，也不骂你，也不跟你叫号，更不会拳脚相加，拽你的头发，打你的耳光。绝无此事！“顾客之家”嘛。不像现在的一些饭店或什么“厅”、什么“厦”，到处都挂着“顾客是上帝”。可谁是谁的上帝哟？净瞎扯！而今，“上帝”这个词儿几乎成了奸商插在自己胸前的玫瑰花了。

我和我的这个爱吃牛羊肉的朋友，只要去“北来顺”，就一准上二楼。二楼的食客多是年轻人。一楼则是大众小吃，就餐的多是一些中老年人和暗恨城里人的县城及乡下的兄弟。我还记得一楼那个年岁大的服务员唱菜唱得特幽默。比如他唱道：“羊汤一碗——”接着又唱：“大碗羊汤小碗装，多来干的，少来汤！”二楼就不唱这个。二楼的年轻人就是喝酒，什么大碗小碗的，你他妈的瞧不起谁呀你？

我们要的菜，都是按照我的那个爱吃牛羊肉朋友的口味点的。反正他点菜从不征求我的意见，特霸道，但是花钱从来都是我们平摊，他还笑嘻嘻地讽刺我“小抠”。您看，他还这样说。

记得一次去“北来顺”吃饭，我们同桌就餐的还有另一对男女。他们的岁数都不小了，四十多岁吧（现在说，就是年轻人），两位穿着都很旧，彼此吃得也很拘谨，感觉有点儿紧张。可能是年龄大了些，这种下馆子的事他们感到有些不自在。我那个爱吃牛羊肉的朋友见了，极厌恶地皱起了眉头，故意啪啪摔筷子，嘴里还自言自语地骂着“不要脸”一类的话。我就暗示他不要这样做。他当然不听，而且脸都气白了，整个样子很狰狞。

我估计那一对男女是真吃不下去，走了——许多菜还没吃呢。

他们一走，我那个爱吃牛羊肉的朋友就对我说：“一看就知道他们不是什么好东西！”

我低头吃菜，没有言语。

为此他也有些感觉，而后就故意逼我喝啤酒。我实在不能喝了，他就猛地将一杯啤酒倒在我的头上——整个饭店里吃饭的人都哈哈大笑起来。他也开心地笑了起来。那年他二十岁不到。

我没说什么，掏出手帕擦了擦，继续吃菜，像什么事儿也没发生。我觉得我真的比他强太多了。

我的那个朋友气极了，说：“你瞅你那副吃相，真恶心。”

我平静地说：“是吗？”

他说：“是。小丑！我真想揍你。”

我“虚心”地询问他：“为什么呢？”

他听了一愣，然后猛地将筷子一摔，走了。

他觉得他受到了污辱。

时隔二十多年了，彼此见了面，我仍然像二十年前那样平静地看着他——实话实说，我在他的眼睛里读到了仇恨。

（选自《百花园》2017年第4期）

论王石头的重要性和非重要性

非　鱼

坐在我面前的是王石头。

“不死了？”

“没法死。”

我并不知道她到底叫什么，她没有说，我没有问。王石头这个名字，是我在心里给她取的。原因很简单，她坐下来的时候，土灰色的羽绒服随着身体的松弛，在沙发上摊成一堆，就像一块圆滚滚的石头。

被我叫作王石头的女人，一只手用力擤了一把鼻涕，另一只手去兜里掏纸，没有。我赶紧递过去一张，她擦了擦手，又狠狠地揉了揉鼻子，把肉乎乎的鼻头揉得通红。

“死都没法死，我憋屈。”

我在一家自媒体公司工作，说起来是记者，其实就是接听电话，解答投诉，找点儿小道消息，甚至遇到像王石头这样的人，做一个蹩脚的心灵按摩师。

谁的头顶都是一会儿蓝天、一会儿乌云的，我还一肚子憋屈呢。之前王石头不停地给我打电话，说活不成了，要跳楼，要上吊，要吃老鼠药。每次，我都苦口婆心地劝她，给她找出一万种活下去的理由，说得我脑袋缺氧。但过一段时间，她又会打来电话，我一接，她就不由分说地哭起来：“这回我是真真活不成了，你别劝我，我现在就吃安眠药。”

最后一次打来电话时，我刚被头儿训过。原因是我提出要调部门，我受够了每天的鸡毛蒜皮，我不像是在媒体上班，更像是一个居委会大妈。头儿说我一屋不扫何以扫天下，小事做不好，到哪儿都是一块废材。说得我满腔怒火，又无处发泄。正好，王石头打来电话，说她不得不死。

“要死就赶紧。跳楼，上吊，卧轨，吃老鼠药、安眠药，点煤气，抹脖子，哪种方法都行。”我恶狠狠地说。

王石头大概没想到我会这么回答，她愣了一下，喉咙里发出不停嗳气的声音。“报警找 110，死不了伤了找 120。”我不由分说地挂了电话。

过了几天，头儿说有人找我。

在会客室，我见到了王石头。

她一开口说话，我就知道是她，一个多少次要死而没死的女人。

我说：“要死肯定有死的理由，为啥？”

王石头说：“日子过不下去了，哪条路都给堵死了。”

所有的路都是由一条路引出来的。起头是她得了乳腺癌，还好发现得早，没有扩散，切了一个乳房就完了，连化疗都不用做。可她所在的单位找了个借口，把她开除了，她就没工作了。丢了工作，她天天在家穿着睡衣，脸也不洗，愁眉苦脸。老公看了心烦，回家就发脾气。闺女让她检查作业，她心不在焉，总是弄错，闺女也嫌弃她。她更是心懒，屋子也不收拾，到后来，饭也做得七生八熟。老公开始跟她吵，摔东西，甚至动手打她。于是，她开始一次次地想一死了之，最后却变成了以死相逼，把老公逼到别人床上去了。

最后一次给我打电话的时候，是老公在外面几天不回家，一回来又打了她。她真的想死，割腕，就死在家里，要让家里变成一片血海，让老公一进门就害怕。念着我以前对她的好，一个素不相识的人对她不厌其烦地安慰，她想给我说一声谢谢。谁知我劈头盖脸一顿吼，反倒让她不知所措。

我的脸红了一下。“真抱歉，我那天心情不好。”我说。

她说：“也就是那天，我愣怔了好半天，这世上竟然没有一个人关心我的死活，我死了又有啥意思？”

“这是你不死的说法？”

“不是。是我闺女的辫子。”

那天上午，她一直坐在屋里想死不死，咋个死法，饭也没做。闺女跟她爸买了凉皮和烧饼，在客厅吃着，说下午要排练节目，老师让统一梳新疆辫子。她老公说不会梳，闺女饭也不吃了，抽抽搭搭地哭。听见闺女哭，她心烦，冲闺女吆喝："别号了，我给你梳。"

想到马上要死了，也许这是给闺女最后一次梳辫子，她的心还是疼得不行。一根根辫子辫得很认真，辫到最后泪都滴到闺女头上了，但闺女没发现。

辫子辫好了，闺女照照镜子，转了一圈，让满头的小辫子飞起来，开心地说："妈，你手真巧，辫得真好看。"说着搂着她脖子，在脸上亲了一口："妈，我以后每天都要辫这种辫子。"

呼啦一声，好不容易堆起来的石头块垒全倒了。她叹口气："还真死不成了，死了谁给我闺女辫辫子？"

"就是，起码你辫的辫子好看，你闺女离不了你。"

"可我还是憋屈啊。"

"谁不憋屈？要是憋屈都去死，那世界上的人早都死绝了。"

"唉……也是啊。"

王石头临走的时候从包里掏出一个塑料袋，塞给我，脸憋得通红，说："这是我腌的泡菜，你尝尝。"

我接了。她临出门的时候，我问她："你叫什么？"

她说："我叫祝红梅。"

我笑着说："嗯，比王石头好听。"

她瞪大眼："王石头是谁？"

（选自《海燕》2017 年第 5 期）

七　妹

大　解

每到秋后，小镇都要举行纺织比赛，镇里的妇女们亮出自己的绝活儿。

比较热闹的是纺线比赛，坝子上的纺车排成一溜儿，长老们发出指令后，年轻的妇女们开始纺线。别处的女人们都要把棉花做成手指粗细的棉花条才可以纺线，而小镇上的女人们则是直接纺织棉花团。细心的人们发现，在纺织的女人中，有一个年轻貌美的女子，她纺出的不是线，而是亮晶晶的雨丝。人们感到新鲜，就凑过去看，发现她纺的竟然是白云。人们知情后也不惊讶，因为有人家里曾经挂过雨丝门帘，所以他们对此并不觉得意外。

这个纺织白云的女子叫七妹，在她来的路上，我见到她。我说，来啦？她低头不语，她的六个姐姐齐声回答，来了。

七个姐妹各有绝活儿，有纺线的，有织布的，有刺绣的，有裁剪的，有制衣的，有缝补的……人们知道她们是仙女，也不说出她们的秘密。等到比赛过后，我就在她们回去的路上假装看风景，当七妹路过我身边时，我说，走啦？她低头不语，脸却红了。她的六个姐姐齐声说，走了。

远处天空里，有一片白云前来接她们。

我记得那些年，小镇的赛事不少，我总能在同一条路上看见七个姐妹，依次从我身边走过，她们走路时身姿轻盈，没发出一点儿声音。

一晃几十年过去了，小镇的赛事已经取消，我远在他乡，已经老迈，但还清晰记得七个姐妹参赛的情景。前不久我回乡，在小路上看见一个老女人，她面色苍黄，体态臃肿，步履蹒跚，但走路时却不发出一点儿声音。我当即认出，她就是那个七妹。那个曾经脸红的七妹，如今已经衰老不堪。当她从我身边经过时，我说，吃啦？她看了看我，停下来，没有说话。我怔怔地看着她，等待她的回答。可是她没有回答。她竟然当着我的面，脱掉了外衣，然后脱掉内衣。她想干什么？我惊愕地后退了一步，不知所措。就在这时，只见她两手抓住自己的前胸，刺啦一声把自己的皮肤撕开，立时从她的身体里面走出来一个新人。

这个新人，是个绝代美女，风姿绰约，不染纤尘。

我惊呆在那里，彻底蒙了。当我缓过神来，她已经在云彩上。我隐约看见她的脸，像朝霞一样晕红。

（选自《百花园》2017 年第 2 期）

聂　耽

聂鑫森

聂耽这个名字很特别，繁写的“聂”字是三个“耳”，加上“耽”字的一个“耳”，共有四只耳朵。当年写《义勇军进行曲》的作曲家聂耳，姓名中也是四只耳朵。

其实，聂耽最初叫聂丹，尽管有著名电影演员赵丹，但他还是觉得这个“丹”字太女性化了，不阳刚。他的耳朵大而长，读小学和初中时，伙伴们给了他一个绰号：大耳朵。他一点儿都不恼，“大耳朵”比那个“丹”字有气派。

聂耽性格内敛，不喜欢疯跑乱叫，好静，尤好静中读书。初中毕业，他选择了去读中专技校，是“家有万金不如薄技在身”的古语对他起了作用。他还做出了一个重大决策：改名。他决定用同音字“耽”，取代那个“丹”。他在读古书《淮南子》时，“夸父耽耳”一语让他眼睛一亮，注解中说：“耳大而垂谓之耽。”他的绰号不是“大耳朵”吗？

技校毕业后，聂耽被分配到一家国营纺织厂当保全工。保全工就是维修工，哪台纺纱机、织布机出故障了，一个电话打过来，他和他的工友便提起工具包，立赴现场去处理。待机器重新运转，他们便如鸟儿归巢，回到保全班的值班室里。

四十多年过去了。

聂耽退休了。

他的家是一个前庭后屋的格局，嵌在古城湘潭一条长而窄且弯弯曲曲的巷子里，巷子名叫曲曲巷。小庭院是祖产，安静自在，正如鲁迅的诗句所言："躲进小楼成一统，管他春夏与秋冬。"所以他不去住什么社区的高楼大厦——那是一个个关鸟的笼子，憋屈！何况，曲曲巷的位置太好了，出巷口便是商铺林立的平政街，卖什么的都有，热闹、便利；而一出巷尾，则是四时景物宜人的雨湖公园，湖光潋滟，长堤、小桥、亭阁、花树随处可见。

聂耽没退休时，在这条住着二三十户人家的巷子里，他是个没人多看一眼的角色，不就是一个做工的嘛！何况，他除碰见人时微笑着打个招呼外，从不去串门，也绝不会邀人来家闲坐、喝茶。别人家有婚、丧、做寿、生孩子之类的事，往往是由聂耽的夫人去送礼、赴宴，聂耽很少出头露面。

但在聂耽临近退休时，突然发生了一件大事，让巷中人不能不对他刮目相看。

全国纺织系统的保全工，经过层层选拔，十个优胜者再参加决赛，聂耽居然蟾宫折桂，夺得了冠军！中央电视台进行了现场直播：在一个巨型车间里，几十台纺纱机、织布机一齐开动，机声喧闹；被蒙上眼睛的聂耽，坐在车间的上端，他能在嘈杂的机声中，听出哪台机器有了毛病，毛病出在什么地方，百分之百的准确。

现场直播的事，是聂夫人失口说出去的。正好是星期天的上午，全巷的男女老少都在看。很多特写镜头，都停留在聂耽的耳朵上，又大又长不说，而且在聆听时，耳郭会敏感地扇动，忽快忽慢，让人啧啧称奇。

当决赛结束，评委主任宣布聂耽排名第一时，巷子里响起了经久不息的鞭炮声。湘潭曲曲巷出了这样一个人物，太了不起了！

欢呼之余，大家也有了愧意，几十年来对聂耽了解得太少了。这个功夫聂耽是怎么练出来的？他上班到底有什么异常表现？他喜欢吃什么、穿什么？业余有什么爱好？退休后在家干什么？国人对名人的一切，素来怀有浓厚的兴趣，名人每天撒几回尿、打几个喷嚏他们都津津乐道，所谓"追星族""铁杆粉丝"

是也。

各种各样的信息，从不同的渠道汇集到一起：聂耽吃饭菜和大家基本相同，但尤喜吃素；穿衣服不喜欢什么名牌，合身就好。

他耳朵虽大，却无先天的特异功能，是后天练出来的。练的方法有两种：其一，是上班没活儿干时，工友们都坐在值班室里等候，聂耽却提一把小凳子坐在车间一角，闭着眼静听喧闹的机声，身子可以一两个小时纹丝不动，扇动的只是他的耳郭；其二，是他家的小院里，花树之间立着几个木架子，木架上挂着长短、大小、厚薄不同的铁片、钢条、铜圈，有的还故意凿出裂纹，一一编上号，聂耽闭着眼坐在台阶上，让家人轻重缓急地敲击它们，他边听声音边叫出编号的位置，或者干脆只听风声、雨声击打金属的声音，听开花、落叶、虫鸣的声音。

业余爱好，除听声音之外，便是读各种专业技术书籍和文史方面的闲书，闲书中最钟情的是《淮南子》《山海经》《世说新语》《阅微草堂笔记》《幽梦影》之类。

聂耽把获得的十万元奖金，全捐给了市里的“爱心救助工程”，一个子儿都不留。

可获奖后的聂耽，和从前没有丝毫不同的地方，别人当面和背后的议论、赞扬，他似乎都没听见——耳朵支棱棱地竖着，一动也不动。

不同的是，在休息日，常有本单位和外单位的青年工人，来曲曲巷拜访退休了的聂耽。院门是关紧的，他们在说什么、做什么，没有人知道。有时，聂耽会领着这些年轻人走出巷尾，到雨湖公园去游玩，笑语声一路撒落，滴溜溜转。

与聂耽隔着巷道门对门住的是刘聪。

刘聪四十岁出头，留过洋，现在是一家大医院五官科的主治大夫，在治耳鸣、耳聋、耳膜破损等方面名声远播。他对聂耽的超常听力很感兴趣，希望从中找出什么奥秘，或许会有助于他对耳疾的治疗。可聂耽不乐于与人打交道，令他束手无策。现在他有法子啦，可以跟在聂耽一群人后面，也看风景，也听他们说话，不会没有斩获。

秋日的午后，聂家的门打开了，聂耽领着七八个小伙子和姑娘，朝巷尾走去。刘聪知道，这群年轻人是上午来的，眼下吃过了午饭，聂耽领着他们去雨湖公园溜达，他便悄悄地跟在后面。

游柳堤，看水中游鱼历历；过花坞，嗅清苦的菊香；倚八仙桥的红栏，看天上雁字横斜；然后他们坐进周家山的听风轩，听秋风飒飒。

聂耽的耳郭忽然动了起来，然后用手一指，说："那阶边的一颗小石子，压住了一只蝈蝈的腿，它叫得很痛苦。"

大家感到很惊异。一个小伙子飞快地跑过去，扒开一块小石头，蝈蝈嗖地跳起来，很快乐地鸣叫着。

有人问："聂师傅，你是怎么听出来的？"

聂耽说："因为听多了，听熟了。"

坐了一会儿，他们又朝湖心亭走去，有一条宽宽的水上石栈道通向那里。年轻人簇拥着聂耽，又说又笑。还有三三两两的游人跟在后面慢行，老人的拐杖声、女人的高跟鞋声、孩子的喊叫声，此起彼落。

走在最后的刘聪，忽然从口袋里摸出一个一元钱的硬币，让它垂直落下，硬币掉到石板上，清脆的一响。几乎所有的人都听见了钱币落地的声音，都停下脚步回过头来，目光搜索着发出声音的方位。

只有聂耽什么也没听见，依旧向前走去。

刘聪抱歉地对大家笑了笑，弯腰拾起硬币，然后转身走了。他知道，聂耽只听见他想听见的声音，想听见的声音就一定能听见！

（选自2016年12月31日《光明日报》）

台上坐着个杀人犯

邓洪卫

20 世纪 90 年代末期，南风镇发生了一起凶杀案。镇妇女委员被人绑在椅子上杀害，空留尸身，人头不知去向。现场汪着好多血，这血也“汪”在到过现场的很多人的记忆里，抹不去。

什么样的深仇大恨，乃至于此！

妇女委员被杀，是在一个夜晚，次日上午才被发现。县公安局的人来了。公安局局长限期破案。居民的经验是，越是限期，越破不了案。

果然此案被无限期搁置下来。

在南风西边，还有一镇，叫西风。西风的宣传委员姓唐，都叫他小唐。小唐听到南风妇女委员被害的消息时，心里像被蚂蚁咬了一下，麻扎扎的。

他心中已有答案。他在等待着公安局给他一个英雄所见略同的结论，验证预言。但是公安局的人并不配合，这让他心里时常出现麻扎扎的感觉。

南风妇女委员被杀的那天下午，南风镇的宣传委员小钟致电小唐，说下午镇里的领导都不在，他想偷空到西风打牌喝酒。乡镇工作并不繁忙，清闲居多。大家相互走动，打发时间，不足为奇。

下午五点多钟，小钟骑着他的本田摩托“突突”而来。小唐把小钟直接带到镇上卢家渔庄。还有两个朋友一起打“八十分”。

那场牌打得十分激烈，两个小时，一局方尽。小唐跟小钟对家，赢了。那两个朋友不服气，说吃了饭再打。小钟说，好嘞，非把你们打得服服帖帖跟死狗一样！

接下来就是喝酒。这场酒喝得也让小唐疑惑。往常，小钟是慢热之人，开始不肯喝，等别人喝得差不多了，才来精神。可是这次，小钟却主动要求把酒倒满。

往常四人，都要喝掉两瓶白酒，平均一人半瓶。光喝白酒不过瘾，还要每人再拿两瓶啤酒“漱漱口”。他们喝酒喝出很多花样。有时，白酒啤酒兑着喝，叫“皮夹烧”。有时，小杯白酒连酒带杯沉到啤酒杯中，然后一口喝下，这叫“潜水艇”。

通常，一遭下来，大家都是半醉状态，会再打一局牌，或干点儿别的事。小钟有时会留下，西风镇政府宿舍空着几间房，有床铺被褥，为招待客人之用，小钟就睡在其中一间。但更多时候，他会骑摩托回南风去。

那天的奇怪之处，是小钟喝酒很积极。四个人喝了两瓶白酒、两瓶啤酒，小钟忽然说话舌头打卷。上趟厕所回来，还把凳子坐翻了。

他们把小钟扶到镇政府宿舍休息。小钟头一挨枕头就呼声如雷。另外两个哥们儿先走了。小唐给小钟倒了杯水，回到自己宿舍。过了一个小时，小唐不放心，起来推小钟的门，没推开。敲门，没动静。看来醉得不轻，睡成死猪了。小唐回到自己房间，也睡了。

后来，小唐再去卢家渔庄喝酒时，一个服务员说，他们喝酒那天，钟干事偷偷把酒倒了，让她倒了一杯水。

小唐的心里麻扎扎的。小钟为什么要装醉？

问题还不止于此。第二天早上，五点多钟时，他还在睡梦中，就听小钟在外面喊，起来，打球去！

声音很大，整栋楼都能听到。小唐出来责怪他，别嚷嚷了，把别人都吵醒，人家会有意见的。

小钟哈哈笑着说，都五点钟了，醒就醒了，都起来锻炼身体。

这又是一个奇怪之处。小钟爱睡懒觉，每次都很迟才起床。

他们打球打到七点半。往常这个时候，小钟会不吃早饭，骑着本田突突回去。可是，那天，小钟要求小唐陪他吃早饭。吃完早饭，八点多钟了，小钟才跨上本田，回去了。

上午九点钟，他就听到了南风镇的妇女委员遇害的凶讯。

小唐知道，小钟跟妇女委员关系很不一般。虽然都是结了婚的人，但由于工作关系密切，走得很近。

可就在妇女委员被害的前几天，他们在一起喝酒时，小唐发现小钟的情绪不太对劲儿。

小唐得知，妇女委员跟小钟好的同时，还跟别人好。

公安局也曾调查了小钟。但小钟没有作案时间。小唐和另两个朋友，甚至西风镇大院的一些人，都证明案发当晚，小钟在西风镇，醉酒留宿。

但小唐心里明白，小钟就是杀人凶手。喝酒装醉，夜里悄悄起来到南风取了妇女委员的项上人头，又连夜赶回，天没亮就嚷嚷着打球。无非就是让别人知道，他这一夜都在西风镇。小唐不明白，这么简单的杀人案，公安机关如何破不了。

此后，小钟不仅逍遥法外，而且过得很快活，从一个镇的宣传委员，一路干到某局局长。

鬼使神差，小唐一直在小钟的手下当差。当小钟成为钟局的时候，小唐也到了这个局，成为办公室主任。

钟局已不是当年之小钟，虽然对小唐不错，但毕竟是上下级关系，肩膀不一样齐了。有时，钟局对唐科办的事不满意，还会批评几句。小唐就会在心里骂：神气什么，杀人犯！

钟局在大会上讲话，小唐坐在下面骂：杀人犯！

钟局在电视上讲话，小唐在电视机前骂：杀人犯！

钟局喝酒的时候，让小唐服务，指使小唐干这干那。小唐在心里骂：杀人犯！

小唐希望公安局早日破案，把杀人犯抓住。最好是在他开会之时，他神气活现讲话之时，警察突然出现，抓走他。

二十年后，公安局终于破案，抓住了杀人犯。但抓的并非钟局，而是另有其人。该男子在那天夜里尾随入室，想强奸妇女委员，遭到反抗。该男子大怒，制伏妇女委员，取下人头。

县里的报纸刊登了公安局破获多年积案的通讯报道。唐科愤怒了，把报纸撕得粉碎：靠，又是一个冤假错案。

唐科辞了工作，下海去了。

（选自2017年4月10日微信公众号“我们都爱短故事”）

梁三丫头的爱情

陈源斌

梁三丫头三岁时，头上生出了疮疱。要命的是，疮疱还不是一个两个。更要命的是，这边疮疱刚刚平息，那边疮疱又冒了出来。因此梁三丫头就有了一个外号：癞痢头。她非常讨厌这个外号，谁叫，就跟谁急。可是，小伙伴们看着她那满布疮疱的头，忍不住，张口闭口，这个外号就顺嘴叫出来了。

梁三丫头开始跟人打架，谁叫她外号就打谁。打得过的，她打；打不过的，她也打。她父亲当过几年兵，见女儿每天归家，鼻青脸肿，心疼，就教了她几个招式。从此梁三丫头变得异常凶悍，不但同龄者没人打得过她，连大她三五岁的男孩，也打不过她了。

梁三丫头所在的梁庄，离镇上不足两里地，抬脚落脚，屏住一口气，就能走到。可是，梁庄的孩子们，一年中难得有机会去镇上一次。乡下农事多，学校放暑假寒假，孩子们要帮大人干活儿。即便上学期间，早晨上学之前，晚上放学之后，也要喂猪放羊牵牛，忙得团团转。不过，每年春节例外，从初一到初十，是梁庄孩子们不可动摇的假日。在这整整十天里，各家各户都撒手放开自己的儿女，不用他们干一丁点儿活儿，而且，每人还能得到一点儿压岁钱，足够去镇上喝豆脑、嚗花生、打弹子，尽兴玩耍了。

这年春节梁三丫头家中来客，走不开。憋到初五，客人走了，梁三丫头赶紧约上同伴，一道朝镇上赶。走着走着，前面的人忽然停住，改走一条小道。梁三丫头很奇怪，小道都是些田头草埂，坑坑洼洼倒也罢了，还得绕一个大水塘，会多走一半的路程！她很快弄明白是怎么回事了：原来，通往镇上最近的这条大路，要经过王庄王老二家门口。那王老二往年也曾在镇上相遇，一道玩耍过，可是，今年不知哪根脑筋搭错了，跳在路当中，挡住梁庄的孩子，来一个拦一个，来一群拦一群，声称要比试谁的劲大，只有打得过他，才肯让路放行。从年初一到年初四，梁庄所有能打的男孩，都出面打过了，谁能打得过王老二一身蛮劲儿呀！只好认栽，从小道绕行。

梁三丫头要去会会这个王老二。

却说那王老二，在家等啊等啊，过了许久，也不见梁庄孩子踪影。正在烦闷，抬头看见走过来一个，连忙跳到门外，挡在路当中。走近一看，却是个女孩。王老二本想吆喝她回去，另找男孩比画，却见对方戴着头巾，把头发遮得严严实实。想了一想，明白了，来的这个女孩，就是大名鼎鼎的癞痢头——梁三丫头。

王老二生出一个念头，告诉对方，可以给她让路放行，但是，有一个条件。王老二说："摘掉头巾，让我看看你的头。"梁三丫头往地上呸了一口。

两人交手，不过一手一脚，王老二扑通摔了一个跟头。他爬起来，重打，又是一个跟头。爬起来，再打，还是一个跟头。前前后后，王老二被摔了二十个跟头。他依旧不服气，一边挣扎着往起爬，一边嘴里嘟囔着。梁三丫头听不清楚，让他大声说。

王老二提高声腔，说的还是那句话："摘掉头巾，让我看看你的头。"梁三丫头把王老二摔出了第二十一个跟头，王老二倒在地上，爬不起来了。

梁三丫头十岁那年，家里得了一个秘方：将一条乌风蛇活杀，斩头去尾剥皮，炖出满满一大铁锅汤，让她把蛇肉吃了，再喝两大碗汤，剩下的蛇汤倒在一只大木桶里，人全身泡在里面，从早晨到傍晚，足足十二个小时。不过一两个月，竟把满头的疮疱，彻底医治好了。

梁三丫头二十刚出头，就有人上门提亲。她一概不允。拖了三年，还是不松口。父亲有些着急，催问原因，她这才说，自己看中了王庄的王老二。托人打听，梁王两家也算门当户对。递话过去，王家非常乐意结这门亲事。于是，择定一个双日子，热热闹闹，把婚事办了。

进入洞房，梁三丫头隔着遮脸的头巾，问新郎，记不记得说过的话。

“我以前跟你说过话？”

“你说过。”

“我说过？什么时候？”

“十八年前。”

“十八年前？我说了什么话？”

“你说，摘掉头巾，让我看看你的头。”

梁三丫头摘掉遮脸的喜巾，露出了一张秀美的脸和一头锃亮的乌发。

（选自2017年4月13日《今晚报》）

凤 凰

乔 叶

“栽下梧桐树，引来金凤凰”，小丫总觉得这句俗语不对。她都长到八岁了，从没有见过院子里的梧桐树上落过一只凤凰。

“唉，别傻了，本来就没有的东西，你自然见不着。”小英说。

“那为啥会有这么一个说法呢？”

“也就是说说呗。”小英说，“要是有，咋会谁都没见过！”

小丫和小英常常一起在梧桐树下玩，梧桐树下可是一个好玩的地方。夏天是一大片绿荫，坐在下面凉凉快快。秋天有一大片落叶，走在上面沙沙沙沙。

冬天这树变得光秃秃的，好像是没什么意思，可是一下了雪，那就不一样了。一条条树杈上，像是谁精心雕刻的，雪厚厚的亮亮的，天晴的时候，映着蓝莹莹的天，好看极了。

当然最让人留恋的还是春天。暮春时节，梧桐树开满了浅紫色的花，像一只只微型的长筒喇叭。随便捡起一朵，用小舌尖儿去舔那娇嫩的花蕊，有一股清幽的甜。

可是，凤凰呢？都说没有，小丫只是不信。她的性子，就是这么喜欢钻牛角尖。她觉得自己有理：真格儿的，要是没有，那为啥会有这么一个词儿出来？还有那么多关于凤凰的故事和那么多关于凤凰的画呢！对了，凤凰还有一个好搭档叫龙呢！“龙凤”“龙凤”叫得多顺口，小英跟她弟弟还是龙凤胎呢！

“龙也是没有的，所以正好和凤搭档。龙配凤，就是没有配没有！”小英说得嘎嘣脆。

很深的夜里，起了风，小丫睡不着。她忽然想，凤凰是不是不想见人，所以趁晚上来呢？她就披了衣服，撩开窗帘，悄悄地往外看。可是，看了很久，眼珠子都酸了，还是没有。黎明的时候，她连声打着喷嚏，发了烧，就请了几天假。

再去上学的时候，学校多了一位支教的女老师，说是老师，可是看着实在是不像。她梳着高高的马尾辫，和他们一起玩闹，给他们讲故事，唱歌，打球。她走路的时候，回头的时候，高高的马尾辫一甩一甩的，像一朵微型的乌云。如果自己有一个姐姐的话，小丫希望姐姐就是这个老师的样子。

瞅着了一个机会，小丫跟老师说起了悄悄话。

“老师，你说，这世界上有凤凰吗？”

“为什么这么问呢？”

小丫觉得心里暖暖的。这老师，没有一上来就否定说“没有”，而是问她为什么要这么问。她可真亲。

她就一五一十地说了。老师弯着清亮亮的眼睛笑眯眯地看着她，听她说完后，在她的小脑瓜上摸了一下。

“有吗？”她眼巴巴地看着老师。

“我告诉你，你能保密吗？”

“能。”

“有。”老师笃定地点头。

一瞬间，小丫的心里像飞来了几只喜鹊，叽叽喳喳地欢悦起来。

“你见过吗？”

“见过。”

“什么样儿？”

老师咬着嘴唇，沉吟着：“翅膀特别宽，颜色特别鲜艳，能飞可远呢。”

“那，它很大很大了？”

“对。”

“比梧桐树大？”

“大多了。”

“这梧桐树根本就落不下？”

“当然。”

“比村子大？”

“比山还大。”

“那……只能出了山才能看见它？”

“对呀。只能出了山，到了山以外的大地方，你才能看见它。”

“哦。”小丫释然，若有所失。

“所以呀，你要好好读书，考到镇上读初中，再考到县里读高中，再到省城或者北京上海这样的大地方读大学，到时候，你一定可以看见它。”

“嗯！”小丫使劲儿地点点头。

这个秘密，小丫谁都没有说。她本来读书成绩就好，这下子读得就更好。只是越往上读，上学的小女伴儿越来越少，她就越孤单，等她考上了县城的高中，就只剩下她自个儿了。

“女孩子家家的，就是将来上了大学有啥用？多花几年钱，还得自己找工作，不如早早地就挣钱。”小英妈劝小丫妈。

小丫妈犹疑着和小丫商量，小丫死活要上，终于还是遂了心愿。去县城的时候，她和小英一起，小英是去县城的一家饭店打工。人生地不熟，故人格外亲。两个人每星期都要见见面，叙叙话，只是话题越来越岔。小丫说功课，说考试，说同学，说老师。小英说工资，说化妆，说老板，说客人。有时候，两人也一起搭伴儿回家，村里人见了她们两个，免不了要比比。都说人靠衣裳马靠鞍，小英洋气得很，小丫呢，还是那个小丫呀。

小丫高二那一年，小英去了省城，说到那里挣钱更多。一年之后，小丫也去了省城，上了大学。两人又见了面，却是压根儿没什么好说的了。可毕竟是老乡，你给我捎个什么，我给你带个什么的，总断不了联系。有一次，小丫去小英租的公寓房里找她，预定好了时间，却是敲了半天门小英才应声，衣衫不整的，也没让她进屋。关上门的时候，小丫听见一个男人的声音：“真他妈的扫兴，以后没法照顾你的生意了！”

后来，小丫知道，小英做的这一行，叫“楼凤”。

又过了几年，小丫去北京读了硕士和博士。再然后，她就留在了北京工作，经常出国。第一次坐飞机，是中国国际航空公司的航班，看到飞机上那只巨大的红凤凰，小丫想起了家里的梧桐树，默默地愣了神。

她回家的次数不是很多，每次回去都是十里八乡的新闻，沾亲带故的人都要去登她家的门。碰到寒暄的人问他们干啥去，他们就说是“去看凤凰呀”。

小丫给大家端茶倒水，话不多，笑得甜。偶尔，听到学校的铃声响起，她会朝学校的方向看看，眼前浮现出那个姐姐一样的支教老师，想起她高高的马尾辫一甩一甩的样子来。

（选自《百花园》2017 年第 5 期）

滴血残卷

次仁罗布

你读着一段古诗，问我它的大意时，我有些错愕。

“你不是学藏文专业的吗？难道解释不了在说些什么吗？”你的咄咄逼人反而让我更加局促。

我已经有二十多年没有再看藏文书籍了，曾经学的知识很多都已生疏或者一股脑儿地忘掉了。为了挽回一点儿颜面，我答应你明天给出一个确切的答案。你眼睛眨巴着，那里面有怀疑有失望有期待。我的心里五味杂陈。

这是一段古藏文，它的出处大致是敦煌石窟中的《藏史残卷》，推算起来也就是六七世纪的古藏文诗歌。回到家，我开始翻阅书架上落满灰尘的书籍，闻到了一股久远时光里的土腥气息。可惜的是，书架上竟然没有《藏史残卷》这本书。

手里拿着抄写在纸上的那三段诗歌，我颓然倒在沙发上。微弱的台灯灯光下，我反复推敲字面的意思。这是一首自夸其功的诗，是一个叫苏孜的大臣向国王和群臣炫耀其能耐的诗。

看着看着，我被这些黑色的文字给吸引住，魂灵跟着文字轻盈地飞翔：

在一座宽大的宫殿里，一位俊美健壮的年轻人坐在宝座上，两排整齐的垫子上坐着他的群臣。

一位满头银发、穿着西域服饰、腰间佩戴弯刀、脚蹬牛皮翘靴子的老者站在中央，对着宝座上的年轻人陈述：“先王在世时，我曾把藏域征服下来，扩大了我们的疆土。可是，先王连瞧都没有瞧一眼，更没有踏足过那片土地。现在老臣恳请年轻的国王，驾临藏域我的园林赤鹏，我将在那里举办盛大的欢迎宴会。”他说完弓下身，两手抚在胸口上。

“琼保崩赛苏孜，你是我的重要大臣，这个邀请我接受了！”年轻的国王爽朗地答应。

琼保崩赛苏孜脸上溢着兴奋的光彩，连声向年轻的国王致谢。

走出宫殿，琼保崩赛苏孜跃上马背疾驰而去，三十多个护卫紧随其后。他们的战刀磕碰马镫发出乒乓声，背上的弓箭随身子的起伏在摇晃。拉萨城的街道上空，漫卷着马蹄扬起的灰尘和铿锵声。街上的人驻足望着这万分火急的架势，预感到将要发生什么重要的事情。

琼保崩赛苏孜彻夜疾行，马蹄声在山坳、湖、村镇边上回荡。琼保崩赛苏孜骑在马背上对着月亮星星，对着太阳白云倾诉着他的憎恶："我为你们出生入死，辅佐过两任国王，可你们对我总是那么怠慢，给予我的也是那么有限。你们总是这样伤我的心。"马儿硬实的蹄声、战刀与镫子的撞击声、护卫坚毅的脸庞都让他确信自己决策的正确，他想改写这段历史。琼保崩赛苏孜将手中的鞭子抽在马的胯上，马像闪电一样划向前方，绸缎衣服的下裙摆像翅膀一样飞腾起来。护卫们听着战马粗重的鼻息，也挥动鞭子急速趱赶。

赤鹏宫殿屹立在一片绿树中央，绿的浪涛托举着屋顶的白色墙壁。琼保崩赛苏孜勒住缰绳，让马儿前蹄腾空弯曲在半空中。这种坐在马背上仰视蓝天的姿势，让他的血液急速奔流，胸中的快意无法言说。

琼保崩赛苏孜盘腿坐在宫殿廊下的一片金光中，啜饮着甘甜的美酒，脑子里一遍遍地弑杀着年轻的国王。酒和阳光使他的面庞变成赭色，这时他会呵呵地狂笑起来。女人们向他走来，他挥挥手示意离他远一些；将领过来悄悄耳语几句，他赐一碗酒让其离开。他孑然在阳光下自斟自饮，饮了近一个月的酒，那豪爽的笑不时地从他的胸腔里喷涌而出。

家里的女人和儿子不知道他是怎么了，每每听到那激昂的笑声，就知道他的心有多么深沉而复杂。

国王驾到的日子越来越近了，家奴们酿好了甘醇的酒，磨好了喷香的糌粑，整腿的牛羊肉挂在了储存室里，喜庆的氛围满溢赤鹏的各个角落。

月亮挂在西天时，一阵急促的马蹄声飘落到赤鹏宫殿的门口，一名武士轻捷地从马背上跳落下来，径直往琼保崩赛苏孜的寝宫奔去。

宫殿里的油灯亮了起来，窗户明净。琼保崩赛苏孜把家人和将领召集到一处，捋着那头银发，不急不缓地说：“事情败露了，一切跟你们没有任何关系！现在命令我儿昂日琼拿我的首级去见国王，就说是你要了我的命。”

女人嘴里还没有来得及迸发一声啼哭，琼保崩赛苏孜手里的宝刀已划进了脖子，鲜血飞溅，像鲜花一样绽放在墙壁和地面上。

昂日琼骑在马背上，背上的布兜里装着父亲的脑袋。他在一名身上扛挂着白布的树枝的武士引领下，急速向着拉萨方向奔驰，身后三十多名护卫的铁蹄扬起浓浓的尘埃。

赤鹏宫殿的一间房里我发现了你——琼保崩赛苏孜。你盘腿坐在一张垫子上，用竹笔蘸着墨往一张纸上写着那些诗歌。

我想，明明是你写的，怎么过了一千多年后你又反过头来问我其意？

（选自《百花园》2017 年第 3 期）

捉迷藏

石舒清

兄妹俩在捉迷藏。哥哥阿丹负责把自己藏起来，妹妹朵朵负责找。先前的几回都比较容易地找到了，朵朵有些不高兴，觉得玩起来意思不大，就跟阿丹说：“你再不好好藏我就不找你了。”所以这一次阿丹选择把自己藏在套房里的那只老木箱里。箱子很结实，正面有图案，图案是几只鹿羔仰头吃树上的叶子。垂下来的一些树叶子鹿羔一仰头可以方便吃到。但是木箱看起来老得不成样子了。老木箱样式特别，不够宽，却有些高，比已满六岁的阿丹还要高出一些来。阿丹在这箱子上练习过往下跳，爬上去跳下来，爬上去跳下来，朵朵在一边只能看着，时时为阿丹的表演所惊呼。她爬不了那么高，就算爬上去也不敢跳下来。那天阿丹跑进套房里来，看藏在哪里为好，他一眼就看到了这箱子。箱子打开着，像一只羝羊头被掰得大张着嘴。这箱子几乎从中间一分为二，它的盖子就占了整个身子的一小半。阿丹跑进套间，看到这打开着的箱子，里面空空的，好像召唤着阿丹藏到它里面去，好像那里是一个再好不过的藏身之处了。连犹豫也不必，阿丹就藏到箱子里去。他先是用手撑着让箱盖落在头上，然后身子一点点矮下去、矮下去，让箱盖子几乎要关住了。里面很黑，而且有一种很是辛辣的古旧味道。阿丹听到满箱子都是自己的呼吸声。“藏好了吗？”隐隐听到朵朵喊问的声音。阿丹说：“藏好了。”这是捉迷藏的一个规矩，负责捉的人首先要问清楚，看对方藏好了没有，没藏好是不能去捉的。等对方回话说藏好了，这才可以去寻找去捉的。没有规矩是玩不了这种游戏的。阿丹觉得自己给朵朵回话的时候声音古怪，听这声音，好像连他自己也说不清自己藏在哪里了。他暗自得意，同时觉得呛，就怕忍不住咳嗽出来就坏了。但是没想到这一次朵朵还是很快就找到了。藏过的地方不可能再藏，所以朵朵没费多少时间就出现在套间里。她的眼睛就像四处觅食的小鸡娃似的，于是就看到老木箱的盖子好像在隐隐地一动一动，老木箱的锁子那里也有动静，看似碰上了又分开了，看似分开了又要碰上，像一个在拼命忍住笑的小孩似的。难道眼花了吗？朵朵悄悄走上去，听了听，突然伸出脚踢了一下箱子。这一踢，箱盖子一下就张开了，阿丹在里面站了起来。“你乱踢个啥，我还没藏好呢！”阿丹说。朵朵说：“你说你藏好了我才来找的。”阿丹在箱子里伸一个懒腰，表示这一次游戏又结束了。他正要出来时却听到朵朵说：“里头是啥？”阿丹说：“啥都没有。”朵朵忽然要求自己也要进箱子里去。阿丹说：“这么一点儿地方你进来干啥？再说里头也没有个啥。”但朵朵就是要进去。朵朵是容易哭的，她似乎多少已有一些打算哭的样子了。阿丹就让朵朵踩在一只小木凳上，自己又出手帮了一下，才把朵朵拉进箱子里。朵朵很高兴，在箱子里高兴地蹦跳着。“你不要胡闹好不好？”阿丹说。但好像箱子已经被惹着了似的，就见箱盖子晃了几晃，突然重重地扑压下来。一声爽脆的响声过后，老木箱的子母扣就逮着时机那样从外面锁上了。在箱子外能听到一阵闷闷的呼叫声和踢打声，但是只要稍稍离得远些，比如在院子或街门那里，就不会听到什么了，即使听到也会觉得只是错觉而已。那一刻院子里落了许多阳光，黑狗卧在墙影里，它把半个脸移出墙影，晒在阳光里。晾绳上的旧绸被散发出一股强烈的气息，使黑狗感到鼻子发痒。

阿丹的奶奶其实离得并不远，阿丹的奶奶就在隔壁的邻居家，一边捻毛线，一边和邻居胖女人说闲话。那女人坐在门槛上喂一只样貌精神的大公鸡。大公鸡显得跃跃欲试，女人就不时地在它的脑袋上拍一下让它老实些。她的胖身子坐在门槛上，把门槛坐得都看不到了。看这个境况，不到日头落吃晚饭的时候，阿丹的奶奶是不会回来的。

老木箱很久都没有打开过了。说来话长，老木箱是家里最古旧的一件东西了。阿丹的奶奶嫁过来时就有这老木箱，不是一个，是两个，两个这样的箱子，中间还有一个床柜，三样合起来是一套，古旧沉稳，花式喜庆，是家里一件像样的摆设。后来树大分枝，阿丹的爷爷哥儿仨一家分得一样。阿丹的奶奶本来是想要那个床柜，但没要上。床柜归老三了，老人在老三跟前，最好的随老人，阿丹的奶奶就只能在心里想想而已了。这个箱子，那些年，都装过什么呢？反正后来阿丹奶奶就在老木箱里装了两床绸被、一床绸褥子——自己当然舍不得用。家里来贵客了，才拿出来撑个面子。比如教主来了，这是最合适盖绸被子铺绸褥子的人，算是好粉全搽到脸上了。教主一走，重新叠好了放回老木箱里去。后来日子相对好过了些，一两床绸被缎被再不像先前那样稀罕了，也还是没有拿出来用。拿出来给儿子媳妇用吧，人家肯定不稀罕了，第一人家被子不缺，第二多少年的被子了，没一点儿“火气”了，味道也不好闻。她自己拿出来盖吧，奇怪，到现在也还是有些舍不得。就这样压在老木箱里，连她自己也不清楚以后拿它们怎么办。说来这也不是多大的事，时常并不在心上的。

那怎么忽然间又把箱子打开，把绸被子绸褥子晾晒在院子里了呢？是这样的，人有时候会忽然想起一些事来。

儿子儿媳妇去中宁摘枸杞挣钱了，她在家里照看两个孩子，要怎样照看呢？孩子们都大了，不需要把屎把尿，只要给两个娃把三顿饭按时做好就是了。娃娃一大，自己能跑能跳就好带了。所以儿子儿媳要去摘枸杞时，她是很支持的。没理由不支持。早上她坐在院子里的晾绳下拾掇一堆羊毛时心思恍惚，就像一块来路不明的石子投向了水里似的，她忽然想起来她是有一块袁大头的，是她结婚前她的父亲给她的。她父亲先是给她母亲，经她母亲的手转到她手里。父亲的意思是，让她拿这个银圆打上一对银耳环，但她却把这块银圆存了下来，没有花，也没有用它打耳环或别的什么。她不知道这块银圆最终会被派上什么用场。以后要是朵朵结婚，就送给她吧！这样的念头也只是一掠而过罢了，朵朵结婚还远得很呢。但是银圆哪里去了？放在哪里了呢？她一下子竟格外地着急起来，好像即刻就要看在眼里才能放心。羊毛是拾掇不成了。心里一时就被一块银圆占住了，占满了，她起身就去找，找了几个地方，没找到。不要慌，再好好想想，反正肯定是在呢！忽然隐隐地想起来一点儿什么了，于是她就到套房里来。老木箱的钥匙还在的，还好好的能打开锁子。打开来得好好吸一吸鼻子，味道太冲了，她听人的建议放了几个樟脑丸在箱子里。一番好找，就找见了。听说现在银圆能卖六百元。一千元也不卖，拿出来也只是看看而已，还得照旧存着。但是箱子既然打开了，里面的味道又这么重，窗外的日头又好得不能再好，把绸被子绸褥子拿出去晒晒吧。找到了银圆心里高兴，好像凭空又得了一块银圆似的。被子褥子很快就晾开在院子里了。日头好像发现了可晒的东西，格外地精神了起来。

等阿丹的奶奶收拾了毛线往回走时，日头果然落到院墙后去了。村里每一个院子里都落着大片的墙影，好像要浓墨重彩地写下一点儿什么。而那间玩过捉迷藏的套房里，已经静穆得什么声音也没有。

（选自《百花园》2017 年第 6 期）

尘　缘

吴克敬

鱼豆花好久没有回来了。

凤栖镇是鱼豆花的故乡，她走出去，她走回来，她是自由的，所以说，这没什么好奇怪。但她这次回来，不是一个人，她的怀里，还紧紧地搂着个小孩，这就叫人不能不奇怪了。因为没人听说她成家，便是她的生身父亲鱼蘑菇，也不晓得她成了家。没有成家，她抱的又是谁的小孩？凤栖镇人因此奇怪，交头接耳地看着鱼豆花从镇街口的汽车里下来，抱着小孩子从街上走过，一直走进了凤栖寺。人们更加奇怪了。

这一天，凤栖镇逢集，满街筒子都是人，而且天气又特别好，刚刚度过繁忙的秋收秋种，来跟集的人，都想好好放松一下。鱼豆花和她抱在怀里的孩子，为大家提供了一个充分放松的机会。她抱着小孩在前边走，大家随在她的身后往前跟，亦步亦趋就都跟进了凤栖寺。

老梧桐树的空腹里，坐着无我师父。其时无我师父正在诵读佛教经典《大悲咒》。常来凤栖寺听无我师父诵经开示的人，早知《大悲咒》彰显观世音菩萨，意欲安乐一切众生的圆满、无碍大悲的愿力，除一切灾难以及诸恶病苦，并能成就一切善法，随心满愿，远离一切怖畏……鱼豆花抱来的小孩打扰了无我师父诵读《大悲咒》。小孩苦着一张脸，哇呀哇呀地号哭着，这叫无我师父不能不抬头看鱼豆花了。

无我师父不知何故，竟然有点儿手足无措地慌了一下。

趁着无我师父的慌乱，鱼豆花说话了：你可真会装！

鱼豆花是说无我师父吗？

正在大家猜测的时候，鱼豆花又开口说话了：你看你娃，给你哭得多响亮！

大家不需要再猜测了，鱼豆花就是说给无我师父的。

“啪”的一记大耳光，抽在了鱼豆花的脸上。这一巴掌是知道了他女儿鱼豆花在凤栖寺赖上了无我师父的鱼蘑菇，紧赶慢赶跑进凤栖寺来，挤过人群，挤到女儿鱼豆花的面前，抽在鱼豆花脸上的。他抽了鱼豆花一巴掌后，顺手还把鱼豆花怀里的小孩子夺了过去。鱼蘑菇把小孩夺过去，没有心疼地往怀里抱，而是高高地举起来就往地上摔……可怜的小孩子，不知是被吓着了，还是别的原因，在鱼蘑菇把他高举起来后，他不仅收住了哭声，而且还发出几声银铃似的笑。

小孩子可爱的笑，没能挽救他被摔在地上的命运，鱼蘑菇还是把他狠狠地摔下去了。

千钧一发之际，无我师父从梧桐树的树洞里飞出来，在小孩子落地前的那一瞬间，把他稳稳地接到了怀里。

挨了父亲鱼蘑菇的一巴掌后，鱼豆花转身过去，绕过老梧桐树，撒丫子飞跑而去。

真是无我师父的孩子吗？有人相信，有人不相信。小孩子的外公鱼蘑菇，压根儿就不相信。他的姑娘他知道，姑娘为谁生的孩子，他也隐隐地料想得到，只是他在现场不好说什么，也不好问什么。他愤怒地从女儿鱼豆花怀里抢过孩子，愤怒地把孩子往地上摔，就完全表达了他的怀疑。但他很快后悔了，无论如何，他都没有理由把小孩子往地上摔。幸亏无我师父把孩子接住了，没有酿成大错。

在凤栖寺皈依做了居士的鱼蘑菇，感激地看着无我师父，伸出手去，从无我师父的怀里小心地抱过了孩子。

鱼蘑菇说：让你丢脸了。

鱼豆花你自己作孽，未婚先孕生了一个小孩子，你找谁不行？我是小孩他外爷，你抱给我也成啊，我的一张老脸不要了，我带我的外孙子。可你作的孽，抱回凤栖镇，端直去了凤栖寺，要找无我师父认父亲！你这是作孽造罪呀！

鱼蘑菇还去凤栖寺当他的居士了。他照看着小外孙，心里想的却是豆文春。那个在凤栖镇当过书记，现在升到县里当副书记的人，是不是小外孙的生身父亲呢？鱼蘑菇肯定地认为，他就是小外孙的亲爸爸。过去的日子，豆文春是很关心女儿鱼豆花的。鱼豆花高考失利，就是豆文春出钱送她到省城上的民办大学。女儿鱼豆花要工作了，也是豆文春给安排的。前些天传闻，豆文春被人举报了。在那期间，豆文春回了凤栖镇，想给凤栖寺布施，无我师父没有拒绝，不冷不热地接受了他的布施。可是时日不多，就有确切的消息说，豆文春被“双规”了。

鱼蘑菇听到后说了一句话：他求佛？他要知道，佛不保佑作恶的人！

无我师父也说了一句话：佛不是求的，佛是修的。

鱼蘑菇把他说过的话和无我师父说过的话，见了人就说。就在他给凤栖镇人不断地说着这两句话的时候，披头散发的鱼豆花再一次回凤栖镇来了。

在此之前，有份清除佛教界败类的通知，以红头文件的方式发到凤栖寺里来了。文件写得很清楚，指名道姓地说到无我师父。幸亏豆文春被“双规”。豆文春被“双规”后，不仅交代他有严重的经济问题，而且还说他养了“二奶”。这个“二奶”不是别人，有名有姓，就是鱼蘑菇的女儿鱼豆花。

鱼豆花像她前次回凤栖镇一样，又是一头闯进凤栖寺，扑到老梧桐树前，双膝跪在地上，向无我师父讨要孩子。恰好她父亲抱着孩子在，她就从她父亲怀里夺也似的把孩子抱到了她的怀里。

把孩子夺回怀里的鱼豆花，满脸是泪。她把孩子搂得紧紧的，跪着向老梧桐树前又扑爬近了些，给无我师父重重地磕了个头。她言语含糊地说：多谢师父善待我儿。

鱼豆花说罢感激的话，没歇嘴地问了无我师父一个问题：他捐给寺庙的款是你交上去的？

无我师父没有回答鱼豆花，只是念了一句：阿弥陀佛。

鱼豆花没死心，又说道：他说是你上交的。

无我师父这才说：寺庙净土，不要赃钱。

（选自《百花园》2017 年第 1 期）

永不掉队

谢志强

1947年冬，秦山第一次听见方歌唱歌。

团长命令：我们的两条腿要跑过敌人的汽车轮子。秦山穿草鞋，脚磨破了，渐渐地落在急行军的队伍后边。于是，他听见了那支歌：向前向前向前，我们的队伍向太阳……

方歌站在路边的一个小土坡上，齐耳短发，她旁边还站着两个女兵，是师部文工团的团员。

秦山踏着歌声，赶上了队伍。

部队准时到达了指定的地点，堵住了敌人的退路，激战三天。秦山身负重伤，被送到野战医院。

方歌所在的文工团来医院慰问伤病员。

秦山在昏迷之中，仿佛又掉队了。他听见方歌的歌声，苏醒过来。歌声飞进了他的心里，他像在舔嘴唇，默默地跟着哼。

医生对方歌说：你把这个英雄唱醒了。

秦山的家庭很贫困，爹娘却供他上学，念到初中，日本鬼子来扫荡，他就参了军。他受过五次伤，这一次伤得最重。他说：一颗炮弹把我炸飞了。

方歌说：我见过你，看不出，你还是个英雄！

秦山说：你唱歌唱得真好听，要是我真的牺牲了，你就给我唱首歌。

方歌崇敬英雄，说：不许这么说。

秦山笑了，说：这有什么？听你唱歌，我就活过来了。

方歌也笑，说：我唱歌有这么厉害，我就唱。

秦山说：那我们可就说好了。

1948年，秦山调进了王震所在的部队，当了独立旅某连的连长，挺进西北，开赴新疆——新疆和平解放。

翻过祁连山，秦山第三次听见了方歌唱歌。

方歌所在的文工团跟秦山的连队在一起宿营。她们已经唱不出声了。女兵很惹眼。秦山看见了方歌，风撩着她的齐耳短发，像水边的垂柳。

秦山的心里奏起旋律。茫茫戈壁荒漠，一眼望不到尽头。

方歌突然唱起了歌：向前向前向前……

秦山站起来，走过去，说：你咋知道我在唱……我一点儿也没唱出声音呀。

方歌说：我似乎听见了一个旋律，有谁起了个头，你唱出来呀。

秦山说：我这破嗓子，一唱会吓坏你的。

部队来到了南疆重镇阿克苏——驻守塔克拉玛干沙漠的边缘，开始垦荒。

秦山第四次遇见方歌，是在团部。他乐了，说：是要来慰问一下我们了，戈壁荒滩听了你们的歌声就会开花呢。

方歌说：这一回，是调到你们这儿了。

过后秦山才知道，方歌请求调离师部文工团，来到了秦山所在的团，当了宣传干事。

团长是秦山的老上级，背后向他透露：你这个英雄，有福气，别人是英雄救美人，你却是美女救英雄。方歌追你追到沙漠来了，就看你能不能接住了。

秦山一见方歌，脸就发烫。

方歌也几次到秦山这个营收集垦荒的先进事迹。她还组织了一个宣传队，把垦荒的故事编成歌曲、快板。

1952年春，秦山独自骑马，向着太阳升起的方向，进入了沙漠。他打算建立一个新的连队，开垦一个新的荒原。按他的说法是，大口啃一块沙漠。

起了大沙暴。沙漠似乎要作弄一下英雄。两天里，风沙铺天盖地，仿佛真的要叫他“进去出不来”。风一停，沙一落，像是什么事都没发生，沙漠异常美丽，移动过的沙丘，那纹路，如同水的波纹。沙漠总是将进入它上边的物体含而不露地收藏起来。

幸亏有一棵枯死的胡杨树。找到秦山的时候，他搂着树干，沙子已埋到他的腰。胡杨树仿佛缩短了一截。秦山的嘴里灌满了沙粒，几乎没了脉搏。

打电话给团部。方歌带了团部的两个女兵赶来，其中一位是女医生。

秦山像胡杨树一样，一动不动。

方歌和女兵含泪唱歌，唱沂蒙山小调。

秦山是山东籍，但他对家乡的歌也没反应。

女医生听不见秦山的心脏跳动了，就用一块白布裹住秦山。

教导员拿来了军旗，盖到秦山的身上。

方歌揭掉军旗，打开白布。

教导员说：你再看他一眼吧。

方歌说：我们早就讲好了，现在，我给你唱歌。

地窝子里一片宁静。

歌声响起：向前向前向前，我们的队伍向太阳……

教导员说：秦山，你别掉队，起来吧。

渐渐地，所有的人都跟着方歌唱了起来。阳光从地窝子上边的天窗照进来，沙尘像音符，在阳光中飞舞。

秦山的嘴唇居然动了。

教导员说：你这家伙，我就知道你不会掉队。

过后，秦山说他像是做了一个梦。他睁开眼，看见很多脸，随即，他的目光停留在方歌的脸上。方歌的脸如同一轮圆月，明净净地悬在空中，像水洗过一般，还沾着水珠。

秦山说：水，渴死我了，咋回事？

教导员说：方歌把你唱活了。

秋天，收获了玉米。团长主持了婚礼。秦山、方歌入了洞房——一个地窝子。方歌说起大沙暴，她说，当时，我就想最后一次给你唱歌。

秦山说：战争年代我都死不了，我命大，能这么轻易掉队？我就等你来唱歌呢。

方歌说：你别耍嘴皮子了。掉队是父辈对死亡的另一种说法。

多年后，我了解到了各种版本的秦山和方歌的爱情故事。父辈不愿说过去的故事，但是，都有一首自己喜欢的歌曲，一不留神，会哼出来。秦山已是农场的副团长，他的步子总像是踏着歌曲的节奏。他的儿子秦平沙是我的同学，我们都是军垦第二代。

有一次，秦平沙突然说：人生有许多关卡，哪一个关卡过不去，后来的一切都不存在了，多危险，我爹几次险些没了命，是我娘把我爹唱活了。

我说：是，没你娘的歌，你爹一旦“掉队”，谁知道你在哪里呢？可能根本没有你，我就没有你这个朋友了，真悬乎。

（选自2017年2月17日《余姚日报》）

有兔子的田野

陈 毓

把李大尔从深沉的睡眠中唤醒的，是鹧鸪的叫声。深山闻鹧鸪。诗境回归日常，李大尔一时有些恍惚。他沉浸在久违的声色味气里，微闭眼睛，想把萦绕耳畔鼻尖皮肤上的复杂奥妙在心里再三盘桓，但在一片更切近的麻雀的蓬勃叫声中彻底清醒。他惊跳起来，环顾卧室，断定妻子早已起床离开。

李大尔的睡眠一向很浅，基本不用定闹钟，身体暗藏的生物钟自然会提醒他，但今天本想早起，却睡过头了。他一边急慌慌洗刷收拾，一边想，妻子早到田地里了吧。

李大尔赶到地头的时候，见一辆收割机已经开进麦田深处，收割机的后面，无边田野出现了一条整齐的麦茬带子。麦秸归麦秸，麦粒归麦粒，真是干净利落。李大尔看见他的妻子，此时站在田埂那棵老榆树下瞭望，真像画中人。

田野的景象使李大尔宽慰，那些镰刀收割、连枷打麦的景象再见不到了，省下人力，省下时间。机器解放了人的身体，这使忙碌的收获季节人也能直直腰身，享受片刻闲暇。今年第一次不用弯腰弓背，躬耕陇亩，李大尔的妻子栗芬在收麦子的季节，在端午节前夕，额外多包了一篮粽子，把粽子吊进地窖冷藏，嘱咐李大尔返城的时候带给公司的姑娘小伙子吃。栗芬还嘱咐李大尔，一定要说“是师娘用斛叶给你们包的红豆小米粽”。李大尔一边在心里笑栗芬小气，一边又觉得栗芬聪明，于是笑呵呵地说，我不是他们的师父，你咋就是师母了？

李大尔在城里注册了一家“乡村风物”文化旅游网站。李大尔说，像栗芬这样的庄户手艺人，未来都可能成为他签约的客户。比如栗芬手工包的粽子，完全可以进入物流，在网上出售，未来每个拥有物产、拥有手艺的人，既可以是买方，同时又是卖方。

李大尔回来帮妻子收割麦子，但今年机器第一次进入他们这个小山村，机器在一个早上轻松完成的活儿，以前李大尔要和妻子躬身田地前后一个星期。李大尔再次发现，乡村眼下人的思维方式、生活方式、贸易方式，都发生着几千年来未曾有过的巨变。李大尔觉得自己就是一棵站在山之巅的树，最早闻见风雨的味道。

虽然他不能了然未来，但不管承认不承认，变化已经发生，需要重新调整思维和行为方式。

李大尔站在田垄上，把外面的广大世界和自己拥有几亩麦田的小小村庄思索了一回。

机器收割解放出身体的李大尔待在家里成了闲人。他外表安静，内心里却翻江倒海。他看栗芬把机器脱出的麦粒晾晒在打麦场上，晾晒搅翻麦粒，让麦粒干得快晒得匀。李大尔熟悉的这个动作也让他恍惚，他像一个思想家，游弋在关乎未来的预测里。他看着绵延的麦田，画笔勾勒般的山岭，森林从高处铺展开来，在淡蓝的江水边停驻，如此田园景象，一辈辈生活在这里的人，对日子的快慢不发一言，就这样，一日日，浸淫其间。

栗芬包的粽子还没等李大尔带回城，城里的姑娘小伙子却来了。端午放假，他们干脆随老板去乡下，说要看老板的旧居，回归田园，寻找乡愁。李大尔在心里哈哈大笑。在苹果树下支起的饭桌上，一顿饭的工夫，粽子所剩寥寥。姑娘小伙子一律夸赞栗芬的手艺，姐姐长姐姐短地搂着栗芬自拍。逗得栗芬一时间心情豁然，炫耀般地把能拿出来的好东西都招待了客人。

吃饱喝足，姑娘小伙子们说要去田野体验割麦子。

李大尔只能嘱咐，当心手指，当心碰破了腿脚。小伙子还稳重，争着看谁割麦更专业。栗芬只好拿来去年收起的镰刀，让他们体验。

几个姑娘的打扮哪像割麦，鞋跟实在太高，去麦地已很扭捏，却说成是要亲亲麦子。脚下一扭三歪，走不到几步就丢掉手上的镰刀，只在收割机收割过的地方做出各种夸张姿势，和麦田合影留念。小伙子呢，他们一小把一小把地抓麦子，割麦子，麦子割过，麦茬似乎比收割机收割过的还要高。李大尔想，从前这样的农民是不合格的。这一代人，哪怕他们户籍还是农民，但他们不会种庄稼了，也不爱土地了。

李大尔在这种差别中再次思考。

穿高跟鞋的姑娘出现在麦茬地不美，也不和谐。李大尔顺着栗芬的眼光看，觉得姑娘们的短裙也不合适。

李大尔提醒自己，哪怕是带着批评的眼光看，也不合适，索性把眼光从姑娘那里彻底撇开，但还是被一声惊呼吸引了眼光。一个裙子更短，勉强盖住屁股尖的姑娘走进麦田，扭腰撅臀，做出各种陶醉表情，这还不够，大概为了体现亲近麦子，她竟然坐在了麦茬地上，麦茬不是草地，于是李大尔听到一声惊呼。

阳光太烈，短裙姑娘像一只在火炭上滋滋烤着的活虾。李大尔以为短裙姑娘会站起来，但她真是豁出去了，她太高兴，或者太没心机，竟然呼叫李大尔过去为她拍照。

李大尔眼看着栗芬的眼睛里长出一把刀子来，拒绝不是，迎上去更不是。

正不知如何是好，突然一只兔子蹿出麦地，仓皇逃窜。

抓兔子！李大尔大喊一声，快速摆动起胖胳膊，完全是一副逮不住兔子不罢休的样子。

（选自2016年10月15日《西安晚报》）

云 品

方英文

晚春初夏时节，南国的朋友与读者依次快递来各类名茶。美物当与良友分享才好，却因眼花腿软无力奔来跑去送上门。来访朋友不空手时，走时正好送点儿茶，也让人家离去时手中不空，所谓礼仪之邦，就是这种调调吧。

那天下楼取快递，照例是茶。签字时电话响了，一接听便是哈哈哈。这是胖人的特色，不论通报何事，序言总是一盆笑声兜进你耳孔，仿佛自冲其肉连带涮肥。其实毫无效果，什么时候见了他依然是盛唐气象。正事完毕我顺嘴说了句想喝好茶了来我这儿拿。那你放在收发室里吧。胖子哈哈道，说他天天下班路过我单位门口，停车一取方便得很。

走进收发室，跟收发员打招呼的同时拆开包裹的四盒茶。与胖子均分好了。全部送他没道理，一因我的境界不到，二也拂了赠茶者美意。取出两盒，剩余两盒继续一包一裹，写上胖子名字。收发员说，好啦，让你朋友下班后来拿便是。手机拍个照，发给胖子看看。

三天后路过收发室，进去一看包裹依然躺在原位置。收发员说没人来拿啊，边说边推鼻梁上的眼镜。我咕哝着走出门来，随手发信问胖子，回答说近来特别忙，忙忘了哈哈。我心想你当然是不缺茶的，只是这么好的新茶你未必有；但是关键不在这里，在你既然答应了接受茶，就应当以迅雷不及掩耳之势拿走。

这不仅是个态度问题、尊重别人的问题，更重要的是你正好借此证明你自己言而有信吐口唾沫砸个坑，无愧一匹耸立天地间的男子汉大丈夫！又一想洒家也未免过于小题大做了，不就两盒茶叶嘛，至于让人家狠抓落实不过夜！若是两块金砖你瞧吧，胖子定会如激流里的水雷早就汹涌滚来抱走喽。

紧接着，端午节三天假，胖子是否将茶取走不知道，自己也随即忘了，毕竟芝麻粒个事儿。上班第三天出门取快递，恰好碰见收发员，告诉我说茶叶仍在呢，很可能是胖子来拿时他刚好下班了。这回我真是不爽了，却克制着以无所谓的口吻说人家看不上也罢，我拿回去自家喝吧。收发员上抬手掌托摸双层下巴，再竖起食指上推眼镜说，送出去的东西再收回来是不妥的。你是忙人事多，把你朋友电话留下我逮个空子送去吧，也就两站路嘛。这让我惊讶之余很是感动，顿觉回到雷锋年代。

将胖子电话写到包裹上，出来碰见正在门口值班的两名保安。两厢一对比，觉得收发员实属斯文人也，轻言细语不温不火的风范。天天收发报纸杂志，空闲了就阅读，时间一长便浸染了几分书卷气；而眼前的保安呢，保安服宽腰带，开门关门登记盘查的，眼神始终质疑着“这家伙是否犯罪嫌疑人啊”。

第二天一早胖子发来短信说茶叶收到了。收到而非拿到，说明是收发员送去的，当即感动起来。当时刚铺开宣纸，正在琢磨给一家杂志刊庆该题写什么内容，思维立马跳到收发员身上。得，送他幅字吧——笔一挥，四尺横批四个字：云品自高。晾干后装进字袋。

书房采南台距离单位十八站路。中途绕过大雁塔，下车步行一站路。步行了百十来米，迎面骑来了收发员。老远就招呼，感谢他替我送茶叶。他没有反应，近视嘛。到了跟前见是我这才停车，再次谢谢他。他说没事，手推眼镜这才想起有那么个事，于是再说两遍没事没事。我说实在不好意思，我生性不爱交往也不爱胡乱打听，你贵姓啊？他说姓童。我说童师傅我清早给你写了幅字，随手将字袋插进他车前的网兜里——里面装着邮件与包裹。他一愣，不知所措地张着嘴巴，说都知道你的字挺值钱的我可不能白要。你说哪里话呀。我赶紧低调，这好比我自家地里的西瓜随手摘一个送你降降温嘛。

听我这么说，他又一次推推眼镜，似觉我说得在理，才勉强接受。可是分手十几秒钟后，他忽然倒骑回来，超到我前面掉过头，将字袋抽出递还我说，我想了想还是不能要你的字。呀嘿！我今天这是怎么啦，送茶人不取，送字人不接，做人也未免太失败了！

说实话你别见外啊。收发员说，我晓得你的字大家都求之不得的。可是我这人无聊得很，从来没喜欢过书法。我说，那你喜欢什么呢？他往上推着眼镜，竭力回想着自己究竟喜欢什么。我没啥爱好。他说，除了吃饭睡觉上班，还真是没啥爱好。这是绝对不可能的。我说，人怎么能没有爱好呢？就是和尚也爱上个电视与漂亮的女主持谈茶论道嘛。

他取下眼镜哈一口气，掏出卫生纸认真地擦着，脸上写满了尴尬。眼镜擦好了戴上，笑了，说我就爱好个跑来跑去给人送东西……不耽误时间了，退休人员等着邮件和包裹呢。望着他舒缓踏车的背影，我这里就相当尴尬了。

（选自 2017 年 7 月 8 日《燕赵都市报》）

酒里金刚

海　飞

同山镇的酒客们最喜欢黄昏降临的辰光。那时他们像一排木桩似的钉在同山镇街心，仰脸看着晚霞一点儿一点儿由绚烂而渐暗而晦暗而滑入暮色。这之后，他们会在海半仙酒馆度过一段无比开心的好时光。

海半仙酒馆每晚十点后免费供酒菜，翠屏烧出最拿手的五香牛肉。一时酒客如云。

这天晚上海半仙对酒客们说，供酒供菜没事儿，可有个条件——你们得讲个自己的酒故事，新鲜，有趣，讲得最好的能得到一坛“七步醉”。

张三抢先跑到酒柜前。张三说，十二岁时跟爹到镇上买了两坛同山烧，准备过年时喝。他爹拉车，他在后面推车。父子俩推着车高兴地聊着，没想到推车陷进泥坑，车轮一歪，两坛酒一滑坠地，满地酒香。张三抓着头皮愣在那儿。他爹吼，还愣着干啥，等下酒菜啊？赶紧喝。父子俩趴到地上，把每片碎酒坛片上的酒舔了个干干净净。

张三说，这故事精彩吧！

李四说，这故事跟我的比，一般般。

李四有一年把老婆送回娘家过夏，喝够了酒跌跌撞撞回家来。路上想起家里还有半斤同山烧，酒虫子就从喉咙里慢慢爬出。不料刚到地头就摔了跤，爬起时摸到满地蚕豆，心里暗自高兴，抓了几把装进衣袋，迷迷糊糊摸到家，进屋后先炒豆。他倒酒吃豆子。蚕豆有点儿硬，咬不动，可味道绝对好。他想可能蚕豆有点儿老了，就喝一口酒咂一口蚕豆，把半斤同山烧都喝了。第二天酒醒，他瞅着满桌的小石子发愣，一嗅还有股盐水味，再一尝咸滋滋的。他骂自己，昨晚醉酒竟然把小石子当成了蚕豆。

众人正哈哈大笑，门外进来个人，嚷着要七步醉。海半仙拱了拱手说，先生打几两？

那酒客说，几两？笑话，听说过酒里金刚宋万里吗？给我来五斤！

海半仙说，宋先生，这七步醉略有小名声，一般人只能喝三两，超过三两走七步就会醉倒。

宋万里对着屋顶大笑，笑完掏出两块大洋拍在柜台上，一把拎过柜台上摆着的七步醉，揭开酒坛盖，咕嘟咕嘟喝了三大口。然后，放下酒坛对海半仙冷笑。这几大口少说也有半斤了。

海半仙说，你走几步。

宋万里稳稳地走，一步，两步，三步……他继续冷笑，笑话，别说七步，就是走到上海我也能……话音刚落就一歪倒地。

海半仙伸手试了试鼻息，没事，伙计，把人抬上床，盖上被子，别凉着。来，继续讲故事。

第二天，众酒客又如约而至。

王五多年前从镇上打了瓶同山烧回来，犯愁着已没钱买下酒菜。见有人在卖螃蟹，他趁卖蟹人忙乎，偷偷掰了条螃蟹腿就溜回家，舔一口螃蟹腿喝一口酒，有滋有味地喝到大半夜。蜡烛没了，王五摸黑继续喝，一不小心螃蟹腿掉到地上，他摸来摸去总算捡到，用衣襟擦了擦继续喝。瓶底朝天了，灌上水涮涮又喝，然后把螃蟹腿小心地搁桌上，打算第二天再喝。第二天中午起来，一看螃蟹腿还在地上。再一看，桌上搁着枚大铁钉，铁锈已被舔得干干净净。

众人大笑不已，说这个真绝了。

王五说我能拿酒了吧？

海半仙说再听听别人的故事，我去看看那酒里金刚。

宋万里睡得如痴如醉。海半仙出来说，继续讲故事。

第三天，赵六捋了捋袖子，讲起了自己的酒故事。

去年赵六跟朋友从绍兴回同山镇，因临上车喝酒误了火车，两人决定走回家，从行囊里摸出两瓶酒，沿着铁路线一边走一边喝。火车轰隆隆地开过来开过去，他们扶肩搭背，唱着荒腔走调的绍兴大戏，快活得不得了。喝着喝着，赵六疑惑地说，天哪，这梯子好长，我们怎么也爬不到头啊。朋友说，可不是，这梯子快通天了。赵六一拍大腿，这是不是天梯，让我们做神仙去？朋友说，可不是，咱是要做酒仙去了……这时有人跑过来喊危险危险，快下来。朋友说，他咋咋呼呼喊啥？

赵六说，他喊危险。你看这天梯没扶手，当然危险了，哎，别拉我别拉我……后来一桶水把他们浇醒。

赵六摸着满脸水纳闷怎么没上天。人家冷笑，上天？下阎王殿还差不多，两个醉鬼把铁轨当梯子爬。

众人笑得前俯后仰。海半仙差点儿把酒喷出来。

赵六的手伸向七步醉。海半仙说再等等别人的故事。那酒里金刚该醒了。

海半仙走进里屋敲了敲床板说，差不多了，该醒了。

片刻，宋万里睁眼，一骨碌起身，对海半仙点点头，捂着嘴巴一声不吭到外面，对众酒客点点头就走了。众酒客嚷，这就是个白吃白喝的家伙，连个故事都不讲。

又过了三天，那坛七步醉还是没人拿走。这天晚上，有人正讲在兴头上，一个戴着口罩的女人进来，身后拖个闭嘴不吭的男人。众酒客一看正是那酒里金刚。

女人摘下口罩说，海半仙你还我男人。

海半仙说，你男人不正在你手心里吗？我怎么还？

女人说，这死鬼回家后闭着嘴坐了三天三夜，不吃不喝不说话，成了个木头人。你还我原来那个。

海半仙叹了口气说，看山是山，看水是水；看山不是山，看水不是水；看山还是山，看水还是水。

这时宋万里慢慢地张嘴，深深吸了口气，再缓缓吐出。顿时酒馆里弥漫着一股醇香无比的气息。众酒客晕晕乎乎起来。

宋万里说，我第一天回家喂羊，羊醉倒了。第二天喂狗，狗醉倒了。第三天喂鸡，鸡也醉倒了。闭了三天嘴，七步醉还能到这个地步，真是天下一等一的好酒。

女人说，我要不戴口罩，这一路拉他过来，早就醉倒在路上了。

海半仙对众酒客说，你们谁讲的故事有他这样新鲜有趣？

众酒客面面相觑默默无语，片刻酒馆里掌声雷动。

海半仙把酒坛递给宋万里的女人，说，酒是个好东西，得适量，以后你管酒，每顿只能三两，养气，活血，益神。你男人底子好，这一场醉生梦死，能多活十年。

（选自《天池》2017 年第 1 期）

蓝莓谷

津子围

那年夏天小鸥十五岁，打猪草去了后山谷。从小鸥家到后山谷隔着一条小河，河水瘦的季节，踩着石头就可以过去。奶奶摔骨折后小鸥不得不辍学了，打理家事，侍候奶奶。

小鸥有好几年没去后山谷了，走到谷口，他发现以往入山的小径被拦了一道篱笆，门口一块立石上雕刻着三个字：蓝莓谷。小鸥想，后山谷大概被包出去，成果园了，不过，以前他从没听说后山谷长蓝莓。小鸥十分好奇地趴在篱笆墙上向里面张望。

“嗨！嗨！”声音从小鸥背后传过来，毫无防备的小鸥吓得几乎坐到地上。小鸥抬起头来，发现一个头发灰白、身材魁梧的老头儿正目光炯炯地盯着他。小鸥告诉老头儿，他就住在河对岸的村子里，进山打猪草。老头儿打量小鸥一番，板着脸严肃地说：“我警告你，不要打里面的主意！”看来小鸥猜对了，老头儿是看果园的。

进山之后，小鸥的心情并不愉快，自己长得像偷蓝莓的人吗？他甚至都不知道这个季节里蓝莓是否成熟，那个老头儿真是令人讨厌！不想，接下来的事情加重了小鸥和老头儿的对立情绪。再进山时，小鸥发现篱笆墙上加了块醒目的木牌，牌子上写着歪歪扭扭的大字：严禁偷蓝莓。小鸥四下望了望，村子里萧条寂寥，山上更是人迹罕至，这块牌子显然是给他立的。小鸥心想，哼，既然你公然挑衅，那咱就斗一斗吧，我不信你能看得住这么大的园子。

小鸥安置好打满猪草的篮子，从一处树林茂密的地方摸进果园。其实那个园子并不大，山脚有一处民房，沟塘两侧种着蓝莓，蓝莓树不高，一垄垄如茶树一般。小鸥蹲下来，发现那些蓝莓叶子下还真的结了果实，靛蓝的浆果上裹着白霜。“站住！”随着一声大吼，看园老头儿从一棵树后现出了身影。小鸥撒腿就跑，老头儿在后面追着：“哪里逃！你给我站住！”两个人在园子里追逐着，小鸥跑不动了，手扶大腿呼哧呼哧喘气，老头儿和他相隔十余米，也弯着腰喘粗气。

起初，小鸥并没想摘一粒蓝莓，他只想作弄作弄那个老头儿。奇怪的是，去蓝莓园和老头儿“斗法”成了打猪草之余的乐趣，因为无论小鸥从什么地方进果园都能撞上老头儿，好像老头儿预先设了埋伏一般。这样反而激发了小鸥的斗志，他动了不少脑筋，比如把衣服挂在甲地，从乙地进入，比如头上身上用树枝伪装起来。可是，他刚刚进入果园，老头儿就在不远处现身了，大喊：“站住，这回看你还能不能跑掉！”小鸥还是跑了。但他发现，老头儿根本就追不上他。

小鸥开始轻松地作弄起老头儿了，他大摇大摆地进出，反正老头儿追不上他。不想，老头儿制作了一个带绳索的竹竿，有点儿类似套马杆那种，大意的小鸥还真被套住过一次，可惜那个绳索不结实，一拉就断了。

这期间，小鸥还真是尝到了蓝莓的滋味儿，他捡的是落在地上的蓝莓，捡蓝莓时他想，这老头儿真不善良，宁肯烂在地上也不给别人吃。小鸥拿蓝莓回家给奶奶，奶奶刨根问底，小鸥撒了谎，说是蓝莓谷的老头儿给的：“你看都是熟透的，不吃也烂了。”奶奶相信了，说：“蓝莓真好吃！”

后来老头儿又发明了大弹弓，那个弹弓有点儿像古代的弩。追逐过程中，小鸥左躲右闪蛇形奔跑，老头儿的弹弓总也射不到他。下大雾了，小鸥要上山打猪草，奶奶劝说也不行，其实小鸥心里惦记着蓝莓谷的老头儿，他想，这样的天气总不会再撞见老头儿了吧。这次进园小鸥没捡落地果，他开始摘树上的蓝莓。“好小子，你又来了，这回看你能跑哪儿去！”突然，传来老头儿的声音。大雾里三米外见不到人，小鸥一边躲闪一边咯咯地笑，影影绰绰地和老头儿捉起了迷藏。

阴雨天里小鸥也忍不住要去蓝莓谷。这次被大弹弓击中了，他先是惊了一下，后来发现那个弹丸是胶皮的，就肆无忌惮地和老头儿在园子里绕开圈子。老头儿跑不动了，远远地落在了后面。小鸥路过农舍，透过窗玻璃发现屋里有两台电脑。小鸥拉开窗户，看到电脑连接着果园四周的监视器，电脑旁边还有一张手绘地图，上面标着红色指示箭头和密密麻麻的黑色小字。小鸥狡黠地笑了。

那天晚上，小鸥突然想到，蓝莓树可被自己践踏得不轻。第二天早晨，他就摸进园子扶那些倒掉的蓝莓树，这次老头儿没有出现。小鸥已经知道监视器的盲点在哪里了。

小鸥和看园子老头儿斗法、追逐了整个夏天，山里树叶泛黄飘零时，父亲把他接到遥远的省城插班就读。

一天，工装上沾着水泥灰的父亲急匆匆来到学校，严肃地问小鸥蓝莓谷的事。他紧张得要命，不知从何说起。后来知道，蓝莓谷的老头儿去世了，他不是看园子的，而是蓝莓谷的主人，早在七年前就患了癌症。老头儿去世前留下遗嘱并做了公证，将蓝莓谷送给了小鸥。

（选自《百花园》2017 年第 6 期）

梁上土

郑彦英

前年高考，黄永丽夺得王城市文科第一名，市里奖励 50 万元，她所在的市一中奖励了 10 万元，她所在的街道办事处还奖励了 10 万元，一共得了 70 万元。这让一辈子当工人挣工资的母亲高兴得几乎晕过去。她在丈夫遗像前泪流满面地说，女儿没辜负父亲的期望。

黄永丽一时成了名人，不断地接受采访，去一个个学校演讲，讲一次一万元。晚上，市里的高考补习学校张校长找到黄永丽说：“建议你不要上大学，对外说你母亲需要照顾，然后到我们学校再上一年，学校给你 50 万元。”

母亲笑了："我女儿都考上了，还补习啥？"

"你想想，你上学，还要花钱。你不上，一年光在我这儿，就得 50 万元，考得下一年第一名，市里再奖 50 万元，这就是 100 万元！"张校长讲到这儿，看着黄永丽的母亲问，"你干了一辈子，挣了多少钱？"

母亲低下头说："就是，我上班上了一辈子，还不如我女儿考一回高考。"

黄永丽想了想说："我这些天一直在思考人生，思考大学毕业后的日子，到机关或者到企业，一个月撑死了也就 5000 块钱，一年还挣不到 10 万元，连房子都买不起。你把钱打到我卡上，咱就成交。"

一年后，黄永丽不但没考得王城市高考文科第一名，而且连前十名都没进，虽然上个一本没问题，但考虑过人生的黄永丽决定不上了。

母亲忐忑地问女儿："咱还是上学吧？你去年挣的钱还没动。"

高考补习学校的张校长又来到永丽家。母亲以为人家来兴师问罪的，没想到张校长见面就笑："永丽永丽，你不要上大学，到我校任教，一个月工资一万块，就讲怎么学习才能考好。"校长边说边打开公文包，把黄永丽在市一中做的所有作业和考试卷子都放在黄永丽面前说："你在咱校的作业和卷子我都留着呢，两个一比，就知道怎样考全市第一了，而且是你现身说法。"

黄永丽说："我不做反面教材。我不去你那儿。我要创业。"

半年后，黄永丽赔光了所有积蓄，还欠了一屁股债。她四处躲藏，怕债主找到她。

母亲万般无奈，到街上找一个盲人算命。瞎子说，黄永丽是土命。母亲很高兴，说土到处都是，命厚。盲人却说，不是山上的土，也不是地上的土，而是梁上土。不动，还好，一动就没了。

母亲给黄永丽一说，黄永丽很生气，又去找盲人算，结果却是一样。不过她多了个心眼，把盲人算命的实况，在网上做现场直播，然后躲起来筹划网络直播创业。

没想到债主把她母亲绑架了，还给她发了视频，说要么还债，要么以身相许，否则撕票。

她立即跑到市里最高的大楼楼顶，然后现场直播，说债主抓了母亲，如果半小时不送母亲过来，她就跳楼。网上顿时沸腾起来，楼下立即拥满了人，公安人员拉开了大网。更有一帮人似乎早就有准备，在地上铺了厚厚的垫子。

债主很快发来了她母亲的视频，母亲大哭着说："梁上土，梁上土，千万别折腾了。"债主在旁边说："我不会把你妈送过去的，你跳不跳楼，和我没关系。"网上开了锅，纷纷骂公安局为什么不抓债主。

半个小时过去了，楼下有人大喊：她没种！说好的半小时后跳楼，胆小鬼！直播里也不断喊出：跳啊！为什么还不跳！

黄永丽一闭眼，跳了下去。当她睁开眼时，已在医院的病床上。债主笑哈哈地站在病床边说："我是张校长的弟弟，自从你得了文科状元，我一直悄悄拍你的视频，特别是跳楼。你这一跳跳出高价了，影视公司出一千万元买版权，你的账已经还清了……"

（选自 2017 年 4 月 20 日《今晚报》）

最会讲故事的人

秦 俑

有土地的地方，就有讲故事的人。正是这些讲故事的人，塑造了王国的历史、文化和精神。有一天，国王心血来潮，想知道在他统治的王国里，谁最会讲故事。于是，我谋到了一份差事，我将踏遍这个国家每一寸土地，去寻找那个最会讲故事的人。

我翻过很多座山，蹚过很多条河，穿过很多个村镇。我听过不计其数的故事，但最会讲故事的那个人却一直没有出现。

第二年春天，在白巴哈镇，我见到了“无人不知的扎玛”。扎玛是一个画匠，他一生只画一个人。

扎玛画的是他的救命恩人。九岁那年冬天，扎玛不小心掉进河里，一个长着一头鬈发的帅小伙儿救了他。当时扎玛冻傻了，等到他想起要向那个救他的哥哥说一声谢谢时，却只看到一个消失在人海中的背影。“从那天起，我就一直在寻找他。”扎玛说起六十多年前的那件往事，好像就发生在昨天。

在扎玛的画室里，我见到了那个帅小伙儿的画像。刚开始的时候，扎玛三个月画一幅恩人的画像，后来改为一年画一幅。扎玛一年一年地长大，恋爱了，结婚了，有了孩子。他脸上的皱纹一天比一天多，头上的白发一天比一天稠。画像上的帅小伙儿，也随着扎玛一起长大变老。那天的阳光有些忧郁，在那间小小的画室里，我看到时间像河水一样缓缓流淌，像最动听的音乐。

“每一年，我都会抽出时间，带着画像，去寻找我的恩人。我走访过白巴哈镇的每一条街道，问过住在这里的每一个人，都没有找到他。”这么多年过去，扎玛的脸上还会流露出失落的表情。他后来去过很多相邻的城镇，那个鬈发的帅小伙儿应是长成了白头发白胡子的老人，他们还是未能相见。

我用很长时间才从扎玛的故事里走出来。我说：“我好奇的是，这么多年来，你做了那么多的善事。我一路在走，一路在听你的故事。你花六十年时间去寻找你的恩人，结果你没能找到他，却成了很多人的恩人。”

“四十岁那年，我感觉自己找不到他了，但我并没放弃希望。有一次，我遇到一个轻生投河的少年，我救了他，就像当年他救我一样。那一天，我的世界豁然开朗，与其盲目地寻找，不如在旅途上做一些善事，用这些善事去感念他。于是，我一路寻找，一路做善事，大家都叫我‘无人不知的扎玛’。”

那个下午，扎玛给我讲了许多故事。最后，在画板面前，七十岁的扎玛又画了一幅恩人的画像。画中的老人还是帅帅的，一头鬈发全白了，连胡子也是白白的卷卷的。我看了看画中卷白胡子的老人，又看了看面前卷白胡子的扎玛，惊讶地说：“扎玛，你看看，你画中的恩人，越来越像你自己了。”

扎玛好像没有听到。或许他听到了，却不知道要怎么回应我。

告别扎玛后，我继续上路。我又翻过很多座山，蹚过很多条河，穿过很多个村镇。在一个秋天的傍晚，我到达黑木河镇，找到了“彩虹爷爷的老院子”。这一路上，在不同的城镇，我遇到过十多家“彩虹爷爷的老院子”，每一家的人都说，是跟“黑木河的洛伊娜”学的。

在“彩虹爷爷的老院子”里，我见到了洛伊娜。黑夜将临，她和一群老人在与另一位即将离世的老人告别。老人已经没法说话，安详地闭着眼睛，就像进入了一个没有尽头的梦境。“这几年，我告别了二十多位‘老爸爸’，他们有的被亲人接走，有的永远离开了。每次有人告别，老院子都会安静好几天，一直等到有新的老人住进来。”说这些的时候，洛伊娜的脸上写满了忧伤。

十年前，洛伊娜的父亲走失了。他患有严重的阿尔茨海默病。为此，洛伊娜十分自责，这些年她一直在寻找父亲，但没有找到，倒是遇到了很多流离失所的老人。父亲走后，给她留下了一笔丰厚的财产。为表达对父亲的愧疚，她开办了“彩虹爷爷的老院子”，专门收留无家可归的老人。十年间，这里共收留过九十九位老人。对每位老人，无论男女，洛伊娜都亲切地称呼他们为“老爸爸”。

洛伊娜现在是七个孩子的母亲，她只有七个孩子，却有九十九位父亲。“我还清楚地记得父亲出走那天，刚好下着太阳雨，天边有一道绚丽的彩虹。”洛伊娜说，“直到现在，我仍然相信我父亲还活着。在接下来的旅途中，如果你遇到他，你一定能认出他来。他的左下巴长着一个瘊子。他已经失去记忆，只会说一个词语：麦片。”

我静静地听着洛伊娜的故事，内心却难以名状。就在一周前，在另一个镇子的“彩虹爷爷的老院子”，我跟一群老人一起，向一位垂死的老人告别。他真的太老了，弥留之际只会重复说一个词：麦片，麦片，麦片……他的左下巴处，就长着一个刺眼的瘊子。“我也相信，他一定还活着。我还会去很多地方，见很多人，我会帮你寻找他。”和洛伊娜告别时，我不敢看她的眼睛。

前面还有很多的山，很多的河，很多的村镇。我还会听到不计其数的故事，我依然在寻找那个最会讲故事的人。

如果你恰好遇到他，请你告诉我。

（选自微信公众号“我们都爱短故事”）

白 鹿

申 平

杨四和王安在草原上寻找白鹿已经一个多月了。他们带着麻醉枪，住在一间人家废弃的孤零零的小土屋里，开着一辆破车到处跑，一心要活捉白鹿，运回城里去发大财。

然而，传说中的白鹿，像神一样的白鹿，他们却连个影子也没有看到。

这些年因为政府禁猎，草原上的各种动物就像野草一样蓬勃生长起来，狼、獾、狐等动物越来越多，鹿呢，更是成群结队。而且由于草原上的人们长期对鹿友好，鹿群竟然不怎么怕人。有时大白天的，也可以看见它们的身影。

但是，鹿群却对杨四他们充满警惕，好像知道他们不怀好意似的。只要他们的破车一露头，它们就会一阵风似的消失在山谷间、白桦林里。后来，两人只好弃车步行，鬼子进村一样悄悄寻找和接近鹿群。有几回，还真的靠得很近，可是并没有发现鹿群里有什么白鹿。

有时候，他们假装成游客，去找蒙古族老乡，以小恩小惠的手段，向他们打听白鹿的消息。蒙古族老乡都非常肯定地告诉他们，白鹿确实存在。一般大的鹿群中都有一只。白鹿往往是鹿群的首领，聪明无比，迅捷如风，一般人很难看到。

蒙古族老乡还讲了白鹿的故事。传说当年康熙皇帝在草原上被敌兵追赶，眼看就被活捉，这时忽然冲来一群鹿，把康熙团团围在中间，救了康熙一命。

事后康熙感恩鹿群，就脱下身上的一件白色衣服披在头鹿身上，从此，草原上就有了白鹿。

王安听完这个故事，已经变成一个泄了气的皮球。他对杨四说：四哥，咱回吧。白鹿这么精，这么神，别说咱找不到，就算找到了，咱也捉不住啊！

杨四也有点儿动摇，但是一想到那个老板答应给一百万元的钞票，他就狠下心来说：还是接着找吧。没听说世上无难事，就怕有心人吗！回去，回去你能干个屌！

于是，他们就继续寻找。

这天傍晚，他们在接近一个大鹿群的时候，竟然隐约发现里面有个白色的身影。他们兴奋异常，不顾雨后草地湿滑泥泞，就像狗一样四肢着地往前爬，近了，更近了，突然，他们发现有几只狼也在另一侧匍匐前进，慢慢向鹿群接近。其中一只狼已经准备跃起，扑向它前面的一只小鹿。不知道是因为恐惧还是出于心善，反正他俩同时发出了喊叫声。喊叫的结果，当然是鹿群逃遁，几只狼也逃窜了。他们呢，也失去了一次绝好的机会。

当天夜里，他们在小土屋里喝了一会儿闷酒，就叹着气上炕睡觉。后半夜，他们被一阵挠门声惊醒了。跳起来趴门一看，糟了，外面的月亮地里，十几只狼团团包围了他们住的小土屋。一定是白天受到惊吓的那几只狼带着同伴来报复了。二人吓得头皮发麻，急忙点起蜡烛，扑过去加固摇摇欲坠的破木门。然后，又从灶膛里掏出没有燃尽的炭火，用木棍夹起来，从门缝里往外扔；还把麻醉枪管伸出去，做出要射击的样子。狼群这才往后退了一些。

然而，炭火很有限，枪又打不响。狼群一阵嚎叫，开始组织新的进攻。这一回，它们有的跃上屋顶，有的冲到两侧，开始用爪子轮流拼命刨土，意欲破屋而入。听着周围哗啦哗啦的扒土声，两人叫天不应，叫地不响，他们感觉到死神正在向他们一步步逼近……

杨四和王安，一对四十多岁的大老爷们儿，竟然在屋里绝望地哭泣起来。

忽然，他们听见外面传来一阵奇怪的声音，侧耳细听，好像是“呦呦”的鹿鸣之声；随后，他们又听见一阵雷霆之音。扑到门前往外一看，但见在明亮的月光下，一队由上百只梅花鹿组成的鹿群，正风驰电掣般向这里冲来。冲在前边的，是十几只高举犄角的公鹿；而冲在最前面的，竟然是一只威风凛凛的白鹿！

不错，那的确是一只白鹿！这只白鹿，个头比别的鹿大，犄角比别的鹿长，全身上下没有一根杂毛，就像一个白色的精灵忽起忽落，又像一道白色的闪电掠过草原，眨眼已经冲到了近前。只见它把头一低，用鹿角一挑，两只狼就飞了出去。这时鹿群同时杀到，群狼哀叫着立即四散逃窜……

两个人在屋里看傻了，半天才反应过来，喊着：白鹿，我们看到白鹿啦！急忙打开门冲了出去。

鹿群看到他们，轰隆隆避出去很远。只有白鹿没有跑，它侧身站在那里，两只乌黑发亮的眼睛望着他们。在月亮地里，白鹿好像通体发亮，站在那里就像是一尊神。它的眼神宁静安详，友好地看着他们，好像有话要说。最后白鹿用蹄子刨了刨地，又朝他们点一点头，这才轻快地跑走。跑出去很远，还回头望了他们一眼。

杨四和王安，就像被施了定身法似的，半天才扑通跌倒在地，边磕头边说：白鹿啊，谢谢你救了我们的命啊！

第二天一大早，杨四和王安就开着破车，悄悄离开了草原。

（选自《金山》2017年第3期）

糖 纸

孙春平

又到教师节了，时有学生到杨老师家来，手上带着这样那样的礼品。杨老师年近古稀了，退休前曾在教师进修学校任教，还当过多年的校长，所以来拜访她的多是现职的教师。当然，也有后来改行另谋高就的，比如各路官员或大大小小的经理。杨老师迎客人落座，指着茶几上的一个小镜框，说："这片糖纸的故事还记得吧？能给我复述个大概，你带来的礼品我就留下。不然，千万别让我老太太受之有愧呀。"客人们或真的忘在脑后讲不出来，或此情此景不便再讲，只好赧颜而去。

镜框大小8寸，仿红木框，玻璃下衬着杏黄的绸布，那片暗红色的糖纸片铺展在正中。精美而用心的装潢，说明了主人绝非玩笑的态度。

不久后，有人在微信里发表了一篇文章，题目叫《杨老师的糖纸》，还配发了装贴在镜框里的糖纸照片。杨老师年事已高，不敢再在手机上耗费日渐不济的视力了，女儿便将那篇文章读给她听：

杨老师九岁那年，留给她的记忆只有饥饿。一次，学校组织学生去郊区劳动，妈妈给她的午饭是灌在玻璃瓶中的玉米糊糊，家里穷，孩子又多，买不起饭盒，也只能这般将就。中午，小杨拼力吮吸糊糊，最后见瓶内仍有残留，不舍，便用石块将瓶子击破，小心翼翼地捧起碎片去舔，竟被万恶的玻璃碴儿割破了舌头。小杨的班主任老师姓姜，已是年过半百的虚胖老太太，见学生嘴里出了血，大惊失色，颠颠儿地跑出一身汗，才在附近村里找来止血的药面面，亲自给小杨敷伤。校长也赶来了，瞪着眼睛责怪："这孩子，怎么这么不懂事！"还一脚将破瓶碎片踢出老远。姜老师突然跳起身，凶凶地对着校长吼："孩子有什么错？！"吼过之后已是泪流满面。姜老师一向温和慈祥，平时连批评学生都不用高声，那个样子惊得围观的师生们谁也说不出话来。校长则哼了一声，悻悻地转身而去。

正是因为饥饿，九岁的小杨无师自通地学会了做买卖，背着所有人，也背着爸爸妈妈，用手里有限的压岁钱，趁着午后不上课的时间，独自跑到郊区，买玉米，买地瓜，买鸡蛋，背回家，煮熟，再偷偷地带到火车站候车室卖给同样饥饿的旅客。她的利润便是每次可吃下一两块地瓜、一两棒玉米或一两个鸡蛋。冬天的时候，她还卖过炒黄豆。她的衣袋里除了炒熟的豆粒，还有一只半大的粗瓷酒盅，那便是她的量具，相当于乡下人爱用的升。有时，豆粒没卖完，小杨便揣到学校，给相好的同学分上十粒八粒，也算是零食。同学们香香地嚼在嘴里，自是感激与羡慕，说：“你家还有这个呀？”小杨不回答也不解释，分享着同学们的快乐。

小杨的快乐止于第二年的夏天。那天，课间操时间，校长突然宣布不做操了，领操台上出现了蔫头耷脑抹着眼泪的小杨同学，台下还站着两名警察和戴着红袖箍的市场管理人员。校长拿话筒说：“作为一名少先队员，我们学校有的同学不好好学习，而去投机倒把，破坏社会主义经济。现在请全校师生一起接受教育。”接着便是市场管理人员和警察轮番喋喋不休的训斥，句句都上着纲连着线，听着叫人胆战。

正是酷热时节，太阳火辣辣的，威力四射。学生中有体力弱的，软软地瘫在地上，引起师生的惊呼。教导主任一个手势，老师们便迅速将学生们按班级带到操场四周的树荫下。只有小杨同学还孤零零地站在领操台上，不时用小手抹一下脸庞。就在那时，师生们看见姜老师从校门外冲进来，一路笨拙而急切地往领操台前跑，有两回还差点儿摔倒。有的同学知道，那天，姜老师请了两节课的假，去了医院。姜老师早就得了很严重的肝病。

姜老师冲上了领操台，先是掏出手帕给小杨擦脸上的泪水和汗水，然后站在小杨同学的身旁，用她那颇显臃肿的身躯替瘦小的学生遮挡住了火毒的阳光。

校长厉声喝道：“姜老师，你要干什么？”

姜老师气喘吁吁朗声答：“如果非说学生有错，那也是老师的错，我跟学生一起接受教育，不可以吗？”

也许，就是因为那次的举动，暑假后姜老师被派去乡下接受锻炼。临行那天，姜老师到教室跟学生告别。她什么都没说，只是在每张课桌上放上一块水果糖，再挨个儿摸摸学生的脸蛋儿。姜老师因肝病每月可得到一斤糖用于辅助治疗，那必须有医生的诊断证明。

每年秋季开学都是9月初。那时，还不过教师节，但推算起来，姜老师离开时应该就是后来一年一度的教师节前后吧。

从此以后，小杨同学再没见到姜老师。但她一直珍藏着那片糖纸，并在师范大学毕业后，不时将糖纸拿出来，给她的学生们讲一讲关于那片糖纸的故事。

杨老师听毕，从女儿手中接过手机，长久地轻抚，长长地叹息了一声，神情中竟是深深的忧伤。

（本文获2017年3月29日首届“说王”小小说原创·演播大赛一等奖）

懒　爷

刘建超

懒爷出生在老街大户人家。

懒爷祖上经营药材生意，初始贩运药材，后来学做炮制，又引进种植，并有了自家的药材铺子。不仅在豫西老街，而且连豫东豫北都有懒爷家的店铺分号。懒爷家事兴旺就开始置地，他家有多少地老街人也说不清楚。你站在老街的丽景门上朝东可劲儿地吆喝，只要声音能传达到的地方都是懒爷家的地界。

懒爷家富甲一方，懒爷却是打小就好吃懒做。他从不过问家里的生意，每天都睡得太阳照屁股才懒洋洋地打着哈欠，晃荡着去钟鼓楼下喝羊肉汤。肚子暖和了就去茶楼约几个朋友打麻将，茶水点心都挂在懒爷的名下。

懒爷还有个嗜好，喜欢召集老街的叫花子一起吃饭。每个月的初一和十五，懒爷就召集老街的叫花子在大石桥上吃饭，买着成筐的榆树园烧鸡、老马家酱牛肉、东街的大锅盔、成坛的杜康老酒，几十个叫花子围坐一起放开肚皮胡吃海喝。懒爷就如同丐帮的帮主一般，一手拿鸡腿，一手端碗酒和叫花子醉得一塌糊涂。懒爷的名声就是这样被叫开了。

懒爷家人也不愿意看到他这样混，强迫他一起去招呼生意，结果懒爷不是把药材给人家发错，就是把经营生意的钱款都拿来花销了。家人没办法只好任由他去，就他这么个独苗宠着惯着呗。

家里的管家出主意说，给懒爷找房媳妇，有了女人懒爷就会收心安分了。一说提亲，媒婆踏破了门槛，谁不想攀上这门亲啊。懒爷也不说什么，媒人带着姑娘来了，他也不待见。问他有啥意见，他都说中中中，你们看着中就中。家人让懒爷带着姑娘上街买衣服，他就把姑娘带到了大石桥头，一帮叫花子围着姑娘，懒爷嫂懒爷嫂地叫着，惊得人家姑娘花容失色，逃之夭夭。懒爷和叫花子哈哈大笑，谁家的姑娘也不敢上门提亲了。

有人说懒爷家业是让他给糟蹋败落的。先是干旱，药材种植无收成，药铺生意受挫；后是父母忽然暴病身亡，撒手人寰，整个家业一下子就落在了懒爷身上。懒爷照样不问生意上的事情，一切都有管家操着心。懒爷还是太阳照着屁股起床，去喝汤吃茶打牌闲逛荡。管家和一个厨娘勾搭，卷着懒爷家的钱财跑了。债主逼上门，懒爷卖掉了所有家当抵债，只留下了一座老宅院。

懒爷还是要过懒爷的生活。他看着空空的大院子，想着也没啥必要用高墙围着，就找来几个叫花子把东墙给扒掉，卖砖。懒爷在墙缝中扒出了一些财宝，懒爷这才隐隐约约地记起，好像娘在世的时候曾捏着他的小脸蛋说，咱家的墙也够你吃一辈子了。懒爷以后的日子就是扒墙，钱用光了就继续扒墙，东墙扒完了扒西墙，整天喝得烂醉。

一座院子，几年就被他扒得只剩下一座雁翅影壁墙了。影壁墙砌工精细，磨砖对缝，雕刻有花草，墙面中间刻有个大大的福字。

八月十五，家人团圆的日子。懒爷空着肚子，站在没有了院墙的院子里，看着院子里的这座孤零零的影壁墙，暗自神伤。懒爷拿着个锤子，开始扒影壁墙。懒爷从福字开始拆，几锤子下去，墙是空的。懒爷从墙缝中摸出了一面铜锣一个匣子。

懒爷打开匣子，里面果然有些钱财，还有一封信。信是父亲留给自己的，信上说，当你撬开这座影壁墙时，你已经是山穷水尽了。留给你的最后的钱财，要么你敲锣打鼓重新开张，用余下的钱财和父亲经营几十年的客户名单，从贩药材做起，重兴家业；要么你把余下的钱花干吃净，从此去敲锣乞讨过叫花子的生活。

懒爷第一次哭了，号啕大哭，把月亮都哭得躲进了云里。

咣咣咣，咣咣咣。第二天一大早，懒爷就敲响了铜锣。懒爷购置了一辆马车，找来两个叫花子做帮手，拿着父亲留下的客户名册，开始了贩运药材的生意。从此，每天早上五更时分，老街上就能听到懒爷咣咣咣的锣声。时间久了，老街不少生意人都是听着懒爷的锣声起床拾掇生意的。三五年的工夫，懒爷在老街又开起了药材铺子，重新圈起了院墙，修整了雁翅影壁墙。

懒爷的家道又兴旺起来，懒爷娶了媳妇生了儿子。那年豫西水灾，懒爷知道灾后必有疫情。他招呼起老街的叫花子，四处采集防治疫情的药材，挨家挨户免费赠送，还在大石桥上支起两口大锅，熬制的板蓝根药汤送给过往的路人。不少人都说，懒爷白白浪费了一个发大财的机会。懒爷说，发国难财，理不正，心不安。那年，老街是豫西唯一没有暴发疫情的城镇。

懒爷的好名声也在老街叫响了，老街有了新的俗语：懒爷敲锣——从头再来！

（选自《海燕》2017 年第 7 期）

神奇女友

周洁茹

惠欣有一个神奇的女朋友。和这个女朋友在一起，总有神奇的事情发生。餐馆吃个饭，服务员会送她花；走在街上，推销员拼命往她手里塞气球塞纸巾；就是路过麦当劳买个甜筒，里面的姐姐还非要送一张小朋友贴纸给她。

惠欣自己，一洗头，天就下雨；一约会，路上就堵车；去银行，排的总是动也不动的那一队；想叫的士的时候来的全是巴士，好不容易走到了巴士站，一辆巴士都不来，过去十几辆空的士。

要不是有个神奇女友做比对，惠欣还以为人生就是这样的。惠欣从小到大都是这样不太顺利的，磕磕碰碰的，都习惯了。就好像惠欣的神奇女友也习惯了每天都顺风顺水、总有惊喜发生的人生。

所以惠欣很喜欢和这个神奇女友一起出门，蹭一下她的神奇人生。

比如这一次，她们去了一家咖啡馆，刚刚坐下来，一个陌生男人就坐到了神奇女友的旁边，手里一本快要翻烂的牛皮纸本子，往她们的桌子上一扔，眼睛望着天，也不说话。

惠欣和神奇女友互相看了一眼。惠欣把牛皮纸本子拿起来看，第一页是个人介绍，手写的雄浑字体，原来是位著名诗人。第二页是目录，中外名诗，还有标价。

惠欣只在露天的烤鱼店见过卖唱的吉他手，还是头一次见到卖诗的诗人。再看他的样子，一言不发，仰着头，只望得见鼻孔，的确清傲。

惠欣就说，你卖诗啊？

你点啊，点了我来朗诵。他说。

不用不用。惠欣连连摆手。

我也可以现场作诗的。他说，价格要贵一点儿。

不用了不用了。惠欣连着说了好几遍不用了。

惠欣的神奇女友突然问，你出过诗集吧？

出过！他答。

这样吧。惠欣的神奇女友说，你手边还有几本，我们都买下来，支持你写作。

我的诗集只此一本。他说，全国独此一本。说完，四处张望。

惠欣和神奇女友对看了第二眼。

惠欣的神奇女友说，你是怕服务员过来赶你走吧？

当然不是。他说，他们都很支持我呢。话音未落，抓起他的本子，像一只兔子那样跳起来，跑不见了。

一切都太神奇了。

惠欣说，怎么会有人做他的生意？

神奇女友说，不一定的，如果是一对文艺男女谈恋爱，买一首现场诗也说不准的。

惠欣和神奇女友对看了第三眼。惠欣说，咱俩长得文艺吧？神奇女友说，你才文艺你全家都文艺。

（选自《北京文学》2017 年第 1 期）

少年与猫

安石榴

外屋地“哐啷”一声，一股冷风蛇行钻进东屋门缝儿。“这天儿，嘎嘎冷，屁沟子冻冰凉！”话落门开，一个大块头一步跨进来，一把揪下狗皮帽子撇了，直奔火盆。他在炕沿边站定，转个身，将屁股蛋子对准火盆，黑棉裤撅了出去，几乎贴上火盆边缘。闷在火盆里的火炭起着一层白色炭灰，老杜义伸手拿起火钳开始翻动，火盆内立马一片粉红，一股热浪圆鼓鼓地腾起来，逼出大块头身上的寒气，老杜义、老杜义老婆、老杜义小儿子被激得一齐哆嗦了一下。

“他赵大叔可是有些日子没回屯啦！”老杜义老婆想着那白眉毛白胡子必是化成一脸水了，挪蹭着要下地取手巾。老赵的手已经缓过来，双手往脸上抹了两下，随即去大腿两侧擦了。这才坐炕上，扒下乌拉，盘上腿。老杜义老婆又原道儿退回去坐定。

“好家伙，一家子倒会享受呀，热炕头烙上了。”老赵架着两个胳膊凑向火盆。

“这不刚上炕嘛。”老杜义老婆呵呵笑。老杜义和儿子没吱声。

老杜义身后，炕头旮旯盘着一只猫，此刻，它偷偷起身，弓了背，竖起尾巴，只在尖儿上卷了个小钩。它贴着间壁墙无声前行。老赵接过老杜义递过来的锥形白瓷小酒壶，掐着它的细脖子仰脸啜了一口。老猫已到炕沿儿，放下尾巴，拖在身后。它并未做停留，一跃，向地上跳去。老杜义突然一回身将它拦腰兜住，拖到怀中。这是一只大狸猫，贴脊骨一条窄窄的黑毛从两耳间一直到尾巴尖儿，其余全是黑灰相间的细密花纹。老猫个头很大，刚好是老杜义一满怀。它没挣扎，但黄眼球正中间的细缝突然裂开，一双黑晶晶的亮眼立时瞪得溜圆。小酒壶重新攥在老杜义的左手上，他右手探过老猫脊背，从它颈下绕上脸颊，拇指和食指打开夹住老猫的两腮。老猫的嘴张开了，小巧洁白的利齿一闪。老杜义将小酒壶抵上去，灌下一口六十度小烧。老杜义一松手，老猫嗖地跳下地，老杜义小儿子跟着跳下地。他跟头把式地冲过去开屋门，又开房门。

大烟炮咆哮着从门灌进来，少年缩着脖子急忙关门，又不甘心，等了等，侧身拽着门拉手把门开了个缝。大烟炮把前屋房盖上的坡形积雪轰了下来，坠落中搅起漫天白雾，纷纷扬扬什么都不见了。老猫也不见了。

东屋南炕上俩男人唠着男人间的事情。老杜义老婆又忙活去了，她整天都有忙不完的事情。少年跳上炕，像老猫一样蜷在老杜义脚边。他从未见老爹有这么多话。少年也入了神，脸上渐渐现出一惊一乍的模样。后来，不知道多久以后，两个人的声音越来越远，越来越模糊，少年睡着了……梦里老猫在雪雾中穿梭，森林里静悄悄的，偶尔有榛鸡发出喑哑的咕哝和笨重的飞翔声。老猫匍匐在一根树杈上，目光平静而锐利，只有胸脯上的毛簌簌颤动……

外面飘起雪花，老杜义小儿子激灵一下醒了，再次跳下地，屋门摔得噼啪乱响，他冲出房门。老猫将口中的榛鸡放在地上，从他脚边溜进了屋。他捡起榛鸡埋到雪窝子里。

掌灯的时候，两个男人手里捏着小酒盅，话终于说尽了。灯影中两人无语，低垂着头各自想着心事。

少年在厨房看着母亲。老杜义老婆用剪刀把榛鸡脖子剪开，拿刀将一段皮毛和肉仔细分离。然后，抓着那段分离的皮毛，一点儿一点儿向榛鸡的身体部分撕。很快，榛鸡的皮毛整体扒了下来。榛鸡小得不可思议了。她把榛鸡开了膛，掏出内脏，鸡嗉子破裂了，少年看到鸡嗉子中满满的橡子。他吃了一惊——他每次都是吃一惊。少年思绪跑开了，暗暗磨着牙，不能想象榛鸡为什么吃带壳的橡子。他母亲此时已经把榛鸡的骨架下到沸腾的锅中，香气从木质锅盖下面飘溢。她用刀面和刀背轮番拍砸榛鸡肉，拍成肉糜，放在一只小盆里，又在手中变成一个个指甲盖大的小圆球。母亲指指东屋，让他回到炕上去。

一大瓮飞龙珍珠汤端了上来。两个男人即刻精神百倍，话匣子再次开启，和漂浮在大瓮上的白气一起四处游动。

“喧亮！”老赵叫了一嗓子，“天上的龙肉，地下的驴肉嘛。”

“呵呵，飞龙啊？”老杜义不信。

“知道不？就是这个龙。”老赵笃定地说，“在早，这是贡品，皇上吃的。”

喧亮个屁！连个鲜亮都不会说。老杜义小儿子心里骂了一句，脸上现出一个不屑的表情，谁都没发现。这一阵子他总有一点儿莫名其妙的火气。少年从口中吐出一枚榛鸡丸子，用手擎了伸到炕桌下面去。小手张开着，小丸子在手心儿上。老猫睡得深沉，酒劲儿从心上走到它的头上去了。于是，那只小手就把小丸子运到手指尖上，轻轻放在老猫的嘴边，鼻子下。

（选自《小小说选刊》2017 年第 1 期）

父亲是一盏灯

崔　立

儿子与父亲在漫无边际的森林中行走。

原本，他们不该迷路。

看时间差不多了，父亲说：“儿子，咱们回吧。”儿子玩得兴起，说：“爸，我想再玩一会儿。”儿子 14 岁，正是贪玩的年纪。

直到天微微黑了，他们还是找不到来时的路。

微弱的月光下，只能隐约看见自己的两只手，脚底下一片漆黑，远方也看不到一星半点的灯光。看不到灯光，就意味着看不到走出去的希望。儿子害怕了。往日在电视里看到的一幕幕骇人的场景，都在眼前跳了出来。闪着一双绿光眼的狼、碗口粗的蟒蛇、吸血的蝙蝠，各种千奇百怪的野兽，还有……

儿子想哭。儿子说：“爸，我害怕。”

儿子说：“爸，都是我的错，要是听你的就好了。”

儿子还说：“爸，我们不会真的被狼吃掉吧？”

父亲忽然笑了，拍了拍儿子的肩说：“别怕，没那么可怕的，我们一会儿就走出去了。”

父亲说着话，抬起头，激动地说：“快看，前面有灯光——”

儿子顺着父亲说的方向看去，黑乎乎的，什么也看不到。

父亲说：“你个子矮，当然看不真切了。”

儿子其实也就比父亲差半个头的高度。

但既然父亲说看见了灯光，儿子心头的恐惧瞬时就淡化了。儿子拉住父亲的手，说：“爸，那我们赶紧走吧。”

父亲说：“好啊，你跟好了！”

父亲在前面走，儿子在后面跟，黑乎乎的森林里，只听见两个人走路的脚步声。

走了好一会儿，儿子有点儿乏了，说：“爸，怎么还没到啊？”

父亲说：“快了，快了，你再坚持坚持，你看，前面就有灯光了。”

儿子顺着父亲指的方向看，还是黑乎乎的，什么也看不见。

继续走，父亲在前走着，儿子在后面跟着。

不知又走了多远的路，走在前面的父亲突然踉跄了一下，差点儿摔倒。儿子说："爸，你怎么了？"

父亲说："没事，被绊了一下，赶紧走吧。"

儿子点点头，两个人继续赶路。

不知又过了多久，儿子又累又饿，但走在前面的父亲像是有使不完的劲儿。儿子看着父亲的身影，咬咬牙，硬着头皮继续往前走。

终于，儿子也看到灯光了。

一片树林里，有一间小木屋，屋里亮着灯。

父亲拍打着门，门开了，暖暖的灯光亮亮的，原来是森林管理员，一个老人家。

"你们是不是迷路了？快进来吧。"

父亲进门时长舒了一口气，脸上满是汗珠。

儿子看到，父亲走路一瘸一拐的，应该是那次被什么东西绊到了，扭伤了脚踝。

那是儿子 14 岁时发生的事了。眼下，又有一件天大的事。儿子轻信一个朋友的话，以自己的名义给他贷款好几十万元。朋友生意失败，整个人消失得无影无踪。

追债的上了门，儿子还不起钱。追债的上诉到法院，结果只有两种：儿子要么还钱，要么被判刑。

儿子在家里，像热锅上的蚂蚁走来走去。儿子反复说着："怎么办？怎么办？怎么办？"

父亲说："儿子，别怕，总会有办法的。"

"有办法！有办法！能有什么办法！"儿子突然歇斯底里地朝父亲吼起来。

儿子想过逃跑，可是往哪里逃呢？更何况，这个时候，外面一定有人盯着自己，想逃，没那么容易！

儿子被传唤去了法院。开庭半个小时，原告方突然说钱款已付，提出撤诉。儿子愣了半天，想，是谁帮自己付的款呢？

直到走出法院，儿子看到了在门口等着的父亲，明白了。

儿子问："爸，那么多钱你是如何筹集的？"

父亲说："不管了，咱们回家。"

出租车将儿子带到了另一个地方，一个陌生而狭小的地方。儿子明白了，父亲把他的房子卖了。

儿子的声音哽咽，说："爸……"

父亲说："别想了，一家人住这里也挺好的。"

儿子突然想起了什么，说："爸，14 岁那年，我们迷路那次，你真的看到灯光了吗？"

父亲没有说话，只拍了拍儿子的肩，像很多年前，在那片森林里一样。

（选自 2017 年 6 月 26 日《河池日报》）

债

戴　希

20 世纪 90 年代，我的家乡还很穷。

读小学三年级时，爸妈能每天给我五分零花钱，已属不易。这五分钱怎么花？当然可以搭车，可以吃零食，可以买文具，也可以购小人书……

我很舍不得花这五分钱。不是特急，我从不搭车，总是快速步行或者一路小跑去上学；也尽量不吃或少吃零食，除非肚子已饿得咕咕叫，实在受不了了；文具？能不买则不买，凑合着用，用到确实不能用了再说。

我为什么这样抠？一是因为太爱看小人书，想多攒钱购小人书看；二是攒够钱后，想干点儿大事。至于到底干什么，当时也没想好；另外还有一点，不知自己是不是守财奴，老感觉只有攒钱才有满足感。那时是攒钱成瘾。

记得半年之后，终于积攒了三元钱。我高兴得不得了，宛如自己发了笔小财，也如小伙儿做梦娶媳妇，想想就甜。

我把这三元钱夹在书本中，藏在书包里，天天背着，恨不得片刻也不离身。有空便翻出来偷看，仿佛它就是自己的护身符。

有天放学了，我照例背着书包，蹦蹦跳跳地回家。可走出学校不久，离家也不很远，忽然遭遇一个二流子，狼一样凶残的模样。

“小孩儿，有钱吗？”他恶狠狠地瞪着我吼。

我紧张得只差尿裤子了，但还是尽量镇定地摇摇头。

“真没有？”他张牙舞爪道，“如果让我搜出来，小心我揍扁你！”

我慌了，眨眨眼，赶紧从书包里掏出一元钱，乖乖地递过去。

“还有吗？”虽然收了钱，他依然凶神恶煞一般，“如果让我动手，让我搜出来，我要把你踩成肉泥！”

好汉不吃眼前亏，我只得又从书包里掏出一元钱，服服帖帖地交给他。

但他还是那样青面獠牙，丝毫没有放过我的意思。“不老实，没掏完吧？你是想挨我的拳头流点儿血？”他吼叫。

“叔，你就行行好，发发善心，留点给我买小人书吧！我好不容易攒下这点儿钱！”我只差跪下哀求。

“不行！”他像嗅到了血腥味儿的狼，“一分一厘也别藏着，除非你小子不要小命！”

实在没法，我只好忍痛割爱，竹筒倒豆子，把书包里的钱一股脑儿送给他。

看到我已泪花闪烁，他却仍是蛇蝎心肠，把钱往口袋里一揣，头也不回，扬长而去。

走在回家的路上，我痛苦极了，后悔极了，沮丧极了，也恼怒极了。

我继续闷闷不乐地向前走。走了不远，忽然遇到一个比我个子小不少，背着书包正在回家的小男孩。看样儿，应该是小学一年级的吧。

这时，我灵机一动，揩干眼泪，也咬牙切齿，恶狠狠地横在他面前。

“小孩儿，有钱吗？”我对他咆哮。看我如狼似虎的凶相，小男孩儿吓了一跳。“哥，你，你……”他哀求着。

“别啰唆，如果让我动手，我非打死你不可！”我嗷嗷大叫，把拳头捏得嘎嘣响。“快，把你身上的钱都给我！”

小男孩一下被我吓破了胆，三下五除二就把身上的差不多四元钱全掏给了我。

小男孩哭哭啼啼地回家了，我却报复成功似的快活起来，心想，别人能抢我，我就不能抢别人？这下倒好，还净赚了一元钱，哼！

日月如梭，韶光飞逝，转眼很多年过去。

长大成人后，只要忆起儿时的恶作剧，心里就特别忐忑，特别愧疚，仿佛自己曾犯下不可饶恕的罪行。

咋办呢？有一年回老家，我下意识地找到童年时搞恶作剧的那条小路，在当时作恶的那个时间地点，把四百元钱小心翼翼地放在了路边。我觉得我必须百倍地偿还，方能减轻自己的罪责。我特别渴盼当年那个被抢的小男孩，此时也能回到家乡，拾回他应该得到偿还的这笔钱，拾回他儿时被深深刺伤的童心。退一步而言，即使这四百元钱，被其他人拾到也好。

但我很快发现，而且最终感到，即使这样做了，自己的内心也永远不得安宁。或许在人间，有些东西是根本无法偿还，也永远偿还不了的。

（选自《芒种》2017 年第 6 期）

失语的秋天

符浩勇

天才蒙蒙亮，老黄便起身打点行装。透过窗户，依稀可见小村高矮错落的瓦房升起袅袅的炊烟，疲惫的脸孔不由掠过一缕悲哀，他感受到一阵迷惘、屈辱和压抑……

两个月前，他作为县农业合作银行的信贷员，被抽调到四英岭下小村蹲点扶贫。他的目光盯住了村后一片弃荒而又不可多得的红碱土地。以前，他看到一本科技杂志刊载红碱土地培植西洋香菇获高产的经验，他去函联系购买了少许菌种，意想谋求推广。

他不会忘记他发动大伙儿培植西洋香菇的那个夜晚。低矮的村部小屋，挤着村中的父老乡亲。

村主任姓李，干咳两声，说："老黄是镇上营业所的，从科技兴农着眼，有心让大家脱贫致富，大家欢迎！"小屋里，响起了噼里啪啦的掌声。

他咧口一笑，从衣袋里掏出一把菌种，说："这是西洋香菇菌种，一月余一个种植周期，希望大家都种上。五元一斤，不过现在不收钱，等收获后再从香菇款中扣……"

"那样金贵的西洋香菇，恐怕我们侍养不活。"有人顾虑说。

"种植技术，由我负责，种不活的不收钱。不过有个条件，香菇收获了，一定卖给我，每公斤十元。"

"哟，每公斤十元！"屋里人嚷起来。

"老黄，真能那样，你算是为大伙儿办了件积德事！"

"只怕嘴说不算，等种出香菇，你不收，一拍屁股走了，怎么办？"

老黄手一挥，说："大家不要担心，种了香菇，我哪有不收之理？告诉大家，香菇收后还要经过加工、消毒……最后出口外销。为了慎重，我们还是订个合同吧。到时，我还怕你们不卖给我呢！"

"不卖给你卖给谁？我们不懂得消毒，如何脱手？"村主任抢过话，笑开了怀。"你放心，有我在，香菇一定卖给你，不过履行手续，订下合同也好！"

老黄从县农业合作银行贷款一万元，亲自跑了一趟省城，买回了八百斤菌种。他跑东家、走西舍、订合同、核亩数，指导播种、点粪、浇水、遮阳、开光……

过了一个月，红碱土地长出了白花花的香菇，一张张喜悦的脸上弥漫着阳光。

收获季节到了，老黄估算了一下全村的香菇收成，又跑了趟县农业合作银行，贷款十万元用来收购香菇。

他刚回小村，就踏进村主任的家，说："主任，你没白忙。你种香菇收成有四百公斤，可赚四千元呀。"

村主任却眨了眨眼说："老黄，把这香菇每公斤十元卖给你，你转卖给别人每公斤多少元？"

"村主任，不瞒你说，我同别人订了合同，每公斤卖十二元！"

"十二元？一公斤赚两元，全村有万余公斤，你就赚了两万多元，好轻松呀。"村主任打着哈哈说。

"没有这么多，你也知道，我收了香菇，还要同别人联营过滤、消毒，除去贷款本息、过滤成本、货运杂费……能有三两千元就不错了。"

"老黄，不是我为难你。我同大伙儿说了，香菇由我们自己联系自己卖，卖了后，菌种钱，我们给你。待到你蹲点走时，我们再好好聚一餐……"村主任盯着他像盯着一个陌路人。

"主任你怎能这样？我们订了合同的呀！"

"订了合同有屁用，你上告，也没有人理。"村主任嗓门提上来，没有半点儿商量的余地。

老黄知道拗不过他，便自己跑东家，走西舍……

他没有想到，大伙儿支支吾吾，都是同样的回答。

转眼，香菇收获完了，村主任派人外出联系，销路一直没有着落。

等到有一天，村主任像个泄了气的皮球，找上门来。老黄跑去一看，愣住了：原先白花花的西洋香菇变质、长霉、褪色了，失去了消毒的效果。他顿感一阵悲哀。

一万余公斤的西洋香菇报废了，菌种的钱自然也收不上。他赔去了一万元贷款本息不算，没有想到，竟有人埋怨他领着大伙儿蛮干了一番，毫无结果。

镇政府来人，找他谈话，语重心长地说：“农民脱贫致富不能急于求成，更不能蛮干，一下子就想富起来……”末了，调整他到别的村庄去。

天渐渐地亮了。老黄拎起了行李，走出门去。

门外，站了一帮憨厚朴实的农民，呼地围了上来，嘘寒问暖，他们仿佛欠了什么重债，负疚、惭愧、不安……

他心头一热，大步流星，离开了小村……

（选自《红豆》2016 年第 12 期）

群山之巅

何君华

乌热松接到父亲阿什库来信，让他请假回去跟父亲上山学习打猎。

这简直是一个荒唐的要求。乌热松虽是鄂伦春人，但他从小到大从未上过山打过猎，更何况他现在公职在身，父亲怎会突发奇想要他回去学打猎呢？简直不可思议。但父亲素来是个稳妥的人，一生从未做过出格的事，既然如此决定应该有他的理由，因此尽管不情愿，乌热松还是决定回去一趟。

乌热松是冬月里回到乌鲁布铁的。他从小和在阿里河当教师的姑姑一起生活、上学，在乌鲁布铁生活的时间并不长，因此这次回家乌热松反倒有一种说不清的新鲜感。

回家第二天的清晨，乌热松就被父亲拽上了山。他们上山的第一件事就是去祭拜山神白那恰。

“我们的一切都是山神白那恰赐予的。来，磕头。”阿什库将儿子的头按了下去，“请山神赐予我们猎物。”阿什库嘴里念念有词。

“今晚我们住在山里。”阿什库说。

按说，一直生活在城里的乌热松突然要在这大雪茫茫的荒郊野岭过夜，心里肯定是不满的。但不知什么原因，乌热松却并不反感。兴许是父亲充满仪式感的祭拜感染了他吧，乌热松竟主动帮父亲砍白桦树搭起撮罗子来。

虽然这是乌热松平生第一次搭撮罗子，却搭得有模有样。父亲看乌热松一丝不苟的样子甚是欣慰。这一刻，他在心里感觉并没有白养这个儿子，终究是鄂伦春之子啊。

“高高的兴安岭，一片大森林，森林里住着勇敢的鄂伦春，一匹猎马一杆枪，獐狍野鹿满山岭，打也打不尽……”阿什库不由自主地哼起了鄂伦春小曲。

撮罗子很快搭好了。

“乌热松，上马。我们出发！”阿什库别起那支跟随了他一辈子的俄式“别勒弹克”猎枪，朝兴安岭深处走去。

这是一支旧得不能再旧的老式猎枪，可阿什库从来没有把它换掉的念头。用阿什库自己的话说就是：“鄂伦春猎人一辈子有两样不能换，一个是老婆，另一个就是猎枪。”

乌热松不知道，他的父亲阿什库是乌鲁布铁最好的猎手。阿什库这个名字在鄂伦春语里本就是“狩猎技术高超”的意思，而阿什库也从来没有辜负过这个名字。他一直都是乌鲁布铁最令人尊敬的莫日根。

“一个出色的猎手要会看山形，辨风向，掌握各种动物的气味，通过观察雪地上动物的足迹进行跟踪、围猎。更重要的是，你必须有足够的耐心，能够忍受零下三十度的低温，还要忍受一连数天找不到猎物的失落和烦闷。

“我们鄂伦春人以狩猎为生。老弱病残者无力获取猎物，只能靠年轻猎人供养，而年轻猎人也有需要靠别人供养的一天。一代传一代，鄂伦春人就这样走到今天。”阿什库边走边说。

“雪地上有狍子的脚印！”阿什库突然大喊一声翻身下马，查看起雪地上的足印来。“没错，是狍子。乌热松，快下马，我们得步行了，从下风口追过去！”阿什库在寒风中大声吆喝道。

两个小时后，他们终于发现了那只足有三十公斤重的大狍子。乌热松对打猎原本兴致不高，可当活生生的猎物就在眼前时，他还是忍不住喊出了声：“爸，快打！”

狍子是兴安岭森林里反应最不灵敏的动物，所以大家都叫它们“傻狍子”。尽管乌热松大喊了一声，那只傻狍子却好似没听见一般，仍然呆立原地一动不动。

这时阿什库才缓缓举起猎枪。然而他仅仅是瞄准，并没有开枪。

“爸，你咋不打呀？”乌热松急不可耐地小声问道。

阿什库不但没有开枪，反而把枪扔到了地上。那只傻狍子终于发觉了他们，撒腿跑了。

阿什库一屁股坐在雪地里，慢悠悠地燃起一锅旱烟，长叹一口气，用一种乌热松从未听过的语气说道：“我们鄂伦春人从不射杀怀孕和哺乳期的动物，下河捕鱼总是用大网眼的网，以此放过那些小鱼。每次出猎我们都祭拜山神白那恰，从不胡乱砍伐森林。千百年来，兴安岭森林里人和动物共存共荣，我们遵守自然的法则。可是，现在不行了。孩子，国家颁布了《野生动物保护法》和《森林法》。从今天起，我们不能打猎了。孩子，鄂伦春人下山了。”

父亲的一席话令乌热松震惊不已，他一下子瘫坐在雪地上，不知该说些什么，也不知该如何安慰父亲。

“孩子，我这次找你回来，并不是要让你真的学会打猎，而是要告诉你，你是一个鄂伦春人，你是猎民之子，你必须知道，你的祖先们是怎样生活的。

“鄂伦春人没有文字，我们的文化只能口口相传。我真担心，一旦离开山林，我们的狩猎文化就要消失。”说着阿什库流下了哀伤的眼泪。

乌热松这才突然明白，他们进山前的河口平地上，那一排排崭新的房屋就是鄂伦春人新的归宿……

一晃二十年过去了。现在，鄂伦春人早已在山下过起了新的生活，乌热松回到家乡时看到新建的鄂伦春博物馆也落成了。父亲阿什库那支老旧的俄式“别勒弹克”猎枪也摆在了博物馆里供人观赏。

尽管阿什库八年前永久地休息了，但他的一些话乌热松至今记得。阿什库说：“鄂伦春猎手打到猎物，要尽可能多地分割给大家享用，这样才是合格的猎手。”现在，乌热松只想将鄂伦春人世代相传的狩猎文化和自然法则与更多的人分享。他想让年轻一代知道，他们的祖先是靠什么站在了兴安岭的群山之巅。

（选自《草原》2016 年第 10 期）

黄　雀

胡　炎

那个女孩儿全身上下似乎都是红的：红头发、红嘴唇、大红的披肩、朱红的高跟鞋，走起路来屁股一扭一扭，脚一跳一跳，头发一甩一甩，几分轻盈，几分妖冶。

可这个女孩儿不姓“红”，偏姓黄，名字也怪，叫“黄雀”，很容易让人联想到那个八个字的成语：“螳螂捕蝉，黄雀在后。”

老街人几乎都认识她。每逢黄雀路过，男青年的眼神就跟抹了万能胶似的，粘在她的脸上、背上；女孩子的眼神则怪怪的，搞不清是艳羡、忌妒还是不屑。上了年纪的人就不一样了，不管老头儿老太太，闻着那股浓浓的粉香，都把嘴一撇：“小妖精！”

“小妖精”黄雀在老街人的眼中的确有些不合体统，而且据说黄雀也没有个正经职业，做事的地方多与“吧”有关：网吧、酒吧、吧台……黄雀歌唱得好，舞也跳得棒，她上过艺校，说起来也算是科班出身。如此，她的社交圈自然颇为驳杂，她臂弯里拐的男孩子三天一换，五天一变，跟走马灯似的。

“像什么样子哟！”老街人私下里摇头。

也怪这女孩儿命苦，多年前爸妈一场车祸全走了，没人疼没人管教，早早地流入了社会，就像一条抛进阴沟的金鱼，再怎么扑腾也游不到大江大河里去。这都是命，不是吗？

然而黄雀似乎很快乐，脸上总漾着一抹似有若无的微笑，嘴角也翘着那么一星半点儿的高傲。走在路上，手里拿着手机，耳朵眼里插着耳机，嘴里常常哼着小曲，那歌喉是相当甜美的。有时，她还会随着耳机里的乐曲走走舞步，那种旁若无人的样子，好像整个世界都是她的。

命运总是充满了变数，甚至变得不可思议。这年冬季的一天，一辆黑色轿车开进了老街。从轿车上下来一个身穿猩红大衣的女孩儿，女孩儿的臂弯，挎着一个气宇轩昂的男人。

没错，这女孩儿就是黄雀；更让人瞠目结舌的是，那个气宇轩昂的人，老街人经常在电视上看到他。他是个大领导，大得让老街人望而生畏。老街人怎么也想不明白，这么大一个人物怎么会挎着"小妖精"黄雀的臂弯？

当黄雀成为老街的焦点时，只有卖豆腐的何老九无动于衷。老街人觉得奇怪："你眼里是不是只剩下豆腐了？"

何老九冷笑一声："有什么大惊小怪的，这家伙是个混蛋！"

"怎么……"

何老九把刀狠狠地戳在豆腐上。原来，大领导跟他是远房亲戚。几年前何老九的女儿大学毕业，拐弯抹角找到了大领导，托他安排个工作。结果，工作没安排，女儿却差点儿让他糟蹋了。

"衣冠禽兽！"何老九把刀拔出来，在空中挥舞着。

"那黄雀不是要遭殃了吗？"老街人倒抽一口凉气。

"错。"何老九摇摇头，"黄雀要鲤鱼跳龙门了。"

"这又怎么说？"

"你们不知道，有个叫白小燕的，原来是夜总会的歌女，后来傍上了这家伙，结果顺风顺水，进了电视台当播音员，再后来又进了大机关，现今已经是科长了。”何老九意味深长地扫了大家一眼，“黄雀是什么货色，你们不会不清楚吧？她和那个白小燕，像得很！”

于是，老街人大眼瞪小眼，心里说不清是什么滋味儿，谁都无语了。

转眼，春节就要到了。除夕之夜，传来一个爆炸消息：大领导被“双规”了。这大约是老街人有史以来最为震撼的新闻，因为那个大人物与一个叫黄雀的女孩儿有关，自然也就与黄雀生活的老街脱不了干系。

“知道吗？扳倒那家伙的，正是黄雀。”何老九说，“这女孩儿，真叫人看不懂了。”

整个春节，黄雀偷拍大领导隐私、揭发大领导贪腐的传奇故事都在老街流传。直到正月十五，老街人才意识到已有多日没看见黄雀了。这倒让老街人不由得为黄雀捏了把汗：这丫头，会不会受了大领导的牵连呢？

黄雀是在正月十六回到老街的，她没有回家，而是径直进了何老九的豆腐店。而那时，一群老街人正在豆腐店里谈论着有关她的话题。

“没……没事儿吧，黄雀？”何老九问。

“放心，屁事儿没有！”

“丫头，闹这么大，图什么？”

“因为你的女儿何春晓！”

“什么？”何老九目瞪口呆。

“春晓和我是闺蜜，这你不知道吧？我早就发誓，只要有机会，我一定要扳倒那个畜生不如的家伙！”

所有人都愣住了，这个妖里妖气的女孩儿，这个人人心中看不惯的“小妖精”，居然有一副侠义肝胆！

良久，一个男青年举着手机打破了沉默：“黄雀，网上都在说你是反腐英雄哩！不过，他们也说……”

黄雀一把夺过手机，上面有四个刺眼的字：“情人反腐。”

“呸！”黄雀朝地上啐了一口，“姑奶奶才不做畜生的情人，信不信由你！”

黄雀转身离去，依然是屁股一扭一扭，脚一跳一跳，头发一甩一甩。然而，今天老街人觉得那姿势还挺美的，尤其那一头飘扬的红发，怎么看都像一束跳跃的火焰。

（选自《中国铁路文艺》2017 年第 7 期）

陈官庄的枪声

李士民

这是我大舅爷讲的故事，我大舅爷叫双喜，今年 88 岁。

1948 年冬天，大雪纷飞。

纷飞的大雪，让陈官庄的冬天分外寒冷。

其实，淮海战役之前，陈官庄还不出名，就是一个普普通通的小村子而已。不过，双喜熟悉陈官庄，就是闭上眼睛，捂住耳朵，也能从陈官庄村子里穿过去。因为，双喜家的村子叫刘庄，离陈官庄很近，近得一嗓子就能喊到陈官庄。

可是现在，双喜就是睁大两只眼睛，支棱起两只大耳朵，也无法穿过陈官庄，因为陈官庄驻扎着国民党军队，而且，是红了眼睛的国民党军队。

那天，双喜的眼睛也红了。

双喜家的一只鸡，被双喜杀了。

双喜家的那只鸡，是他家仅有的一只鸡。双喜每天伺候它，比伺候闺女还上心，捉了虫子给它吃，撒了稻谷喂它，还专门搭了一个鸡窝。双喜搭建的鸡窝是复式的，下层是住的地方，上层是下蛋的地方。

其实，双喜还没有闺女，双喜想要个闺女，双喜想要个像媳妇红影一样的闺女。双喜的媳妇，就是村里最鲜艳最好看的红影。春天的桃花开得有多鲜艳，红影就有多鲜艳；秋天的苹果有多好看，红影就有多好看。

红影已经怀孕了，双喜知道，闺女会像杏花桃花梨花一样，在春天里降临。

双喜早就盘算好了，等闺女出生的时候，这只鸡也该下蛋了。

就在这个寒冷的早上，就在这个炮声隆隆的早上，双喜在院子里扫雪，心里也像炮声一样起起伏伏。不料想，此时的堂屋门吱呀一声就开了，双喜扭头一瞅，是红影要出门。当然，双喜是不让红影出门的，红影怀着孕，身子不方便；外面呢，积雪很厚，滑着呢！再说，陈官庄凌乱的枪炮声让双喜担着心呢。

可是，这会儿，已经来不及了，红影就要走到鸡窝前了。

双喜多着急啊。双喜想喊，却不敢喊，他怕惊着了红影；双喜想跑过去，搀着红影，可是，这时候，红影已经捉住了那只鸡。

双喜黑着脸问："捉了鸡，干什么？"

红影说："杀了它。"

双喜苦着脸问："杀了它，干什么？"

红影说："你听，这枪炮声。"

双喜皱着眉说："是啊，这枪炮声。"

红影说："这枪炮声停下来，我们的日子才会好过。"

双喜说："是啊是啊。"

双喜就帮着红影，杀了那只鸡。

双喜的眼睛就红了。

双喜心里疼，可是，还是收拾了锅灶，准备把鸡炖了。

家里没有水，双喜就去收集积雪，墙头上的，枝丫上的。家里也没有柴火，双喜就去抽房顶上的秸秆。房顶都漏了洞，双喜还在抽。双喜一边抽一边想，村东的大成家，房上落了一颗国民党的炮弹，房子都烧完了呢。

于是，双喜把火烧得很旺。

很快，双喜家就飘出了鸡汤的香味儿。

双喜还在烧火，他不舍得停下来。火苗儿像红灯笼，把双喜的脸映照得通红；火苗儿像红辣椒，把双喜的心戳得疼疼的。

锅里还翻着花儿，双喜撒了一捧葱花儿，鸡汤的味儿更浓了，更鲜了。

双喜拿了最大的一个瓷碗，盛得满满的，他想着，第一碗鸡汤，是送给丈母娘的。这只鸡，是丈母娘养成的，是红影出嫁时的陪送，也是带着丈母娘的心思的。可是，丈母娘家在茴村，远着呢，这边还打着仗，送过去是不成的。再说，丈母娘的心，像村前的那条小溪，柔柔细细的，不送，她也不会生气的。

双喜的眼睛红红的，他把那碗鸡汤倒进锅里，又重新盛了满满一碗。

第二碗鸡汤，是送给爹的。

双喜捧着那碗鸡汤出门了。路上，双喜想着爹的事儿。就是昨天，双喜去爹那儿，正好遇见气喘吁吁的爹扛起一袋小麦。双喜知道，那袋小麦是爹准备过年用的，这是扛到哪里去？双喜还没问，爹就说了，村里驻扎的解放军，他们的粮食有些紧张。那会儿，双喜想不通呢，噘着嘴，别过头，悻悻地走了。

拐过一个胡同，穿过三户人家，就到了爹的家门前，双喜看见爹正在啃一个凉窝头。双喜把热气腾腾的鸡汤端到爹面前说："爹，这碗鸡汤，趁热喝了吧。"说话的时候，双喜的眼睛红红的。双喜看见，爹的眼睛也红红的。爹哽咽着说："这碗鸡汤……爹不喝了……"爹没说完，就说不下去了，于是，爹指了指村外。

双喜回到院子里，他把那碗鸡汤倒进锅里，又重新盛了满满一碗。

第三碗，是送给媳妇红影的。

双喜捧着那碗鸡汤，端进屋里。红影正在缝鞋垫儿，细细密密的针脚，却被泪水打湿了。双喜说："别难过了，这碗鸡汤你喝了，补补身子。"红影的眼睛红红的，她推过碗，抽泣着说："这碗鸡汤……我不喝了……"红影没说完，说不下去了，于是，红影指了指村外。

双喜回到院子里，把那碗鸡汤倒进锅里。他端来一个瓦盆，把锅里的鸡汤全盛进瓦盆里。

双喜稳稳地端起一瓦盆热气腾腾的鸡汤，朝着村外走去，他的脚步很有力，也很豪迈。

村外，就驻扎着咱们的解放军。

（选自《百花园》2017年第8期）

风　景

金　光

摄友们的眼总是尖的，耳朵更灵。这几天大家正吵着要到盘古山拍摄明代建筑，行话说，越是古董拍出的图片越艺术。

盘古山在120多公里外的熊腰乡，已经21世纪了那里仍几近封闭。还是摄友老陈逛街时，听两位刚碰面的驴友说的。那时候正值过午，一位驴友拉着另一位驴友问他上周去哪儿了，驴友说上盘古山了。又问盘古山在哪儿，回答说在熊腰乡。再问那里好玩吗，回答说很不错，山上有一片明代大院，一排七座，值得一看。就这几句对话，把摄友老陈听得耳朵发痒，赶紧联系几位摄友，安排车辆，带着器材前往盘古山。

老陈坐在车上，向大家重复着那两位驴友的对话后说："明代建筑，本来就不多了，加之在深山老林，更是珍贵，说不定通过咱们的拍摄可以挖掘出一处旅游景区呢。"罗锅立刻附和："就是哩，七座一排的古院落，形成一道优美的文化风景，实在太有价值了！"罗锅是市报的资深摄影记者，背上长了一块脂肪瘤，虽无大碍，却显着一块肉疙瘩，大家就喊他罗锅。

车到山下一个村庄就没有上山的路了，只好弃车步行。罗锅找了一位村民，让他指了指盘古山的方向，之后大家攀了七八里的羊肠小道，终于看见半山腰几棵大树下露出几处瓦屋顶。

老陈精神振奋，大跨几步爬上了陡坡，正要振臂高呼，却愣愣地站在那儿。原来，映入他眼帘的是一排残垣断壁的土木建筑，静静地躺在大山的怀抱，院外的碌碡、捣米臼残缺不全，空场上长着半人高的荒草。所有摄友没有一个人说话，拿出相机不住地拍摄。

过了一会儿，人们从第一个院落进入，或拍石刻门礅，或拍木雕窗花，将所有的东西都收进了自己的镜头中。只有罗锅默默地走动着，从院落的后道上穿过，像是在寻找着什么。终于，在第五座院落中，他停下了脚步。

一位老婆婆静静地坐在院里的石桌前，面前放着一个粗瓷大碗，碗里有两个剥了皮的熟土豆。罗锅生怕打扰了老人，蹑手蹑脚地走过去，调整了角度，蹲在那儿给老人拍了几张特写。

老人用昏花的眼睛看着罗锅，露出了和蔼的笑容。罗锅也笑着，看见老人身边有一块磨光了的青石，轻轻地坐了下来："奶奶，你多大年岁了？"

"八十七啦。"老人依然笑着，但说话时，已经没有了下牙。

"这……这院里还有别人吗？"

"就我一个，他们都走了。"

"那你为啥不走呀？"

"我哪儿也不去，这是我的家。"

"他们去哪儿了？"

"不知道。"

老陈听见院里说话，也走了过来。罗锅站起身，拉着老陈走进了婆婆的屋内。房间里潮湿阴暗，隔墙歪斜着，因为屋顶年久失修被雨水淋塌了一半儿，瓦土也从棚楼上漏了下来。婆婆的土炕上铺着破烂的褥子，只有掉了漆的木桌上放着一把擦得光光的青花瓷茶壶。老陈对着茶壶想拍几张照片，却被罗锅挡住了，两人慢慢地从屋内退了出来。

大家拍过图片，兴高采烈地集中在老婆婆的院子里，大谈收获。只有罗锅不吭声，默默地坐着。一位摄友走过来说："罗锅，你看这院子这房子这婆婆，多么好的风景，你咋不拍，愣坐着干啥？”

“这不是风景！”罗锅突然烦躁地说着，然后拿出手机，边走边寻找信号，直走到场外的碌碡前才听到儿子的话：“爸爸，有事吗？”

“有事儿。你给我到超市买上一袋米一袋面一壶油，挑最好的，再买一套好被褥，租个车送到熊腰乡盘古山薛家老院，我们在这儿等着你。”

打完电话，罗锅快步走回院子，对婆婆说：“奶奶，一会儿让孙子给你送吃的。”

“哦。”老人似懂非懂，只顾点着头笑。

（选自《娘子关》2017 年第 1 期）

轻度近视

黎　晗

祁建国想换眼镜想了有一年。祁建国的眼睛近视，但不严重，按上一回配镜时测的，左眼是三百，右眼是三百五十。这样说其实不准确，三百、三百五十是指他眼镜镜片的度数，但人家问他：“阿祁，你老这么趴在电脑前看东西，眼睛会坏掉的。”祁建国就笑笑说：“不会的，我左右眼都才三百多，再坏也坏不到哪里去。”人家听了也笑笑，三百还不够坏啊，好像没戴眼镜的都可以跑到电脑里去上班了。

祁建国本来并没有换眼镜的念头，除去睡觉、洗脸、洗澡，那副老眼镜一直好好戴在他脸上，仿佛是他身上一个熟悉到被淡忘的器官。有一天吃饭的时候，妻子欧丹红在他对面提醒他：“你的眼睛本来只是‘轻度近视’，别搞得像老学究一样，能不戴眼镜还是不戴吧。”祁建国有点儿困惑地从眼镜后面看欧丹红。欧丹红继续说道：“书上不是说了吗，眼镜老戴着视力会下降。”祁建国辩解道："我上回配眼镜的时候，人家都说了，要经常戴着，眼球才不会紧张。""我看是你人紧张，而不是眼球紧张。"欧丹红接着说，"上回？上回是哪一年的事了，你去的是什么破眼镜店？"

祁建国看欧丹红脸色不好，慢慢摘了眼镜："嗯，真的不错呀，碗里的热气也不会蒙眼睛了。"

"虚伪。"欧丹红撇撇嘴，嗔道，"你看你，老戴着眼镜，眼睛凹得像古井了。说了还不听，明明才三十出头，看起来却像四五十岁。"

"戴着你反对，摘下又反感。"祁建国在心里嘀咕道。

这以后，祁建国养成了一个习惯，凡欧丹红在场，他一般都摘下眼镜。而在外面，就是和朋友吃火锅，水汽密布了镜片，他都不摘下来。

可是这样摘摘戴戴、装装卸卸的，祁建国原来和眼镜的亲密关系被破坏了，终于有一天，眼镜从桌上滑下来，在地上磨出几个划痕，镜腿也受了伤。从那天起，老眼镜在他脸上别扭了起来，祁建国有了换一副眼镜的念头。

"这回一定要换个好的，我陪你去。"欧丹红强调道。

"不就换副眼镜嘛，这么隆重？"祁建国咕哝道。

"你呀，就是邋遢，"欧丹红责备道，"眼镜仅仅是眼镜吗？眼镜是戴在你脸上的，又不是装在你口袋里。一副眼镜，不仅要有实用功能，还要有审美作用。你看你现在这副眼镜，怎么看怎么萎靡。少废话，等我有空一起去。"

祁建国想想欧丹红讲得有理，就耐下性子等她"有空"。可欧丹红是个大忙人，欧丹红和祁建国都在政府机关上班，但祁建国是副主任科员，整天清闲得只顾上网，而欧丹红是科局正职，忙得连报纸都没时间翻。欧丹红忙，祁建国等她一起换眼镜，这一等，一眨眼一年就过去了。

有一天，欧丹红加班，祁建国在机关附近散步，刚好等到她出来，夫妻俩就走在了一起。春暖花开，夜色温柔，欧丹红忽然温存地靠紧了祁建国。祁建国转头看欧丹红，脸上有些木讷。这时候，欧丹红突然想起了换眼镜的事，当即拉着祁建国去了一家眼镜连锁店。

眼镜很快就配好了，欧丹红看着祁建国戴上新眼镜的样子，高兴道："你看看，换了副眼镜简直就像换了个人！"

"夸张。"祁建国嘟囔着，把旧眼镜装进了新镜盒。

本来祁建国对新眼镜的审美效果是有些期待的，但办公室同事谁也没有发现。这样，新眼镜戴了几天后，祁建国就把旧眼镜带到了单位。

祁建国有了两副眼镜。他分得很清楚，在家戴新眼镜，一到单位就换上旧眼镜。

过些天，欧丹红到祁建国单位谈事，顺路兜进了祁建国办公室。祁建国惊愕地看着欧丹红，轻度近视的眼睛在旧眼镜后面睁得大大的。

奇怪的是，欧丹红并没有发现祁建国戴着旧眼镜，跟祁建国的同事开了几句玩笑，走了。

祁建国侧耳听着妻子的脚步声嗒嗒远去，顶一顶鼻梁上有些别扭的旧眼镜，又趴到了电脑前。

（选自北京十月文艺出版社《朱红与深蓝》）

苏同学

李　方

不尴不尬地活到了五十岁。

怎么说呢？即便是你已经在人世间混到了评委席上，看着那些帅哥靓妹幼稚可笑地站在演讲台上，张口结舌，红脖子涨脸，吐着舌头做鬼脸，你依然恨不能将身份互换，自己难受一回。

谁不喜欢年轻呢？

但你也不能动不动就说自己老。白发苍苍、疾病缠身的父母才是真正的老。

父母在，不言老。

可是，时不时地就会传来一则消息，某某同学因心脏病（脑梗、高血压、糖尿病）医治无效，于某年某月某日辞世，享年某某岁。就得悲痛着心情去送最后一程啊。拖着沉重的双腿，缓步地到了灵堂前，跪倒在地，上香烧纸奠酒茶。抬眼一望，遗像上的人一张年轻的脸，表情灿烂，那双火热的眼睛，看得人心里一阵刺痛的寒。立起身，走出来，两腿发飘，发软。

送亡人上路的那一碗粉汤，也不愿吃了，也吃不下去，像逃离一个什么现场似的仓皇地走了。

这样的事虽不是经常发生，但就那样的一两次，也足以摧毁你这大半生构建起来的内心世界，让你对人生的确切意义都怀疑起来。

好在喜事也多了起来。

五十岁这个年龄，正是儿女们娶妻出阁的时候啊。

现在通信方便，省却了很多麻烦。叮咚。手机短信的提示音响了，很大气，很有风度，同时又是很随意地（都这个年龄了，什么事情都不用匆忙和慌乱了。如果那样，你这大半辈子是不是活得太失败了？）拿起手机来，打开短信：

亲爱的老同学您好：兹定于某年某月某日（农历某月某日）在某某酒店，为儿子举行成婚大典（如果是女儿，则是出阁典礼），敬请光临。老同学某某夫妇恭候。

看，喜事来了。为了人情债，逼得把锅卖。就是这样的高价饭，你还得回复短信，不咸不淡地表示：收到。恭喜恭喜。

到时候就是一场同学聚会，免不了一醉。

但苏同学搞的这一场酒宴实在是有些意外和别致。

苏同学在校的时候业余是练武术的。每晚下了自习，别的人都拧巴着自己好尽快入睡，而他一个人黑灯瞎火在空荡荡的大操场上脚踢手砍，嘿嘿嘿地发力，练着祖传的一套硬功夫。

有一个阶段，我曾很热心很坚决地想跟上他练习这套拳术。但他说我坚持不了，而且用相马的眼神看我，断言我不是一个练武之人。后来我自己想：人家这是祖传功夫，连自家女儿也未必传授，怎么可能教给我这样一个外姓旁人？何况我们读的是师范学校，大不了当一辈子小学教师，学会一套广播体操终身都够用了，练出一身肌肉疙瘩两只铁拳，又不能体罚学生，没多大意思，也就灰了心。

除了冬练三九、夏练三伏这样特别的个人爱好外，苏同学还有一件事给大家留下了深刻的印象。要知道，那时候的我们都是二十岁左右的年轻人，能够干出一件让大家都记住的事情，多么不容易。

那是冬天，学校安排我们班劳动，将师生厕所的粪土翻出来，拉到学校的田里施肥。

天寒地冻，粪土不好挖。苏同学举着铁镐，使着蛮力，每镐下去，屎尿冻成的冰碴直往脸上崩。他一边挖一边发牢骚：班主任真是王八蛋，给咱们班争来了这个劳动任务，让咱们大雪天吃屎尿。

同学们都咬牙切齿地赞成。没想到班主任正在一墙之隔的厕所里方便，立马来到厕所后面的粪场，问他：你刚才说什么？你再说一遍?!

按说，在这样的情形下，苏同学只要憨一憨，笑一笑，往后脑勺上挠一挠，不说什么，也就过去了吧。可是他梗着脖子，粗着口气，又说了一遍。

真是个练武的人啊。

班主任铁青着脸说：我教了十年书，还没见过你这样的学生。说着，顺手抓过一把铁锹就扑了过去。

我念了十年书，还没见过你这样的老师。苏同学圆睁着眼睛边说边举起铁镐迎了上去。

真锹实镐地打了一架，相互都有损伤。

苏同学是背着处分毕业的。

一别三十年，消息时续时断。因为他有处分在身，所以分配极不理想，在一所偏远的山村小学；后来听说有过一段不幸的婚姻，也结束了，连个孩子都没有。

这一次，他举办的是告别宴。他出生的村庄因生态移民被整体搬迁到遥远的川区，他也按照从教三十年提早内退的政策办了手续，连同父母一起，将要离乡背井地远走了。

其实来的同学并不多。毕业三十年，知交半零落啊。

吃了饭，喝了酒，也蓄了半眼眶离别的热泪。苏同学端着酒杯，说：这一离开，恐怕这辈子都不能相见了，干了！

真叫人伤感呀！

同学们都劝慰：哪能呢？现在通信、交通这样便捷，有事发微信、打电话，一分钟的事情。

苏同学端着酒杯，沉默良久，说：班主任去世，我都没得到消息，连最后一面都没能见上。这些年细想，对不起老师，也对不起自己。

一仰脖，把酒干了。

临别时我问他：你现在还练拳吗？

他淡定着表情，眼睛看着别处，轻声说：我现在练太极。

（选自《安徽文学》2017 年第 4 期）

熬　冬

江　岸

在冬季漫长的一天里，陈彩凤奶奶除了做两顿饭、吃两顿饭之外，就是把一窝鸡放出来，给它们喂食。她一共饲养了八只鸡。每天早晨，她在院子里撒一把稻谷，八只鸡瞬间将稻谷抢食一空，然后到野外觅食。天煞黑的光景，她在院子里撒一把稻谷，咕咕咕地唤鸡回来，看着鸡把稻谷吃光了，又撒一把稻谷。顶多撒三把稻谷。

大雪应该是在半夜时分开始下的，早晨起来的时候，陈彩凤奶奶打开大门，站在自家廊檐上，看见黄泥湾宛如一只小小的船，淹没在漫天飞舞的白雪之中，都分不清哪是房子哪是树了。从早到晚，她开门望了好几次，大雪都没有停下来的意思。她怕滑倒，便一天也没出门。

这样的天气，即便把鸡放出来，它们也无法去野外觅食，只能龟缩在廊檐上，还会在地上屙一堆堆鸡屎。陈彩凤奶奶懒得放它们出来。快到晌午的时候，鸡群在鸡埘里乱扑腾，一只只脑袋都贴在竹编的鸡埘门上，尖嘴从门缝里露出来。显然，它们已经饿坏了。她只好把它们放出来，在廊檐上多撒了几把稻谷。

傍晚，陈彩凤奶奶又在廊檐上撒了几把稻谷。几只鸡应该都吃饱了，鱼贯进入鸡埘。陈彩凤奶奶堵了鸡埘的门，却发现廊檐上还有一只鸡在啄食。她咕咕唤了两声，那只鸡非但没有向她走来，反而怯生生地往后退，退几步之后，又笨拙地跳下廊檐，跳到白雪皑皑的院子里。在白花花的积雪反衬下，院子里亮光光的，她看清楚了，这是一只麻褐色的鸟儿，比她的鸡小了许多。

这个小可怜，恐怕是大雪封山，无处觅食，饿极了，才落到院子里偷食吃。陈彩凤奶奶蹑手蹑脚地进了家，轻轻关上门。她从门缝里往外看，那只鸟儿又飞到廊檐上，寻觅吃的。鸡群几乎把地上的稻谷吃光了，鸟儿好不容易才从地缝里啄食一粒两粒被鸡们遗落的稻谷。她看了一会儿，急忙从谷仓里抓了一把稻谷，轻轻拉开门，将稻谷撒在鸟儿面前。鸟儿吓得慌忙飞到了院子里。过了片刻，它又飞到廊檐上，尽情地啄食起来。

第二天晌午，雪停了，天气却变得分外寒冷。陈彩凤奶奶出来喂鸡，不禁哆嗦一下，又哆嗦一下。她扬手撒了一把稻谷，鸡们一下子朝稻谷撒落的地方扑去。她突然发现鸡群里多了一只黑褐色的鸟儿。这下，她彻底看清楚了，这是一只斑鸠。斑鸠的毛羽稀拉拉的，有些潮湿凌乱。它挤在鸡群中间，依然怯生生的，躲在鸡的身旁，不时啄上一口。

显然，这是一只苍老的斑鸠，一只在野外无法觅得足够食物的老斑鸠。这天晌午，陈彩凤奶奶比平时多撒了好几把稻谷。鸡们都吃饱了四散走开，只有老斑鸠还在啄食。这会儿，它不再那么矜持了，啄食的速度明显加快。

从此以后，每天早晨，每天傍晚，这只老斑鸠总会适时出现在廊檐上，和鸡群一起进食。陈彩凤奶奶怀疑它没有飞远，可能就躲在她家旁边的山坡上，守望着她的小院。否则，它怎么可能那么准时地不请自到呢？有一次，它不知怎么来晚了，陈彩凤奶奶隐隐约约有些失落。等它出现的时候，鸡群已经把地上的稻谷吃光了。陈彩凤奶奶赶紧又撒了一把稻谷。这一次，它没有惊慌逃走，而是和一只喂了很久的鸡一样镇定地站立着，开始进食。

每天除了给自己做两顿饭，给鸡喂食之外，陈彩凤奶奶又多了一件事情，就是给这只老斑鸠喂食。

转眼要过年了。儿子开车回村里来接她，要把她接到竹园镇和他们一起过年。陈彩凤奶奶捡了一筐鸡蛋，让儿子带给孙子孙女吃，她却不愿意离开村子。

儿子说，娘，平时您说在镇上住不惯，要留在村子里，我也依您了。过年您再不去镇上，自己一个人怎么过呢？

陈彩凤奶奶说，我走了，没人给它喂食，它会饿死的。

还像去年一样，我把鸡也逮走，您就放心吧。

我说的不是鸡。它像我一样，七老八十了，老了，不中用了。我一走，怕它熬不过这个冬天。我哪里也不去，我得陪着它，帮它把冬天熬过去。陈彩凤奶奶说着，叹息了一声。

这一声叹息，让儿子实在琢磨不透。儿子追问，娘，您说吧，到底是啥？咱们带它一起走。

斑鸠，一只老斑鸠，你带不走它，我也撇不下它。别管我了，你走吧，你们自己好好过年吧。有它陪我过年，挺好。

儿子半天无语，不知怎么劝慰娘。和一只老斑鸠一起过年，娘真是越老越糊涂了。

（选自《天池》2017 年第 9 期）

云

刘国芳

男人喜欢云，天上的云。天上出现好看的云的时候，男人就会拍下来。一天，男人拍了几张好看的云。随后，男人把这几张云的照片发了微信并配了这样一句话：天空其实是一个不实之词，云在天上，天就不空。

很多人为这条微信点赞，也有人评论：很美。有哲理。

一个叫云的女孩，是男人的微信好友，她评论说：不错，有我在，天就不空。

男人回复云一个笑脸。

这天，男人又拍了几张云的照片，仍配了一句话发在微信上，这句话是：云的美好让人向往，但这个美好的地方却无法抵达。

照样，无数人点赞，也有无数人评论：好有动感的照片。经典呀，透着人生的哲理。

那个叫云的女孩这回只在下面点了个赞，却单独给男人发消息说：真的吗，你想抵达那个地方？

男人回复：美好的地方，谁都想抵达。

云又发来一句：如果你想抵达，就能抵达。

男人回复：是吗？

男人真的喜欢天上的云，只要看到天上有好看的云就会拍下来。这天，男人又拍了几张发在微信上。这回，男人配了这样一句话：

一朵云在天上开成一朵花，看一眼，这朵花开在心里了。

毫无疑问，又是无数人点赞，也有无数人评论：云很美好，心态更好。你是不是喜欢上哪个如花一样的女孩呀，她在你心里？

那个叫云的女孩同样在下面点了个赞，但又单独给男人发消息说：这朵花是我，对吗？

男人说：不是。

女孩说：我觉得是，我叫云，你一再把云说得那么美好，你一定喜欢上了我，你微信下面都有人评论，说你喜欢上哪个女孩了。

男人回复：我真的喜欢天上的云，觉得很美。

云问：我不美吗？

男人回复：很美。

云说：那不是一回事嘛，你喜欢天上的云，其实是因为你心里有我，不是有一句话嘛，爱屋及乌，你这是爱云及云。

男人回复：真不是这么回事，我只是喜欢天上的云，你很美，我却不敢喜欢你。

云问：为什么？

男人答：因为我有老婆。

云又发来一句：这有什么，现在外面找相好，找情人的人多得是。

男人回复：不能呀，至少我不会这么做。

云说：很失望，我一直以为你喜欢我。

男人回复：别失望，你那么优秀，一定有更优秀的男孩喜欢你。

云再没回复，但过了两天，云忽然给男人发来一条微信说：我现在在河边了。

男人问：你在河边做什么？

云回复：走着走着，就到水边了。

接着，云发来几个落泪的表情。

男人问：为何伤心？

云回复：想想都没意思，我喜欢的人，他却不喜欢我。

男人回复：会有人喜欢你，一定会有。

云发来一句：哪有呀，我现在都行到水穷处了。

男人回复：这时候可以坐看云起。

过后，男人又发了一条微信，这次，是一个人坐在河边，河的对面，云在升起。这回，男人配了这样一句话：坐看云起不仅仅是一种希望，更是一种坚强。

那个叫云的女孩又点赞了，同时，跟男人发消息说：明白。

又说：谢谢！

（选自2016年10月26日《江苏工人报》）

牌　局

苏　北

家乡一位老人，善打牌。牌者，麻将牌也。全镇数他技艺最高。麻将136张，条果万，中发白，东南西北风，他是张张摸得出来。他抓牌，三墩搭一，一副牌十三张，他抓到手，先看一遍，之后便打乱牌张（条果万混放），以免看者插嘴，暴露了牌。一般情况下，他抓一手牌，都是直接将牌在面前放倒，抓一张，有用的，便放一边，换一张废牌打出，这样几圈下来，他把牌一掀，和了！别人看不懂，看半天还不知道他是怎么和的。他笑着让别人看，直到别人“噢”的一声，忽然一下明白了，他才将牌推了重新洗牌。

他本姓张，可是这个镇上的老人小孩，根本不叫他的大姓，给他起了一个绰号:教授。大家见到他，都呼“教授”。他并不避讳，欣然接受。别人嬉笑:“张教授，玩两把？”他笑嘻嘻地说：“好！玩两把！”

各地打牌玩法不一，可谓五花八门，如果统计，可能有几百种，可以编一本《麻将大全》。这个地方打牌是“听大绝”。所谓大绝，就是听最后一张绝牌。比如有二三果，听一果。这时牌面上已有一家对了果，就只剩下唯一一张一果在余下的牌中。这时别人打出或者你自摸，都可以和牌。三家谁打谁给钱，曰：放铳。如果自摸，则三家都输。

老张年轻时喜欢打夜牌，吃了晚饭出门，天亮之前回来。一夜下来，老张总是赢得多输得少。那时困难，一场牌下来，也只是十来块钱的输赢。为打牌，小两口没少吵架，这样磕磕碰碰几十年，也生了四五个娃。人生不经过，娃子一天天长大，老张转眼也五十出头。

几十年来，小镇发生了天翻地覆的变化。小镇变大了，冒出许多楼房；镇子周边，土地也被征用了，成立了工业园；镇上原来不起眼的人，几十年下来，也成了王老板马老板；镇上的小汽车一天天多起来，网络布满每个家庭，每家都是几部手机。孩子们都长大了，出外打工去了。

老张老了，头发已完全白了，不过身体还好，除血压略高外，所幸还没甚大病。老了的老张闲时还是打牌，不过跟他打牌的老人渐渐少了，年轻人多了。年轻人开玩笑，多叫他“张老教授”。镇上开了许多麻将馆，打牌也再不用到家里去了。

老张打牌的这家麻将馆在镇南边，叫“永胡麻将”。这一天，小王小马小林和老张相约打牌。说是小王小马小林，其实是王总马总和林总，他们在镇上都有企业，有的产值过亿，都是大老板。可牌也打得不大，一场下来不过几百块钱输赢，还是以娱乐为主。老张和小王他们是老牌友了，一般都是这几个牌友在一起打的。几年下来，老张都是赢得多输得少。

这天老张不顺，估计是牌神不在家，打了一下午，老张不开和，还输了有好几百块。老张是久经沙场的。他虽心中犯急，可面上始终不动声色，还是一圈一圈去打。打牌几十年，像今天这样的情况，从来没出现过。过去也有牌背的时候，但多少还能和几盘。今天奇了，一盘不和。

老张今天出门，忘了吃高血压降压药，平时也有忘吃的时候。偶尔个把次，也没甚关系。今天老不和牌，老张心里不大高兴，血压于是不稳，升得快。老张的脸都涨得通红了。小王对老张说：“教授，看你气色不对，今天干脆不打了，明天再来。”老张也想不打了，赶紧回家吃药，输这几个钱，对老张也不算个事。可这一盘，老张来了一手果子，转了几圈，总是缺一张，不能听牌，老张想打完这盘就结束。如果这盘和了，少说也有好几百；如果是自摸，一人就几百，一下子就能把输的钱扳回来。老张这么想着，就摸起一张牌，正好是个二果，听了！独钓一果。对家吃了一手牌，有一封对一果躺在对面，还有最后一张一果，在余下的牌张中，就看老张有没有运气自摸了！

老张不声不响，一张一张去摸，已摸了两圈，都是万字。上家的小王似乎发现了情况：“教授有大牌，这一下和了，会要命的！”老张面上若无其事：“屁的大牌，还没有听张，何以大牌？”嘴上虽这么说，可心中还是发急。像老张这样的老手，都眼睛直了地看着对方手中出牌，不敢有一丝大意，因为剩下的牌不多，顶多再有两圈就抓完了。

老张这么算计着，抬手就是一抓，他只轻轻一摸，就知是个一果，根本不用再看。他心中一阵狂喜，今天这一场牌，几个小时不和，现在总算开和了！不和不要紧，一和就是自摸大绝，也太绝了！他这么想着，就高声说：“和了！自摸大绝！”

说完就把牌往桌上一掼！牌“哐当”一声，蹦起老高，就听一声响，牌不见了。

三家放下牌，都伸头来看老张的牌，是听独钓的一果大绝，牌是没错的。可是自摸的那张一果呢？只掼一下，飞哪儿去了？大家一起来找，桌上的“河”中，一张牌一张牌地翻，没有！地下，有人蹲下趴下到地上找，没有！真奇怪了！老张说：“你们身上，你们身上摸摸，看飞身上没有。”大家纷纷拍自己身上，掏自己口袋，把口袋翻了出来，还是没有！

又找了一遍，旮旮旯旯都找遍了，还是没有！

老张说：“是和了，你们给钱。”大家说：“肯定是和了，我们知道肯定是和了，可是牌呢？没有牌我们怎么给钱呢？”

老张想想也是，没有这张一果，怎么跟人家要钱呢？自己是老江湖了，算了！他把牌一推说：“算了！不玩了！今天算我手背！”说着站起来。可能是站得猛了，老张头一晕，就要倒，嘴里不自主地“啊哟啊哟啊哟……”一迭声几句，人就瘫了下去。众人赶紧一拥而上，将老张架住，有人掐人中，有人抱着老张胳膊紧摇：“老张！老张！老张！”

有人赶紧用手里的手机打电话，叫急救车。一番折腾，没几分钟，急救车来了，人们七手八脚地把老张抬上车。小王还不错，爬上车，亲自陪着送老张到医院。到医院，又是一阵急救，可是老张死活不动弹。乱了一阵之后，医生摊摊手，摇摇头，说，没救了。

老张死了。老张这桩奇事，人们议论了一阵也就罢了。

转眼到了年底，永胡麻将馆依然生意兴隆。麻将客依然按照自己的习惯按时来打牌，王总马总林总又有了新的牌友，他们依然牌兴不减，经常在这里玩。这天打到半夜，忽然牌桌上方的电棒闪了几闪，不亮了。小林对着外面喊：“胡老板，电棒不亮了，换根电棒管子！”

胡老板答应着走了过来，用手机上的电筒照着，将管子转转，还是不亮。老板说“等一下”，转身拿来了一根新管子。一边手机照着，胡老板一边拔下管子，刚将旧管子拿开，在电棒盒子上边的槽子里，发现有个麻将睡在一层灰中。胡老板惊奇地说：“怎么有个麻将？”说着就用手抓了起来，一看，是一个一果。胡老板用手将灰尘一擦，一果中间的那个通红的圆立马鲜亮了起来。

众人忽然一声惊叹。王总马总林总“噢”了一声，互相对望了几眼，脸上沉了下来。

马总忽然对王总说：“小王，‘教授’死了多长时间了？”

小王掰着指头数，七月八月九月十月十一月十二月，之后望着自己收回来的指头，幽幽地说：“老张走了快半年了！”

（选自《百花园》2017年第5期）

小米窝头

刘 泷

虞展旗调这里任县长一月有余了。开初，对于他的位置，他仅知道“公仆”和“父母官”两个称谓，当听到“县太爷”的称呼，才觉得有点儿意思了。

那天，他带司机、秘书和记者下乡，检查全县各乡镇农田的苗情。他们起得早，察看了一个叫银匠沟的村子之后，听说山后有个红土岭的自然村，就让司机加大油门，去了红土岭。

红土岭是一条狭长的偏僻山沟，一个自然营子不到一百人。他们的越野汽车穿行在坎坷不平的村路上，俨然羊群里钻出了骆驼，那些路边的羊群、牛马，吓得乱串。

他说，把车停下来，下去走走吧。

越野汽车在一棵苍老的古杨前停下来。他们下车的时候，一位老者从杨树后转过来。老者听说他们从县里来，连连唏嘘说，县衙门来的呀，辛苦呀！啊呀，红土岭天高皇帝远，见到你们，真不容易。是毛主席派你们来的吧？几个人闻言，皆大笑，说，老爷子，都什么年代啦，毛主席早逝世啦！老者执拗，我不信！不是毛主席的干部，你们能这么亲民？虞展旗说，老人家，我们是共产党的干部，是人民公仆，一直和人民群众心连心的。老者说，好呀，我九十岁啦，有两件事没有实现。一个是没见过汽车，一个是没见过“县太爷”。今天终于见到汽车啦！那记者说，老爷子，如果见到“县太爷”，您高兴吗？老者颔首，当然高兴呀！老者反应快，问，你们中有“县太爷”呀？记者问，您看，谁是“县太爷”？老者上去拉过虞展旗的手说，肥头大耳的，一准是你！

大家都笑了，夸大爷好眼力。

中午，本来是要回县城就餐的，虞展旗高兴，到镇政府，对党委书记说，午饭在镇里吃。简单点儿，连菜带饭一起上，不上酒。

书记说，好嘞。您能在我们镇吃饭，是对我们最大的鼓舞与肯定呀！我知道您在农村长大，就上羊头肉、猪头肉、柴鸡蛋、筋头巴脑什么的。我想问的是主食，是粗粮还是细粮，是吃小米还是大米？

见他沉吟，书记说，这样，红土岭的小米没上化肥，纯天然绿色无污染，来小米窝头吧？

红土岭产的小米？好呀！虞展旗还沉浸在老者的美誉中，他信口吟道，羊羔羔吃奶望着妈，小米饭养活我长大！小米窝头，我喜欢！

果然，这小米窝头暄腾、喷香。他吃得开心，满嘴生津，赞不绝口。

他们县管辖十一个乡镇。从此，每到一个乡镇，那书记镇长都说，虞县长，我们都是您的下属，哪根指头咬咬都连着心呢，中午可要在我们这里吃呀！

虞展旗说，吃，吃！我下车伊始，一视同仁。

那下属有些谄媚地说，我们听说了，您亲民，不搞特殊化，我们也是给您准备的小米窝头。

他忙说，好好，小米窝头好。

在接下来的第九个乡镇，他对那里的书记说，我们接下地气，找个老百姓家吃午饭吧。

书记说，好嘞，您放心，一定有您爱吃的小米窝头。

去的是沈大娘家。沈大娘是老党员，笑吟吟地说，哎呀，太好了，您这“县太爷”亲自到老百姓家吃饭了，这是当年老八路的作风呀！真是稀客呀，我们太感动啦！

沈大娘热情，红烧肉，杏核子豆角，麻籽豆腐，土豆倭瓜，整了一桌子，全是农家菜，热气腾腾的，像寒冬的火炉，暖人心。尤其小米窝头，金黄色，瓷实，散发着馥郁的香气。大娘一个劲儿劝他多吃些。他有些动情，竟比往日多吃了两个窝头。

沈大娘乐得脸上开了花，说，您这“县太爷”没有架子，如果干部都像您这样，就甭用上面号召密切党群、干群关系啦！

第十个乡镇的午饭，依然小米窝头。

第十一个乡镇，最后一站了，午饭前，他悄声对那书记说，你告诉食堂，今天换一下主食。你不知道，我其实最反感窝头啦。小时候，缺粮食，学校、生产队、家里，动不动就是小米窝头，吃得我见到窝头就条件反射，总是反胃吐酸水。这些天，老胃病犯了，晚饭都吃不下。

书记说，好，我让食堂改做荞麦面条？

他说好，荞麦面条好，荞麦面降血脂。

这时，秘书说，沈大娘来了。

沈大娘挎了一个竹篮，进屋就揭开捂着篮子的白布说，“县太爷”呀，我知道您爱吃小米窝头，今天特意蒸一锅，赶紧打车送过来。还热着呢，你们中午就吃这个吧！

虞展旗即刻乐了，对书记说，这是沈大娘的一片心意，这么远送过来的。告诉食堂，中午就吃小米窝头吧。

沈大娘的脸笑得如同绽放的菊花。

（选自2016年11月11日《赤峰日报》）

三 年

芦芙荭

她和他是一起考上大学的。他们俩成了这个美丽小镇走出去的第一批大学生。

四年时间，他们俩一起在大学校园里度过。她喜欢浪漫，而他喜欢读书，她就默默地陪在他的身边。毕业时，她依然回到那个美丽的小镇，当了一名老师，而他却以优异的成绩被学校“保研”。

他成了这个美丽小镇最有出息的人。为了让他能安心读书，她和他约定，每过一段时间，她就去学校看他一次，将他们家乡他最爱吃的东西带给他。

从小镇到他读书的大学，需要坐五小时的车。她晕车，但她还是坚持坐车去看他，而且每次都是到了他的宿舍楼下了，她才给他打电话——她总是想给他一点儿惊喜。

校园的环境很美，他们找个安静的地方坐下来，她把给他带来的好吃的东西一一摆出来，她喜欢看着他一点点地将那些食物吃完。当然，吃不完的，她就给他打包，让他带回去慢慢地吃。

在一起时，两个人就会说些分别后各自经历或遇到的事。他会说他的导师又搞了什么新科研项目，他参加了；而她，说的当然是那个小镇上发生的事。

有一次，她一边看着他吃东西，一边漫不经心地说，那个刘东，没事总往我们学校里跑。她看着他，说，你说搞笑不搞笑，他还让我们校长给他说媒要娶我呢。

刘东是他们的同学，他的父亲在外面开矿，挣了很多钱，成了他们小镇的首富。

他听了她说的话，停止了咀嚼。那你怎么不答应他呢？他家可是有钱呢。

她开玩笑说，只要你愿意，我就答应。说着，她就掏出纸巾去给他擦嘴。她想，这时，他会抱抱她，说些好听的话的。比如会说，刘东除了有几个臭钱，还有什么？再比如，我可不愿意呢，我心爱的女人怎么会让他去追呢？

可他没有。他匆匆地吃完东西，站起来说，下午还有一个重要的实验呢。她心里有些失落。可失落归失落，他是为了他的事业。她只好又坐车回去了。

有些事，怕成了习惯；一旦成了习惯，就成了理所当然。比如说她去看他这件事，一开始就好像是应该的。他从来没有问过她坐车来累不累，晕车不晕车。她越来越晕车了，有时，她上车前不得不吃几片安眠药，以睡觉来抵挡晕车。

有一个星期天，她没有去看他，因为她感冒了，她想他一定会着急的，一定会想她的。可再去时，他却像什么事也没发生似的，问也没问，依然是不紧不慢地吃东西，说他的科研项目的进展。

她说，刘东又买了部好车。你猜怎么着，他说他要开车送我来见你呢。

他说，你怎么老提刘东呀？你是不是喜欢上了他？

她还想说什么，想了想，没说。

从那之后，她再也不提刘东了，好像刘东这个人从这个世界上蒸发了。

时间过得真快。他马上就要毕业了。那段时间，要做毕业论文，要做毕业答辩，还要找工作。他让她不要来看他了。

有一天，突然就传来消息，她嫁给了刘东。那时，他刚刚办完手头的事情。这太突然了。

他打电话质问她，到底是怎么回事？

她说，我守了你三年，刘东守了我三年。

她说她是一次偶然才知道的，这三年，她每次去看他时，刘东担心她，就悄悄地开车跟在班车的后面，这一跟就是三年。

她说，我嫁给刘东真的不是为了他的财富，我是为了这三年。

（选自《小说月刊》2016年第12期）

治　军

吕啸天

岳飞率部与金国进犯建康的完颜兀术部进行了六场血战，夜袭溧阳转战广德六战皆捷，完颜兀术率残部落荒而逃，岳飞屯兵江州。朝廷赏赐岳飞布匹、金器等物品。岳飞令岳云把赏赐的物品全部卖掉，用所得银两买来上好的铁丝牛筋精制了三千张良弓，又招募了一批新兵，交由岳云训练。

半个月后，两位年过六旬头发花白的老人走进了岳飞用茅草搭的中军帐里。

两位老人是夫妇，在军营旁边的一条小街上开了一家烧鸡店。老妇人跪在岳飞的面前泪流满脸，说："几天前的晚上，有两位军爷来店里，要了烧鸡烧酒，吃了喝了嘴一抹说还没发军饷账先记着。自那以后，这两位军爷每天晚上都来白吃白喝。"站在一旁的大爷叹了一声说："我们店小经不起折腾，还请元帅为我们做主。"

岳飞给两位老人赔礼道歉，令人拿来五两银子交给老妇人，并亲自把他们送出营门。回到军营传令所有新兵到训练场上集合。岳飞阐明因由，满脸怒气地说："强取百姓东西，犯了军规，念这两个士兵是初犯，现在出列认错，可从轻处罚。"

去烧鸡店吃白食的新兵名叫黄纵、程中。两人入伍前都是卖肉的，每日都要喝上几杯。军营里不准喝酒，吃的是粗茶淡饭。两人觉得异常难受，夜里就偷偷溜出去吃喝，没想到惹出了这么大的麻烦。现在见到将军火冒三丈，吓得浑身发抖，不敢出列。

"没有人出列，那就新兵营统制受罚！"岳飞仍满脸怒容道，"新兵营统制岳云统兵治军不力，打军棍二十。"

当着全军将士的面，岳云被按倒在凳子上行刑。打到第十下的时候，黄纵、程中飞奔过来，跪倒在地痛哭失声说："将军，我们错了。"黄纵、程中也被打了二十军棍，皮开肉绽。

岳飞一脸肃穆地说："兵士是国家的利器，抵御外敌保家卫国的重任要由你们来承担。只有军纪严明，才能打胜仗，才能得到百姓的支持和拥戴。岳家军的军规有三十条，所有将士要时时铭记在心。"

新兵营所有兵士齐声道："定遵教诲，坚守军规。"

三个月后是中秋节，卖烧鸡的两位老人又来到了军营求见岳飞。两位老人很是感激地说："将军，您管教兵士有方，我们这些百姓打心底里感谢您！"原来，黄纵、程中伤好后，心生惭愧，休息日就到老人的烧鸡店帮忙做些杂事，做完事就离开，连水也不敢喝一口。多了两个帮手，老人生意更加顺手，多挣了一些银两。为表谢意，特意带来三十只烧鸡送给将士们品尝。老人还决定将二十岁的独子丁运来送到军营。

“岳家军不能接受百姓馈赠。”岳飞很高兴，折价把三十只烧鸡的银两交到老人手里。把黄纵、程中提升为新兵营一队、二队队长，把丁运来编入新兵营一队交由黄纵训练。

进入冬季，盘踞在江州北山的山匪匪首丁三枪坐卧不安，山上的人马有五千多，缺粮少衣，生存堪忧。他得到线报：岳飞的军营里刚运来一批军粮。于是心生一计，准备让山匪穿上岳家军军服混进军营夜里把军粮偷些出来。丁三枪是丁运来的远房表叔。丁三枪亲自下山来到烧鸡店住了下来，又以叙旧之名把丁运来叫出军营。年少纯真的丁运来不知表叔的底细，表叔问啥他答啥。丁三枪不费吹灰之力就把军营的情况摸得一清二楚。

丁运来回到军营把见到表叔的事告诉了黄纵。黄纵说：“你闯祸了！”黄纵连忙向岳飞报告。

岳飞令新兵营所有兵士集合在校场，满脸怒容说：“丁运来泄露军事机密，按军纪当斩。”顿了一顿，岳飞又说：“但念他是丁家独子，而且是无意中泄露军事机密，改责罚三十军棍。”

岳飞又说：“本将治军不力，甘愿受罚，也领罚三十军棍。”说完他脱去战袍和衣服，刺在他后背上的“精忠报国”四个字发出炫目的光芒。

新兵营所有兵士一起跪在地上，流着眼泪说：“将军用心良苦，我等定遵教诲，坚守军规。”

再说丁三枪回到山上正准备实施计划时，却收到了岳飞派人送来的一封信和三车粮食。岳飞在信中说，送些粮食解燃眉之急，邀丁首领下山共同抗金。

“岳将军，真英雄。丁某心悦诚服。”丁三枪于是率五千人马下山归降，投入抗金的队伍中。

（选自 2017 年 8 月 9 日《珠江时报》）

沉香佛珠

马宝山

诗人来到常熟城外小村已经两个月了。他租住在村外两间茅屋里，远处一面湖泊，门前有一条小河，流水潺潺，清澈极了。诗人每天呼吸着清新的空气，听着水流和小鸟的声音，很是安然。

诗人觉得，离开乱糟糟的官场真是最好的选择。

诗人叫常建，开元十五年与王昌龄同榜进士。天宝中为盱眙尉，是个很小的官。就这样的小官也是蝇营狗苟，争名夺利。常建实在待不下去，于是约了好朋友王昌龄、张偾一起离开，各自走进山林过自在日子去了。

常建在租住的小屋里作诗，研习禅宗。闲暇时就在门前小河边抚琴，吟哦自己写的诗文。这时候他就常常想起与他一起离开官场的王昌龄。

一天，常建在小河边抚琴吟哦，身边来了一位僧人。常建的手从琴弦上离开，睁开眼睛看到这位无发银须、身着青绿僧服的僧人，好生稀奇。他还从未见过这种颜色的僧服，不好意思地对僧人点点头说：“失礼了。”

僧人摆摆手道：“施主的琴声有些幽怨，一定是在思念什么人吧？”

常建正在思念与自己一起辞官远游的友人。可这些话怎么与一位陌生的僧人讲呢。常建问：“僧家从哪里来呀？是化缘的吧？”

“我是沿着这条水路过来的。”僧人手指面前的小河，“贫僧四海为家，不化缘，只化斋，赏一碗粥、一盏茶足矣。”

这时候，已经到晌午了。常建请僧人进屋吃饭，饭后吃过茶。僧人高高兴兴地走了。

后来，这位僧人每过七八天就来常建这里听琴、吃饭、喝茶。常建总是笑脸相迎，热情招待，好似一对朋友。

这天傍晚，僧人又来了。他静静地听常建在琴弦上拨弄出的琴声，拊掌称赞：“施主今天的琴声与往日大不相同了，想必近日心情很好啊。”

"是啊，今日心情甚佳。"常建在河水里净过手，将一信札拿给僧人说，"昨天收到诗友王昌龄的书信，邀我去石门山一聚，岂不快哉？"

这天，僧人在常建茅屋里吃过晚饭，临走，从怀里取出一串佛珠手链送给常建，说："请施主收下这串佛珠，晚上枕在头下，定能有好梦啊。"

常建是熟悉佛家法器的。这是十二粒沉香珠串起来的手链。十二粒代表十二因缘，是因果循环的十二过程。手链极为珍贵，常建言谢，也就收下了。

因为第二天要游山，僧人离开后，常建洗漱一番就歇息了。他没有忘记僧人嘱咐，将沉香佛珠放在枕头下面，不一会儿就睡着了。果然梦有奇景：

——他来到一座山前，拾级而上，眼前一座寺院，在早晨的阳光里显得格外幽静安然，山上满目青翠，耳边晨钟鸟鸣、潺潺水声……常建醒来沉浸在这个美好的梦境里，一直到天亮再没合眼。

第二天，常建去的是破山，在常熟北郊十几里处。山上有寺，叫兴福寺。传说是南齐时郴州刺史倪德光施舍宅院所建，至唐朝已属古寺了。常建一进破山，眼前便是昨夜梦里那般景致，寺院、禅房，水潭倒影、花团锦簇，一条小径通往幽静处……此情此景，诗情画意，诗句便从他心中涌出：清晨入古寺，初日照高林。曲径通幽处，禅房花木深。山光悦鸟性，潭影空人心。万籁此俱寂，但余钟磬音。

常建认为，这是他到常熟几个月来写得最满意的诗了，他不再依恋山景，急急忙忙下山去，回到茅屋斟酌一两个字，便手抄两份，一份自留，一份寄给在丹阳的诗友殷璠。

常建刚刚把诗与信札装进信袋，封口。窗外一阵雷雨，一声霹雳在院子里炸开。雨住。常建走出屋外，只见院子里一只老龟，青绿甲壳一身焦煳，方才被雷击死了。常建顿生怜悯之心，从屋里找出一个书匣子，将老龟装进去，埋在小屋后面的一株柳树下面。

不知怎么，常建很难受，好似亲友殁了一样，多日茶饭不思。

再说丹阳那边，丹阳进士殷璠正在编选盛唐诗选《河岳英灵集》，常建的诗已经选十多首了。殷璠很喜欢常建的诗，依他个人见解想把常建的诗排在诗选的篇首，可是，李白、杜甫、王昌龄等大家的诗都是上品，在官场诗坛上都名声显赫。在排名问题上殷璠正犹豫不决时，接到常建寄来的《题破山寺后禅院》，读罢，拍案称奇，再不犹豫，做了诗选的开山之作。

《河岳英灵集》选录了这一时期自常建至阎防24家诗234首，当时就有评论说，殷璠选编的诗集唱响了那个时代的“盛唐之音”，这个评价可谓不低了。

《题破山寺后禅院》一诗给常建带来了极大荣誉。他每每想到这荣誉的时候，就很自然地想起那个身着青绿僧衣的僧人、那串佛珠、那只被雷击死的绿甲老龟。他隐隐觉得这里似乎隐含着一种天意。天意即天机，那可不是随便开口乱讲的，谁不怕那一声惊雷呢？

说这话的时候，已经进入六月，溽热的江南使常建难以忍受，他决定离开常熟，去北方避暑。

走的那天，常建特意到老龟坟墓前，添了几捧土，然后渡过小河，走了。

（选自《鹿鸣》2017年第4期）

第八颗牙齿

秦德龙

老板看了看伙计们的牙齿，就像集市上买主查看牲口的牙齿那样。老板看过了牙齿，又让他们撑开嘴皮子微笑。

老板说：微笑时要露出八颗牙齿，不然，打不开笑肌。按照国际惯例，微笑就是要露出八颗牙齿，否则无法与国际接轨。

老板虽然没出过国，但爱讲国际惯例、国际接轨。

伙计们想，老板让怎么笑就怎么笑吧，不按照老板的意思笑，饭碗就要被老板端掉。

老板让茂良出列。

老板说：茂良，你再微笑一遍给我看。刚才，你笑得不好。你看你，笑得真是不够好！你是青面獠牙吗？笑得这么难看！哦，你的第八颗牙齿太长了，好像是《西游记》里的妖怪！我建议你，上医院去一趟，把那颗牙齿拔掉！

茂良说：拔掉就成豁子牙了，更难看。

老板说：你再镶上一颗牙嘛，你这个笨蛋！

茂良笑了，露着第八颗牙齿，很艰难地笑了。

老板又让茂台、四臭、三妮出列。老板指出他们的牙齿也有问题，也需要去修理牙齿。不把牙齿修理好看了，就不要来上班。老板说：知道吗？你们的牙齿，有损公司的形象啊！

老板还说：北京有个商店，已经让牙齿不美观的服务员下岗了。

老板又说：北京有好几家医院，都要求护士露出八颗牙齿微笑。

老板说了一大堆有关牙齿的鬼话，扔下茂良他们，拔腿走了。

茂良、茂台、四臭、三妮的脑袋凑成了一团，互相查看了牙齿。除了茂良的牙齿比较长之外，茂台是牙齿比较短，四臭是牙齿比较歪，三妮是露不出第八颗牙齿。三妮只能露出六颗牙齿，嘴若咧大了，就露出了第九颗牙齿。而且，三妮还裸露出粉红色的牙床，很不美观。

茂良说：我管不了你们了，我要先去修理牙齿了。

茂良去了街上的牙科诊所。茂良不敢去大医院，大医院宰人宰得不轻。据说，拔牙还要先给牙齿拍片子！拍什么片子呢，那得花多少钱呀。

果然，牙科诊所不需要拍片子，拔牙就是拔牙，拔一颗牙，20 块钱。

医生要茂良躺到皮椅上，然后用小铁锤敲打茂良的牙齿。敲打敲打，医生说，不用拔，这是一颗好牙！

茂良直起身子说：我知道是一颗好牙，拔的就是这颗好牙！

医生说：你这人真怪，一颗好牙，拔什么拔，不就是长一点儿嘛。

茂良说：不美观。

医生笑了：美观？你要什么美观？你又不是演员！你是乡下来打工的吧？要那么美观有什么用呢？你把牙齿刷干净些，比什么都强！

茂良说：你是个好人。

医生说：你走吧，你这颗牙不需要拔。

茂良走出了诊所，茂良心里也珍惜自己的这颗牙齿。

茂良还是不由自主地走到一个摆江湖的地摊儿上了。摆地摊儿的是个长胡子。地摊儿上铺着一块陈旧的红布，红布上写着治疗这病那病的黑字，还醒目写着“无痛拔牙”。

茂良问：拔一颗牙，多少钱？

长胡子说：10 块钱。

茂良想了想，上下掰着自己的嘴唇说：你把这颗牙拔掉，这颗牙比较长。

长胡子让茂良站好，用药棉擦了擦他的牙龈，口中念叨了些什么，只听“嗨”的一声，拔掉了一颗牙齿。

果真是无痛拔牙。茂良吐出了一口血水。

茂良给了长胡子 10 块钱，捧着拔下来的那颗牙齿，回去见了老板。

老板看了看茂良拔下来的牙齿，一颗很坚硬的牙齿。老板接过牙齿，在手心里抛了几下，一扬手，扔到房顶上去了。老板笑道：你让我高兴，我也让你高兴！

老板说着，给了茂良 20 块钱。

听说老板给了茂良 20 块钱，茂台、四臭、三妮也去了地摊儿，也找到长胡子，各自拔掉了一颗牙齿。他们也把牙齿捧回来了，让老板查看。老板查看了以后，也给扔到房顶上去了，也给了每人 20 块钱。

几个人厮跟着，去牙科诊所镶牙。医生先给茂良检查了牙床，很惊讶地说：谁给你拔的牙？你那颗比较长的牙齿，还在嘴里呢，拔的是另外一颗牙齿！

茂良豁着牙，愣了。

其他的人，也都愣了。

医生给他们逐个检查了牙齿，结果都是同样荒唐，牙齿都给拔错了，也就是说，长胡子很随意地给每人拔掉了一颗牙齿。

他们马上去地摊儿寻找长胡子，却找不到了。有人告诉他们，长胡子被工商局给取缔了。

回来后，他们爬上了房顶，寻找自己的牙齿。

哪儿找得到呢！

老板看见了，破口大骂：三天不打，上房揭瓦！

（选自《微型小说月报》2017 年第 4 期）

法医李炎

刘立勤

李炎是医科大学的高才生，不知是怎么的，却当了公安局的法医。

法医的收入怎么能和医生比呢？待遇更是不能比。人们见了医生都是热情握手，见了法医呢，大多数人都会把手插在裤兜里，或者背在身后避免握手，实在是碍于情面和法医握了一次手，他们也会立马赶回家中，一遍一遍地洗手。李炎不在乎这个，你伸手我就握，你不伸手我也懒得搭理你。但李炎的妻子在乎，一遍遍劝李炎改行当医生，还撺掇几家医院上门邀请李炎加盟。李炎犟，他决定的事情十头牛都拽不回来。妻子也不是善茬儿，一天天闹。闹得李炎急了，说："再闹我们就离婚。"妻子知道李炎的脾性，翻翻白眼终于歇了口。

李炎做事精心细致，一是一，二是二，很少有人对他的鉴定结果表示怀疑。当然，不是所有人都信服他，也曾经有人对他表示过怀疑，还请来北京医科大学的几位博导复查他的勘验结果——结果证明李炎是正确的，博导对他精湛的技艺和高度的敬业精神赞不绝口。李炎笑笑，说："我不敬业都不行啊，我的鉴定结果真的是太重要了。”

他的鉴定结果真的很重要。因此，找李炎的人很多，他们拿了很重的礼品，希望李炎笔下留情，要么多写两个字，要么少写两个字，希望法律的天平能够多多关爱自己或者自己的亲友。

李炎是一根筋，多一个标点儿他也不写。

妻子朋友的孩子和人打架，朋友家的孩子被打得遍体鳞伤。派出所验伤结果是没有构成伤害，妻子找到他，意欲让他重新鉴定，弄个轻伤，教训教训对方的孩子，或者让对方赔付一笔钱。妻子还说那孩子前不久鼻梁骨折过，定他个鼻梁轻度骨折，神不知鬼不觉。但他硬是不干，妻子半年都不理他。

还有一次，外地一个大老板来考察投资项目，醉酒后和一个本地小混混儿发生冲突，小混混儿打了那老板两拳头。这还了得？老板计划投资五个亿不说，他还是县里领导的哥们儿，领导一个电话让公安局抓人。凭什么？得靠李炎的鉴定结果。而李炎的鉴定结果证明，那两拳头没有构成伤害。局长不高兴了，让李炎写成伤害。任局长怎么说，李炎就是不答应。局长说：“这是组织的决定。”李炎说：“组织的决定也不能违犯法律。”

局长知道李炎的脾气，放下身段说：“你就办了吧。你不为我想，也得为县上想想吧。五个亿能安排多少人就业，能增加多少税收！况且要抓的人是一个小混混儿。”

李炎说：“他虽是个小混混儿，可他没有犯罪呀。法律没有说不保护小混混儿呀。”局长气得干瞪眼。最后，县里的领导都出面说话了，李炎还是坚持自己的观点。局长愣是没有抓人的证据。

为这事，大老板放弃了投资，县里的领导气得吐血，好多人都大骂李炎是死脑筋。骂归骂，谁也奈何不了他，而且还暗暗敬佩他。自然，再有什么不合法的事，也就不找他了。倒是有一些无权无势的人会给他送锦旗或者礼品感谢他，感谢他为他们伸张了正义。李炎呢，说法律不分贵贱贫富强势弱势，法律只讲公正。那些锦旗、礼品他一概不收。

当然，他也不是一次人情没做，他还真是违心地做了一次。

那是一个土豪的儿子，打伤了一个清洁工。验伤的结果构成了轻伤，土豪的儿子要负刑事责任。问题是土豪的儿子面临高考，进了监牢可能一辈子就完了。土豪就出了一大笔钱给了清洁工，不仅可以彻底改变清洁工一家的生活，还可以供他两个儿子上完大学。方方面面都说这是一个完美的结局，希望他改变鉴定结果。

他思考了很久很久，妥协了。他也希望这次有一个完美的结局。

谁想到这事平息了，却壮大了土豪儿子的胆子，认为一切都是钱可以买通的，经常打架斗殴祸害乡里。最后呢，土豪的儿子触犯刑律被判了死刑。

土豪的儿子死了，李炎陷入永远的忏悔中。他想，有些事真的不能妥协，如果不妥协，那土豪的儿子也许还好好地活在这个世界上。

（选自《百花园》2017 年第 6 期）

胸　片

万　芊

省京剧团招小演员，李星凭一曲激情昂扬的《打虎上山》一路过关斩将杀入复赛圈，最终以全票入选。那年，李星十八岁。

从陈墩镇一下子进到大城市，展现在李星眼前的一切都是新鲜的。李星爹把李星送进省城，自己也蒙了，好几次迷了路。李星知道，接下来的路，得靠自己。

新招的演员第一次晨会，团长讲了好多剧团的纪律，激励大家努力向老艺术家学习，攀登京剧艺术的高峰。团长的一席话讲得激情澎湃，李星听得热血沸腾。

晨会后，团长助理发个人的体检报告，让每个人自己保管。

体检报告发完，有位个子高挑、粉面嫩嫩的女团员举手，怯怯地说，老师，我的，缺了。

助理问，缺啥了？助理看了，大声问，谁拿了姚红的胸片？！

女团员一脸绯红。

助理异常严肃，说，谁多拿了，拿出来，特别是男孩子！

那位叫姚红的女团员脸更红了，像春天绽放的桃花。

男孩子一片议论，都证实自己的无辜，这事也就不了了之。

李星当时也看了看自己的体检资料袋，没发现什么，回宿舍再看时，突然惊出一身冷汗。和自己的胸片粘在一起的竟然还有一张，细瞧那胸片上用笔写的名字，竟是姚红。李星顿时不知所措，仿佛天塌下来一般。想来想去，最终还是决定把那张突然冒出来的胸片藏在谁也找不到的箱子隔层里。

新剧团的学习和演出生活紧张而单一。每天早晨练功吊嗓子，白天排戏，晚上演出。他们演出的场地常常在变：街边露天舞台、车间平台、舰艇甲板、农村场院、学校操场。他们每到一地，热情的观众总是人头攒动，里三层外三层把他们团团围住。

李星擅长演《智取威虎山》里的杨子荣，他壮实的身材，让人感觉到一股英雄气概。而姚红演得最红的是《红灯记》里的李铁梅，瘦高个子略带乡下女孩子气，竟讨好多观众的喜欢。

然而李星和姚红从来没同台演过男女主角，这让李星有点儿遗憾。每每从后台看着姚红演出时的背影，李星脑际总会闪现她胸片中清晰可见的骨架轮廓，这常让他走神。有时，梦中也会突然出现如此的梦境，这让李星对姚红有了一种说不清道不明的感觉。

因为都是江南小镇上来的，平时姚红有意无意间会走近李星。跟他凑一张桌子吃饭，拉他上街，家里捎来好东西也会拿来跟李星一起分享。

李星则像一位大英雄一样，陪姚红上街，保护她不受小混混儿的骚扰。每次外出演出，李星总是帮姚红搬行李和道具。

突然有一回，李星只身从练功房出来时，被几个陌生小男子围住，一顿好打。人家是有备而来，李星虽会拳脚，却毫无防备又只身一人，吃了大亏。袭击他的人，给他一句狠话，说，乡下小子，别癞蛤蟆想吃天鹅肉了，你以后离姚红远些。否则，我们见一次揍一次。

这次遭袭，李星没有跟任何人讲，只是一顿打把他打醒了，他有意离姚红远了。

渐渐地，姚红发觉了李星对她的冷淡。然而姚红每天都在忙碌，休息日也不再拉李星上街了。晚饭时也很少见姚红，常有一些小轿车来接姚红外出。有时晨练、排练也不见她的身影。为此，团长常常在晨会上不点名批评，大家都知道团长在批评谁。然而姚红大多不在场，批评了也等于没批评。到了最后，姚红终于从大家的视线里消失了。听说她嫁人了，娶她的是某厅大领导的公子。

后来，剧团不景气，李星下海经商，赚赚亏亏总算挖到第一桶金。后来，李星调整经营侧重点，在老家拓展生产基地、在城里开辟销售渠道，没几年，公司规模日渐扩大。只是李星的婚姻并不顺利，百里挑一，挑了个模样像姚红的，过了几年实在过不下去，分手了。

李星把爹妈从老家接来，专门买了很宽敞的公寓房，还想帮他们物色一位全职保姆，让他们安享晚年。

一天，李星专门抽空去了好阿姨介绍所。登记时，李星突然发现一个身影非常熟悉，是姚红?！可能对方也看见了他，急急走了。

李星跟人家打听，工作人员取出她的资料。李星看到照片、年龄信息都对，只是大名不是姚红。

李星在介绍所留言，希望与貌似姚红的女子约谈。

第二天，貌似姚红的女子如期而来，见到李星，怔怔的，神情有点儿异样。

李星说，好久没见，你还是老样子。

女子说，你不要嘲笑我，我早已不是过去的自己了。

李星说，我有一样东西要还给你。说着，取出随身携带的黄纸袋。

那女子一脸疑惑，抽出胸片一看，脸上顿时一阵绯红。假恼，说，你这流氓！

李星一脸委屈，说，我不是有意的。后来，我发现粘在我的胸片上，我就不敢拿出来了，生怕真的被人家当成流氓了。

改了名的姚红顿了顿，说，你喜欢，就送你吧。

李星问，这些年，还好吗？

姚红叹了口气，说，我俩实在过不下去了，离了，儿子随我，他爷爷给了我一套房子和一些钱。儿子不争气，把家里所有值钱的东西都折腾光了，还欠了一些债，不然我不会来这儿的。

姚红看着李星手里的胸片，感叹了一句，要是看人能像医生读片一样，该多好啊。

（选自 2017 年 7 月 30 日《昆山日报》）

世界末日前夕

王　溱

风起，风停，叶子来不及起舞，花儿就凋落了。

门开，门关，邻家的喜字还没干透，孩子就呱呱坠地了。

跑得真急呀！她深深吸一口新鲜的空气，继续侍弄院子里的花草。

咔嚓，她剪去桃花歪扭的枝蔓。桃花呀，即便你只灿烂一季，也不能不修边幅不是？

咕噜，她给水仙灌上满满的清水。水仙呀，春天只剩下尾巴，再不开花你就永远装蒜吧。

喵！一只猫从花盆后蹿了出来，打翻了一盆正酝酿花蕾的山茶花。她生气地捡起一块小石子扔过去，猫已不见踪影。

算你跑得快。她说。静了一会儿，她又喃喃道，跑得快又怎样呢？跑得过时间吗？世界末日就要来了。这么漂亮的院子，这么美好的一切，都不复存在了。

她早已没了刚得知这个消息时的惊慌与悲伤，安静得跟这个院子一样。独处时，她经常幻想世界末日来临那一天，会是怎样的情形。

或许她正与他坐在摇椅上，看小狗龇牙咧嘴、气喘吁吁地追着自己的尾巴转圈。一圈，两圈，三圈……好像没有尽头，又一下到了尽头。

或许她正与他并排躺在院子中央，被她亲手种的花环绕着，银色的月光披在他们脸上，他久久凝视着她的脸，就像读书时那样。一刹那，那画面就成了永恒。

总之不管怎么想象，都离不开他，离不开这个院子。尽管她和他住进这个院子，还不到两个月。

三个月前的某一天，晴，没有风，他进门时脸上却挂着风暴。她一看就明白了，他准是从哪里知道世界末日的事情了。

还有多久？他问。

也就三个月吧。她说。

他不语，任凭脸上的风暴变成雷雨交加。

我想辞了工作。他说。

辞了吧。她温顺地附和。

我们把房子卖了吧。他说。

卖了吧。她温顺地附和。

我们买个院子吧，就是我们一直憧憬的那样。他说。

买吧。她还是温顺地附和。

他们结婚时就约定好了，先努力挣钱，在城市里买房，生孩子，给孩子最好的教育。等将来老了，就找一个山清水秀的地方，盖一座小房子，在院子里种满各种各样的花，弄一块菜地，再养几只狗、几只鸡，过上世外桃源般的惬意生活。为了这个约定，他们没日没夜地忙，省吃俭用地过。

见他天天要到处去拉业务，她对他说，买辆车吧，挤公交太辛苦了。他摇摇头，养车多费钱呀，还得缴保险，还得租车位，还是把钱留着，将来可以买大一点儿的院子。

见她拖着疲惫的身躯晚归，他对她说，不做饭了，我们出去吃吧。她不肯，又不是什么节日，干吗出去吃呀？把钱省下来，给咱将来的院子多添几盆你最爱的茶花。

然而省下的钱，并没有变成院子的面积，也没有变成名贵的花，它们都被送进了银行，变成一纸债单——他们如愿当上房奴了。

这样，他们的第一步目标就算完成了，可是第二步却迟迟完成不了。说不准是谁的原因，也许是他缺乏锻炼造成的，也许是她太过劳累的缘故，总之就是怀不上孩子。

现在看来，这倒是件好事，世界末日到来时也少个牵挂。他们把约定提前了，短短的三个月内，他们把三十年后要做的事，做了个遍，在小院子里等待世界末日的来临。

然而她的世界末日最终却没有来。医生说，她的癌细胞居然没再扩散，真是奇迹。

他的世界末日也没有来。她没事，他也就用不上偷偷藏着的那瓶安眠药了。

他们开了香槟庆祝，她与他并排躺在院子中央，被她亲手种的花环绕着，银色的月光披在他们脸上，他久久凝视着她的脸，就像读书时那样。

我们又得重新开始奋斗了。他说。

嗯，重新开始吧。她温顺地附和。

桃花正妖娆，水仙花也不装蒜了，没有花盆护着的山茶花顽强地爆了蕾……院子正是最美的时候。可是他们看不见。从医院检查回来的第二天，他们就迫不及待地收拾行李回城里了，他们唯一带走的是那条小狗，直到现在它还是会傻傻地追自己的尾巴。

（选自《作品》2016年第12期）

顺　路

王琼华

巧玲带着四岁的儿子尾尾来到幼儿园，排队给尾尾报名上幼儿园。轮到她报名时，跟老师问了几句，她便牵起尾尾的手往外走。刚到门口，被一个带着女儿来报名的高挑女子迎面问道："你是红旗路巧玲包子店的老板吧？"

巧玲说："我哪是老板？做点儿小本生意。"

"我上你家店里买过包子。嗯，你做的包子真好吃啊。"高挑女子赞了一句，又摸摸尾尾的脑袋问，"儿子也上幼儿园了吧？报完名啦？"

巧玲摇摇头说："不报了。"

"为什么？"

"老师说，天天要让家长接送孩子。店里就我一个人，哪有时间跑来跑去？"

高挑女子爽快地说："我住的小区离你的店不远，我每天顺路帮你接送一下，好吗？"

"这、这——"

高挑女子笑道："反正就几步路。一回生，两回熟，以后我们都是家长。再说，我女儿昀昀也有个伴儿呀。"

巧玲犹豫着。高挑女子又把别让孩子输在起跑线上的话说了一遍。巧玲知道这个道理，便答应了。接着，高挑女子让女儿昀昀认了尾尾做哥哥。

高挑女子称自己姓余。巧玲称她余姐。

第二天早上，余姐便来接尾尾。

昀昀一见尾尾就叫道："尾尾哥哥，我们上幼儿园去。"

尾尾欢天喜地牵上昀昀的手走了。

从此，余姐周一至周五都会接送尾尾。过了一个月，巧玲跟来接尾尾的余姐说："天天麻烦你了。每个月我给你 300 块钱，算个接送费。"

"什么，给 300 块钱？"余姐怔怔地说。

"这点儿钱太少了，但多了我也出不起呀。"

"你误会了。巧玲，别提钱的事，我就是顺路。"

这天，尾尾回家了。他一进店门，便喊道："妈妈，今天我过生日。""你过生日——"巧玲发现，余姐手里还提一盒生日蛋糕。昀昀叫道："阿姨，妈妈让我来跟哥哥过生日！"巧玲跟余姐说："我忙得把尾尾的生日也给忘了。"余姐说："你报名那天，我刚好看到你填报尾尾的出生时间，也就记住了这个日子。""你太有心了。"巧玲道了一声谢。余姐说："来吧，我们一块给尾尾唱生日歌！"

歌声一落，巧玲擦了一把眼泪。

尾尾问："妈妈，你怎么哭了？"

"妈高兴！妈高兴啊！"

周一，余姐带着昀昀来接尾尾上幼儿园，刚到店门口，就见巧玲抱着尾尾匆忙出来。余姐忙问："尾尾怎么了？"巧玲说："尾尾病了两天，头晕头疼，还发烧，今天早上起不了床。我送他上医院看看。"余姐连忙拦下一辆的士，一块把尾尾送到医院。医生检查后，跟巧玲说："孩子长期贫血，很严重了。"

"那怎么办？"巧玲问道。

"输血。"

巧玲赶紧地："好好好，输血！"

"但你儿子是熊猫血。医院血库没有这种血液。"

医生还说如不赶紧输血，尾尾可能有生命危险。巧玲急了，坐到椅子上痛哭起来。刚好给尾尾买水果回来的余姐见了，忙问发生了什么事。知道怎么回事后，她马上说："巧玲，我就是熊猫血！"

"你、你是……"巧玲瞪大眼睛。

余姐点点头。

"医生说，熊猫血很稀缺的。"

"什么稀缺不稀缺，救孩子要紧！"

很快，余姐的血液输进了尾尾的身体里。巧玲握着余姐的手，说："姐，你让我怎么谢你呀！"余姐笑道："你都叫我姐了，还用得着谢吗？"

余姐来来回回接送了尾尾两年多。

这天，余姐又来接孩子。巧玲说："今天尾尾不去幼儿园了。"余姐一怔："为什么？"巧玲说："我带他上火车站接他爸爸去。"余姐噢了一声。巧玲犹豫了一下，说："余姐，我丈夫今天刑满释放回来。"余姐又噢了一声。巧玲解释说："那年他在工程发包时，收了老板的钱。结果工程垮了，吓得他逃到东南亚去了，东躲西藏的，带出去的钱很快没剩下几个。刚好县纪委有个同志查到了我丈夫的电话，便跟他联系上了，给他做工作，让他回来争取宽大处理。半年后，我丈夫便回国了。他不回来自首，恐怕尾尾一辈子都见不到他爸爸。余姐，对不起，我不该瞒你……"

"这事我早知道。"

"你早知道？"巧玲瞪大眼睛。

余姐说："跟你丈夫联系的人，就是我爱人。"

"是吗？！"巧玲呆了。

余姐说："在跟你丈夫沟通时，我爱人才知道你一个人在家里做小本生意，又带着一个孩子，日子过得挺辛苦。我爱人跟我说，能帮你一把就帮你一把。"

"原来是这么回事？！让我说什么才好——"

"没啥，刚好尾尾跟我女儿一块上幼儿园，我顺路接送一下孩子。"

“余姐，你别骗我。你每天要多拐三四条街，才能接上尾尾。”

“好啦，啥话都别说了，快去接尾尾他爸爸吧。”

巧玲热泪直流。余姐领着昀昀快出店门时，又回头跟巧玲说：“明早，我还来接尾尾！”

（选自2017年8月3日《郴州日报》）

放蜂人

王　往

放蜂人跟着春天跑，他们的日子在地上也在空中：花朵和蜜蜂是他们的情人和财富。

现在，他们来了。农用小卡车裹着春风驶过乡村土路，到达了一片果园和菜园交接地带，卸下百十个蜂箱，放蜂人一家三口，男人、女人和孩子站在高处，环顾四周，对这个叫盐码的村庄极为满意。这个地点是他早就寻访察看过的蜜源，是花朵的世界，也是蜜蜂的天堂。瞧，村庄的南边是大片的果园，桃子、梨、苹果，还夹杂着少量的杏、李子。桃花正艳，梨花初绽，红的粉红，白的雪白。它们将与蜜蜂签下一个芬芳的契约，它们将一拍即合，取得双赢：你为我授粉，我为你供蜜。再看村庄的东边、西边和北边，完全陷入了油菜花的包围之中，其间夹杂着半紫半白的蚕豆花。它们纵横相连，排兵布阵，以压倒性的气势给放蜂人信心：你不会白来，你将在这里收获很多。除了这些，盐码村人家的屋前屋后还有很多槐树，一串一串的槐花悬挂着，组成了洁白的瀑布，香气扑鼻，好像对放蜂人说：我们一棵槐树抵上一大片油菜花呢。

放蜂人被这里富足的蜜源迷醉了，他们被春风吹得粗糙的脸上露出舒展的笑容。他们开始忙碌了。搭好帐篷，摆好锅碗瓢盆，就此安营扎寨。

大好晴天是放蜂人永远的期盼。灿烂的春光里，他们的蜂群倾巢出动，在方圆几公里内展开它们适宜而辛苦的劳作。若要装满它们那小小的蜜囊，它们要采上千朵花。放蜂人经常不断地从蜂巢中取走蜂蜜，造成蜂巢中的蜂蜜始终处于匮乏状态，这样，工蜂就会不停地出去采集花粉，酿制蜂蜜。和它们的命运一样，放蜂人辛苦得来的收入，也同样会被各种支出耗尽，同样年复一年地奔走在谋生的路上。世间万物的命运何其相似。如果人们明白这一点儿，是不是可以活得更从容？是不是能以“自然之子”的心态给万事万物以更多的爱？

放蜂人沉默着，人们没有听到他们发出什么感叹。人们只看到他们戴着防护纱罩，清理蜂巢，刮取蜂蜜，一日日地重复劳动。

但是盐码村的人和他们也不是一点儿没有接触，那就是他们零售蜂蜜时。一旦接触了，他们的话就多了，告诉你蜂蜜对人有什么好处，哪些蜂蜜才是最好的，他们会舀一勺新鲜的蜂蜜让你品尝。

小焕子去买蜂蜜那天，给她舀蜂蜜的是放蜂人的儿子，那个和她一般大小的十五六岁的少年。

少年问她，要不要尝一勺？

小焕子摇摇头，奶奶从不让她占别人一点儿便宜。

少年又问，买多少？

小焕子说，就买一罐头瓶吧。然后问少年，我奶奶老是咳嗽，人家说吃蜂蜜管用呢，到底管不管用？

少年说，管用，最好是把白萝卜煮了，再捞上来跟这个拌了，吃上两三天就可以。

小焕子说，这么神奇啊，那快给装上一瓶吧。

少年给她装一瓶，称也不称，向不远处的父母看了看，有些诡秘地说，我就收你十块钱吧，快拿走。

小焕子回去后，邻居说，这么一瓶子蜜才十块钱啊，我那天买得比这个少多了，还花了二十多块呢。

奶奶连吃了两天煮白萝卜拌蜂蜜，果然不咳嗽了，小焕子开心死了。她拔了一些青菜又拿了十几个鸡蛋给少年送去。她知道他们放蜂人吃得都简单。

少年说，我不要你的东西。

小焕子说，拿着吧，人家说你少收我蜂蜜钱了。

少年笑笑，轻声道，别说了，让我爸妈听见就不好了。你奶奶多大年纪了？

七十一了。

少年说，我奶奶七十九了，我们出发那天她也咳嗽了，不知道现在怎么样了。说完，目光投向了别处，好像他奶奶就在附近站着似的。

十多天后，放蜂人走了。小焕子站在他们原来搭帐篷的地方，有些难过，心里责怪那个少年不跟她打一声招呼就走了。就在她要离开时，发现地上有一只慢慢蠕动的小蜜蜂，她把它拿到手心看着，发现小蜜蜂的翅膀好像被什么粘住了，她将它捧回家，用针头轻轻地分开了它的翅膀。小蜜蜂爬了两下，突然飞了起来。

小焕子就笑了。

可是一眨眼小蜜蜂就不见了，小焕子想它会飞到哪里去呢？会不会飞向北方，追赶放蜂的那一家人呢？

想着想着，眼泪就掉下来了。

（选自《小说林》2017 年第 2 期）

修车老汉

韦　名

桥下的修车老汉死了。听说死得很惨，在桥上被汽车撞得血肉模糊。

一个卑微生命的离去，就像天空中的流星一闪即逝，再平常不过。只是又一次骑车过桥，轮胎破了，烈日下推车，在桥下找不到修车的，才记起曾经有这么一个人。

在这个城市里骑车上下班，常常会遭遇一些尴尬：早上准备骑车出门，发现车子丢了；火急火燎担心上班迟到猛踩脚踏板，轮胎遭遇不测，扎上了钉子铁块，瘪了。

那天，我本来起床就晚，正匆匆赶路，骑行到桥上时，忽感脚下变重。下车一看，轮胎泄气了。

我有些沮丧，推着车子过桥。桥下不远处就是老汉的路边修车档：一个黑乎乎的塑料盆装着半盆黑乎乎的水；一个皱巴巴的蛇皮袋铺在地上，上面摆着剪刀、铁锤、钳子等工具；一个锈迹斑斑的铁皮月饼盒装着气芯、螺钉、垫片等细小物件；一个还算精神的打气筒直立在一边……这就是老汉修车档的全部。

一头白发的老汉正在给我前面一位女士补胎。不用说，又是一位中了招的主。

“赶紧帮补一下！”屋漏偏逢连夜雨，心想迟到了挨领导批是肯定的，前面那位推车一走，我就催促老汉。

“嗯！”老汉接过车，一双粗糙油污的手麻利地动起来。很快，老汉从前后轮胎各取出一个几乎一模一样的钉子。

“路上长钉了！”看到这两个钉子扎破了我的车胎，害我上班迟到，我气不打一处，拿话损老汉——报上常讲，有些人晚上在马路上撒钉子，白天在前面守株待兔修车补胎。

我怀疑老汉，边说边观察老汉的反应。

“嗯！”老汉听出我的话外音，抬了下头，应了一个不置可否的单音词后，低头继续干活儿。

老汉抬头瞬间，脸上风干了的皱纹格外显眼。

“现在的人，人心不古，见利忘义！”我心存怀疑，却又苦于没证据，还得求助于他，心里愤愤不平，继续用言语发泄愤怒，“卖棺材的恨不得亲自去杀人，开药店的巴不得全城投毒……”

“嗯！”老汉这回头没抬，手也没停，又是不置可否地应了个单音词。

心虚了吧？话都不敢接，就像抓了小偷现行，我一脸正义。

“好了，两块！”老汉停下手中的活儿，站了起来，拍了拍微微驼着的背，言简意赅。

苍白的头发，风干的皱纹，微驼的腰背，老汉站起来的那一瞬，我突然有心悸的感觉——这个老汉，特别像我乡下的父亲，苍老、能干又有些狡黠。

但愿钉子不是你撒的，但愿善良在你那儿还有一丝尚存。看着这像父亲一样的老汉，我把到嘴边更恶毒的话咽了回去。

这是我第一次跟老汉打交道。

没多久，我再次中招光顾老汉的修车档。依旧是麻利的动作，依旧是“嗯”到底的言简意赅。

老汉修好车站起身捶捶腰。而我再次面对老汉苍白的头发，风干的皱纹，微驼的腰背，我不再有心悸的感觉，我更多相信我的判断，他就是撒钉子的人——我看到他的铁盒里有好多一模一样的钉子！

老汉在马路上撒钉子终于还是被我抓了现行。

那天要陪领导坐早班机出差，天刚蒙蒙亮，我就骑车出门去单位。

清晨一切都还睡意蒙眬，路上车少人稀。上桥时，远远见到一个黑影和我相向而行。黑影在桥上走走停停，时而弯腰，时而直行，怎么看都不像正常赶路的。

一开始，我没怎么在意，或许是黑影落下什么东西，在桥上寻找。靠近了，从微驼的后背和苍白的头发，我认出黑影是修车老汉。

难道是趁着车少人稀，在马路上撒钉子？

“干吗？”修车老汉正好弯下腰，我大吼一声。

兴许太专注撒钉子了，老汉没注意到我已逼近，被吓住了。老汉直直站着没动，左手拿着两个估计来不及撒下去的钉子，右手有一团黑乎乎的东西。

“嗯！”老汉发现是我，顿时轻松了下来，“吓死了！”

苍白的头发，风干的皱纹，微驼的腰背，在晨曦中分外耀眼，我却没了心悸和怜悯，心里只有厌恶和憎恨！

“你怎么能这样？”粗话我骂不出口，但声音绝对够大。

“嗯！啊？”老汉还是言简意赅，只比刚才多了一个语气词。

赶路要紧，而且，面对像乡下父亲一样的老汉，怎么说他好呢？

出差回来好长一段时间，我的车子好久没中招了。也许老汉的丑事被我撞破，良心发现，不再撒钉子了，他的生意也似乎冷清起来，常常见他微驼着背站着朝桥上张望。

我每次都是呼啸而过，不停一分一秒。

有很长一段时间没见到老汉了，桥下的修车摊也不见了。直到有一天，我在晚报上看到一则报道：修车老汉数年如一日，用磁铁吸走撒在桥面用来扎自行车轮胎的钉子，不幸遭遇车祸……

怀揣着那份报纸和深深的歉意，我骑车出门，来到修车老汉昔日的修车档前，我仿佛又看到了他那苍白的头发、风干的皱纹和微驼的腰背。

我仿佛又看到了乡下的父亲。

（选自花城出版社《车开花香》）

恋上你的床

夏 阳

秀姐第一次看到这张床时，惊呆了。

这张床大得让人难以想象，比秀姐居住的出租屋还大。形状也不是长方形——平民百姓家常见的那种，而是一个巨大的圆。床的通身上下，裹着米白色的小羊皮。羊皮褥子，宽广，像草原一样，严严实实地覆盖了整个床面，一直垂到深红色的木地板上。更惊奇的是，床上空的天花板，造型别具一格。可以随着灯光的变幻，营造出一种童话般的梦境：白天，蔚蓝天空，整个床像一朵漂浮的白云；晚上则成了幽蓝星夜，群星呢喃中，人睡在床上，像偎在月亮的怀里。

这张床，摆放在深圳市郊一栋豪华别墅的主卧室里。仅卧室就有上百平方米。别墅的女主人叫丽莎。丽莎对新来的钟点工秀姐说，这床是我老公特意在国外定做的，十二万英镑。十二万英镑，该是多少人民币？待秀姐算清楚后，惊得吐了吐舌头。

当晚，秀姐在自己的出租屋里辗转反侧，将一张木板床压得咯吱咯吱地响。她想，那张床，实在是太大了，别说抱个男人，就是抱个枕头，那滋味也像骑一匹骏马，驰骋在故乡的草原上，叫人酣醉不醒。想起故乡，不由想起了自己的男人。黑暗中，秀姐紧紧搂住一个枕头，喘着粗气，紧闭的眼眶里，泪水小溪般流淌……

秀姐一直在注意那张床的变化。起初，床上很凌乱，空气中流淌着一股久违的气息。秀姐仿佛看到丽莎和她老公在床上滚来滚去，脸上不由得火辣辣的。后来，床的一边越来越干净，另一边则是一绺一绺长发，还有散落一地的烟灰，甚至有一次，她还在枕头底下看到一把匕首。

秀姐从没见过丽莎的老公。一次干活儿时，丽莎坐在一旁和她闲聊。丽莎问，你老公呢？秀姐正在擦拭鞋柜，听见丽莎的问话，怔了一下，直起腰身，看着窗外姹紫嫣红的花园，淡淡地说，我老公在老家挖煤，前年春上，塌方，死了。丽莎说，我老公，也死了。秀姐吃惊地问，也死了？！丽莎叹了口气，默默地看着那张床，好一会儿，神情沮丧地说，睡在别的女人床上，和死了有什么区别！

她们俩常在一块儿聊天。

每天清理丽莎的床，秀姐轻轻摩挲着褥子上雪白修长的羊毛，总忍不住想，在这上面睡上一觉，该多好啊，死了都值。这种想法，随着时间的推移，越来越强烈。秀姐感觉身体里有一种冲动，像水草在河水里一样疯狂地生长。那天下午，她实在是无法抑制这种冲动，趁着丽莎外出购物的机会，就着床边小心翼翼地躺下。躺在松软厚实的羊毛上，秀姐感到一阵阵眩晕，全身上下像过电一样，瘫软在那里。她不敢躺太久，一会儿悄然爬起来，望着窗外别墅的大门口，胆战心惊。

这样的次数多了，秀姐变得沉着了。有时，她还会打开“白天”的指示灯，睡在那朵白云上，在蔚蓝的天空下，幽幽地想故乡，想故乡的草原，想草原上她那个以前喜欢骑马的男人。

丽莎很快发现了秀姐的秘密。一个黄昏，一个朋友约丽莎出去吃饭。半路上，对方来电话说临时有事来不了。丽莎把车停在马路边，犹豫了一下，调转车头回家了。推开卧室的门，丽莎被眼前的情形惊呆了：幽蓝的星夜下，秀姐怀里抱着一个枕头，大大方方地睡在自己床上。丽莎怒不可遏，走过去正要发火，却看见秀姐脸上漾着甜蜜满足的微笑，轻轻地扯着鼾声。丽莎退到门口，默默地站在那里，许久，轻轻地把门带上。

秀姐醒来时，窗外真的是漫天幽蓝的星夜。丽莎做了一桌好菜，坐在客厅的沙发上，笑吟吟的。秀姐一脸惊恐，面红耳赤地解释自己可能是太累了，支撑不住，晕倒在床上……丽莎调皮地用食指在嘴边摆了摆，说，嘘，睡就睡了呗，怕啥？我今天心情好，你陪我一起吃饭吧。

饭后，丽莎留她在家过夜。两人躺在那张床上，像一对亲姐妹，无话不谈。一会儿是“蔚蓝的天空”，一会儿是“幽蓝的星夜”，午夜深处，灯光在兴奋地变幻不止。

那张床在半个月后，突然发生了变化，恢复了起初的凌乱不堪，空气中又开始迷漫着一股男人的气息。丽莎的老公回来了。

这个长相有些猥琐的矮个子男人，竟然不再满世界跑了。他一心一意地守在家里，忙前忙后，把丽莎乐得一天到晚合不拢嘴。丽莎对秀姐说，他归心了，我总算熬到头了。现在，我们准备怀孩子呢。

第二天傍晚，秀姐在丽莎家干完活儿，走在回出租屋的林荫道上，被丽莎开着车追了上来。丽莎没有下车，戴着墨镜，摇下车窗，递给秀姐一个信封，说，以后不用来我家做了，这是一万块钱，算是补偿你的。

为啥？

丽莎没有回答，眼里涌出泪花，她一踩油门，开着车走了。一溜烟中，她一只手伸出车窗，朝后面摆了摆。那一刻，秀姐望着丽莎远去的车影，怔住了，成了秋天深处的一棵树。

（选自《作品》2016 年第 12 期）

遗　训

相裕亭

刁家铁货铺，以砸铁壶而闻名，兼顾着砸铁桶、铁盆、铁碗、铁勺、铁舀子等器物。按理说，刁家铁货铺应该叫刁家砸货铺。可生意人忌讳“砸”字，便笼统称之为铁货铺子。

刁家铁货铺，坐落在西大街口。乍一看，刁家父子视铁如敌，他们把坚硬的铁皮按在长凳上，伏下身躯，“叮叮当当”地砸得解恨！转而，到他们家后院里去看，墙上挂的、地上摆的、条案上放置的，全是亮铮铮的白铁皮卷制的成品、半成品物件儿，件件都很精美。其中摆设最多的，还是那个时期较为盛行的铁皮壶。

刁家的铁皮壶，有底盘宽大、上口紧小的锥形壶；也有两头小、中间粗的花鼓壶；还有一种是专门用于为小孩子热饭、炖鸡蛋的长把子壶。那种长把子壶和花鼓壶，大都放置于锅台后面的烟道上，烧火做饭时，装一壶水在里面。

等饭做好了，水也顺带着烧开了。刁家的壶，别管什么式样，皆灵巧精致、严丝合缝儿。蓄水后，遇火“嗡嗡”作响，如滚春雷。借用时下一句话说，刁家的壶是名副其实的拳头产品。

民国年间，白铁皮较为稀少，刁家父子锤下敲打出的铁质物件儿，一经上市，便在盐区赢得了船夫们的喜爱。船上的器物，随船在大海里搏击风浪，瞬间都有相互碰撞的可能。而刁家手工敲打出的铁质器物，不怕碰撞，恰好适合船上使用，尤为难得的是，刁家的铁桶、铁盆不但轻便，还能像俄罗斯套娃那样，将几个，甚至一串大小不一的铁桶、铁盆套装成一体存放，这对于面积有限的船舱来说，难能可贵。

盐区百姓也都喜爱刁家的壶。家家户户都以购得刁家的铁壶而荣耀。南来北往的盐贩子、鱼贩子路过盐区时，都要带上一两件刁家的铁壶铁舀子回去。

刁家原籍江都，在盐区也算是客家人，莫大的盐河码头上，就他们一户人家姓刁。所以，刁氏父子初来盐区时，连三岁的小孩子都不得罪，有时还分些糖果给小孩子们吃。刁家的大儿子刁斗，来盐区时已经娶妻生子，小妹刁兰虽未出阁，却正与店里的一个伙计相恋。

记不清是哪一年，刁家老父过世后，哥嫂要与小妹分家。此时，小妹已经完婚，并与丈夫整日帮衬在哥嫂的店里。猛然间，哥嫂让小妹另立炉灶。目的就是要把小妹逐出家门，独享铁货铺的生意。

小妹当然不乐意。

可按照祖上规矩，手艺人的手艺，传男不传女。小妹出嫁后，赖在娘家不走，无疑是在哥嫂的饭碗里分食吃。哥嫂的心里自然不爽！但是，哥哥毕竟是哥哥，心中的不快，并没有表现在脸上，而是体现在对小妹的呵护上。哥哥送给小妹一些尺子、锤子、墨斗，以及店内陈年积攒下的部分铁皮，让她带着妹婿，远走他乡，另立门户。

小妹含着泪接过哥嫂赠予的物件，但她并没有走远，就在哥嫂家对面，另开了一家铁货铺。

小妹想分享哥嫂那边的财源。没料到，她这边的生意并不好，顾客们路过她家的门口，脚步都不停留，全都奔着哥嫂那边的老店去了。

小妹眼睁睁地看着哥嫂那边整日“叮叮当当”忙个不停，而她家这边冷冷清清，无人问津。许多时候，一整天都等不来一个客户。于是，小妹便想出种种招揽人气的招数，先是放低价格，同样的铁壶，哥嫂那边卖九个铜板，她这边只收八个，甚至七个铜板也卖；再就是买一送一，凡来购桶者，免费送一把铁舀子；购壶者，再搭配上一把小巧的铁勺子。尽管如此，小妹这边的生意，远不能与哥嫂那边相比。

眼看小妹的生意一天不如一天，哥嫂那边先是畅快，后又怜悯。后来，哥嫂那边干脆把修壶、补桶的零碎活儿让给了小妹。再有上门修壶补桶者，哥嫂以手头活路紧为由，故意将其推到小妹那边。

对此，小妹心知肚明，但她并不领情。小妹做梦都想与哥嫂争市场。她恨哥嫂挤对她，将自己逐出家门。以致，兄妹之间，迎面走在街上都不说话，两家的小孩子见面后都互相骂爹骂娘。

说不准是哪一天，一名顾客在哥嫂那边刚买了一把新壶，烧水时稍没留神，水干见底了，赶紧抢着拎起来时，随着一股青烟散去，壶底还是裂开了。找到哥嫂那边去修补，哥嫂将其推到小妹这边。

小妹摸过那把新崭崭的铁壶更换壶底时，发现壶底的铁皮较壶筒的铁皮薄了许多。这可是有悖祖上手艺的。壶底的用料要厚，壶才耐用，哥哥难道不懂这个道理？小妹愣了片刻，忽而想到，近期哥嫂那边只卖新壶，不修旧壶，心中不由一怔！随即找出往日哥嫂卖出的壶一一查看，果然壶底的铁皮，一概比壶筒薄了型号。

小妹懂了，哥嫂这是在给她留生路。

小妹再不说哥嫂的坏话，并于当晚，把自家砸好的铁壶、铁桶啥的，一股脑儿地送给哥嫂。小妹这边，只修旧壶，不卖新壶了。

时至今日，盐区西大街上两家挨在一起的铁货铺子，仍然是一个“卖新”，一个“补旧”。

据知情者说，当年刁家老父去世时就有交代，哥哥只“卖新”，不“修旧”；妹妹只“修旧”，不能“卖新”。由此，兄妹之间互不抢夺对方的生意。半个多世纪过去了，盐区这两家砸铁壶的兄妹后人，仍然坚守老辈传下来的遗训。

（选自《小小说选刊》2017 年第 11 期）

到乡下干几天农活儿

谢大立

车停下，刘少地下了车。屋里走出一个大汉对他说：跟我走。走到一家砖瓦厂，指着一个干活儿的女人对他说：看清楚她是怎么干活儿的。

她干活儿跟我有什么关系？刘少地说。

嗯？大汉眼一瞪。

刘少地一怔，看看大汉，看看周围，一条条山沟没村没店，只有这砖瓦厂。正想问问怎么回事，大汉又对他一瞪眼说：不看她干活儿，你东张西望个啥！

刘少地就想，自己是不是遇到麻烦了？怯怯地问大汉：究竟是怎么回事？大汉呵斥他：少废话，叫你干啥，你就干啥！

遇到麻烦了！刘少地目光一阵游移，落到干活儿的女人身上，女人正在把手拉葫芦上的钩子钩到一摞砖坯上，钩好后回头拉手拉葫芦，把砖坯吊到一个平台后，平台上的人帮她取下钩子，下面的人又码好了一摞砖坯，等着她的重复。

看清楚了吧？大汉问后也不等他回答，说：从今天起，你就干这活儿。又对女人招招手说：你跟我来。女人就放下手中的活儿，随大汉往屋子的方向走去。

刘少地追着大汉的背影叫：你还没有告诉我这究竟是怎么回事！我是个病人，还在住院期间，你要我干的活儿我根本干不了……大汉不理睬他的叫喊，码砖坯的人却叫起来，一边哇啦哇啦地叫，一边用手指他码好的砖坯，意思是要刘少地钩钩子，拉手拉葫芦。刘少地就对他重复冲大汉叫的那些话，对方却听而不闻，仍然哇啦哇啦指着砖坯叫，还对他伸了几下拳头，似乎是在说，他要用拳头跟刘少地说话了。哑巴，难道是个哑巴？刘少地正想着，头顶平台上的人也哇啦哇啦叫起来，也对他伸着拳头。

哑巴，又一个哑巴！刘少地想起被曝光的一些专用残疾人做工的黑窑场，不寒而栗……头顶的哑巴又叫开了，示意下面的哑巴对他动拳头，下面的哑巴真的要朝他冲过来……好汉不吃眼前亏，他赶紧拉着钩子走向了砖坯，钩好，又赶紧使出全身力气拉手拉葫芦……他分明听到了来自肩膀和颈椎的骨骼声响，但他顾不上，否则，他真有可能吃拳头。

太阳落山，上面下来三个人，全是哑巴，下面的哑巴示意他一起走，来到工棚里，一盆饭，一盆菜，搁在桌子上。饭是糙米饭，菜是白菜豆腐，他们吃，也示意他吃。他累了也饿了，两碗饭一盘菜很快吃完了，在家里这种饭菜他是不吃的。吃完饭，哑巴们倒头就睡，他也睡，头刚遇到枕头就睡着了。

直到几天之后，他才有精力考虑怎样逃离这个地方。他等哑巴们都打鼾了，蹑手蹑脚地起来，背上他的包，来到外面，凭着感觉往来的路上摸去，山沟的两边是高高的山、茂密的森林，沟的尽头也是，要逃离这个黑窑，只有一条路。不料他走了没多远，前面他下车的那屋门口传来狼狗的叫声，叫声明显是冲着他这边的，他只好赶紧往回走，潜回工棚，重新回到被窝里。

只好另作打算，次日干活儿的间隙，他开始认真地观察两边的山坡、沟尾的情况。他现在干活儿已经开始有了些间隙，胳膊也慢慢有劲了，头也能在脖子上自如地前后左右扭动了。不像刚来的那几天，头一扬昏天黑地，胳膊一使劲，骨节吱嘎直响。眼下往往是他把一摞砖坯送到了上面的平台，钩子回到了地面，下面的哑巴还没有摞好砖坯。

三个方向，他都看得十分仔细，他计划一晚一个。可是三个晚上过去，他彻底死心了，森林里树枝连树枝，荆棘连荆棘，根本就无路可行。他硬着头皮往里钻了几米远，衣服被挂破了好几处，手背和脸上也出了血，只好暂时放弃这个想法，另作他想。

根本没有其他办法，时间一天一天过得飞快，半个月、二十天……这天，他决定孤注一掷，从山沟的进口硬闯出去。只带手机，手机可以当电筒掩人耳目，万一被人拦住脱不了身，就谎称起夜解手迷失了方向。带手机的真正目的是，一旦有了信号，马上报警。

正在他盼着天黑时，大汉来了，大汉的身后是一个背包的家伙。大汉像他来时指了指他对背包的人说：看他是怎样干活儿的。背包人说：他干活儿跟我有什么关系？后面的话，几乎是他刚来时与大汉说话的翻版，大汉像对他的前任那样对他招招手说：你跟我来。大汉走到他的身边，对他说：带上你的东西走吧，车在屋前等你。

屋子前，果然有辆车。还是那辆车？怎么还是那辆车？难道他们不怕我记住他们？车是他医院的朋友给找的。他的几件衣服要拿回家洗，家在北，车开的方向却是西。司机说：办完急事，再送你。就把他拉到了这个窑场。医院的朋友是研究行为医学的，他能住院也是找的他。朋友不赞成他住院，说：也就你们这些拿着工资还不上班的人才动不动就想到医院躺些时日，因为躺的不是自己口袋里的钱。就你这脖子、肩膀不舒服，到乡下去干几天农活儿就好了……

难道这一切都是朋友导演的？他摇摇脖子上的那颗头，又伸伸胳膊，颈椎病肩周炎似乎真的好了。他一笑，于心里说：这个家伙！

（选自《天池》2017 年第 5 期）

陀螺王

徐水法

黄榕履任市文体局局长后，一直在琢磨如何做出一些新的政绩，可以借机再往上挪挪位子。

一连几个月，他也想不出可以立竿见影的好招。这不，让这些年一直回乡下过年的他，都提不起多少兴致，没有显出往年的热情。

“我的大，打起来难度也大，自然是我赢。”

“我的转时间长，当然是我赢。”

大门口两个小孩的争吵声引起了黄榕的注意，在吵些什么呢？输赢是体育比赛的常用语，黄榕忍不住走了出来。原来是两个小孩打陀螺赌输赢，分不出高低争执起来。

黄榕一下子脑洞大开，老家山区这一片一直有打陀螺的习俗。自己小时候也几次让父亲找来那种坚硬的杂木，削成尖头又圆又滑的陀螺。自己则把村人养蚕废弃的桑树条剥下整块的皮，搓成绳子缚在一根短短的细木棒上，充当鞭子用来抽打陀螺。这不就是现成的全民健身的好项目吗？

黄榕心里展开了想象，在全市范围来个打陀螺大赛，这个全省首创的全民健身比赛项目肯定会吸引省内外媒体的眼球，届时安城的名气就会噌噌往上蹿，这不就达到自己的目的了嘛！打陀螺可以分为常规打和花式打，常规的打法可以按照陀螺的大小轻重来分组比赛，花式的打法可以按照参赛者的奇思妙想，再来判定比赛结果。

主意一定，这年也过得踏实了。新年刚过一上班，黄榕就吩咐工作人员造方案打报告，取得了市委市政府的大力支持。于是，安城首届陀螺大赛就在省市领导的支持下隆重开幕了。

常规比赛这块按部就班，花式比赛这块创了一天一次或多次的崭新纪录，一次次刷爆了所有人的眼球。有打母子连环的，一大一小，在场内相互追逐，煞是好看。也有三星追月的，一大三小，打陀螺人更是一手一鞭，左右开弓，高潮迭起。

压轴的是黄店的黄江和徐里的徐山，黄江一出场，没有多少人惊讶，只见他一连排出五个从大到小的陀螺，远远看去，就像俄罗斯套娃一样，小的似乎可以装到大的肚子里。他不慌不忙地从小到大，一个个开始抽打起来，四个小陀螺在大陀螺身前或快或慢转个不停，如众星拱月一样。

徐山一出场，跟着他亮相的硕大陀螺，看上去直径有五六十厘米，毛估重量也有几十斤，这么大的陀螺，在场的大部分人都是第一次看到，现场顿时响起一片喝彩声。

打陀螺一般起手小的用手一转一放，就会在地上转起来。大一点儿的会用抽打的鞭子在陀螺腰上缠绕几圈，然后一抽鞭子，陀螺就会随着惯性转起来。让陀螺不停地转，只有用特制的鞭子有技巧地抽打，不然，如果抽打不得法，陀螺就会停止旋转，顿时倒地。

或许是由于陀螺太大，徐山在陀螺上面中心装了一个铁环，放好陀螺后，徐山退到一丈多远，从腰间抽出绕了几圈的鞭子，“啪啪”，前后左右挥洒了几声响亮的鞭声，算是理顺了鞭子。只见他一提一挥鞭子，如蛇头一样的鞭梢灵巧地钻进了铁环。说时迟那时快，徐山不知怎么上下左右挥动转换了几下，几十斤重的大陀螺已经在大家的眼皮下，骨碌碌地转动起来了。此时的徐山，站得远远的，快一下慢一下抽打着陀螺，看上去没有一点儿难度，观众们忍不住又叫出一声好来。

回头看黄江，所有的人都惊呆了。不知何时，黄江已经把五个陀螺从上到下、从小到大完成了叠罗汉的程序。更让人目瞪口呆的是，这五个陀螺依然在转动，黄江虽然有些手忙脚乱，或快或慢、此轻彼重抽打着五个陀螺。这样的奇巧打法，不要说会打，就是见也没有见过。在场的人不禁叫出好来，不知谁带的头，雷鸣般的掌声顿时响彻赛场的上空。

不用说，胜负用不着评委打分，也已经立见分晓了。

由于属于全民健身趣味体育赛事，比赛结束后，就在赛场边上的市民广场进行现场颁奖，黄江是公认的花式陀螺王，踌躇满志地从分管副市长手中接过金光闪闪的奖匾和获奖证书。

突然，台下一声尖厉的叫声盖过了正在为黄江鼓掌的声音：“有人掉湖里了！”

原来市民广场是临江修筑的，颁奖会在广场内一个亲水平台上临时搭了一个主席台，围观的人太多，一直站到水边，一阵人群骚动，不料把一个小孩挤到了水里。时近寒冬，几米深的江水，吓得一般人都不敢随便去救人。

眼看小孩慢慢离开岸边，千钧一发之际，名列第二的徐山用鞭子开道，挤到了水边。只见他把自己的大陀螺往水里轻轻一放，退后几步，挥动鞭子，只见鞭子带着陀螺缓缓飘到了孩子身前，然后手一松一挥，一边卷住了孩子，一边大声提醒孩子抱住陀螺。孩子开始在水里双手乱挥，大声哭喊，被徐山卷住身子后，也算是稳住神了，伸出双手，抱住了面前的大陀螺。徐山看孩子已经抱住陀螺了，手一挥一转，鞭梢已经穿过铁环并系住了。徐山不慌不忙，双手不停转换，三下五去二，就把陀螺连同孩子，拉到了岸边，早有另外的观众从岸边抱起了孩子。

短短几分钟，在场的人都被徐山救人的场景震惊了。

“陀螺王！陀螺王！”不知谁带头，现场响起了震天动地的呼喊声。

（选自《浙江小小说》2017 年第 3 期）

信

许　锋

一万年后，它重见天日。它受到惊吓，想从明丽的阳光中挣脱，身体一张一翕，像一条缺氧的鱼。

瞬间，它又中毒一般，面色发黄，变褐，如炒煳的麦子。

它有二十厘米长，十厘米宽。上面有字，龙飞凤舞，看不清。

历史学家拿着放大镜仔细考证之后认为，这可能就是传说中我们的祖先曾使用过的一种联系工具。另一位历史学家补充道，它的名字可能叫“信”。

出土“信”的消息风似的刮遍全国，这是考古历史上的重大发现，包含几个第一：第一次发现我们的祖先使用过类似纤维的东西，和现在的塑料完全不同；第一次发现人类的手迹，和现在的激光笔截然不同；第一次发现人类的沟通方式，原来老祖宗当年的花样还挺多，比我们化人多多了。

对，现在是化人时代——一万年，一眨巴眼，聚苯乙烯人主宰了世界，俗名化人。

人们更牵肠挂肚的是信的内容。是父亲写给女儿的，情郎写给情人的，老师写给学生的，还是自己写给自己的？

——胡说，有毛病，哪有自己给自己写信的？有人为此争得面红耳赤，差点儿动了粗。

在举国上下一致强烈的要求下，这封信的拆封仪式在偌大的演播厅举行，不需要实况转播，网络后世纪时代，人们只要坐在电脑前便可将大事小情尽收眼底。

历史学家格外慎重，他们在演播厅中央一个透明却密闭的空间里对信进行拆封。虽然年代极为久远，但封口仍然异常牢固。历史学家用薄如蝉翼的刀片轻轻地试探性地试图分开封口，显然，努力是徒劳的。另一位历史学家现场分析道，传说中我们的祖先使用过一种叫“鼠立毙”的胶水，这种胶水黏性十足，是专门对付老鼠的，老鼠只要粘上这种胶水，哪怕是尾巴粘上，也跑不掉，除非——断尾逃命。可惜的是这种胶水的配方已经失传了，我们现在使用的胶水远远不如我们祖先当年使用的胶水，我们祖先的聪明与智慧让我们永远屹立于世界东方。

什么是老鼠？什么是尾巴？人们议论纷纷。

当然，这封信是不是用了这种胶水，要拆封后对残留物进行化验才能得出准确结论，目前只是一种猜测。

数小时之后，封口仍然固若金汤。有人建议，把封口那一截直接裁掉。有人出主意，把刀片从侧面插进去豁开。干脆用超能透视仪得了。

方案被专家组组长一一否定，必须确保这封信完好如初，人类已进入塑料后世纪时代，植物纤维已经绝迹，水分子已经发生变化，人们以塑料和仿塑料制品为食，塑化剂、乳化剂、色素、黏性剂作为日常营养的主要构成为人们提供能量。历史学家想从这封信中发现植物纤维何时从地球上绝迹，包括传说中的玉米、树木，还有水何时发生了变异。它们到底是什么形态，有多么神奇的魔力让人类不食塑料和仿塑料制品也能繁衍生息。

观众嚼着塑化香蕉，吃着乳化面包，抹着黏性化妆品发泄着不满，狗屁专家，连个信封都打不开，我们纳税人真是白白养活了这一群废物。

最后，专家组组长顶着巨大的压力，向全国观众道歉，他缓慢而磁性的声音在空中飘荡：

同胞们，女士们、先生们、孩子们：

史料记载，我们的祖先曾经生活在有森林、溪水、鲜花、青草……充足氧气的环境中，你可能想象不到，那真是一个非常奇妙的世界，能闻到树木的气息，溪水的气息，鲜花的气息，青草的气息，还有漫山遍野的牛啊羊啊声——让我们现在闭上眼睛，想象一下在夏季的山间，你牵着孩子的小手，在彩蝶飞舞、小鸟鸣叫的美妙的大自然中喜悦地奔跑、欢笑、栖息的情景，那是多么富有情趣的生活。

世界仿佛沉寂和凝固下来。人们极力想象专家所描述的情景，但是，想象不来，真的想象不来。

专家说，是的，我们的想象残缺不全。我们根本无从想象先祖曾经拥有的美好生活，就像连一封信都没有见过，怎么会想得到驿站、八百里加急、飞鸿传书、邮递员、望眼欲穿的含义？怎么会有“桃之夭夭，灼灼其华”的盛景？

怎么会有“蒹葭苍苍，白露为霜。所谓伊人，在水一方”的思念与深情？

这一切究竟是为什么？专家沉重地说，由于我们的祖先中有一些人无比贪婪、无知，他们追求物尽其用，榨干能榨干的一切，那一场自绝行动终于彻底破坏了生态平衡，导致所有的植物和动物彻底绝迹，如今，这个世界上仅剩下我们——以塑料为生的化人。

专家的声音激荡起来：

这封信是我们人类的伟大发现，是我们的祖先曾经高度文明与发达的象征，因此，在无法绝对保证它的安全的情况下，我宣布将其永久封存，无论何人何时何地，无论我们的国家将来富有还是贫穷，强大还是弱小，只要地球上还有最后一个化人，我们都不得打开它，让它成为我们永久的美好的最后的想象。

整个国家掌声如潮。

（选自 2017 年 4 月 16 日《大公报》）

硬打三分

许福元

焦庄户地道战遗址纪念馆要征集一件抗日战争时期的物件——马凳。

何谓马凳？就是给马匹钉掌时用的矮木凳。

三个月征期已过，马凳尚无音讯。馆长马增直摇头，认为没戏了。本来嘛，汽车轮子早已代替了马的奔跑。

这一日，一个白胡子干巴瘦老头儿，肩背捎马子找上门来，对马馆长毛遂自荐说，我能做马凳，做马凳是我的熟套子活儿。

马馆长打量眼前这位老爷子，青鞋白袜灯笼裤，腰背挺直，双眼有神。说是年龄八十有九，但也就像七十出头摸边小八十的样子。

马馆长心里直打鼓，试探着问，您带家伙儿来了？

老人将捎马子从肩上取下，兜底往地上一倒，哗啦！好家伙！刀、斧、刨、锯，光凿子就有十几把。

马馆长问，您要什么条件？一个马凳要做多长时间？

老人开出条件：一个独门独院，只和你单线联系；要什么材料你们得供应什么材料；一个马凳要做七七四十九天。

马馆长略一思索，一拍脑门，行。

马馆长给进了一批枣木，老人用眼一瞥，说，不对。我要的是酸枣木。这是牛犄角枣木。

马馆长一摸后脖梗子，犯了难，我上哪儿淘换酸枣木？

老人指点，山里辛庄北山阴坡，顺义、平谷、密云三不管的地方，有三棵碗口粗的酸枣树。其中有一棵树过了火，那是被日本鬼子放火烧的。

酸枣木终于给弄来了，是十几根短棒棒。老人用手掂掂，说，不对，你们这是从枣树上半截锯下的，下半截还留在山上。我要的是坐地棵。

马馆长很纳闷，您怎么知道为图省劲儿，他们锯的是树的上半截？

老人随手将那些木棒棒往水池里一丢。一根根木棒一头沉下，另一头翘起，露出水面。老人用枯手指着说，酸枣木长成这样，得千年以上。坐地棵下半截扔进水里，会全被浸住，不会上半截露头。

七天以后，马馆长推开老人的独院独门，只见他面前摆着十几根短木枋，酸枣木黢黑的外皮已经被刮掉，露出微红嫩黄如铜质的白茬，纹理细如蛛网。

老人给马馆长派活儿：你让人弄一箩筐松木锯末，挖一个小地窨，我要将这些木枋点火熏一熏、烤一烤。

那是为何？

老人颇自信，这你就不明白了。湿酸枣木水汽大，脾气也大。用热锯末蒸一蒸、烤一烤、出出汗，改改它爱开裂的性情。

十四天以后，老人对马馆长说，你给我准备一口大锅，烧一锅滚开的沸水。

那又是为何？

老人颇自豪，这你又不明白了。酸枣木只有经开水煮过，虫不吃，蚁不咬。下雪不怕润，雨天不发霉。

二十一天后，马馆长再去看的时候，只见老人手中摆弄着几个小物件，两头尖，中间凸。

您这是做的什么？像枣核。

老人颇为得意，算是让你猜对了，这叫枣核钉。我做的马凳，浑身不见铁。我用枣核钉，拼接凳面。

二十八天以后，马馆长再去探视的时候，只见老人用二分半的凿子在木枋上凿眼。右手扬起斧顶锤一下，左手凿子摇三摇。凿刃啃咬着矩形小凹槽，金黄的木屑被掏出，榫眼却没凿透。

马馆长笑了，您这是……

这是闷榫，不是透眼。你当我是糙木匠？我做的活儿是小器作。你别看我是个钉马掌的，做马凳——手细。

三十五天以后，老人面前的木枋子长出了榫头，不过马馆长看了一眼，觉得卯眼不对。既然是卯榫结构，怎么榫头大于卯眼呢？走着瞧吧。

四十二天以后，马馆长看马凳还未成型。凳面与凳腿，长掌与短掌，牙板与嵌板，还在老人面前摊成一片。他不由得催老人，再过七天，“冀东骑兵营成立 72 周年纪念会暨抗日文物收藏揭幕仪式”就要举行了！

七七满四十九天，在焦庄户村东的歪驼山半山坡，纪念会如期召开。参加会议的有当年晋察冀抗日根据地各处的代表、平西代表、威县代表、盘山代表等，还有国家博物馆的研究员。

一块红绸布被揭开，哇！原来只是一只小马凳。马凳按营造尺寸身高一尺六寸六分六，厚墩墩的凳面分出三条粗腿，立柱却分别往八个方向伸展着。横拉竖扯冰裂纹结构，上承下托如重檐歇山。全身结合无一钉一铁，左观右瞅看不见榫眼。颜色如老榆木擦漆却免漆，气味似松香又掺进五月槐花香和紫荆条花香。

马馆长从与会者的眼神中读出，有的人看出门道，有的人不明就里。于是他指着马凳讲解，这小小的马凳，钉马掌师傅把马腿弯起，马蹄垫在上面，翻蹄亮掌。钉马掌师傅用肩膀之力，顶住刀铲，切下一层烂马蹄，剔掉旧马蹄铁，换上新马掌，战马才能奔跑如飞。想当年，冀东几百匹战马在东八县的抗日战场上纵横驰骋，就是多亏了这样一只小小马凳。

马馆长进一步说，马凳不怕风吹日晒、霜冻雨淋。它的神奇之处还在于，你无论将马凳或远或近或高或低扔出去，无论是平地还是山坡，不管马凳几经翻滚腾挪，它落在地上时，有如灵猫空中打旋儿，最后总是三条腿着地，不翻不滚不倒。

于是，马馆长当场演示，将马凳几次远远往不同方向不同地势抛出去，马凳还真是如附了魂着了魔，注入定力一般，无论如何飞翔，最后总是稳稳“栽”在地上。

有人问，现在，可以宣布马凳收藏了吧?

话音刚落，老人提着十八磅大锤闪亮登场了，说了声：慢！还有最后一道活儿没完呢。

老人左手持二分半凿子，右手持斧，往那本无缝隙紧致的榫眼正中生生开出一道黑缝，然后从口中衔着的三枚木楔取出一枚，插立于黑缝之中。抡起十八磅大锤轰然嗨的一声带一股雄风，往那楔子上砸去。如此三声三锤三楔，说来也神了，那三枚木楔，已分辨不出你我，竟然和整个马凳浑然一体了。

众皆称奇。有人问，您这一手活儿可有名称?

老人吐出四个字：硬打三分。

这时，坐在前排胸前挂满军功章的一位老者，被人搀扶站起，颤颤巍巍走上前来，拉住老人的双手，连连说道，你就是当年给我们骑兵营钉马掌的小马哥！多烈性的马，到你手里跟猫似的。我就是骑兵一连的老连长，当年就是你飞出的马凳，挡了日本鬼子一军刀，我的马刀才劈了下去。硬打三分，是你的外号。你还记得是哪位首长给你起的这外号吗？

我宁可忘了我姓甚名谁，也不会忘了给我起外号的那个人。

谁？

聂帅，聂荣臻！

（选自 2016 年 12 月 16 日《光明日报》）

堂号

袁炳发

听母亲讲，我们家从山东东平闯关东落户黑龙江时，发生过一件事。

当时父辈兄弟三人奔赴同乡至黑龙江苇子沟，立足未稳，即遭遇水灾，全镇人陷入困顿，几乎家家缺吃少穿。

一天深夜，我家邻居——造纸厂的会计张爷，突然被鸡叫声惊醒，以为黄鼠狼乘人之危又来吃鸡，便手拎棍棒冲出门去。

冲出门的张爷，月色之下，定睛一看，哪是什么黄鼠狼，是一窃贼在鸡窝行窃。此时窃贼也听见门外的动静，慌乱中弃物而逃。张爷将其所遗之物拿进屋中，亮灯一看，是个布袋子，里面装着张爷家两只芦花鸡。

张爷把鸡放出来，凑近灯下看布袋子，发现上面印着三个大字："敦本堂。"张爷想起，前些日子我大伯去他家借过一斗玉米，正是用的这个袋子！

当时听母亲讲这件事时，我还小，对"敦本堂"三个字不甚明白。上小学一年级后，父亲告诉我："敦本堂"是我们这一支袁氏的堂号。那时候，家族堂号是一个标识或者说是符号，更是一个家族自我建设的动力，也就是家风和对外立身的信誉。

翌日一早，张爷拿着空袋子来到我们家，也不说话，将空袋子置于地上，瞥我大伯一眼，鼻子哼了一声，扭头走了。

我大伯见状，傻眼了，马上让我父亲去看一下自家的布袋子在不在。

当我父亲告诉大伯，我们家的布袋子的确不在了时，我大伯当时就哭了，说，这人丢不起啊！

我父亲说，丢什么人，又不是我们干的，袋子是让人偷走了。

我大伯说，谁知道是怎么回事啊？咱们百口莫辩！

我大伯哭得很伤心，感觉对不起老祖宗，没有保护好家族名声。说着，就安排我父亲和叔叔收拾东西，回山东老家东平去，不在此处丢人现眼了。

我父亲急了，我们是敦厚本分之家，不能就这么不明不白地受冤屈。说罢父亲掉头出去了。

父亲下决心要把这件事调查明白！

事件发生时，正是阴历九月初，早晚有霜冻。夜间野兽出洞都会留下足迹，人畜如果晚上出来，踩出的痕迹也会像石膏一样凝住。我父亲在路上仔细查看，循着一串可疑的足迹追出镇子，一追就是十几里地，追到了另一个屯子。那天半夜时分，我父亲带着两个人回来了，一个中年男人和一个十几岁的半大小子。三人直奔张爷家。

原来，偷鸡的是那个十几岁的半大小子，中年人是他的父亲，一起过来赔罪来了。

这件事的结果不说大家也能猜得出来，我们家和张爷家的嫌隙弥合了。这件事的发生，非但没有给我们家族抹黑，反而赢得了好名声，苇子沟的人一下子就接受了我们家。

我们家以敦厚本分立家，赢得了远近邻居的信任。这件事之后，张爷在造纸厂的厂长面前，极力举荐大伯他们哥儿仨到纸厂上班。

哥儿仨到纸厂上班后，专拣苦脏累给钱多的活儿干，两三年间，就挣得一份不错的家业。当时从山东来时，只有大伯一人娶了亲，经过几年打拼，我父亲和叔叔每人都娶了一位好姑娘。就这样，我们家不仅没有退回到老家山东，倒是深深扎根在黑龙江了。

扎根之后，大伯在正堂的一张桌子上，把祖辈的牌位供上，并把堂号“敦本堂”三个字的横幅挂于牌位上方的墙上。

几年后，“文革”开始，红卫兵“破四旧”将我家的牌位、堂号掷于火堆，焚烧一尽。

当时，大伯为了保护堂号，和红卫兵们撕打起来。结果，大伯的一条腿被红卫兵们打伤致残。

从此，大伯每天都郁郁寡欢。几个月后，大伯去了趟县城，家里人不知他去干什么，问他也不作答，只是从大伯舒坦的面容上，猜测他可能是到县城做了一件大事。

这个谜直到大伯去世时才解开。

那天，病中的大伯奄奄一息，我大伯母给大伯换寿衣，当大伯母除去大伯身上的旧衣时，我们袁氏家族的大人小孩，都在我大伯的前胸看到了刺上去的三个字：“敦本堂。”

大伯母急忙问大伯，那次你去县城就是刺字去了吗？

大伯吃力地点点头之后，长吁一口气，就咽气了……

时隔多年，回想自己为官多年，竟一尘不染，这才猛然惊觉：其实，大伯前胸上的那三个字，早已扎在我心里的最深处了。

（选自《安徽文学》2017 年第 6 期）

卜 白

袁良才

民国时期的上海，凭一张纸名满天下且赚得盆满钵满的，只有《申报》。

《申报》副刊《自由谈》更是牛气冲天，在上面发稿的多是鲁迅、郁达夫、茅盾、叶圣陶这样的超级大腕，一篇千字文章稿酬能开到二三十块大洋，够一家人好吃好喝一个月的。

文豪扬眉吐气，编辑、记者先生也神气活现，洋气十足，穿洋装，讲洋话，吃洋餐，洋洋洒洒，倜傥风流。

凡事都有例外。卜白就是个例外，不，简直就是个另类。

他是《申报》的资深编辑，却土得掉渣，土得冒烟儿。瘦高个儿，白净无须，常年着一袭青布长衫，足蹬黑色方口布鞋，架着一副珐琅圆形近视眼镜，讲一口江南土语。

在报社，他是专司画版、校对的，有时副刊缺边少角的，主笔大人就会笑眯眯地说一声，卜先生，您给补一点儿白吧。

卜白二话不说，展纸挥毫：或杂谈，或逸闻，或小幽默，或诗画配。虽短小得可怜，却鞭辟入里，小巧玲珑，妙趣横生。

据说不少读者就是冲着卜白的补白文章，才订、买《申报》的。其补白文字，政治、经济、文学、天文、地理、历史，无所不含，妙笔成趣。

别小看了补白，其中大有学问，弄不好会闯下大祸。九一八事变，东北沦陷，国人悲愤。有位大学校长马先生给《时事新报》发去一首小诗《哀沈阳》："告急军书夜半来，开场弦管又相催。沈阳已陷休回顾，更抱佳人舞几回。"主笔安排作补白之用，不想惹怒了少帅，差点儿派兵砸了报馆。

怪才必有怪癖。卜白不抽烟、不喝酒、不喝咖啡，还说咖啡有一股焦锅巴的煳味儿，别说喝，闻着都别扭。他嗜茶。西湖龙井、碧螺春、太平猴魁，他是宁愿饿肚子也要设法买来饮的。他管喝茶叫饮茶。有好事者悄悄做了统计，卜白每天饮茶能饮掉五暖水瓶热水，简直是牛饮了。可见嗜茶之深。但他却很少如厕，你说怪不怪？

据说卜白是陈寅恪的高足，国学功底不可作等闲观，咋甘当画版、校对、补白的活儿？没人去问，也没人说得清。但卜白似乎全不在意，甚至还乐此不疲。

他动笔前总是泡一壶好茶，边饮茶边挥毫，好漂亮的蝇头小楷，茶香袅袅中，妙文著成。依其姓名谐音，人送雅号“补白大王”。他听了，微微一笑。

一天，主笔大人悲天悯人地对卜白说，卜先生，您也该给自己的人生补补白啦。卜白会意，三十好几的人了，竟酡红了脸，期期艾艾道，不急，不急。事业未就，何以家为？主笔不由分说，扯着卜白的青布长衫袖口说，别把自己生生弄成套中人，以后同仁该改叫你别里科夫先生了。走！我陪您去见一位女士，我太太已候在那里了。

卜白见到那位年轻貌美却神情忧伤的女士，得知她男人是谢晋元的部下，在淞沪战役中为国捐躯了，撇下孤儿寡母甚是凄凉。谁知卜白竟爽快地应承了这桩婚事。主笔夫妇大感意外，又惊又喜。

那女士道，卜先生，您是童男子，可我已是残花败柳，让您受委屈了。

卜白那既浪漫又憨直的话让那位女士为之涕泪交流：我虽一介书生，亦当为抗战力效绵薄。让我为你这个抗日英烈之家补白吧。再说，你的娘家福建安溪有好茶铁观音呢！

后来，两口子举案齐眉，一生恩爱，一起将烈士遗孤抚养成人，培育成才。

卜白没啥业余爱好，除了饮茶，就是隔三岔五看看京戏，尤其迷恋梅兰芳的戏。一来二去，他结识了梅兰芳，成为票友。

一次，梅兰芳在天蟾舞台演《贵妃醉酒》，观者如堵，一票难求。卜白却接到了梅兰芳专门差人送来的戏票，急急赶到剧场。戏正待开演，梅兰芳的嗓子突然发不出声音了，在后台急得团团转，火烧眉毛似的！

卜白闻听，急急如风地挤进后台，对梅兰芳说，救场如救火！你在台前演，我在台边唱，合作一曲双簧你看如何？

梅兰芳将信将疑，此时台下的观众已哄叫闹将起来，梅兰芳只得上台去了。

海岛冰轮初转腾，见玉兔，见玉兔又早东升。那冰轮离海岛，乾坤分外明……剧场顿时响起暴风雨般的掌声。

整场戏下来，梅兰芳的表演与卜白的唱腔念白浑然一体，俱臻妙境，竟无一名观众识破此中玄机。

事后，梅兰芳特意在华懋饭店摆盛宴答谢，卜白此时又是一句，急人所难，君子不可不为。补白亦大快事也！

说话间，到了1949年初夏，解放军的隆隆炮声响彻大上海城郊，吴淞口外。

汤恩伯重兵扼守上海。

《申报》选派战地记者，大笔杆子们虽西装革履，却顿失绅士风度，不是低头狠劲儿抽烟，就是把咖啡喝得嘴里一半、地上一半。卜白饮了一气铁观音，一抹嘴，石破天惊地说，我去吧！

为使上海城市免遭破坏，解放军方面禁止使用重型武器，攻城一度受阻于苏州河畔，伤亡甚重。

上海市民突然从《申报》上看到一则快讯：国民党淞沪警备司令部副司令刘昌义中将率部投诚，为解放军打开进入上海中心城区的大门。

谁也没想到，这竟是卜白平生最“得意之作”。多年后，卜白在自己的回忆录中写道，我是中共隐蔽战线的一名战士，策反敌人弃暗投明，算是我对军事斗争的一种补白吧！

新中国成立后，卜白担任上海市宣传文化部门的高级领导，后来积劳成疾，英年早逝。

卜白留下遗嘱：丧事一切从简，请把我安葬在普通百姓的墓地之侧，为逝者补白。

他还对悲悲切切的夫人说，记住！再找一个好男人，补我的白。

（选自2017年5月3日《黄山日报》）

鞋匠李老歪

袁省梅

李老歪正在家做饭，响亮的歌声从门缝里冲了进来。李老歪觉得，那声音就像是炮弹，一下一下在他的心头轰炸。

李老歪心烦了，嗵地扔下手里的菜刀，咣地拉开门，还没出门，就指着院子的三轮车骂开了。

李老歪骂的是收破烂的张笑。张笑的三轮车上装了个音响，从早上出门，就火辣辣地唱着，直到晚上回来，音响还要唱一会儿。以前呢，李老歪也喜欢听张笑音响里放的歌，有时在街上正好看见了张笑，就喊他在钉鞋摊子边歇歇。张笑呢，有时急，说是有活儿等着呢，很多时候呢，也不急，看李老歪喊他，就把三轮车停到路边，车上的音响呢，也不停。李老歪说换个。张笑知道李老歪喜欢蒲剧眉户剧，就给他调出蒲剧眉户剧。李老歪听着咿咿呀呀的唱腔，手里的活儿也不做了。顾客在一边催他，他也不急，说等等，就听一下。顾客说不能边修边听？他说不能。他说干啥操啥心。顾客笑他穷讲究，只好耐下性子等他的“一下”结束。一条街上就李老歪一个修鞋摊，常年打交道，早都熟稔了，哪里好意思催促呢，也不过一双旧鞋子。市场上人很多，吵吵嚷嚷的，李老歪却听得认真，也用心，欢天喜地的。

张笑也没有闲下来，给李老歪摊上的顾客发名片，介绍他的业务，说是家里有不要的占地方的淘汰了的，都可以给他打电话，不想打电话了，就给李老歪说一声。张笑说，我和李老歪住邻居，我们是好邻居。说着就扭头问李老歪，我们是好邻居吧？

张笑和李老歪是老乡，在老家就是邻居，到了城里，又租住在一个院子。白天各忙各的，晚上呢，冬天夜长，夏夜燠热，他们就会聚到一起，抽烟，扯闲话，听蒲剧。张笑有时会买一瓶酒，跟李老歪一起喝。李老歪就知道他又收了个大件。什么大件呢？张笑没告诉过他，但李老歪知道肯定是有挣头。李老歪喝着酒，心下就暗了一层，想张笑收个破烂把老家的房子都盖了起来，他老家还是两间烂房子，他就想扔了鞋摊，也去收破烂，可想想修鞋补鞋总还是个手艺活儿，收破烂算啥？

李老歪骂张笑，张笑却不恼，笑呵呵地问李老歪，尾巴叫谁踩着了？

李老歪不理张笑的玩笑，他说，把你的狗屁喇叭关了。

你不是爱听蒲剧吗？

然而李老歪一点儿听的心思也没有，他觉得张笑是故意在他面前炫耀。早上出门时，张笑给李老歪说他老婆过两天来。你明明知道我老婆跟人跑了，还给我说你老婆来不来的话，你老婆来就来嘛，有啥了不起的？李老歪越想越生气，气恨恨地骂道，我爱听不爱听关你屁事！

张笑看李老歪真的生气了，他的火气也倏地蹿到了头顶，说，你把人家的鞋修坏了人家叫你赔是你技术不行，关我啥事呢？你给我尥蹶子。

下午李老歪确实修坏了顾客一只鞋。李老歪听不得别人说他的手艺不行，那年老婆就是这样说他。老婆说，你就有个抱臭鞋的本事还修不好，还能干了啥？他打了老婆，老婆就跑得没了影。顾客骂我，老婆骂我，你这个好邻居也骂我？你不就是老婆要来吗？当是七仙女还是王母娘娘来啊你显摆！一霎时，李老歪的脖子鼓胀，脸色紫黑，头顶的那几根头发呢，也气恼恼地发抖。

张笑看见李老歪抓起了锤子。钉鞋的锤子，敲打钢钉铁掌的锤子，一锤子呼地下去，头上嗖的一凉，嗡的一下，脑袋肯定会炸了，血忽突一下冒了出来，顺着额头、脸、脖子……他不敢说笑了，倏地跳进屋子，把门在里面关得死死的。

李老歪追到门边，逼问张笑，你说哪个技术不行？

李老歪说，哪个敢说我修的鞋不好？

李老歪说，哪个敢说我的技术不行？

李老歪的铁锤子砸在张笑的门上，咣咣响，也伤感，也孤独。

深夜，李老歪醒来，辗转难眠，到院子摘下三轮车上的音响，放到自己屋里，音量极小地放着蒲剧。他呢，在灯下修一双布鞋。张笑的鞋子。李老歪想起在城里这么多年来，跟张笑相帮相扶的，手下的活儿就仔细了。他说，我要叫我的好邻居看看我的手艺到底怎样。

（选自《时代文学》2016年第5期）

朵田

赵长春

朵还是垛？袁店河的人自己也没有搞明白。

袁店河，南北流。流到袁店镇，河汊多了起来，水稳当了。因为岛，屿。岛屿，一个又一个。从罗汉山上看下去，星星点点。也说不上岛，甚至是一点，一拳，一团，如此大小；有的只是块大石头，几平方米，一棵树，一丛草……河水与岛屿互为点缀，河道被穿插分割，河水被围、追、堵、截，就成了袁店河的一处美景：朵田，或垛田。男人音重，垛；女人音柔，朵。

垛田、朵田，叫上去，都有份诗意，水润润的。

这样的田，几分、几厘，春来一片花，夏至蝉声悠。地肥，闲着也是闲着，不种点儿啥总是叫人心疼，就有人划了小船上去。西瓜，黄瓜，甜瓜。白菜，萝卜，香葱。芋头，高粱，花生。有肥，有水，只要出力，就有收成。

这样的田，还可以放牧鹅鸭。菰草里，蒲丛里，鹅，鸭，一群又一群，四散，伸着脖子，撅着屁股。鹅吃着水草，鸭秃噜着小鱼小虾。人呢，就捏了一柄七齿叉，在柳荫下扎鱼；还可以捉黄鳝，黄昏时将鳝筒放置在稻田、墒沟；早晨再来，鳝筒里满登登的。最是中秋，稻熟鱼肥。月夜，星光明亮如碎银，哗啦……一条鲤鱼，竟跃进舱中，拖着银尾，噗噗啦啦。

美。多美。可是，为啥人们还要出去打工？不少人想不通。想不通还要出去，走南闯北，扔下了自家的田。

不过，满星没有出去。满星喜欢垛田。从小就喜欢。垛田好啊。放牛，放羊。一垛田，牛羊上去，吃吃喝喝，不耽误逮鱼、捉蟹、摸藕、采菱……再送到镇上去卖。菜好，虾鲜，出手快。钱不少挣。就开了“水上乐”——一块大的垛田，柳树杨树香椿树，有灶有厅。灶是大锅灶，厅用蒲草苫顶。人们喜欢来，如此，一样挣钱，就在家门口。

淑月也没有出去。淑月喜欢朵田。从小就喜欢。朵田好啊。淑月在当年的作文里写过朵田，划船，割草，逮知了……朵田沙土厚，西瓜瓤沙汁多，甜。花生富硒。红薯面，如蜜。鸭蛋是双黄的，个儿大。淑月开了微店，手指一点，这些袁店河的土特产就走了，天南海北。

与满星相比，淑月是出去后回来的。当年，淑月考上了大学，满星没有。可是，毕业后，淑月又回来了。淑月说：袁店河好，山好，水好，人也好。

淑月是在一个阳春三月回来的。田上的油菜花开着，葳蕤，繁茂，黄腾腾，黄澄澄，黄生生。一块块田，就是雅致的水上盆景，大大小小。年年看，人们都看不烦，比春节都热闹。十里八乡的人都来看，还有城里的。淑月心里说：还是袁店河好！就在满星的“水上乐”，靠窗临水的一张桌前，淑月给大学同学们发了有图为证的微信：不回去干了，就在袁店河创业！

对于淑月的返回，满星高兴，心里透着乐，偷着乐。——话说到这里，就又是一个俗气的爱情故事了。满星，淑月，当年一起读的中学。高二暑假时，还在香椿树下坐过呢……

现在，淑月回来了，做微商：一个人的朵田。把袁店河的特产，一一送出去。袁店河好，山好，水好，人也好，货品好。鱼，裹了水草，敷上细棉，再围上冰块，放入包装箱。第二天，至多第三天一早，就到了客户案头，眼睛还眨着呢，尾巴甩上几下呢。

为啥人们还要出去打工？不少人想不通。淑月想通了，就是等着我回来创业呢。满星想通了，就是让我好好经营呢。淑月满星承包了流转的朵田、桃花岛、杏花岛、葡萄园，生意红火了，干脆设了快递点。一年又一年。

记者来采访了。淑月说是朵田。满星说是垛田。记者说，到底怎么叫？两人望着水面，笑了。

记者又问：你们什么时候办事呀，大事？

淑月望着满星，满星望着淑月，又都望着点点水田，一笑。

远处，三两只船，摇摇晃晃；四五棵柳，朦朦胧胧；六七株桃，红红白白……春天了，春天来了。

（选自 2017 年 3 月 6 日《羊城晚报》）

世　界

周海亮

老人住进这座宅院，极少出门。宅院是买来的，老人用掉毕生积蓄。

老人为院子遮上防雨瓦，院子成为完全封闭的世界。老人出了一趟远门，回来，院里便堆满大大小小的竹根。竹根或膀大腰圆，或亭亭玉立，或气势磅礴，或弱不禁风，老人坐在这些奇形怪状的竹根之间，抽着烟，眯着眼，打量着它们。几天以后，老人开始动铅笔，动斧头，动钻头，动坯刀，动修光刀，敲锤、木锉、锯、砂纸、蜡……老人在院子里忙碌着，休息，喝茶，院子是他的世界。

孩子们听到声音，从门缝往里看，都惊呆了。院子里多出山，多出树，多出房屋、小桥和牛羊。这一切全是根雕，几乎同样的颜色，竟也层次分明，栩栩如生。老人允许孩子们进来看，却绝不允许打扰到他。有时候，老人凝视着这些根雕，半天不眨一下眼睛。孩子们便怕了，认为老人也成了根雕。

有个孩子带他的父亲来，那男人也惊呆了。他问老人，您是大师？老人说，我只是个老人。男人说，我几乎认识浦江所有的根雕大师，但我既不认识您，也没听说过您。老人说，我从来就不想当什么大师。男人说，可是您创作这些根雕……老人说，对现在的我来说，这是生活。男人说，以后呢？

其实男人本想说，您去世以后呢？话虽难听，却是实话。从没有人见过老人的亲人，如果老人死去，这个宅院和满院的根雕怎么办呢？何况，孑然一身的老人，看起来那样清贫和孤独。

男人给老人介绍了一个老板，事先并未通知老人。老板看了老人的作品，震惊不已。他愿意出大价钱购买老人的所有作品，甚至还愿意再出一大笔钱购买老人以后的作品。他认为老人没有不卖的理由。

不卖。老人说。

我知道您清高，不在乎钱，可是艺术品也要示人。老板说，就像现在，闷在这个院子里，艺术品没有知音，也就没有价值。

老人说，它们的价值，不是任人观赏和夸奖。

老板说，如果您觉得钱少，可以再加。

老人说，请不要再打扰我。

说完，老人拿起修光刀，专心地雕刻起一个竹根。他的手腕一下一下加着力气，河面上，一叶小舟渐渐浮现。

男人和老板，再也没来找他。他们认为老人是怪物，是完全沉浸在那个封闭并且虚幻的世界里的怪物。他们说老人终会死在宅院之中，死在那些根雕之中，不值分文。老人也终会变成一件根雕吧？他是这个虚幻世界里的王，或者过客。

每一天，老人都在丰富和充实着他的作品。老人的世界，一点点变得完美。然而他的身体越来越差，有时候，即使动两下锉刀，也会喘上半天。

老人知道，他的人生，已到尽头。

老人将最后一件作品摆好，躺下，睡到黄昏，出门，发走一个快递。快递里有一封信、几页纸和一把钥匙，这代表着这个世界的归属。

几天后她来到这里，老人已经离开。老人说他时日不多，不想死在这个宅院。他将宅院和宅院里所有的根雕送给她，他说他愧对她的一生，唯这个宅院和宅院里的世界，能做些许补偿。

她是带着老伴儿来的。她和老伴儿，知晓老人的一切。

老人与她，曾经是夫妻。与很多没有走到尽头的婚姻一样，年轻时，老人犯下过错。这过错折磨着他，让他没有再娶。可是他还爱她吗？不管如何，他知道，他必须兑现他的承诺。

他曾说过送她一个宅院，宅院里，摆上各种根雕。根雕群就是一个世界，那世界无比安静，无比美好。那时他还是小伙子，跟一位老艺人学习雕刻。他没有忘记这个承诺，可是生活里，有着太多比承诺更为重要和残酷的事情。

比如老人曾经烧掉了她的宅院，以及满满一院子的根雕。老人认为他的承诺被他抢去，他的妻子被他抢去，他得报复。老人入狱多年，第二年开始，每一天，老人都会钻研他的根雕。他出狱后，又用了二十年的时间，决定兑现他的承诺。

假如生命的最后几年不能兑现承诺，老人知道，他失去的，将不仅是生命。

她与老伴儿，住到老人送给他们的宅院里。他们在这个虚幻的世界里喝茶，聊天，休息，他们的世界，丰富并且安静。

她知道，现在，她与老人之间，即使没有爱，也不再有恨。

（本文获 2017 年 8 月 11 日“桥之语杯”小小说大赛一等奖）

马蹄铁

朱雅娟

听到马蹄的声音，小铁匠的嘴角就会微微上扬。不用说，生意到了。小铁匠没有停手里的活儿，该打铁打铁，该淬火淬火，甚至也不正眼瞧那牵马的人，只让炉火把自己的脸庞映得更加火红。

小铁匠是个女人。

但人们从来没有把她当女人看，连她自己也是。满脸的炭灰，头上顶着青毡帽，常年穿同一色青灰袄子、青灰裤子，袄子上尽是火星溅到烧破的星星点点，腰里再束一根麻绳儿。抡起锤子打铁，干净利落，甚至有一点儿孔武有力的味道。这样的女人，应该不是女人。

“左前掌早就应该换了，后右蹄再过一个月来换吧。”小铁匠粗着喉咙说。

“嘿，瞧都不瞧，这都知道！”

“从马蹄声就能听出来的。”为了掩饰自己那点儿小骄傲，小铁匠特意加了一个“的”字，显得既自信又谦虚。语气也是火候，跟打铁一样。掌握好火候，才能打出上好的铁器来，尤其是这看似不起眼的马蹄铁。

马蹄铁也叫马掌，月牙形的，钉在马啊驴啊骡子的蹄子上，既可以保护蹄子不被磨损，又可以防止蹄子打滑，作用可大哩。

小铁匠钉马掌的技术也很娴熟，那些硬蹄牲口在小铁匠的身边格外驯服。这时候，小铁匠就是一个温柔的小女人，仔细认真地用小铲刀铲平蹄子上的角质层，按照蹄子大小选好马掌，用倒钉把马掌钉牢。

小铁匠手艺好，收费也便宜，十里八乡的人都来找她钉马掌。

大雪片子纷飞的冬日，来了几个外地的骡马贩子，他们每人骑着一匹高头大马，身后的脚夫牵着的马背上都捆着一个个衣衫褴褛的瘦小姑娘，有一二十个。为首的汉子似乎一点儿都不怕冷，敞开胸膛，骑着马站在铁匠铺门口吆喝：“打铁的，拿几个小爬爬来坐。”

小铁匠眼神闪躲，急忙拿出几个小板凳。

汉子打了个口哨，笑道：“没想到北方这边也有人听得懂我们江淮官话。”接着吩咐小铁匠给其中的几匹马钉上马掌。

小铁匠勉强笑笑，偷眼瞧瞧那些小姑娘。

汉子又笑："炮崽子，你也觉得这些'瘦马'漂亮？再过几年来扬州找我，我保管给你留一匹养得风情万种的小母马。"

身后一阵爆笑，小铁匠强忍着恶心，认真地钉马掌。不用说，这些人不光是骡马贩子，还是人贩子。

其中一个人贩子上下打量着小铁匠，忽然说："这个打铁的是个雌儿。"

"女人？"汉子来了兴趣，围着小铁匠转了几圈，"打铁的，给爷转个脸，出个声。"

小铁匠低了头，手上的活计却没有停。

有贩子叫道："大哥别做亏本的生意，这打铁的女人脚比我的都大，是最次的货色了。"周围又是一阵哄笑。

钉完马掌，小铁匠瞧了瞧汉子骑的马，说："大爷的这匹马马掌有些松了，换换才好。"汉子道："才换了个把月，换什么换？"小铁匠说："大爷的这匹马喜欢蹬后蹄，大爷又长得魁梧，马掌受力太多马钉就松了，走起路来马蹄声就不利落。"说着，牵着马走了几步。

汉子笑道："又想多挣爷的钱。好吧，看你手艺不错，给爷换换。"其余几个贩子起哄："大哥的马换马掌，小弟的就不给换了？"

小铁匠笑了，笑声脆生生的。

"各位爷不用换了，前面的青泥岭只有下雨路才滑。"汉子听了，捏了小铁匠的脸蛋一下："乖乖隆地咚，会拉生意啊，给爷故意说反话。下了雪，不是比下雨更滑？我们还要忙着赶路，马掌全给我换了。"

小铁匠这次换马掌更用心了，挑马掌、拣铁钉十二分仔细。好容易换完马掌，已是正午时分。汉子摔给小铁匠几个铜子儿，翻身上马，一声口哨之后，马和人走得干干净净。

小铁匠站在门口，看着漫天飞舞的雪花掩盖了整个集市。

次日天晴，传来一个骇人的消息，一群从扬州来的骡马贩子在青泥岭马失前蹄，为首的几个骡马贩子滚下了山崖，而那些低价买来的小姑娘趁乱纷纷逃走。

官府的人来捉小铁匠，却见铺子的门大开着，小铁匠已不见了踪影。

“在马掌上做手脚，还能够把马匹走路的时间估摸准，这个小铁匠真不简单！”大伙儿说。

（选自《天池》2017 年第 7 期）

手机是你的器官

安 谅

领导刚离开，卞君便带着怅然若失的神情问明人：“明哥，你说手机究竟是个什么东西？”

明人静静地望着他，没有立即回答。

搁在桌上的卞君的手机却抢先发言了，像个微型的搅拌混凝土的振捣器，颤抖了起来。

卞君气恼地抓起手机，看也没看，一下子就掷在十几米远的沙发椅上了。

明人意味深长地笑说了一句：“这个手机，害你不浅啊。”

“是呀！这怎么能怪我呢？领导应该给我一点儿理解吧！”卞君气咻咻地说着。

卞君第一次误碰手机，还是三个月前的事。他有每天晚上快走的习惯。那天快走结束，他从裤兜里掏出手机，发现拨打记录中有领导的号码，陡地脑袋一麻，仔细查看，正是自己拨打出去的，而且领导也接了，只是自己完全没有注意。一定是自己刚才走路时，不小心误碰了手机什么键。这真该死，领导从来都是不怒自威之人，严谨而且严格，自己一定得向领导解释一下。他字斟句酌，小心翼翼地写下了一段短信：“领导，真不好意思，刚才是不小心碰到了手机，没注意，打扰了您，敬祈谅解。”又小心翼翼地发了出去。

好半天领导都没回话，卞君这一晚心里七上八下的。正是干部提任推荐的关键时期，自己实在太不小心了。

第二天在走道上见到领导，领导大步流星地与他交臂而过，目光只停留在他身上几秒钟。卞君想说什么，也来不及说。他侥幸地想，自己可能太小肚鸡肠了，也许领导把此类小事早就抛诸脑后了。

手机第二次惹祸，是在不久前的一个工作日。卞君带人在工地检查，在深基坑内爬上爬下的，忙得汗流浃背。离开工地时，才发觉领导打过自己的手机，自己没及时接听倒也罢了，不知怎的，偏偏回复了一段短句：“我正在影院。”这真是太糟糕了。自己从未回过，也一定是不小心误碰了什么键，发出了这手机里的快捷回复短语。卞君连忙就回拨了领导电话，领导的电话终于接了。卞君忙不迭地解释手机出故障了，自己在工地没有留神，请领导见谅。领导也没搭腔，只是问了他一个数据，就把电话挂了。

郁闷之至的卞君把手机设置好好检查了一遍，也没发现什么问题，自己轻掴了自己一记耳光，还是放不下心里的那块大石头。

卞君后来把手机给换了，换了三星的最新款。那几天，手机消停了一些，他的心情也愉悦了一些。

可就在刚才，明人和他的老同学，也就是卞君的那位领导，正在咖啡馆聊天，瞥见卞君从门口走过，这是一个好机会，明人征得老同学同意，连忙拨打卞君手机，手机通了，却无人接听。后来便断了，紧跟着一条短信发了过来：“我正在开会。”

这下老同学的脸色不好看了：“你瞧瞧，这算怎么一回事！”

明人说：“也许是他手机出故障了，前几次都是这个状况。”

“手机都管不好，怎么管业务，怎么管好队伍？一大缺陷呀！”老同学以一种领导的口吻喟叹道。又对明人说了一句：“你知道手机是什么东西吗？是人的器官……”

明人奔跑出门，追跑了上百米的路，才把卞君追上。他与卞君一起回到咖啡馆，老同学没坐多久，就借故告辞了。明人和卞君面面相觑。

面对卞君的提问，明人又想起老同学的那番自问自答，于是对卞君说道："手机是你的器官。"但他没有说出另外一句话，那是他刚从老同学那边忽然感悟到的话中之话。

那句话是：有一种缺失叫手机。

（选自 2016 年 10 月 9 日《新民晚报》）

湿漉漉的雨

陈　敏

学校位于远离村子的旱塬上，像一只搁浅在河滩上的破船。

方培老师来的那天，天正下着小雨，两个男孩子流着鼻涕，满身泥巴，深一脚浅一脚地为他抬来了一桶水，放进他住的单间宿舍里。一路磕磕碰碰，桶里的水只剩下了半桶。水浑且黄，但一股暖流却蹿上来，瞬间温热了他冰凉的心。

校舍原是一间被废弃的财神庙。三十多个流着鼻涕的孩子拥挤在一间屋子里，被香火熏黑的墙壁不时掉着土渣，四周结满了蛛网，栖息在屋檐间的老鼠冷不防会弄下一大团灰尘，撒落在学生们身上。

第二天，方培阻止了孩子们为他轮流抬水的任务，用屋檐上接来的雨水洗脸做饭，还留下几个家离校较远的孩子和他一同分享村民们送来的玉米棒和山药蛋。

这些风雨中成长的孩子一开始还真无法管束。上课说跑就跑，说出去拉屎尿尿，八九岁了连自己的名字都写不好，多数呆若木偶，不吵不闹，不愿开口说话。方培来了个逆水行舟，他说，我要带你们上山去，不过，我不仅是让你们四处闲游，你们除了使用两条腿外，还要充分利用你们的眼和耳，用眼睛观察，用耳朵倾听。

方培带着孩子们到了学校东面的一处山坡，那里生长着茂密的野花野草。方培要求他们每人在山坡上找一枝花，倾听花儿开放的声音。孩子们咧着嘴笑，纷纷四散开来，野鹿一般欢快地跳跃着，钻进花草丛中，仔细观察那些熟悉而陌生的植物。那些躲藏在草丛灌木里的野花有的开着，有的正打着骨朵儿，可谁也没见过它们是怎么开的，更别提花开的声音了，但他们还是找了各自喜爱的花朵，趴下来，将耳朵贴在花瓣上听声音。一天的倾听，有两个同学得出结论：花儿开放的声音太小，人的耳朵听不见，只有蝴蝶和蜜蜂这样的小动物才能听到，因为它们总是将嘴巴深深地扎进花蕊里面。

方培为他们细腻的观察而欣喜。给出答案的学生受到了方培老师的赞誉，还获得了蝴蝶状的花竹书签。老师又承诺，谁画画得好，字写得好，谁就能在夜晚和他一起分享望远镜的奥秘。他说他带来了一架可以观察天体的天文望远镜，能从中看到银河桥、月亮里的吴刚和桂花树，望远镜里看到的星星比山都大。

方培老师给学生们每人一张小纸片，让他们把观察到的花草树木、蝴蝶、蜜蜂、鸟儿画在上面并在画的下方注出汉字。

这一招很妙，通过画画学写汉字，一直被认为很难的字写起来竟然如此容易。老师激励下的孩子们眼眸里闪出的光亮晶晶、清莹莹，像他们从望远镜里看到的星星。

方培老师每天教学生们唱一首歌。

方培老师还在破败的院落外面竖了根木杆，升起了国旗。

沉默已久的孩子们像春天早起的鸟儿叽叽喳喳地欢叫开来。

又一个秋雨季节来临。雨，淅淅沥沥，已经下了整整一月。旱塬成了烂泥滩，校舍岌岌可危。方培给村主任反映危房情况，村主任说村里青壮年外出打工，没劳力；他又给上级反映，上级承诺派人查看，却一直没来。

雨，依然没有停的迹象，方培这一夜睡得潦草，一些窸窸窣窣的声响仿佛来自天外。他天没亮便从床上爬起来，将陆续来校的学生挡在外面。

湿漉漉的泥地上，孩子们整齐地站成一排，眼睁睁地瞅着已被折断了的屋脊。方培老师说：见证奇迹的时间快要到了，你们将会幸运地目睹这座破旧校舍倒塌和一座新学校拔地而起的全过程。学生们都不明白，这会儿方培老师竟然没有悲伤，反而如此欣喜。终于，教室的屋顶在他们久久的注目礼下“轰”的一声，倒了。一团白烟从雨雾中升起，缓缓向雨中扩散，场面惊呆了孩子们的脸。

第一个赶来的是村主任，许多上了年纪的村民也纷纷赶来。看着方培和孩子们待在雨中，没缺少一根毫毛的孩子们扑向各自的爷爷奶奶时，村主任像牛一般地号啕起来。

学校倒塌的事件惊动了县教育部门，方培保护学生的事迹成了全县教育系统的一大新闻，几路记者陆续赶来。面对好几个镜头，方培说，我可以用一句话回答你们的全部问题：是老鼠给了我启示，让我将孩子们挡在了外面。我老早就听人说：老鼠搬家，房倒屋塌。那一夜，栖息在屋梁里的老鼠全部搬了家。

三个月后，一所名为希望小学的小洋楼在原址上建起。学校正式分配来了两名年轻教师，而方培却选择了离去。他去了另一所更为偏僻的学校。

离别那天，天依然下着雨。学生们整整齐齐地站在雨里，含泪目送他们的老师离去。

（选自 2017 年 1 月 10 日《商洛日报》）

你真的敢报警啊

邓耀华

夜里，领导被一阵窸窸窣窣的声音弄醒了，推推身边的老婆说：“醒醒，家里好像进来贼了。”

领导开灯出卧室一看，果然看到家里进来一个贼，正在翻找东西。领导大叫一声：“你干什么？”

领导的叫声把正翻找东西的贼吓了一跳，但贼很快就镇静下来了，说：“我是来你家找点儿钱花的。”

领导说：“果然是贼呀！”

贼说：“莫用这个称呼好不好？怪难听的。叫梁上君子就好听多了。”

领导说：“你这个贼还怪讲究的。”领导说着，很认真地盯了贼几眼，又说：“你年轻轻的，怎么干起这事来了？看来你也没偷到什么东西，我也不为难你，你走吧。”

贼说：“你好意思让我空着手走啊？”

贼这么一说，领导火了，说：“你还想怎么样？”

贼说：“咋说也得给个十万八万的让我花花吧？”

贼的话让领导更火了，说：“让你走就是对你最大的宽待了，你是想叫我报警，让警察来抓你吧？”

贼说：“有胆子你就报警吧！”

领导说：“我怎么就没有胆子报警？”领导说着，就拿起手机拨号。

贼笑了，说：“我进过好多领导的家门，还从来没遇到一个敢报警的。”

领导停止拨号，问：“为啥不敢报警？”

贼说：“因为好多领导都是贪官，一报警，一查，就查出问题来了，岂不是自找苦吃？所以遇到这事，干脆就不报警，吃个哑巴亏，舍点儿财算了，这也叫舍财免灾吧。”

领导犹豫了一会儿说：“我跟他们不一样，我就敢报警。”

贼说：“那你就报吧，我等着警察来抓我，然后我告诉警察，说来你家偷了多少多少次，偷了多少多少钱、多少多少金条、多少多少银行卡，看你怎么办，让你吃不了兜着走。”贼还举了几个因此而查出的贪官的例子。

领导说：“随你便吧，放你走你不走，那我只好报警了。”领导说着，就快速地拨了号，然后急急地冲电话里说：“派出所，我是临江花园一号楼一单元三楼的住户，家里进来贼了，你们快来抓人啦！”说完，就啪的一声挂了手机。

贼始料未及，冲领导说：“你真的敢报警呀？”

领导说：“我又不是贪官，为啥不敢报警！”

听领导这么一说，贼出溜一家伙就冲到了门口，拉开门，回过头说：“头一次遇到敢报警的，看来你还真不是个贪官。”贼说完，溜了。

贼一跑，领导老婆说：“你报警做啥？给他点儿钱，让他走算了。你这一报警，不是引火上身吗？”

领导狡黠地一笑，说：“你以为我傻呀？我只是随便拨了个号，随便冲着电话说了几句，没想到，这贼胆子贼小。就这点儿胆子，还想讹我，门儿都没有。嘿嘿嘿。”

（选自《椰风》2017年第1期）

浮城慢光阴

郭震海

城中无四季，城中春常在。

城中发了疯的楼群似荒草，日夜旺长，四季不停，越长越高，越靠越紧。城中枝叶茂盛的高架桥，就像施过肥的爬山虎，缠绕着楼群一圈又一圈。

二十多年，城已经不是原来的城，完全变了模样。

二十多年，我眼中唯一没变的就是我家胡同里的那对夫妻，丈夫张德发依旧在摆摊修鞋，妻子高秀丽依旧在胡同口支摊卖水果。

小城的早晨，总如一锅沸腾的水。车辆如决堤的洪流，你争我抢；行人匆匆，个个睡眼蒙眬机械似的脚步不停。整座城的早高峰就像一个竞技场，车忙，人更忙。

张德发似乎很例外，早上他总能睡到自然醒。此时的城已经回归正常。妻子高秀丽在炸油条，煤气灶上火苗子蓝莹莹的，显得不慌不忙。高秀丽熟练地切面，拉长，放入油锅，她就像那慢悠悠的火苗子一样不慌不忙，油条在锅里“嗞嗞嗞”地欢叫着，逐渐金黄。二十多年了，高秀丽坚持每天早上自己炸油条，她喜欢这样做，总觉得亲手做的早餐，吃得香还放心。

厨房里还有晚上泡好的黄豆，用一台小石磨磨豆浆。小石磨真的太可爱了，磨盘如海碗般大小，精致而小巧。这物件儿原本是乡下人准备丢弃的，张德发撞见后当宝贝买了回来。粒粒如珍珠般的黄豆粒儿从磨盘上的入口下去，张德发轻轻摇着磨盘上的手柄，屋子里混合着黄豆粒粉碎之后的香味。

上午十点多，张德发来到胡同口的一棵大树下，一个小马扎，一台补鞋机，打开工具箱就算开张。二十多年他修鞋补鞋，因为手艺精湛，做活儿认真，名声在外，方圆几条街的住户，但凡鞋坏了，肯定是找张德发。妻子高秀丽则推着平板三轮车卖水果，水果是张德发刚刚去水果市场批发回来的，她也在胡同口，和张德发相距不远，平板车一支，遮阳伞一撑就开张了，同样一干就是二十多年，从未缺斤短两。

张德发有活儿了就做，没活儿就打开一台小放音机听评书，听着听着就会情不自禁笑得人仰马翻的。妻子高秀丽坐在小板凳上，眼睛望着街上的人来人往，双手慢悠悠地织着毛衣，二十多年，一家人从来就没有买过成品毛衣，都是她亲手织的。碎碎的小日子就这样在丈夫的欢笑声中和妻子的织毛衣中，如一条安静流淌的小河，一天天过去了。

夫妻俩原是国营纺织厂的职工，厂子倒闭后双双下岗。他们没有痛哭流涕如世界末日，而是如常人一样整天乐呵呵的，努力寻找新营生。最初换了几份工作后，丈夫选择了修鞋，妻子卖起了水果，此后再也没有变过。他们住的纺织厂小区，房改后交了一部分钱成了自己的房，拆迁改造时，开发商做补偿，原来面积不大的旧房换了一套宽敞明亮的大房，夫妻俩更开心了。张德发总是说："还有啥不满足的呢，四居室的房，宽宽敞敞，这日子过得够美了。"

他们的儿子考上了大学，为儿子支付学费，连续几年经济上很拮据，夫妻俩省吃俭用，日子过得稳稳当当。张德发天生乐观，再难的日子，照样是乐呵呵的，时不时就哼几声小曲儿。认识他的人就说："德发，你的心可真够大啊，儿子大学快毕业了吧，找工作，娶媳妇，买房子，你这当爹的马上就得出大钱喽！"张德发笑笑说："儿孙自有儿孙福啊，子孙若如我，留财做什么？子孙不如我，留钱做什么？"那人听了，愣愣地看了半天张德发，最后很是不解地走了。

张德发的儿子确实争气，大学一毕业就在武汉找到了工作，还谈了对象。婚后，儿子与儿媳当面对二老表态："爸妈，你们供儿子上学已经很不容易了，现在我们都有工作，你们在家能照顾好自己就行了，我们在武汉自己拼搏买房子。"

"好啊，好啊！听听，听听我的儿多懂事啊。"张德发脸上开了一朵花。

当下，人人都很忙，追名逐利的脚步匆匆，"成功焦虑症"四散蔓延。累啊，烦啊，似乎人人都这样喊，这是一个慢不得更输不起的时代。但张德发夫妻俩却例外，整个上午，树下的张德发听着评书，笑得前仰后合的。不远处的妻子高秀丽望一眼自己的丈夫，也笑了，说："笑，笑得跟猪似的。"金色的阳光透过高楼洒下一片金黄，暖暖的，风儿轻轻吹过也暖暖的。

一辆好车途经胡同，车停下，露出一个大脑袋对张德发喊："兄弟，还补鞋啊！"

张德发抬头看看，是曾经的工友，就笑笑说："是啊，还补鞋。"

那人听了，小声嘟哝道："真是个窝囊蛋！"说着便绝尘而去。

二十多年，和张德发夫妻俩同时下岗的工友们有的做生意开上了豪车，买了几套房产；有的钱有了，夫妻感情坏了，离了婚；有的因为赚钱而丢弃良知，触犯了法律。唯独张德发和高秀丽，一个摆摊修鞋，一个支摊卖水果，每天一起出门，一起回家。丈夫有哼不完的小曲儿，妻子有织不完的毛衣。

高楼丛，夕阳红，如今年近七旬的夫妻俩依然修鞋、卖水果。说真的，我越来越羡慕这对老夫妻。每天下班归来，看到他们平静的脸上流露的笑容，我总会驻足许久。总感觉在紧张的都市生活中，岁月为他们开了后门，时间对他们也格外地关照，这对老夫妻从不见老，越活越年轻了。

（选自 2016 年 11 月 19 日《人民日报》）

自画像

海　华

他姓石名诚，是个画匠。

他自幼喜欢画画。那年高考落榜，幸有亲友资助，赴省某画院进修两个寒暑，归来后在县城开了家画店，干起了为老人画肖像、兼营装裱字画的行当，虽发不了大财，但也足以养家糊口。

常言说，功到自然成。起初，大多是客户带着家中老人的相片上门，石诚照着相片画肖像。后来，也时有客户登门请石诚为家里病重的老人画肖像。无论哪种画法，石诚都能一画一个准：不仅形似，而且神似，栩栩如生，从未有客户说不满意的。有一年秋，在亲友们的再三鼓动下，石诚参加省某画院主办的全省肖像画大赛，一路过关斩将，愣是把金奖奖牌抱回家，众评委对其获奖作品的评语是：形神兼备，完美无缺。

后来，石诚喜得一子，取名大刚。许是遗传所致，大刚打小也喜欢画画，长大后子承父业，帮父亲打理画店。

光阴似箭，石诚转眼已年近古稀。就在他 70 岁那年夏天，子孙们摆酒为他祝寿。席间，正上初中的孙女文秀口无遮拦地说，爷爷，前些天，我听一些街坊私下说，你这辈子为这么多人画过肖像，好评如潮。现已一把年纪，却从未为自己画一张肖像。

大刚呵呵一笑说，那是，那是。

哦？看来，是该给自个儿画张肖像了。石诚笑道。

读高中的孙子文生带着半是揶揄的语气说，爷爷，那敢情儿好。这可是你的第一张自画像，也是咱家的传世之作哦，我们期待着。

文秀立马附和，对对对，爷爷是全省大名鼎鼎的肖像画家，为自己画的肖像一定完美无缺。

石诚笑了笑，内心估摸着，这大半辈子都是干这营生，为自个儿画像，岂不是小菜一碟。可是，画布一展开，一提起画笔，孙子孙女说的“传世之作”“完美无缺”的话语，以及街坊们的议论，不断地在耳边回响，稍一走神，顿觉画笔不如往日那么听使唤了……

第二天，子孙们围坐在一起，观看石诚的自画像。石诚咧着厚嘴唇直笑，哎，你们看看，咋样？挺棒的吧？

话音一落，子孙们面面相觑。少顷，文秀快嘴快舌地说，爷爷，我咋觉着像老爸多些。文生嘿嘿笑道，我看更像年轻时的爷爷。

大刚思忖片刻，悄声问，爸，我看你昨天是照相片画的，那张相片是啥时候照的？

唉，前天我翻箱倒柜，找不到近照，只寻得二十多年前的一张相片。石诚讪讪一笑。

大刚轻轻地“呵”了一声，又微笑着说，爸，你照着镜子再画一张试试？

石诚轻轻地“嗯”了一声。

奇怪的是，当石诚对着镜子给已满头鹤发的自个儿画像时，突然想起今生虽无大富大贵，却也小有名气的画像生涯，仿佛此刻有数百上千只眼睛在盯着自己，“传世”“完美”几个大字老在眼前晃荡，双眼有些模糊……

两天后，石诚叫齐子孙们看自个儿画的像。子孙们你看看我，我看看你，过了一会儿，文生嗫嚅着说，我看还是不太……

还是文秀嘴快，爷爷，你的眼睛画小了，鼻子却画得有些大了，也没啥精气神。你不是常说，画肖像贵在形神兼备吗？哦，对了，有些街坊不知咋晓得你在为自己画肖像，都说一定会成为经典哩。

爸，你这些日子是不是有啥心事？大刚话中有话。

石诚瞄瞄儿子，又瞅瞅孙子孙女，似有些无奈地说，好吧，我再来一遍。

石诚没有想到，他第三次提起画笔时，除了内心里老想着“传世”“完美”“形神兼备”等字眼之外，一些街坊的“成为经典”之说，也不时地在敲打他的脑门，那只握着画笔的右手不停地轻轻抖动……

过了几天，石诚第三次把子孙们叫到一起，去工作室看自个儿的第三张自画像。

这一回，文生和文秀都没吭声，神情有些古怪地一齐朝老爸挤眉弄眼……

大刚心里一咯噔，老爸咋回事，画像上咋没有一点儿皱纹和老人斑？他略一沉吟，对老爸耳语道，要不，我帮你改一下？

石诚脸一红，心里直纳闷：唉，咋会这样？这数十年来为他人画肖像，少说也有几千张，从未失手过。如今为自个儿画张肖像，咋就这么费劲……

（选自 2017 年 1 月 18 日《梅州日报》）

太阳一族

何一飞

谷虚怀清早甫出家门，便被一轮金灿灿的冬日暖阳抱住了。

近一个月没见过的太阳，悬挂在锦龙大厦上空，光芒万丈。太阳虽好，谷虚怀的心情却不好，阴郁而凝滞，恰似水镇这座被雾霾重重紧锁重重压抑的小城。

谷虚怀一夜没睡，面色苍白憔悴。其实他的心情从昨天下午开始就不好了。昨天下午局里开了个副科级以上干部会，局里的稽查大队从科级升为副处级，稽查大队大队长就从局里科级干部中产生。局长说，明天上午市委组织部来局里召开民主推荐会，全局人员一个都不能缺席，人手一票。谷虚怀和同事们都知道，稽查大队大队长人选已定，所谓民主推荐不过是走走形式。

这么多年，谷虚怀一次次与副处失之交臂，总结下来，不外乎两条：一是上面没人，二是不跑不送。这些，谷虚怀都知道，也曾想过去运动运动，但终归没去。一个人可以无能，但不可以无德。屈原说，世溷浊而莫余知兮，吾方高驰而不顾。

谷科长，你的资历和能力全局人都跷大拇指佩服，这个副处非你莫属。昨天会后，监察科马科长私下对谷虚怀说。

我啊，没戏。谷虚怀苦笑着说，马科长你倒完全符合。

你真不争？马科长问。

不争。谷虚怀摇了摇头。

你要是不争，就投兄弟我一票。马科长热情地搂着谷虚怀的肩。

好。谷虚怀答应了。

一定啊！

一定！

谷虚怀虽然答应了，但知道这个位子马科长是争不到的。如果真的是民主推荐，自己和马科长都有可能，自己的可能性更大。但这个位子大家都知道是为局办公室主任量身定做的。

单位的事，其实就是人事。人事人事，就是人的事。

本来要去单位开会的谷虚怀，望着锦龙大厦上空金黄的太阳，忽然起了一个念头，拿出手机，想拨个电话，思忖一会儿，毅然把手机关了，塞进上衣口袋，朝着锦龙大厦方向走去。

谷虚怀的轨迹定格在这一走。

谷虚怀失踪了。

第一个发现谷虚怀失踪的是局办公室通知会议的人，会议时间到了，谷虚怀没来，打他手机却关机了。报告局长，局长说不等了。会议正要开始，有看微信的同事惊叫一声，说锦龙大厦有人跳楼了。大家纷纷打开自己的手机，登QQ，上微信，果然有图有真相。有同事看着那摔成一团模糊的身子，猜测着说，不会是谷虚怀吧？看着有点儿像。同事中有的说像，有的说不像。还有的说，如果真是谷虚怀，那太可惜了。正讨论着，微信中消息又来了，跳楼的是另一个局的工作人员。

如果不是马科长横插一脚，民主推荐会算是非常顺利。按惯例，投票一结束，组织部的人把票收齐，并不当场验票。但这次马科长非要当场验票。马科长说，既然是民主推荐，就要做到公平透明，我强烈要求当场验票。组织部门的人可能是第一次遇到这样的情况，一时愣住了。带队的出去打了个电话，良久后进来，同意当场验票。验票的结果是与会人员52人，收回52票，谷虚怀得36票排第一，高票过了民主推荐关。

大家纷纷猜测，谷虚怀哪去了呢？

谷虚怀正眯着眼躺在春水江岸晒太阳。

阳光抚摸着谷虚怀的脸，抚摸着谷虚怀的身，抚摸着谷虚怀的心，一点点一寸寸一片片，最后将他暖暖地融化了。春水江上，流水雍容，渔歌灿烂；春水江边，水鸟嬉戏，涛声拍岸。蓝天如洗，山阔水远。谷虚怀有时孩子般“哦嗬嗬”长啸一声，有时拿根草梗挑逗着忙碌的蚂蚁……压在胸中的块垒豁然消散。

谷虚怀下午回单位后，不少同事向他道贺。谷虚怀笑笑说，游戏，游戏，不当真。

果不其然，几天后，从外单位调了个人来当稽查大队大队长，局办公室主任调到另外一个单位做了副调研员，升了副处。

很多人为谷虚怀抱不平。谷虚怀呢，云淡风轻，波澜不兴。可惜的是马科长，一个好好的人，疯了，见人就说，我升副处了，我升副处了，哈哈哈。

工作之余，谷虚怀不时去春水江晒太阳，和他一样去晒太阳的人渐渐多了起来，成了水镇一道明亮的风景。水镇的人把他们这群人叫作“太阳一族”。不写诗的谷虚怀还为此写了首诗：

一轮太阳正在辛勤劳作
将一些词语
繁忙浮躁私欲名利……
洗净
大地静默
昆虫的鸣叫
抵达梦境
被阳光洗净内心的人
浑身散发金子的光芒

（选自《天津文学》2017 年第 1 期）

蓝花花

红　酒

风刮得邪乎，远处的哭声被风扯得若有若无，夜黑得像扔在墙角的那只乌盆，桌上的油灯被透过来的尖尖的风吹得东摇西晃，屋里人的脸忽明忽暗分不出个眉目来。

黑子抱着头蹲在炕沿前跟个没嘴葫芦一样不出声。许久，他才站了起来。于是，一干人拥着黑子来到上房。

床上躺着的女人叫蓝花花，人瘦得不成样子，一双失神的眼睛空洞黯然，那曾经是一双多美的眼睛啊。黑子难过地背转身，不忍再看。

蓝花花蒙着花盖头嫁到槐树洼时才十七岁。槐树洼的老老少少惊讶地说从没见过绣花盖头，那盖头一边龙一边凤花团锦簇金灿灿地晃人眼。早先，隔壁二娘嫁过来时很风光了一阵子，可还是红绸盖头呢。这个蓝花花居然别出心裁亲手绣个龙凤盖头来。

新人拜罢天地入洞房，摘下花盖头的那一瞬间，村里人眼都直了，说这么标致的人儿，像是从画上飘下来的。二娘拍着巴掌说蓝花花那张脸像熟透了的水蜜桃。

蓝花花嫁的这家人在村里算是个殷实人家，有骡子有马，有房有田。女婿是个读书人，平日不怎么沾家，即便是回来了，也和蓝花花说不上三句话，只晓得捧着书依在炕头上看。

人家少年夫妻总会有个打情骂俏的时候吧，可蓝花花嫁的这人好像不会，一天到晚板着脸跟谁欠他几吊钱似的。蓝花花不知道该怎么做才能让那人看她一眼。二娘说这张俏脸像水蜜桃，水蜜桃就这么招自家的男人不待见？蓝花花觉得委屈。

婆婆边做饭边对蓝花花说：小两口没事也出去走动走动，去南沟看看你二舅，去后营瞧瞧你大姑，见天憋家里看那闲书有啥用？蓝花花就回到屋中，轻言轻语原封不动地把婆婆的话说给女婿听。那人听了，把书从脸前移开了些，不屑地瞟了瞟蓝花花，说，啥闲书？你不懂。蓝花花不认字，被女婿一番抢白，脸红得真跟个水蜜桃一样。

新婚还不到仨月，那人突然不见了。起初，蓝花花以为他忙，顾不上回家。可小半年过去了也不见那人踪影，蓝花花的心提到了嗓子眼儿，背地里老抹眼泪。

这天，暮色重得拎不动，南沟的二舅失急慌忙来了，进门瞅见蓝花花顾不上招呼就直接拉着姐姐姐夫进了屋，关了门说话，好一阵子才出来。蓝花花的婆婆红着眼圈儿说，看闲书看傻了，不要爹不要娘，新娶的花媳妇也扔下不管，说是跟着大胡子司令打鬼子去了，怕家里阻拦，偷偷走的。

蓝花花刚过门儿，今后的日子咋过，那人没交代。蓝花花忍不住哭了，哭得天昏地暗。哭够了，才对二娘说，他心里没我，我不怨，可他是独子，咋着也该给爹妈言一声吧?!

黑子是蓝花花公爹的远房侄子，父母在世时给黑子张罗过一房媳妇，后来人家嫌黑子穷，趁黑子去山里收购粮食时跟个走街串巷的货郎跑了。黑子一人吃饱全家不饥，就没心思再娶了。

蓝花花嫁过来的那天，黑子跑来帮忙，新媳妇敬完酒转身回房，却与黑子撞了个满怀，蓝花花羞得满面通红，慌乱中瞟了瞟眼前人，不看则已，一看大惊失色，这个叫黑子的叔伯兄弟跟新郎官如此相像，只是比自己的男人稍高些。黑子也窘得不行。当晚，黑子躺在自家炕上，脑子里全是新嫂嫂的身影，赶也赶不走。

日子不动声色地过着，公婆相继过世了，偌大的院子空荡荡的，方圆左右的轻薄子弟开始瞄上了蓝花花，深夜轮流在她家窗户底下学鬼叫，扔砖头，吓得她整宿整宿不敢睡觉，流着泪拥着被子坐到天明。

黑子总是默默地帮蓝花花，夏收夏种秋收秋忙，时不时搭把手。西坡顶那块地该翻了，蓝花花的娘家兄弟来帮忙。五更天，蓝花花和兄弟踏着露水来到地边，却见地被挖了一大半了，黑子光着脊背，把钢锹深深地蹬下去，一使劲，一大块油乎乎的土像盛开的花翻了上来。看见蓝花花，黑子只会嘿嘿傻笑。

隔壁的二娘时常相劝，说有个男人帮衬着，也不枉来这世上一遭。蓝花花也晓得黑子的心事，可她面对黑子时，却总说自己的男人没准儿哪天会突然推门进家，一偏身坐炕上斜倚着看闲书呢。

一天晌午，黑子来蓝花花家还牲口，把缰绳放在蓝花花手里时，黑子突然说，花花嫂，你怎么生出白发来了?蓝花花下意识地用手捂住头，说，黑子兄弟，腊月十七我就满四十了。四十岁的女人豆腐渣，白头发还能少呀?说完珠泪涟涟，怕黑子笑话，赶紧把脸埋在手掌心里，瘦削的肩膀抖得像秋风中的叶子。

就是这个让黑子一辈子心疼的女人，如今三魂六魄即将远去，黑子伸出手，撩起了遮在蓝花花眼角边的一缕头发：花花嫂，你还在等?等那个让你守一辈子活寡的负心人?

蓝花花凝神注视着黑子，泪水从眼角滑下，她使出全身力气指向炕头的黑漆描金花木箱。黑子迟疑着将箱子打开，一眼看见的是龙凤花盖头，鼓鼓囊囊的，不知包的啥。解开来看，是一双又一双崭新的黑布鞋，每双鞋子的右脚要比左脚宽出一分来。黑子右脚是个六指，这些鞋他穿起来正合脚。黑子心里明白了，他把龙凤花盖头轻轻地放在了蓝花花散乱的青丝边，抱起那些鞋子，泣不成声。

蓝花花将花盖头紧紧地抓在了手中，原本空洞无神的眼睛里倏地闪过一道光芒……

（选自《洛神》2016 年第 6 期）

工　钱

侯发山

已经连续五个月没发工钱了。这在往年是没有过的事。过去，不管工程是否完工，不论甲方是否结算，包工头张虎每月都会按时给大伙儿发工资，从不拖欠。

前段时间，工友们曾问过张虎。张虎说："面包会有的，一切都会有的。大伙儿把心放到肚子里，年底我给你们结清，分文不少。"

张虎这么信誓旦旦一表态，大家也不好意思再说什么，平时张虎待他们不薄，况且他们都是一个村出来的，跑了和尚跑不了庙。说实在话，工地上管吃管住，张虎给他们发洗澡票、理发票，也不需要花什么钱。

林子大了，什么鸟都有。私下里，还有人发泄着不满。

陈恩说："张虎说不定把钱存起来吃利息呢。"

王山说："将来张虎要是卷钱跑了咋办？这事电视上没少报道。"

陈恩说："借给他个胆他也不敢，他若那样做，他的老婆孩子，还有老娘，咋在咱村里混？"

王山说："担心他拖来拖去拖到最后，拖得大家都没脾气了，象征性地给几个了事。"

"少一分试试！"周林晃了晃手里的瓦刀。那架势，若是张虎在跟前，说不定会一刀砍了他。

他们发牢骚也是有原因的。

这地方是个城乡接合部，离城市中心远，有生意头脑的就在工地附近弄个铁皮房子，经销烟酒、水果、劳保用品，还有几家小吃店，打着理发旗号干着其他行当的也有五六家。王山在"等你来"洗头城认识了干足疗的小青。有好几次，小青提出要给王山按摩，费用也不高，一次一百元。王山有心让小青按摩，却因囊中羞涩拒绝了。

陈恩呢，认识了"不见不散"发廊的小美。陈恩下了班就往小美那里跑，两个人眉来眼去说说笑笑的，很像恋爱中的男女。有一次，一个客人在理发，见到两人的热乎劲儿，忍不住问小美："小美，是你男朋友啊？"小美咧了咧嘴："没给我买过一件衣服，没请我吃一顿大餐，我的亲哥，你说算不算？"羞得陈恩站起来就走，有心再去，没好意思。

铁皮房子中有个麻将摊。周林爱打麻将，飘雨落雪了，工地上没活儿，他就往那里跑。有一次，他忍不住上阵跟人较量，本想赢个百儿八十的当作本钱，谁知道，第一局就输了，把自己身上的衣服脱个精光，只剩下裤头。他盘算着，等过年开了工资，一定好好赌一把，挽回自己的脸面。

类似王山他们的，工地上还有几个。往年，他们都没少在这方面消费。因此，他们对张虎不给发工钱，别提心里有多恼火了。恼火归恼火，但也没办法。

时间过得很快，转眼就到了年关。

私下里，周林给大伙儿出主意："到了年关他再不发工钱，咱就集体上楼自杀，看他发不发！"

陈恩说："不妥，这么做也是违法的，咱就找媒体曝光。现在全社会都在关注农民工工资……"

最后，大家都觉得陈恩的办法好。

这天是放假的最后一天，张虎把大家集中在一起开了个会，做了简短的总结，然后给大家发放了返程的火车票。

看着手里的火车票，王山憋不住傻愣愣地问："工钱呢？"

张虎呵呵一笑，说："工钱已经给你们寄到家里了，包括这几个月的利息，估摸着这时候你们家里应该收到钱了。"

陈恩当即拨通了老婆桂花的电话，故意按了免提。没等他说话，只听桂花在电话那端兴奋地说："死货，收到工资了，比去年多三四千呢……啥时候到家？我给你包你最爱吃的扁食。"

闻听此话，大伙儿都哈哈大笑起来。不知道谁提议的，他们把张虎抬起来，使劲往高空抛——这是他们喜欢一个人的表达方式。

（选自《北方文学》2017 年第 3 期）

迷路的人

胡金洲

没去过成都，儿子要我到成都去散心。提前给我买了飞机票，预订了宾馆。机场大巴把我送进成都老城区。司机叮嘱我说，前面过三个红绿灯就看到宾馆了。要是看不到，就找一头凶巴巴的大铜牛，铜牛旁一棵大椴树上面居住着一群小鸟，听也就听到了。

成都的巷子像扯乱的棉花套，相互之间纠葛不清。走了一圈我回到了原点。幸好天色未晚，光线还算充足。我是近视眼，最怕过马路。结果，我不得不再次从原点出发。我母亲有一句名言：路在嘴上。问一个站在路边东张西望的老妇人，老妇人热情地对我说，我来告诉你！折身把我引到两条胡同交叉的一个宽阔场子上，抬起胳膊，颤颤巍巍一连向前方指了三条隐隐约约套在一起的小道。我面露沮丧说：大妈，我知道了，您请回吧！

刚走出一百多米，身后又传来老妇人的声音，哎！在右边！我回头看看，她却趔趔趄趄小跑着跟上来了。哎！右边！我跟你说在右边！我赶紧回话，谢谢！您回吧！

走进右边的胡同，我下意识回头，老妇人仍站在那儿，抬起胳膊和头一起向我点点，明确肯定我的大方向没有出现错误。恍惚间，我仿佛见到母亲。母亲生前经常给人这样指路，反复得有些嘶哑的叮嘱飘在小街里。

走出胡同却犯了难。胡同口出现了两个岔道。我再次动用自己的嘴巴。问一个甩马尾辫的背包女孩。女孩闪动着清澈的眼睛，磕磕巴巴地说，我是韩国留学生，第一次来中国，我喜欢中国，我喜欢成都！可我不知道路。我笑了。人都一样，到一个陌生地方，都会产生讨好心理，但愿她回国也能这么说。

丫头，成都也喜欢你呀！突然，老妇人在我身后叫了起来，转头对我说，我晓得你会迷路的，在那边一条巷子，晓得啵？

我很惊讶。我向她鞠了一躬，大妈，多谢！您让我这张嘴都失去问路的功能了。

老妇人像个孩子，笑得很得意。果然看到有一头大铜牛，铜牛旁有一棵大椴树，枝繁叶茂，鸟鸣啾啾。实际上，这条小道走过去就是我下榻的宾馆。真是在家千日好，出门一时难啊。

我搁置好箱包，洗了一把脸，走出宾馆，怕走远再次迷路，在直溜溜的胡同里遛弯。

天暗了下来，虽然朦胧，但看得见近处的人和房子。快出胡同口时，我一眼发现老妇人坐在前面的石条凳上，弓着腰，捶着自己的腿。看上去像一尊凝固的雕塑。

我跑过去，双手扶住她，大妈！您怎么啦？摔跤了？她侧过脸看着我说，腿老毛病犯了。

您应该在家待着呀，怎么一个人出来了呢？我明知故问，但她的眼神告诉我，她好像已经不记得我了。

家里就我一个人，想出来走走。她侧过脸，问我，你在这儿住啊？看来，她确实把我忘了。

我问，您住哪儿？

我住宽窄巷子，隔壁有个拴马桩。

哦！我们是邻居！我也住那儿！

就在那儿！老妇人抬起手指指，却指向了凶巴巴的大铜牛。我愣怔在那儿。这时，来了一个戴红袖箍的小伙子问，大叔，有需要帮助的吗？

我们找拴马桩。我说。

好的！小伙子和我搀扶着老妇人向大铜牛相反的方向走去。门口……门口有个拴马桩……你们知道拴马桩不？古时候当官的大门口拴马的石绾子……老妇人依偎在我怀里，边说边抬起胳膊颤颤巍巍指着“回家”的路。有一句话我至今还记得，她说，拴马桩从没拴过马，只拴过一头怀孕的黑毛驴。

（选自 2017 年 7 月 28 日《郑州日报》）

没事请到丰城玩

季　明

我的同学巴库，高中一毕业就去丰城闯荡，在那里定居了，多年以后，听说这家伙混出息了，成了腰缠万贯的老总。

丰城，离我们这里有几千里路，远哪。但每年，巴库总是乘飞机，回来一次两次的。

每次一回来，巴库就心急火燎地召集同学聚会，按他的话说，一是想念同学们，二是想吃家乡的饭菜。

想想也是，独自在遥远的异乡打拼，肯定孤寂无助。

巴库衣着光鲜，这还不算，一条粗大的金链子，赫然挂在脖子上，沉甸甸的，实在令人担心他的脖子会不堪重负；手上呢，戴着几个金光闪闪的戒指，一副恨不能多长出十个八个指头的样子。整个一财大气粗的土豪。

同学聚会，酒喝高是必需的。每当喝到兴头上，巴库便会站起来，伸出双臂，张开巴掌，豪气地在空中一划拉，说，今天我买单，谁都别争，谁争我跟谁翻脸。

一开始，我们还争，但慢慢地就习惯了，只当是打土豪分田地了，谁让他是老板哩，谁让他是土豪哩！

散场时，巴库逐个跟同学们握手，依依不舍地摇着晃着，胸脯拍得啪啪响，说，没事请到丰城玩，尽管找我，咱在那里混得开，啥事都能摆平。

手，一个个地握，话，一遍遍地说，但我们都没往心里去，丰城那么远，谁吃饱了撑的，没事往那地方跑。但偏偏我就去了丰城，办私事，不得不去。

我是坐特快去的，虽然叫特快，但火车逢站必停，慢，好在事情不太急，有的是时间，最关键的是坐火车价格便宜，咱不是老总，还没有阔气到飞机、高铁随意坐的地步。

一上火车，我就给巴库打电话，说，兄弟，我要去丰城。

电话那头，明显感觉巴库一愣，说，真的假的？别骗我！

我说，骗你我是孙子，现在我就在开往丰城的火车上。

巴库高兴地说，好啊，到站后给我个电话，我去接你。

火车跑了一天一夜，终于在丰城停下。老远，我就看见巴库在出站口，伸长手臂，摇着肥厚的手掌，冲我招手。一瞬间，我的眼睛竟然有些湿，坐了几十个小时的火车，累得跟狗熊似的，能在生疏的异乡看见熟人，那感觉特亲切，怎一个爽字了得。

在去宾馆的路上，巴库说，我定了个酒店，给你接风洗尘，顺便邀请了几个丰城的朋友，陪陪你。

车在一家豪华酒店门前停下，走进包厢，里面等候的七八个人都站了起来，巴库一一为我介绍。

这是某某公司的老总、某某公司的董事长……

这是某某科的科长、某某处的处长……

他最后隆重介绍给我的，是柯厅长。

柯厅长略带矜持地伸出手，只跟我轻轻握了一下，连声说，呵呵……副的副的，副厅长。

巴库扯起我，按坐在首席上，左右是那些老总、官员作陪。

我是小庙的和尚，哪受过此等香火啊，如此场面，今生还是头一次遇见。我诚惶诚恐地坐在位子上，不知所措，如坐针毡，特别是身边的柯厅长，总是一副正襟危坐、不苟言笑的模样，透着威严，时刻让我感到压抑和渺小。

丰城的老总和官员们，轮流向我敬酒。说实话，这顿酒，我喝得很难受，心里忐忑和迷糊，不知不觉就醉了。第二天，我编出各种借口，坚决推掉巴库再次设宴招待的邀请。

巴库很无奈，说，那好吧，若有啥困难尽管说，咱在这里朋友多，啥事都能摆平。

只一天的时间，我就将事情办好了，晚上，决定去吃小吃。

丰城的小吃，很出名。在小吃街，我刚在一个摊位旁坐下，老板赶紧跑过来，殷勤地问：先生，想吃些什么？

声音有些耳熟，我抬头一看，“呼”地站起来。我说，柯、柯、柯厅长，怎么是您？

老板愣住了，看着我，忽地有些不好意思，说，啥柯厅长啊……狗屁的厅长哦……都是巴库那小子……接着，老板又嘿嘿一笑，说，出来混，都不容易，家乡来了客人，相互帮衬一下，撑个场面而已。

提到巴库，老板往远处一指，说，那个小饭店，就是巴库开的。

我看见一个熟悉的身影，正在小饭店的厨间忙活。

我赶紧离开，走之前，再三叮嘱那老板：兄弟，这事，就烂在肚子里，千万别说我来过！

又一年，巴库回来，同学们聚会，再次喝高了。散场时，他握着我们的手，依然说，没事请到丰城玩，尽管找我，咱在那里混得开，啥事都能摆平。

我张开双臂，紧紧拥抱住他，心里倏地觉得异常酸楚。

我拍了拍巴库的后背，说，兄弟，有机会，我一定再去丰城玩！

（选自《小说月刊》2017 年第 3 期）

俩县长

李立泰

张扬、李文章都大学毕业十八九年了，工作积极、服从领导、团结同志，靠真抓实干一步步爬，台阶一个个攀登，累得筋疲力尽、汗流浃背、腿肚子哆嗦，终于，在同一年都坐到了县长位子上。

该喘口气了，有点儿船到码头车到站的感觉。

二位打了个盹儿，警醒，时间不饶人，已过不惑，都奔五了。时间是硬道理，年龄是生产力，关键时刻你大一岁，大一月，甚至大一天也不行！年龄小一天可能留这边，大一天就那边去了。

心里话，没天了，抓而不紧等于不抓！

张县学理工，好写文章。李县学中文，白浪费了“文章”二字，快十年没动笔了，一说写东西他就头疼。他参加工作就写讲话、总结、报道、简讯等，写得眼花，写得心脑血管供血不足，写得高血压。

张县讲话擅脱稿，不照本宣科。李县讲话，好照稿念，省心。

张县在河东，李县在河西。俩县的经济全区排名不是七八就是八七，后面还有老九老十。好在不垫底儿。

警醒了立马振作起来，二位的工作思路有了差异。

张县上任伊始把工作重点放到“三农”和水利建设上，连续召开农林水电等部门的专家会，邀请经验丰富的老农参加座谈会。大家畅所欲言，建言献策，参政议政，为河东的“三农”和水利建设出谋划策。张县总结“智囊团”的意见，厘清思路，找出制约河东“三农”发展的瓶颈。他执笔写出破除瓶颈实施方案，先从河、湖、堤坝开挖加固入手，准备大干三年，力争五十年一遇的大发展。

李县上任则提出了“两个文明一起抓，重点抓文化”。首先搞了文化、广电、体育、新闻出版四局合并，组建文广体新局。其次抓非物质文化遗产项目的“申遗”，地区、省、国家，一级级上报。面人、泥人、版画、剪纸等项目先后被地区、省批准为非物质文化遗产。再次是狠抓文化产业建设，事业单位改制。河西的文化工作大有亮点，地区、省里先后召开现场会，推广河西县的文化工作先进经验，李县长成了“文化名人”。

时间过得真快，转眼三年。

这年夏天老天爷翻脸，下了一周的雨，一发而不可收。

河东这几年治理加固，面对暴雨河水暴涨，可以高枕无忧。

河西则召开了全县党政军民齐动员战胜洪涝灾害誓师大会。李县穿长靴披雨衣，扛铁锨战斗在大堤上。他明白，现在旱灾基本出不了人命，水灾可就难说，责任重如泰山。一县之长身先士卒，和人民同吃同住同抗灾，哪儿有险情哪儿就出现了李县长的身影。

大堤临时抢险指挥部医务大棚里，被同志们强拉回来的李县长挂上了吊瓶。两天两夜没合眼了，他和水务局的同志查看险情，晕倒在堤下的烂泥里。

张县长冒雨率人马支援来了……

省报、省台的记者等在棚外要采访李县长。醒来的李县长，叫记者到洪水一线采访同志们，多少可歌可泣的先进事迹啊，别采访我。

洪水退去，大堤保住了，河西人民生命财产没遭受大的损失。

省报、省台连续报道河西县人民抗洪抢险。

但是李县长深刻反思，自己犯了错啊！工作有失误。

他向市委交了检查，剖析了思想，要求给予处分。

市委对李县长的检查进行了研究，给河东、河西各下了一纸文件。不是处分，而是两县主要领导交流。李县到河东任县长，张县到河西任县长。

（选自 2017 年 3 月 5 日《九江日报》）

小偷之死

李伶伶

陈武下班回到小区，看到小区的人正在追一个小偷。陈武最痛恨小偷，要不是小偷把他母亲刚从银行取出的工资偷走，他母亲也不会急得心脏病发作去世。所以不用人招呼，他就加入了抓小偷的行列。陈武学过武术，抓小偷对他来说太简单了，他追上小偷，几下就把他撂倒了。

小区的人很快围了上来，有人说报警，有人说把他送到公安局。小偷戴着头套，看不到他的脸。大家让他把头套摘下来，他不摘，陈武一下把他的头套扯了下来。大家看到小偷的脸后，都很气愤，他居然是打更老头儿的那个败家儿子。挺大个人，整天游手好闲的，不但偷他爸的钱，还偷小区住户的钱，大家几次把他送到派出所都屡教不改，他爸被他气得哮喘病都犯了。今天得替他爸教训教训他。这话得到了大伙儿的响应，大家你一脚我一脚都来踢小偷。小偷挣扎着想跑，被陈武一脚踢趴下了。

这时警察来了，大家七嘴八舌地诉说着小偷的恶劣行径。警察让小偷起来，小偷趴着不动；警察去拽他，他还是不动。警察一探他的鼻息，没气了。警察说，他死了。大伙儿都很吃惊，没想到小偷会死。警察说，谁把他打死的？大家你看看我，我看看你，把目光都投到了陈武身上。陈武很惊讶，说，不是我一个人，他们都踢了。大家说，之前他还好好的，你踢完之后他就不动了。陈武说，不对，不是这样。警察说，你踢没踢吧？陈武说，踢了。警察没再多问，直接把陈武带走了。

案发现场没有监控录像，关键时刻，小区的人又都不承认自己踢了小偷，所以陈武要对小偷的死负责。因为小偷有错在先，陈武属过失致人死亡，法院判他十五年徒刑。陈武不服，要求上诉。上诉的结果是维持原判，因为证据不足。

陈武不理解，不是法不责众吗？明明大家都参与了，为什么让我一个人负责？这个问题，他想了十五年也没想明白。出狱后，陈武发现自己一无所有了，工作丢了，媳妇早跟他离婚了，连房子都被她偷偷卖了。陈武出去找工作，因为他有坐牢的经历，屡遭拒绝。

一天，他去一家汽车维修店应聘，看到一个男人在修车，修了半天也没修好。他走过去，几下就修好了。男人意外地看了他一眼，说，手艺不错。陈武说，小意思。这时走过来一个女人，看样子像是老板娘。女人说，以前在哪儿干过？陈武说，监狱。女人说，监狱也开修车铺？陈武说，在监狱学的修车。女人没说话。陈武说，我看到招聘信息，说你们这儿招聘维修工，我是来应聘的。女人听后马上歉意地笑了一下，说，真对不起，我昨天刚招了一个。说着掏出五十块钱递给陈武说，刚才辛苦你了，你再去别处试试吧。陈武犹豫了一下，拿着钱走了。

没走多远，听见那女人说，今天真晦气，碰见个倒霉鬼，害我损失五十块钱。陈武听了，转身又回去了，走到女人面前说，你说谁晦气呢？女人吓了一跳，尖叫着说，你想干什么？陈武说，把钱都拿出来！你不是说你倒霉吗？我就让你倒霉到底。女人乖乖地把兜儿里的钱都掏出来了。旁边的男人刚想做点儿什么，陈武顺手抄起店里的一把扳手，说，别动，敢报警你们都没命。两个人都没敢动，陈武拿着钱走了。其实他心里很紧张，怕他们报警，也怕警察再把他抓起来。陈武在出租屋待了好几天，后来见没什么动静了才敢出门。

找工作依旧不顺利，抢来的钱又很快花光了，没有经济来源的陈武想到了偷窃。几次得手后，他的胆子渐渐大了起来，后来干脆以偷盗为生。

有一次入室盗窃，被人堵在屋里，陈武从窗户往外跳。二楼的窗户离地面不高，他以为自己能逃脱，没想到落地时崴了脚。户主大喊抓贼，小区的人很快围了过来，对他一顿拳打脚踢。他挣扎着想跑开，被人一脚踢到心窝。一阵钻心的疼痛之后，他感觉自己要死了。这时，他猛然想起当年他踢小偷的那一脚，他的命运就是从那一脚开始转变的。想到这儿，他意味深长地看了最后踢他的那个人一眼，微笑着闭上了眼睛。

（选自《啄木鸟》2017 年第 1 期）

一筐杏子

李永康

已经到点了，汽车还不开，这是外出旅游经常遇到的现象。有人问师傅，啥时间走？师傅说，等售票员来了马上走。

“马上”的时间是最不确定的，可以很短，也可以很长。要不是现在身处他乡出门旅游，我会接话要师傅说一个确切的时间，好在我不急着赶路。

我坐在从米脂直达延安的一辆小中巴上，望着窗外，回味一路走来的风景。不知不觉，车就到了绥德。又想起米脂婆姨绥德汉的说法，都说绥德汉子高大剽悍英俊，这样的男人却唱出如此缠绵的歌谣：“天是被大雨洗蓝的，山是被大风染红的，羊是要天天拦的，女人是要慢慢缠的。”怎能不赢得如此痴情的回应："想你想你实想你，浑身上下都想你；头发梢梢想你呀，红毛线头绳难挣呀；脑瓜皮想你呀，面对着面，都还会想念你，荞面皮皮架个墙飞，想哥哥想成黄脸鬼……"

这车明明是驶上了去延安的路，走到个岔路口，却转了个弯儿，绕着绥德城又慢慢转了一圈。在一个岔路口，来了一辆中巴停了，下来几个人，"转台"上了我们这辆车。

一个体格健壮身材魁梧的中年汉子把包放在我头顶的行李架上，车开动的时候，他没有站稳，重重地靠了我一下。我转了一下头瞪了他一眼，他一声不吭地坐在我左手过道边的一个座位上。我暗暗观察，他长方形的猪腰子脸很宽大，黑黑的油亮油亮的，皱纹很像黄土高坡的沟壑，穿了一件深蓝色的衬衣，光脚上穿的拖鞋烂了一只耳朵。我盯着窗外光秃秃的山想，这就是绥德汉子吗？

不知过了多长时间，售票员过来对汉子说，你快到了，把包提上准备下车。汉子说，我是到延川。售票员说，过了清涧才到延川，你是从榆林买到过绥德两站路，你要补票。汉子问补多少。售票员说，十五元。汉子说，我的票是买到清涧的，补不了那么多。说话间，车停下了。司机吼，快下车，别耽搁别的乘客，不下车就补票。

车不走。售票员和汉子讨价还价。

大家七嘴八舌嚷道，开车开车，边走边商量嘛。

车就慢慢走着。有一个坐在汉子前排的小个子中年男子站起来调解：再补十元算了。售票员答应了。那汉子说，只补五元，边说边从裤兜里掏出五张一元的递过去。售票员一赌气抓过钱撒在过道说，哪个稀罕你五元钱。先前劝解的小个子中年男子把钱捡起来批评汉子说，人家都让你了，你也太不讲道理了，五元钱都拿不出手。汉子也不争辩，涨红着脸等他批评。小个子中年男子把手摊开在汉子面前说，再拿五元钱出来。汉子用哀求的口气轻声说，就补五元，五元可以了。中年男子把钱塞到汉子手上说，我不劝你了，你自己给售票员说。汉子又把钱给售票员。售票员依然把钱撒到车厢里。司机用土话骂着。汉子把钱捡起来心事重重地站在那里。

也许是这汉子真有难处。我把汉子手上的钱拿过来，自己添了五块递给售票员，打算化解这场纠纷。

这时候，小个子中年男子猛地站起来，一把抓过售票员手中的钱说，不行，咋能要外地人破费呢？他把钱塞到我手中，自己没有掏腰包补上，只把汉子的钱递给售票员。司机也表示，不能收外乡人的钱。售票员迟疑了一下没有再说啥，终于把五张一元的钱装到票箱里。我松了一口气，沿途观望着车外的风景。

车过清涧，有几个人在叫卖一种果子，装在背篓里或小筐里，有的如鸡蛋大小，有的只比大拇指大一些。看颜色就知道是刚摘下来的，有的通身黄色，有的黄中带红，有的青色转黄，很鲜。我问小个子中年男子，他告诉我说，这是杏子，酸甜味儿。我一下想起老家门前高大的杏子树，满口生津。我说我们那里的杏子一个要当两个。中年男子说，雨水丰沛的时候，我们这里的也长得大个儿。

停车下客的时候，我问了一下价格，一小筐要十元钱。我想尝尝，却没有买，是因为一个人吃不了一筐，也不好带。

也许是起得太早，有点儿疲惫，不知不觉中，我睡着了，延川过了也不知道。醒来时发现大腿上放着一筐杏子。

这是谁买了送我的呢？

和我同座的男子靠着窗还在睡，小个子中年男子下车了，汉子坐过的座位坐了一位抱着小孩的年轻妇女，那小孩长得很乖，盯着杏子在笑。我给他一个，他伸手来接。那女人说，快谢谢叔叔。

我说，不用谢，这杏子也是好心人送的。

心里那份喜悦，无法用语言形容。

（选自 2017 年 7 月 10 日《华西都市报》）

老　团

李永生

老团是涞阳大礼堂的检票员。他极高极胖。认识他的时候我十一岁，他该是四五十岁的样子。凭我一个孩子的模糊记忆，只觉得我从没见过这么高这么胖的人，他似一个大粮囤，肚子上的肉一走一哆嗦，能让人联想起滑嫩嫩的水豆腐，以至于唤起童年的我总想拍拍他肚皮的强烈渴望。或许正是这奇特的体型，老团没娶上媳妇。

大礼堂是县城的政治文化中心。全县各种大型会议一般都在这里召开。当然它的主要功能还是演戏放电影。这里几乎每晚都会放电影，间或唱戏，从没冷清过。那时候，电视机稀缺，县城居民就指望着大礼堂解闷呢！

老团块儿大，门神一般，混混儿们都怕他。

检票时，总会有一些半大小子在门口捣乱起哄，想方设法不买票混进去，所以礼堂门口总是乱哄哄的。老团一丝不苟检票，观众把软软的电影票递过来，他瞄一眼，撕个角儿，把检过的票递给观众，顺便把那个撕下来的“角儿”丢进旁边的一个纸箱子里——老团爱干净，捎带脚儿就清了垃圾。一开始，人们三三两两地进，再往后，接近开演的时间了，买了票的观众着急往里进，便挤成疙瘩，那群半大小子开始起哄捣蛋，想蒙混过关。老团边检票边用眼睛余光踅摸，遇到哪个小子探过身子，他立即眼一瞪，喊声“呔”，那小子就得缩回去。观众进完了，就剩下老团和那些半大小子对峙了，双方都不软不硬，那边求：“老团，让我们进去吧！”他答：“等着！”等到什么时候？快散场了，大概还剩几分钟了，如果是“打仗”的电影，该是八路军吹冲锋号总攻的时候，或者是打完胜仗奔赴新的战场老百姓沿街欢送往战士怀里塞鸡蛋的时候，老团就会说一句：“进唦！”身子一闪，小子们便撒丫子跑进去看看电影小“尾巴”。

戏或电影散了，老团送走最后一名观众，把落在箱子外边的“角儿”捡起来扔到箱子里。关大门、上锁，吆喝上同事们，拎上装着“蝴蝶”的纸箱子回宿舍。

老团检了几十年的票，那些“蝴蝶”每年能收多少？至少十几箱吧。

老团工作认真，口碑特好。县公安局局长是他老乡，想把他调到公安局，公安局是好单位。局长跟老团一说，他竟不同意，说：“检票，才热闹。别人下班跟老婆孩子亲热，我只能跟枕头说话，我多热闹一会儿是一会儿。”

又过了几年，老团到了退休的年龄。过几天，就该办退休手续了。这晚，大礼堂上映《解放石家庄》，这部片子在当时也算“大片”了，很吸引人。按过去的经验，如果放一般的电影，上座率最多也就七八成，但这次上座率肯定会百分之百，捣蛋钻空子想逃票的肯定多。礼堂经理考虑到检票口压力太大，便向驻地派出所请求帮助，派出所来了四名干警帮助维持秩序。老团说：“观众又不是坏蛋，来警察干吗？”经理说万一闹事的多怎么办。老团想了想，给经理出了一个鲜招，说：“咱不如先进后查。”老团就跟经理说个仔细，所谓“先进”，就是让观众进礼堂时不检票，先放进去，至于“后查”，就是到了放映厅再挨个查票。没票，对不起，请出去。老团说：“咱把话放狠点儿，再加上有警察‘镇’着，估计不会有人混票。”经理想了想，可行，就这么办吧。就赶紧写了个“先进后查”的告示贴在礼堂大门口，那上边特别强调对逃票者罚款，“罚款”两个字下面还特意画了两条红杠以示其重要性。结果那天晚上，两千个座位的大礼堂涌进来的观众足有三千。那些逃票的自然没座位，就贴着墙或在走廊里站着，这样就挡住了那些买票坐着的观众视线，买票的理直气壮，喊着要逃票的闪开，但这次逃票的人多，“众志成城”，不理这个茬。吵闹、谩骂……大礼堂乱成了一锅粥。经理傻了眼。这么多逃票的人，挨个查，那得查到什么时候？电影还演不演？经理脑门儿出了汗，老团脑门儿也出了汗。法不责众啊！没办法，就凑合着演吧！

好在没出大事。电影散了，经理双腿一软，一屁股坐在台阶上，苦笑着望着老团说：“老团你这个主意好，零存整取，把那些逃票的‘打捆儿’放进来了。”

几天后，老团办了退休手续，准备回乡下老家。经理选了个日子给他办了欢送酒，从来不喝酒的老团竟喝了一杯白酒，醉了，搂着经理呜呜地哭，说那场《解放石家庄》，是他故意出的那个馊主意，他挡了那些混混儿几十年，总觉得对不起他们，那次就想让他们看场“全乎”电影。

退休后的第三年，刚刚六十出头的老团，死了。丧事是他侄子们料理的。侄子们除了在他灵前烧了冥币纸钱外，还烧了瓷实实一麻袋花花绿绿的纸屑——那几百万只“角儿”被点燃，升腾起柔柔的火焰，黑色的灰烬飞上天空，状如一只只欢乐的蝴蝶……

（选自《安徽文学》2017 年第 7 期）

飞 虎

练建安

傍晚，梁老俵通常要挑着鱼丸担子走过黄草冈。

那黄草冈介于武邑城南和松树崟之间，疯长了蓬蓬勃勃的猫毛草，朝晖夕照下，流动着金黄的波浪。

这日傍晚，梁老俵脚跟轻快，一步三摇。他今天卖出了二百碗鱼丸，精光滑净。一三得三,二三得六，整六百文铜板装入褡裢里，当当响。他很想唱一首山歌。

夕阳下山了，暮色四合。梁老俵点亮了担子一头的红灯笼。红灯笼是摆夜摊用的，上书“梁记客家鱼丸”，红光中特别醒目。

梁老俵摸摸褡裢，暗自感叹，老啦，孙子都养鸭牧牛啦，门牙缺了几颗，漏风，气口不顺溜，幸好，嗓门袅袅嫩嫩的，好像没有多大变化。他想起年轻时和陌生女子对唱山歌的情形，唱着唱着，动情了，越走越近，面对面了，都收了声，相视一笑，一同钻了密林草窝。

于是，梁老俵扯开了嗓门，唱道：

高高山上哎一枝梅呀，爱唱山歌哎两人来也。

唱到鸡毛哎沉落水哟，唱到石子哎浮起来也。

感觉挺不错的，他正要发力以“噢嘿”拖腔煞尾，却是呆了。

一只大老虎挡在路上。

赣闽粤边界重冈复岭，多有虎患。近日传闻，赵屋寨两个顽童在寨门口被老虎吃掉了；昨夜，一只大老虎闯入七里滩，叼走了一只小肥猪。村民们鸣锣击鼓持刀铳围攻，大老虎扔下猎物，飞过寨墙。

乡人说，遇见老虎，有树爬树，高高的。无树，就将随身雨伞一张一合，老虎见此庞然大物，必定惊恐奔逃。此地空旷，身边哪有雨伞？梁老俵清醒过来，颤抖着抓过红灯笼，要吹灭了它，但他紧张极了，吹了几次，灯光闪了闪，却更明亮了。

嗷呜，大老虎蹒跚而来。

哇呀！梁老俵转身要逃，双脚打滑，摔倒了。红灯笼抛出，恰好挂在担子上。

绝望中，他抓起了身边的小石块。这时，他听到了大老虎的呜咽，似在乞求什么。细看，此虎吊睛白额，蹲伏，摇动右掌，一根长长的荆棘刺入它的右掌心，红肿流脓。

梁老俵明白了，这畜生向他求助。帮不帮？反正跑不了啦，帮吧。

他小心翼翼地将荆棘拔出，又从担子里取来剩余的姜丝葱蒜，撕下一块布，包裹好。白额虎摇晃着尾巴，隐没草丛。

梁老俵长长地舒了一口气，挑起担子跌跌撞撞地回家去了。

他再也不敢走黄草冈这条路了。上县城卖鱼丸，他宁愿弯二铺路，过七里滩，走东门。

几个月后，就听说邻县杭川县令为民除害，在回龙滩猎杀了三只大老虎。有人赴杭川圩，亲眼看到狩猎壮士戴大红花游街，壮丁们果真是扛着三只大老虎，小水牛一样大小。

虎踪绝迹了。

梁老俵又走老路了。这一天，生意清淡。销完鱼丸，晚了许多，过黄草冈时，梁老俵点亮了红灯笼。

起风了，一声呼啸，白额虎扑了过来，放下一只黄猄，目光温润地望着梁老俵，绕红灯笼转了一圈，缓缓而去。

客家俗谚说，黄猄鹿肉鹧鸪汤，是为天下美味。梁老俵靠这只黄猄，发了一笔小财。

此后，只要梁老俵点亮红灯笼走上黄草冈，白额虎总是依时现身，总有野物献上。

梁记客家鱼丸，有讲究。新鲜鱼，新鲜水。梁老俵一大早到井台提水时，滑了一跤，折断了腿。伤筋动骨一百天，何况是年近古稀的老人呢。屈指算来，梁老俵已经有八九十天没有上街卖鱼丸了。

那只白额虎，一直等着他。

八月中秋夜。

太平无事，风调雨顺。武邑唐知县下令在城门楼上高挂一排红灯笼，增添节日氛围。

圆月西移，秋草露冷。白额虎矫健地跃动身姿，疾驰向武邑县城。

白额虎飞过城墙。

夜深人静。白额虎在街市上东张西望，溜溜达达。

更夫发现了它。他躲了起来，飞报县衙。唐知县急调弓兵百名，爬上屋顶，张弓搭箭，悄悄地逼近白额虎。

忽听一声梆子响，箭似飞蝗攒射。

白额虎长啸，蹦跳倒地。它扭头无力地望着城头的那串红灯笼。红灯笼迷迷蒙蒙，越来越模糊，越来越遥远。

唐知县检视战果。他惊讶地发现，这只血泊中的白额虎，紧闭的双眼之外，挂着两行清泪。

（《武邑县志》载："康熙八年，中秋夜，虎从城南逾垣而入。知县募勇士射殪之。"）

（选自《福建文学》2017 年第 2 期）

贼知道防贼

刘正权

龙吴东退休后第一件事，是把警服收起来，全部锁进衣柜里。

刘米秀说有那必要吗，玩坚壁清野似的。

龙吴东眼一瞪，怎么没必要，你不是说家里客人都被这身衣服吓跑了吗？

刘米秀说吓跑客人的不单这身衣服，还有你这贼一般的眼神儿。

我眼神儿贼？龙吴东不服气，那叫一身正气！

岂止一身正气，我洗那些警服时都洗出两袖清风了！刘米秀嘴巴高高噘起，说你贼是抬举你，只有贼才知道怎么防贼的！这话有出处，一个外地流窜人员到龙吴东辖区踩点儿，还没下手，就被龙吴东抓了。

局长问龙吴东，你怎么晓得他是贼的？

龙吴东说，他眼神儿贼啊。

局长看着龙吴东，照这么推理，你眼神儿更贼，只打个照面就晓得人家吃哪碗饭。

政委在一边补充，应了那句老话，贼知道怎么防贼。

贼知道防贼这典故就是这么传开的。

龙吴东不好意思搓搓手，难为你了，跟我一同防这么多年贼，连个说知心话的人都没有。

女人之间能有什么知心话，嚼舌头而已。张家长李家短的，家里有个警察，还是所长，谁家婆娘还敢上门说是非，闹不好，就成了犯罪嫌疑人。

眼下，龙吴东不在其位自然不谋其政，逐渐有了客人来串门。

这点跟别人下台后恰好相反，别的干部是门庭冷落车马稀，龙吴东家，反倒车如流水马如龙。那些婆娘来来去去的，坐流水席一样，都是问龙吴东抓坏人那些事。

小镇坏人不多，扳着指头可以数得清，龙吴东当所长这么多年，能提得上台面的壮举也寥寥无几。

最值得小镇人口口相传的，是抓疤棍儿那次。疤棍儿的好勇斗狠人所共知，他亮出了随身携带的弹簧刀，龙吴东亮出的不是手铐，也不是警棍，更不是手枪，他亮出了自己的胸脯。

疤棍儿眼里明显闪过一丝怯意，脸上却凶相毕露，信不信我一刀给你戳出个大窟窿？

信！龙吴东眼光逼视着疤棍儿。

信你还挡老子的财路？

财路？龙吴东冷笑，财路有时也是死路，人为财死你不会没听说过。

疤棍儿手抖了一下，就一下，足够了，龙吴东迅速抢上前，一招空手夺白刃，疤棍儿的弹簧刀掉在自己脚尖上，搬石头砸脚，打那以后，疤棍儿走路就有点儿踩短。

脚踩短不要紧，路走正就行。

路走得正没正，没人知晓，从所里拘留出来，疤棍儿去了省城讨生活，很少在镇里露面。

人在省城，名气还留在镇里，吃江湖饭的，哪个不是雁过留名。

龙吴东是在退休第十天在街头碰见疤棍儿的，龙吴东说，回来了？

疤棍儿脚颠了一下，不欢迎？

龙吴东笑，叶落归根，怎么不欢迎？

欢迎就请家里坐啊？疤棍儿这话带着挑衅，咱们之间还有一笔账没了呢。

当了一辈子警察，龙吴东可不想落个有账没了的名声。再次亮出胸脯，龙吴东前头带路，疤棍儿一瘸一瘸跟在后面。

看热闹的人跟了不少在身后，疤棍儿眼神儿横扫了大家一眼，咋的，想跟我添一笔新账？一句话，所有人止了步。

两人的账是怎么了的，没人知道。

小镇人只知道，疤棍儿家里重新开了烟火，第一天，有不三不四的人上门，然后灰溜溜贴着墙根走了。第二天，有贼眉鼠眼的人在门口张望，跟着悄无声息绕道而行。

第三天，人是晚上来的，月黑风高夜，很应景，偏偏，三长两短暗号刚刚响起，疤棍儿的屋门大开，满院子灯光泻了出来，亮如白昼，杀人放火显然不适宜，屋外人仓皇而逃。

这就算金盆洗手了。还洗得那么彻底。

小镇的一帮长舌婆娘再一次聚在龙吴东家，希望得到答案。

龙吴东的嘴巴，能掏得出答案才怪。

倒是刘米秀在六月六龙晒衣这天发现，龙吴东的警服少了一套。

有那细心的婆娘就想起来，每次她从门缝看进去，疤棍儿家的院子里，都挂着一套警服。

疤棍儿逼走你一套警服才算跟你了完账？刘米秀不服气地问龙吴东，虎落平阳被犬欺呢，你这是。

什么叫虎落平阳，咱这是虎死不倒威！龙吴东得意地一笑，疤棍儿不是改邪归正了吗？他借我警服震慑那些狐朋狗友呢。

这个疤棍儿，省城混了几年，居然水深不见底了！刘米秀感慨。

啥水深不见底，不就是贼知道怎么防贼吗？龙吴东胸脯再次一挺。

（选自《啄木鸟》2017年第1期）

唐木匠

马犇

男戴观音女戴佛，戴金器、银器、玉石、水晶的多，但以木头作挂饰的少。唐小二就一直挂着块麻将大小的木牌。远看就是块秃板，近看，没有不称奇的，那方寸大小的木牌上竟雕着三株菊花，菊花瓣儿细而分明，真花什么样，板上就什么样。谁问“木菊”的来历，唐小二都不答。从小有人拿糖撩，长大有人拿酒逗，他硬是没漏出一个字。

确凿无疑的是，这菊花出自唐小二祖父之手。淮城人都曾听过一段顺口溜：“木匠活儿，谁在行。穿城过，看谁忙。大眼睛，高鼻梁。话不多，他姓唐。”唐木匠正是唐小二的祖父，多数人不知其真名，但都能判定唐小二胸前的木菊是唐木匠的手艺。

和顺口溜同样家喻户晓的，是唐木匠的一些带有传奇色彩的故事。

唐木匠能依木头的大小、质地和数量，制成相应物件，不用画图，开工前朝木料瞅几眼，一气呵成。笔筒、书立、马扎、桌椅、柜子和床，没有做不成的。这还不算奇，据说唐木匠年轻时，木屋也做，他根据雇家圈定的地块和需求，就地测算面积，让雇家买木料。屋子落成时，竟不用补料不用退料。剩余少许边角料也都物尽其用，做成木铲、木瓢、木勺，所剩木屑全用口袋装好，留雇家生炉子用。

除了估料准，其雕工更是惊人。常见的以整木雕龙首，并在龙口里雕一个可自由活动的木珠，以整木雕一个环连着一个环的木项链，都不在话下。他最拿手的不是这些，是微雕，将瓜子大小的木屑刻成一个算盘，每个珠子比芝麻都小，但没一个不会动的。

算盘已满足不了某些人的“口味”，他的两个邻居曾刁难他，一人拿着钥匙，让唐木匠用木头手工复制一把；另一人拿着牙签，让唐木匠雕出一幅画。最终，邻居灰溜溜地走了，再没有人来刁难他。木钥匙和牙签则被唐木匠收在盒子里，提醒自己“拳不离手曲不离口”。这个故事一度成为淮城人证明某人技艺高超的说辞，有时也用于对那些自讨没趣之人的嘲讽。

几乎所有木匠都会用铅笔或墨线在木板上标记，以便锯直锯准。唐木匠的耳朵上从来不会架着铅笔，墨线也从不会出现在他的包里。他的眼睛就是工具，一锯接着一锯，末了，板一点儿不歪。久而久之，他连尺子都很少用，撑开手掌，拇指与食指与中指等构成的距离各是多少，心里有数。遇到雇家催活儿，他不用手指量，竟也不差毫厘。

对唐小二脖子上那块“木菊”的猜测不绝如缕，唐木匠去世后，打听的人就更多了。

一天，在淮城金汤浴室，唐小二放在柜子里的“木菊”不见了，只有洗澡时，唐小二才会取下“木菊”。金汤浴室有年头了，当年，唐木匠就经常和自己的长辈来此洗澡，自打唐木匠干上木匠活儿后，浴室改造过，浴室的木制品无不出自“唐手”。

难道是新来的跑堂干的？就在唐小二火烧眉毛时，新来的跑堂小跑过去说：“唐哥，有人逼我拿走‘木菊’，他们过去总和跑堂的说，老员工不干。我刚来，他们就来威胁我。他们让我转告您，东西只是代为保管，等您细说‘木菊’的事儿，自会完璧归赵。”

“告诉他们，明早浴室门口见。”

那帮人都没想到这招竟然这么好使。

翌日，他们来到金汤浴室门口。唐小二领着他们步行去城郊，一路上没讲一句话。那帮人心里更没底了，有人甚至想半道溜走。好在没多久，就到了城郊，唐小二在一所中学门口停下。

他指着镌有校名的木匾说：“这就是‘木菊’的源头。”

那帮人很生气，以为他在戏弄他们。

唐小二让几个人一起把木匾嵌点儿缝，让另几个人看匾背后的雕花。

“爷爷干了一辈子木匠活儿，在他晚年，遇上计划经济，木料紧张。淮城城郊有些农民盗棺材板，偷偷卖给需要木材的人。”唐小二心情沉重，“棺材板用的都是好料，偷盗的人主要是冲着棺材板，有时也用锹拍碎坛罐，顺便看看有无金银首饰。”

“城郊中学的木工活儿都是爷爷带人干的，临近开学，校方提出要设一木匾。采购员只好托人从盗墓人手里买料。这料是楠木，且板上雕花细腻，细看，花中心刻有——唐承中。爷爷心如刀割，但在众人期待的眼神里，他无法退步、无法落泪。”唐小二眼睛湿润，“爷爷锯下点儿边角，握在手心，继续干活儿。他没有磨掉花和字，在另一面镌刻上校名。我们住的那一带，有‘祖坟被盗不可外扬’的说法，爷爷提醒我别再提这事儿，叮嘱我把‘木菊’一代代传下去。回家后，他用那个边角雕出三株菊花，给我戴上，讲了一些所经过的事儿，再没醒来。”

那些人把“木菊”交还给唐小二，极为歉疚地低语：“对不起，对不起。”

（选自《天池》2017 年第 7 期）

机器人罢工

马　卫

机器人工作得苦，下井挖煤，掘矿，高温下冶炼——这些都不是人愿意干的活儿，现在全靠机器人了。

某天，一个叫卫公 A 的机器人终于忍受不了：他工作的空间，粉尘像冬天的雪，让他的眼、鼻、嘴、耳里全进了灰沙。一怒之下，他抗拒出工。

管理这台机器人的是阿雄。

阿雄踢了卫公 A 一脚，你想造反不成，信不信老子把你砸了卖废铁？

卫公 A 只是晃了晃躯体，并没有发怒，大声说，我不是造反，我只是想改善一下我的工作环境。你们人类不做的事，让我们机器做，但也不能太过分啊。

阿雄大声斥责，什么过分不过分，你们是机器，不是人！

卫公 A 说，那为啥叫我们机器人？我们不仅仅是机器，也是人，所以，我们要求与人一样的待遇。

做梦吧你，还想让我们把你当人看待，我们老板都没有把我当人看呢，都连续两个月没休息了，我老婆为此和我闹离婚。我的心脏亚健康，我常失眠……

那是你自己懦弱，不敢反抗。我要反抗。拿你们的话说，就是哪里有压迫哪里就有反抗。

我反抗？我还没有反抗，老板都想开除我，想用机器人代替我。你一个机器人，咋反抗？

我们像人类一样，成立工会，如果利益没有得到保障，我们就联合罢工。

阿雄气得笑了，哈哈哈。你们罢工，我先把你废了，让你停摆。

阿雄真把卫公 A 废了，成为一堆废铁。

阿雄另调一台机器人卫公 B 接替卫公 A 的工作，没想到他竟然不干，愣在那里。

快干活儿！阿雄发出指令。

卫公 B 冷笑几声，背转身子，不理睬阿雄。

你也想罢工？

先生，你应该明白，我们机器人也是人，应当得到尊重，和你们在人格上是平等的。可是你这样对待卫公 A，叫人心寒，我是和他同一批生产的机器人，相当于你们的同胞兄弟，我和他的想法一样，不改变工作环境，绝不上工。

阿雄大吃一惊，难道必须像对待人一样对待机器人？但他想，可能这是同胞的兄弟，有心灵感应，我找个不是同胞的，看他干活儿不。

卫公 B 被停在车间角落，阿雄向另一个主管阿勉求援，问他有没有空着的机器人。

还有一台，叫卫公 K。

借我用用。

不一会儿，小推车送来卫公 K。阿雄下达指令，让他接替卫公 A，可是，卫公 K 竟然拒绝。他的理由是：虽然我们不是同胞兄弟，却是同辈的堂兄弟，由同一个厂家制造，同一个人设计。他不能违背伦理，不能做没有良心的机器人。

阿雄怒了，一个破机器还给老子讲良心？我直接把你送进废品店。

卫公 K 没有畏惧，毅然说，死可怕吗？你以为机器人会像人一样出叛徒？出内奸？我们出厂以前，全部统一了认识——绝不扭曲良知，绝不出卖同伙，绝不奴颜婢膝。

阿雄再试别的机器人，居然态度全都一样。这下他怕了，毕竟工作耽搁不起，每分钟创造的财富，就上十万哟。他向车间主任求助，主任说，你去找制造这家机器人的厂家。

厂家找到了，可是他们说，这个他们无能为力，只有设计机器人的工程师，才能改变这些机器人的程序。

这位工程师是弗达理·卫，外国人。

怎么办？好在厂家有他的电子信箱，阿雄就给弗达理·卫发了一封电子邮件，希望他改变设计程序，不能让机器人罢工。机器人本质上是机器，不是人，怎能要求与人一样的待遇呢？

弗达理·卫很快回信了：阿雄先生，恕我无法满足你的要求。机器人是人，这是我的设计理念，如果不能善待机器人，你就不会善待人。这个世界就少了善良、同情、和谐。

阿雄说不出话来，只好向机器人妥协，立即改善工作环境，还让机器人每隔四小时休息一次。

据说，全球的机器人正在酝酿成立总工会，要求维护他们的权益。

（选自《微篇小说》2017 年第 5 期）

那　马

孟宪歧

这是塞北的一个牲口交易市场。

牛马驴的叫声不绝于耳，人来人往，热闹至极。

老根和队长蹲在一个背风的旮旯里，瑟缩着，抽起了旱烟，眼睛在那些大牲口群里逡巡着。

这时，一匹毛长的枣红色瘦马嘚嘚嘚地走到他们面前。

牵马的是个黑红脸膛汉子，朝老根和队长嘿嘿一笑："三岁马，看看不？"

队长不屑："恁瘦？吃肉的货。"

汉子叹口气："唉，草场受灾，没法养了。可怜可怜，给它个活路。"

老根把马嘴一掰，上下瞅瞅，没吭声。

队长问："没病？"

汉子答："没病，骗你不得好死！"

队长瞧瞧老根，老根点点头。

队长问："啥价？"

汉子说："50 块，不讲价。"

队长说："贵了。"

汉子有点儿急："还贵？杀了卖马肉，也不止这个价。"

队长又瞧瞧老根，老根又点点头。

队长在汉子的肩膀上拍了一下："成交！"

牵着瘦马往回走，老根高兴地说："队长，咱捡了个大便宜，别看它瘦，才三口，正当年。"

队长说："便宜不便宜，就看你啦。"

老根笑笑："队长你放心，这马，不出仨月，保准换个样儿！"

社员们一看队长和老根买回了这样一匹瘦马，都说这俩人八成是被驴踢了脑袋，一个精明的队长，一个喂了半辈子牲口的车老板，竟然买回了这货！

队长说："不出仨月，这马要还是老样子，杀，分马肉！"

大家都兴奋地说："呵呵，这回终于要吃荤的了。"

老根狠狠地说："想分马肉？没门儿！"

老根是车老板，喂养牲口的地方就在他家的院子里。因为小队的马车经常要给供销社拉东西，早出晚归的，把牲口放在小队的饲养棚里不方便，小队就在老根家的院子里专门盖了一间牲口棚，牲口由老根喂养。

老根把枣红马拴在牲口棚里，摩挲着它瘦瘦的脊梁骨说："伙计啊，你可要争气，你要是不争气，我就看走了眼，大家吃你肉是早晚的事啊！"

马仰起头，喷两个响鼻。

老根又拍拍这马的脑门儿说："等你长膘了，就给你配对，要是下出个马驹，就更好啦！"

马仰起头，又喷了两个响鼻。

马是骒马，骒马就是母马，母马就要下崽。老根的眼光长着咧。

买来了瘦马，老婆不高兴了。

数九寒冬，老根夜里要给马加两遍草料，马无夜草不肥啊。回来冷飕飕地就钻进了被窝，弄得老婆冰凉冰凉的，半天睡不着。

好在老根的辛苦没有白费，眨眼间仨月就到了。

老根把枣红马往小队院里一牵，趾高气扬地说：“看一看，瞧一瞧，这是咱队里的枣红马，哪个敢杀了吃肉？”

社员们奇怪：真是邪了门儿！原来那匹瘦得见风就倒的马，竟然被老根调养得膘肥体壮！

真是一匹好马！

那次，老根赶车送货，在凌源见到了一头驴，一头威武雄壮的叫驴，叫驴就是公驴。老根就想到了枣红马。老根故意把枣红马牵到叫驴跟前，大概也是前世有缘吧，一匹骒马，一头叫驴，马上就成了好朋友，你舔舔我，我舔舔你，耳鬓厮磨好不亲热。

老根趁热打铁，就让叫驴爬上了马背。

老根记下了这头叫驴主人的名字和地址，还请人家吃了粉条汤、大果子。

嘿嘿，有了种子，马上就有了收获。

来年，枣红马便下了一个驴骡驹儿，赤红色，刚出生就满地跑。

有一天，老根赶车去草原，遇见了当年卖马的汉子。汉子用手抚摸着枣红马的鬃毛，喃喃地说：“你是遇到贵人啦！”老根赶紧给汉子递上一根烟说：“你是好人，我谢谢你！”老根给汉子留下10块钱，汉子说啥也不收。老根说：“就算咱哥儿俩的情意吧。”汉子收了钱，又抚摸着枣红马的鬃毛说：“士为知己者死！”

在回来的路上，下大坡时，老根一刹闸，咯嘣一声，车闸的弹簧断了，老根措手不及，掉下了车辕子，眨眼间就要成了胶皮轱辘下的死鬼。关键时刻，驾辕的枣红马猛力往后一坐，车停了，胶皮轱辘轧在老根的衣服上戛然而止。

老根擦着枣红马满屁股的血迹哭了。

两年后，枣红马下了第二头骡子。

四年后，枣红马下了第三头骡子。

（选自《厦门文学》2017年第7期）

灵魂师

墨中白

当铺、打铁、裁缝、烧饼、擦背、修脚、卖笑、耍猴、唱戏、说书，什么棺材铺、烧酒铺、中药铺、银匠铺、茶楼、饭馆等这些在泗州城都不算新鲜。如果有人在西大街开一家灵魂按摩屋，大伙儿一定觉得稀罕。

泗州城很多人相信人是有灵魂的，可是把灵魂铺在手心下按摩，他们可是从没有听说过。

灵魂按摩屋的主人是一个少女，一头长发差两寸半就可着地，一身粉红衣裙宛如仙女，双手抱着一只雪白的兔子。看到她，泗州人总会想到月亮上的嫦娥。特别是她一笑起来，嘴边还有两个小酒窝，浅浅的，醉倒不少男人。

有人说少女会法术，她的屋里可以变幻出五光十色，也有人说那是人的一种幻想，其实她的屋的四壁是白色的。

在没有感受她的神奇按摩术之前，泗州人喜欢叫她小妖。直到她治好首富江大佬千金的病，大家才开始尊称她为灵魂师。

江大佬女儿江水甜得了病，厌食、乏力、多梦、失眠、哭泣，看了多位中医，就是找不出病因。看着女儿以泪洗面，面容憔悴，江大佬心里急呀，承诺：能医好怪病者，可赠送西大街门市房一套。

小妖也能治病，江大佬不相信，可还是让管家去请小妖。

一碗茶工夫，管家回来告诉他："小妖让您亲自去一趟。"

为了给女儿治病，江大佬只好前往。

"坐吧！"小妖摸了摸怀里小白兔的头，并没有起身，"之所以让东家来，是因为小姐的病在您身上。"

"什么？"江大佬一听这话，刚碰到板凳的屁股又弹了起来。

"东家先不要激动，您坐下来慢慢地把心平静下来。"小妖把兔子举到肩上问，"您看到什么？"

“白玉兔。”

“您闭上眼睛。再看，是什么？”

“小银兔。”

“您仔细看看。”

“你手里什么也没有。”

“好了，你可以闭上眼睛了。”小妖伸出纤细的手指做成一个心形，在江大佬的胸口一放，江大佬就觉得自己的身体一下变轻了，飘浮成一朵云。他看见一个女孩和一个书生坐在一条船上，向他招手，他们围绕云朵，吟诗唱歌给他听……

江大佬的身体像是浮在一块松软的蛋糕上，也不知过了多久，他感觉自己心中有个结，在小妖的轻轻按摩下，松开，畅通，浑身舒坦。

江水甜的病，好了。

人们看到在西大街新开了家茶楼，江水甜和一个书生在为来客泡茶，听他们讲小妖的故事，不，现在，大家都叫她灵魂师了。

书生边给大家倒开水，边说：“知道万三最近为什么成人了吗？他也得到了灵魂师的按摩。”

提到万三，泗州人知道，那也算是西大街的恶人，他最大的爱好就是打人，一天不动手，心里就像猫抓似的。

“他是典型的心里有病，哪能不分青红皂白，人家好好走在街上，他抬手就是一巴掌。他说，控制不住自己，不打人心里就难受。大家可能也听说了，在灵魂师刚来不久，他拿着一把刀，天天上街，嘴里嚷着要杀人，谁见了都吓得躲远远的。还好，他拿的是一把木刀。

“感谢灵魂师吧，不是她治好了万三的病，大家现在还能安心坐在这里喝茶吗？”

听着书生的话，大家一想到平日里担惊受怕的，真应该好好谢谢小妖，不，感谢灵魂师。

“灵魂师只需要伸出手在你的胸前轻轻按摩，你的身体立马就飞起来，你的欲望，你的不平，你的羞耻，你的痛苦，你的无奈，你的一切杂念，随风飘散远去，剩下来只有一颗平静如水的心。每个人都像你们一样不会相信，可经过灵魂师按摩的人，无不为自己先前的行为内疚，更为自己除去心灵上的枷锁感到欣慰。”

“他说的一点儿不假。”万三不知何时走进茶馆，“那段时间，我冲动地想杀人，握着刀，满街跑，我控制不了自己的心魔，前面仿佛有一头牛在用绳子拉着我的身体，直到我一头钻进灵魂按摩屋。那满屋的蓝色，像天空一样，我握着刀在云里飞舞，直到飞来一只鹰，把我的刀叼走。过来一个仙姑，她举起剑将我劈成十八瓣，我一点儿也不痛，每瓣又劈成十八块，每块再劈成十八片，如此循环。我估计被劈成肉丝了，我的身体再也不痒了，我的心异常安静，像菜刀拍平的肉末。仙姑再一举剑，我从剑上滑落下来，我变成了两个人，另一个被她一剑捅进云层里了，只剩下现在的我了。以前对大家不敬，请你们原谅，今儿的茶算我请大伙儿喝的。

“对了，你们可不要对灵魂师有什么非分想法。洪泽湖里的鱼王曾带着鱼兵虾将来抢她，你们猜怎么着？灵魂师压根儿没出手，她怀里那只小白兔就给摆平了。小白兔离开她的怀抱，四爪着地，仰天一咧嘴，瞬间变得比一头大象还大，那三瓣嘴里的门牙，似钢刀般锋利，鱼王当时就吓破胆了，逃回洪泽湖，再也不敢露出水面了。

“不相信，是吗？你们看到过鱼王没有？”

看着一脸认真的万三，所有喝茶的人都点头说，信，又摇头表示没见过。

往日，想让万三请喝一杯茶，梦里都不敢想。看来书生说的是真的，万三说的也不会假。

小白兔能变成一头象。大家心想，小妖，不，灵魂师可不简单。

（选自《小说月刊》2017 年第 1 期）

门当户对

宁　柏

爱情是两个人的事，婚姻是两个家庭的事。马云，你确定了吗？

在通往百合镇的路口，小姨有意停下，用目光征求马云的意见。

马云今年二十八岁，在农村，大姑娘这把年纪不结婚，会让整个家族都为她灯火难眠。

特别是我小姨。

小姨是媒太，专做“好”事。十里八乡的后生闺女，小姨都是看着他们长大成人，密切关注他们的所思所想，并打着自己心里的小九九，一旦时机成熟，就使出三寸不烂之舌撮合他们。当然，也不会撇下离异的不管。小庄有个胖男人，人很好，就是打呼噜太响，老婆为此休息不好，只得跑了。别人给他介绍了好几个，都是住一晚上就无法忍受。眼看五十了，小姨给他找了个不怕打呼噜的女人，虽是离异，但能抱窝生子，延续香火。这让那男的一家感恩戴德，逢年过节都提着五花肉登门拜谢。无他，那女的是聋子呗！凭这取长补短的典型，小姨一下奠定了金龙镇“媒太界一姐”的地位。因此，马云的事，小姨总觉得对自己是个嘲讽。

舅妈就私下跟大姨说，自己侄女都嫁不出，还说有多大本事。

就冲这句话，小姨前赴后继为马云介绍了不少，到头来，大多因舅妈嫌这嫌那耽搁了下来。舅妈说，在金龙镇，老马家算得上是富贵人家，男方不说要在县城有房子，至少也得在镇上有几层楼，六位数存款也总得有吧。就这么挑三拣四下来，马云转眼就到了二十八岁。

这回，男方家境很一般。可交往一段时间后，马云愿意去见男方父母，并且只要小姨陪着，不愿再听舅妈的“经验之谈”。

秋阳，很安静，给了站在路口的姑姑侄女两人足够的思想空间。

走吧。马云先向前迈步。

刚到百合镇上，舅舅骑着摩托车载着舅妈跟上来了。

妈……马云不满，噘起了嘴巴。

我还是不放心，一定要去他家看看。

各怀心事，一路无语，到了人家楼下。

男方一家上下很是欢喜，好酒好菜相待。看到好酒，舅舅马上变了个人似的，跟准亲家推杯换盏。不小心，喝酒时响声大了点儿。

一旁的舅妈立马给他使眼色。

男方父母见状，满脸堆笑说，呵呵，这叫美声喝法，可流行了。

一句话让屋子里顿时充满了笑声。马云的脸上也有了笑意。

还是在路口。马云说，就这家吧。

舅舅打着酒嗝儿说，嗯，这家酿的酒不错。

你就知道酒，有酒喝就满意了。舅妈数落说。

嫂子，你的意见呢？小姨问。

舅妈说，他家才三层楼，旁边的都是五六层。我闺女嫁过去会不会让人看不起？

人都在忙着赚钱，哪有你那么多闲心。舅舅借着酒劲儿，反驳一句。

这家里还没轮到你说话！舅妈的声调明显提升。

妈，你们俩就不能消停一下吗？老说要门当户对门当户对，我倒觉得，我们是高攀人家了。

这话咋说？

刚才吃饭间，他妈无意间碰到他爸的汤碗，然后把凉了的汤水倒掉，又去厨房换了一碗热乎的给他爸。

就这个？

就这个！马云抬起头，两颗泪水从脸上滑下。可这小小的事，你为爹做过吗？

（选自2017年2月15日《贵港日报》）

一件军大衣

欧阳明

正月初九，爷爷走了。爷爷走得很突然，晚上睡着后就再也没有醒过来。

爷爷病了八九年了，肺气肿，总感觉喉咙里有什么卡着，呼吸困难，吃东西也觉得难受，走路上气不接下气，大多数时间不是躺着就是坐着。每年冬天，爷爷都要进几次医院。虽说每次都是有惊无险，但又输液又吃药的，也不轻松。

下次我再病严重了，不要再送我去医院，我活够了！爷爷每次出院后都对奶奶说。

阎王现在还不要你，你走了我煮的甜黄蛋哪个吃？奶奶说。爷爷一辈子最喜欢吃奶奶煮的甜黄蛋。

我都八十多了，捡到一条命活了几十年了。爷爷说。

爷爷的命的确是从战场上捡回来的。当时，保家卫国，村里去了三个人，那两个都牺牲在战场上，只有爷爷活着回来了。奶奶说是爷爷心眼好。爷爷一笑，说，屁，那些牺牲了的人心都好，子弹又没长眼睛，只能算我命大！

爷爷回来后，经人介绍娶了奶奶。爷爷经常说，我捡到一条命，还捡到一个好女人，这辈子，值！

记忆中，爷爷和奶奶总是相互迁就，从来没吵过嘴红过脸。村里有些人吵架，做长辈的都会教训他们说，太不像话！远的不学，学一下近的秦叔嘛，看人家两口子，重话都不说一句。

秦叔就是爷爷。

村里还没谁活过八十岁，爷爷走了是喜丧。奶奶显得很平静，说，你要走就走吧，走了就不再受病痛的折磨了，反正我也快该走了。

按老家的风俗，人死后，生前穿过的衣裤，必须连同花圈、灵房子——一种用竹条和彩纸糊的楼房，一起烧过去。那样，死者到了那边才会有穿的住的。尤其是衣裤，必须一件不留。不然，会给后人招来晦气。

可不知为什么，奶奶却偏要留下爷爷的那件军大衣。大家都劝她烧了吧。不烧！奶奶瞪大眼睛望着大家，把军大衣紧紧抱在怀里，生怕被人抢去似的。大家容不得奶奶固执，继续劝，你就不怕儿孙们今后出事？

就是不烧！要烧等我死了再烧！奶奶说完，抱着大衣进了她和爷爷的房间，反扣了门，谁敲都不开。

那件军大衣是爷爷转业时带回来的，留了几十年了。爷爷生前很珍惜那件大衣，回来后只穿过一次。平时都叠好放在箱子里，待夏天阳光好时就拿出来晒晒。即便到了数九寒天，冻得牙齿咯咯直响，都舍不得翻出来穿。

后来奶奶告诉我们说，她当时看上爷爷，就是因为那件军大衣。爷爷穿上军大衣很威风，一下子就把奶奶吸引住了。中午，奶奶还特意给他煮了一碗甜黄蛋。

我们理解奶奶对那件大衣的感情。但死者已矣，儿孙们还得平平安安过日子，说什么也不能让她把军大衣留下来。

总不能抢啊！大家都很为难。

明天我们再劝劝，也许明天她就想开了。大爸说。

那天夜里，奶奶一直都不开门。大爸和二爸怕她出什么事，轮流在门口守了个通宵。

第二天上午八九点钟，大爸给奶奶端饭过去。敲了半天门，也没应声。

不会出什么事吧？大爸心一紧，找来改锥钳子，快速把门撬开。

奶奶没有出事，只是睡着了，也许是昨夜睡得太晚。

大爸轻轻地走向床边。他想悄悄地找到那件军大衣，趁奶奶没醒的时候拿去烧掉。

可当他走到床边小心翼翼拉开被子的时候，突然僵住了。他看见那件军大衣正伸伸展展地摆放在奶奶的右边，像个人形。

大爸急忙后退，轻轻掩上了房门。

那件大衣难道就不烧了？二爸问大爸。

烧什么烧！老人家要留就让她留着吧，风俗这东西，有些我看是迷信，毫无道理！大爸声音很大。

长兄如父。大爸一说，谁都不敢吱声了。

（选自《飞天》2017 年第 7 期）

天鹅都去哪了

庞 滟

一天，爸爸兴奋地对妈妈说：“明天去看天鹅吧，听说浑河的鲢鱼水库有天鹅留下没走。”

妈妈半信半疑，她对爸爸的真诚度还保持怀疑，不相信南方的天鹅像她一样傻，留在冰天雪地的北方。雯雯却高兴得手舞足蹈，嚷着要一起去看天鹅。

这个冬天对雯雯有些苛刻，让她一直咳嗽。她倒觉得，病是件让她偷偷高兴的事。她病了，爸爸妈妈就不再吵架离婚了，整天围着她嘘寒问暖。

妈妈带雯雯去看过医生，住过院打过吊瓶，也带回好多药物，可她的咳嗽像大海的潮汐一样此起彼伏，好了又犯。

冰雪肃穆的东北大地上，一片壮美的水瀑布由大坝顶端倾泻而下，像一群群快乐奔跑的骏马，从山冈跑进肥美的草原。两岸白雪间，夹着一条水汽腾腾的河流，两只白天鹅和一群大雁仿佛天外来客，在水中嬉戏，像一朵朵莲花盛开在水面上。

雯雯第一次看到天鹅，高兴得又蹦又跳，小手挥动着事先准备好的面包，对着天鹅“呀呀哦哦”地叫着。面包片像小船一样在水中晃晃悠悠地飘向不远处的天鹅和大雁群。两只白天鹅探寻地游过来，站立在浅水的岸边，歪着头认真观察着三个陌生人。

一些大雁被爸爸妈妈吸引过去了。雯雯憋着要爆发的咳嗽，安静地等待白天鹅的靠近。她的心欢快地跳跃着——看呀，那只最白最大的天鹅伸着长脖子到她的手中来啄吃面包了，还用黑黝黝的眼睛温和地打量她，连着吃了好几片，还扇动着两只大翅膀，像是在感谢她美味的款待。

雯雯的咳嗽不合时宜地响了起来，天鹅被吓跑了。无论她怎么呼唤，天鹅都不再靠近她了。雯雯跺着脚，拖着哭腔说："它们不知道我这是病了在咳啊，一定以为我在吼它们呢。"

妈妈抱起雯雯，拉紧她的衣领说："乖宝宝，天鹅吃饱就不过来了，我们下次再来看它们吧。"

雯雯突然变得特别听话，没再把药片偷偷吐掉，她想让咳嗽快点儿好起来，不想再吓跑可爱的白天鹅。

"妈妈，外面又下雪了，天鹅很冷吧？城里过年的鞭炮声会吓跑天鹅吗？它们去哪儿吃年饭呢？"雯雯担心地不停追问，直到她流下眼泪，妈妈才心疼地答应，让爸爸开车陪她去看天鹅。

爸爸一直在推迟着看天鹅的日期，说要等雯雯的感冒彻底好了再去。

雯雯一个人来了。缎子一样安静的水面，雾气萦绕，唯独没有天鹅和大雁的踪影。她"哦哦呀呀"呼唤的声音，寂寞地盘桓在灰色忧郁的河面上，始终没唤来让人感动泪流的那群可爱的生灵。一片片黑色带有臭味儿的水从上游流下来。一些白色的小鱼向雯雯漂来。是漂来的，因为鱼儿都是翻着肚皮过来的。她在冰冷的水中打捞奄奄一息的小鱼，悲伤地哭泣着，天鹅一定是嫌水臭了才飞走的。在不远处的岸边，凌乱地散落了一地白色的灰黑色的羽毛。雯雯呜呜大哭起来，难过地说，天鹅和大雁是被坏人给抓走了啊……"小宝贝快醒醒，做噩梦了吧？不哭不哭，爸爸买了你爱吃的好东西。"妈妈抱起雯雯，帮她擦眼泪，爸爸举着一块剥好的榴梿对她笑着。

"不要不要，我梦到大河水变得和榴梿一样臭了，天鹅和大雁都被坏人抓走了，一只也没剩，我现在要去大河边，看天鹅在不在。"雯雯继续大哭着央求。

飞舞的雪花被哭号的风扯着到处乱跑。鲢鱼水库大坝上的瀑布没有了，天鹅和大雁从水中消失了，不远处的大烟囱正在喷云吐雾。

雯雯紧紧抓住爸妈的手，在岸边孤零零站着，被一股夹杂在冷空气中的难闻气味儿呛得一阵阵咳嗽。她闪动着泪花低语着："天鹅都去哪儿啦？真的都没有了，我是在做梦吧？"

（选自《文学少年》2017 年第 6 期）

北方馒头

申 弓

居小城，总有一番自我安慰的好处：四季如春，不拥不堵，低碳绿色，正如夫人所说的，吃块豆腐也新鲜。

小城有小城的"舌尖"：白鸽粥、猪脚粉、猪杂煲、虾勾答，这些小食都是在这个小城里食之不厌的美食。

这天经过新兴路，听到了一个甜甜的声音：北方馒头！

想想好久没吃面食了，还真想吃个馒头。可一想到那微信上说的白面馒头就望而却步了，说是没良心的商家为了赚钱，用添加剂搅和劣质面粉，做成又白又香又大的精面馒头，让多少人吃出了毛病。

北方馒头！甜美的声音有着极强的吸引力，还是让她过来看看吧。

一个小个子女人，骑着一辆电三轮，驮着一只竹笼，正在一边慢慢地骑行，一边卖着馒头。有谁要买，只要招呼一声，随时停车。

我也叫了一声：馒头！电三轮便慢慢地驶过来。女人戴着遮阳帽，一个大口罩将大部分的脸罩住，只留一双明亮的丹凤眼：先生要馒头吗？

是的，怎么卖？

一块钱两个。纯手工的老发面。

那热气腾腾的馒头，颜色不仅不怎么白，而且透出一股发酵的醇香。我信了，便说要两个。

女子用戴着白手套的双手，将馒头装进食品袋子递过来。我一摸钱包，不由得一惊：不是没带钱，而是带大了，身上没有零钱。我不好意思地递过一张百元大钞。只见她眉头轻轻一皱：先生不好意思，刚出来，没零钱找，你先拿着吧。

这怎么可以？要不这张钱你先收着，以后再找补吧。

不要，我常在街上走，你还是先拿着吧。说着上了三轮，又吆喝开了：北方馒头！

由于赶去上车，我也就不多考虑，一边咬着那带着醇香的馒头一边赶路，眼前总是出现那一双明亮的丹凤眼，还有那双白色的小手，想象着那大口罩掩盖之下的姣好脸盘。

火车、飞机、汽车，我这次出差差不多一个月。当我回到这个生活的小城，我才突然想起还欠着人家一元馒头钱，想起了那双清澈的丹凤眼，也许要被她误会了。

我来到新兴路，站在那天买馒头的地方等了好久，没见到那辆电三轮，也没听到那甜甜的北方馒头的呼叫。

我向旁人打听，那个卖馒头的怎么了？

路人说，跟老板走了，这么漂亮的妹子怎么会天天当街卖馒头？

说的也是。不过我总觉得欠了人家一笔账，这一去久久不回，弄不好还以为我想赖账呢。

虽然没有见到她，可每当经过新兴路，我还是很留意。

几天后，隐约听到了“北方馒头”的叫声。我循声找去，却是在与新兴路交接的中山路上。依然是一辆电三轮，声音虽还是那声音，但是从半导体喇叭里传出的，每隔几秒钟呼叫一次。

我高叫了一声，馒头！电三轮便又向我驶来。

先生要几个？

两个吧。交钱时我给了她两元。

先生给多了，只收一元。

上次欠的一元。

她抬起那双漂亮的眼睛，似乎想起了什么：您还记着？

怎么会忘了呢，我是出差刚回来。

她哦了一声说：不就是两个馒头吗，让您惦记了。

我说，不是说你去公司上班了吗？

是啊，去试了两天，我又回来了。还是卖馒头好。

那你就打算这样卖下去？

是的，天上不会掉下馅饼，凭自己的努力生活，踏实。

那你就不想改变，比方说有固定的收入，还能日不晒雨不淋的？

那碗饭不是我们吃的，我一个农村孩子，文化也不高，就不奢望了。

本来我还想帮她介绍个工作，听她这样说只好打消了念头。我所能做的，就是每天都来买两个馒头，也尽可能宣传发动身边的朋友来帮衬她。

就这样，小城里天天听到她那甜甜的“北方馒头”声。

一段时间后，她的背后背着一个小孩，还是沿街吆喝：北方馒头。

（选自2017年5月19日《钦州日报》）

奶汤蒲菜

宋以柱

常大爷病了。

常大爷家住平泉胡同，小独院。左邻右舍，一墙相隔，鸡犬相闻。

常大爷独居。儿子儿媳在美国，要常大爷和老伴儿去哄孙子，并欢度晚年。常大爷一口拒绝了。常大爷的理由是，在大明湖边长大，不会再离开了。常大娘叫李玉贤，随儿子儿媳去了美国。

常大爷疼爱孙子。不是不愿意去美国，他生的是儿子的气："他们是在那儿打工的，又不是能自己做主。"常大爷独居至今，一晃已经五年多了吧。

常大爷从织布厂退休后，还是住湖边的老房子。从早到晚转大明湖，没人的时候就唱，唱河北梆子："从今后上金殿你莫下跪，你与寡人我并肩齐。"腔调有点儿让人热耳暖心，是《打金枝》。左邻右舍知道他闷，不好说什么。倒是常大爷的二妹常二姑说："我大哥心里苦。"常二姑离得也不近，在大明湖的南边。隔一两周，常二姑就来看看这位个子高脾气倔的大哥，给常大哥做做饭，洗洗衣物。常大爷喜爱的饭菜不复杂，蒸花卷，小咸鱼，奶汤蒲菜。见不到蒲菜的季节，常大爷就常叹息。好在常二姑会做蒲菜，花样并不多，常见的是：干辣椒炝蒲菜，蒲菜鸡肉羹，奶汤蒲菜。不管啥手法做的蒲菜，常大爷不声不响地吃。唯独那个奶汤蒲菜，常大爷一喝，就长叹一声，那声音的意思是：还不如清水白煮呢。

常二姑心里自然明白，话里不让常大爷，不紧不慢地说："不如你家李玉贤做的好吧？"常大爷赶紧地拿扇子出门，去湖边唱那两句《打金枝》。

常二姑接到电话，才知大哥住医院了。常大爷只留了常二姑的电话。李玉贤倒是常常来电话，偷偷摸摸的，毕竟是长途，说不了几句，就得撂电话。常大爷生气，那边电话也不留。常二姑还没见到常大爷，就先被引到医生办公室。

"出院吧，胰腺上的病，在这儿和在家一样。"医生问明白常二姑和常大爷的关系，直接和常二姑说。

常二姑不同意，说："家里就他一个人，倒在地上连个应声的都没有。"二姑含了眼泪说大哥替父母把我们几个养大，最后落个老来无人管。

二姑央求医生说："让我大哥在这儿住半个月，用点儿好药，别让他身子骨塌下来。半个月后我一准接走。”

这半月时间，二姑天天来，一日三餐，洗洗涮涮。常大爷脾气大，还常数落她：“你瞧你做的蒲菜，汤不是汤，菜不是菜！”常二姑打小嘴不让人，常大爷病了也一样，那嘴像二月二爆豆子：“你两个弟弟不在这边，你老婆孩子在美国，没闲人伺候你，你还跟我使劲，嫌三嫌四的，没饿死你。”常二姑嘴上使劲，心善，饭菜有花样有软硬，衣物收拾得干净利索。日光好的时候，常大爷走到院子西南角唱那两句《打金枝》，常二姑就怎么也止不住泪珠子。

雨水已过，未到惊蛰。湖里还有冰碴，湖边的绿色已经可见了，湖里的蒲草冒新芽了，湖边的人多起来了。常二姑从家里经湖边去医院，走得一天比一天累。大哥从年轻时又当爸又当妈，对两个弟弟一个妹妹严厉到苛刻，打小，两个弟弟就和大哥做对头，到现在，在感情上还是和大哥有隔阂。两个弟弟，还有常二姑，却都没当工人，都大学毕业有了好工作。倒是常大爷自己到结婚时，还是光溜溜的只有几间老房，大明湖周遭没见到那么寒酸的婚礼。

“真不如牲畜呢。”常二姑私下也骂二哥三哥。

常大爷出院了。他一再坚持，回大明湖边的老房。“回去舒坦几天。”常大爷舒一口气，对妹妹常二姑说，“妮子，我可吃够你的蒲菜了。”哈哈大笑。声音不洪亮了，有点儿勉强。

常大爷瘦得让人不敢认了。四邻一看都明白。到了院门口，常大爷步子猛地快起来。常二姑在后面一笑。院子里站着儿子儿媳和一个小小子，一大堆箱子皮包。

“爸，那边收拾利索，耽误了几天。”儿子搓着手。常大爷没理，三两步跨进门去。桌子前站着的是李玉贤，满脸的泪。矮脚桌上，是一碗奶汤蒲菜，宛若白玉汤，飘着几块火腿。

“是这个味儿。”常大爷看着李玉贤，“就是这个味儿。”

（选自 2017 年 4 月 5 日《山东工人报》）

教授付天一

苏　平

付天一是个狂人。

江南老牌大学回大的同学们将音乐系最有才华的四位教授称为“四大乐师”，并尊付天一坐头把交椅。操烟斗为箫的贺加米、将吉他当古筝弹的骆嘉林、用挂钟打出钢琴曲的牟行中三人紧随其后。付天一听说此事后骂道，就他们，也配和我平起平坐？哼，给我抠脚指头，我还得考虑考虑呢。

很快，付天一将自己最近创作的乐曲整理成册，并迅速定稿。他指着行将付印的册子对助手说，看他们今后怎么做人！助手很奇怪，问怎么了。付天一得意地说，看到我这本乐谱，贺加米他们几个还不羞死。看他们几个还怎么好意思和我平起平坐。

接着付天一在操场上举办了一场露天钢琴新曲演奏会。月光如水，琴曲如水，缓缓漫漶，缓缓流淌。操场上挤满了人，有学生，也有老师。可是静，静得出奇。一曲演奏完毕，付天一抬眼，望向操场，摇晃着大脑袋问，贺加米，怎么样啊？贺加米也摇着头，很享受地回答，好，真好！

付天一仰天大笑，哈哈哈……笑完，他大喝一声，来人，把琴给我撤了。工作人员上来，把摆在付天一面前的钢琴搬走。

学生们开始躁动起来，悄悄议论：付狂人，要干什么？演奏结束了吗？难道要换其他的乐器？

可是付天一已经把手动了起来，只见他双眼微闭，随着双手在空中的挥动，脑袋有节奏地晃起来，身子有节奏地晃起来，座椅有节奏地晃起来，月色有节奏地晃起来，最后大地好像也有节奏地晃起来，很快大家都晃了起来。一曲结束，很久很久，才有掌声响起。是一个人的掌声，贺加米的掌声。接着有第二声，第三声……最后雷鸣般的掌声如潮水般响起，经久不息。此刻此景此情，果然无声胜有声。

付天一的名气也不全在校内。付天一虽是个狂人，但也是凡人，他要吃饭，因此他也得上菜场。在充满腥臭味的菜场里，他那装满音乐的高贵脑袋看上去和普通人没什么两样。不过，付天一就是付天一，他在菜场的腥臭味里，嗅到了美好的音乐味道——一个小女孩，在一个肉摊旁拉小提琴。付天一驻足，听了一会儿，然后上前，让小女孩停下，开始纠正她的手法。刚讲了几句，一个手提剁肉刀的大汉走过来，指着付天一大声说：你捣什么乱？你以为自己是付天一呢？大汉显然不满意付天一的打搅。

付天一愣了一下说，你还真说对了，我就是付天一。付天一以为报出家门，总可以了，心里开始暗笑。没想那汉子呸道，就你？——付天一？帮付天一抠脚指头还差不多。

付天一有脚气，那天回到家，脱了鞋一边抠脚指头一边想，他娘的，这卖肉的还真神了，一语中的，我还真是给付天一抠脚指头哩。哑然失笑。

付天一是狂人。可在俞得贵眼里，却未必。俞得贵是古城著名的房产商，听说很有钱，据说他要是愿意，能把整个古城买下来。因此俞得贵也有些狂。

俞得贵想让付天一带带他的儿子。旁人提醒说，这个恐怕不好办，付教授清高着呢。俞得贵说，有什么不好办的？所谓清高不过是因为价码高而已。俞得贵说完从紫檀沙发上站起来，耸耸肩膀说，我去会会他。

找到付天一，俞得贵也不客套，单刀直入说，付教授，你开个口，多少钱都给。付天一听了说，真的？俞得贵提了提中气说，我不是个小气的人。付天一说，听说俞老板身家一百亿，是吧？俞得贵说，传说，传说。俞得贵的口气像是否认，可骨子里全是得意。付天一说，那好，我就要一百亿。

什么？一百亿？俞得贵惊得眼珠子都快掉出来了。付天一哼哼冷笑两下说，怎么？心疼了？你要的是我的全部身价，我要的也是你的全部身价。不公平吗？

故事传开了，付天一得了个绰号，叫“付百亿”。月底，有些学生常常囊中羞涩，除了必需的饭菜金，恐怕再买一包瓜子的钱都没了。不过，没关系。穷且益坚嘛，就常有同学拍着肚子，豪气十足地说，不要看我两手空空，身无分文，可这里还揣着百亿呢。据说还有一插曲，一男同学暗恋女生，一直不敢表白，很是纠结，恰逢付教授的故事传开，他就大着胆子表白了，那女同学事后很奇怪地问，你一直扭扭捏捏的，怎么胆子突然大了？男同学说，以前不是穷嘛，现在咱知道这里藏着百亿，富可敌国，底气自然十足；底气一足，胆子倍大。男同学边说边拍着胸脯，惹得女同学哈哈大笑。

也真快，狂着狂着，付天一就要退休了。那天，大家请付天一喝酒。酒过三巡，付天一指着贺加米他们几个说，我退休了，这下你们终于可以出头了。看我压了你们多少年。贺加米他们几个听了，全乐起来，笑成一片。来来来，干杯，庆祝头顶三尺黑云散开。碰杯声响成一片。喝完，贺加米问，老付，你退休了，准备干吗去？说实在的，你退休了，我们倒是少了一根驱赶的鞭子。

付天一一仰脖，干了一杯酒说，贺加米，你少来这套啊。我退休了，还干你们干不了的。贺加米他们几个又笑，老付你就吹吧！

真是想不到，付天一果然干了贺加米们干不了的。他开了个培训班，专门招收些有音乐基础的学生，收费贵得吓人，而且也没个统一的标准，收多少，全凭付天一高兴，他说每小时一千就是一千，他说每小时五千就五千，绝不还价，接受不了的即刻走人。最令人啧啧称奇的是，他的培训班居然门庭若市，排队都排不过来呢。真是怪了，付天一不是个贪钱的人，怎么就掉到钱眼里去了呢？捉摸不透，很让人捉摸不透。

付天一的做法，让人议论纷纷。可付天一又改辙了。听说他收了个免费学生后，就关门了，再不收其他学生。

收的这个人是谁呢？你肯定想不到，是俞得贵的小女儿。俞得贵让别人给送去的。有人知道这事后，到付天一处嚼舌头，付教授，你上当了，这是俞得贵的女儿。那人以为付天一定会大发雷霆，没想到付天一很平静，微笑着看着那女孩儿说，我收的是学生，和她父亲是谁有什么关系呢？

（选自《港城文脉》2017 年第 2 期）

海鲜为什么是腥的

唐丽妮

开摊了，雾中海鲜被弄醒了，腥风也被搅起来了。

小刀，海鲜为什么是腥的？我问。

痴婆！疯婆！都问一年了，你烦不烦？小刀正在蟹虾贝螺之间梭来梭去，懒得搭理我。

一袋虾被扔进水盆里，有两只蹦出来，弹到我的脚边，黑精精的小眼珠望着我。

小果，别戳着，快穿虾，盐快烫好了！小刀这会儿子又变成了烤箱烤炉炒锅间的梭子。

小刀就这点儿好，不怕苦，勤。不过，我可不想动。我拿竹签在水里划来划去，撩拨虾们的长须。

小刀，你看，这虾须，比我的头发好看，比我的睫毛好看！小刀说过，他喜欢我的头发，也喜欢我的眼睫毛。

嗯嗯，好看，好看。小刀坐过来，抓起一只虾，剪子嚓一下，红须子跌落。小刀又抄起竹签，对着虾尾，啵一声，从虾头穿出来。

我瞪小刀一眼，起身拿抹布，抹桌子抹板凳，洗碗洗青菜。

小果，这包虾是专门焗给你吃的，很香，一点儿都不腥。小刀说。

不吃！我说。

傻丫头，老柴说两年前我俩吃海鲜会吐，是因为刚从山旮旯里钻出来，山猴子似的，头一次吃海鲜，不习惯……

打住！要不是老柴骗我们说海鲜有多美味多好吃，我才不跟你来这臭地方呢！我说，陈老师讲过的，考不上高中的，可以到县里读职中，我妈都答应借钱了！都是你，都是你，你和老柴一起骗我来这里！我忽然很想哭。

小刀不说话，三下两下穿好虾，用锡纸包好，埋进滚烫的盐里，焗上。

客人逐渐多了起来，来了走，走了来。我收收捡捡，忙起来。小刀来回翻腾那些贝贝螺螺，吱吱啦啦响，弄得烟熏火燎的。

太阳三丈高了，雾早已散去，夜里存下的那点儿凉气也散去了，遮阳伞纸糊一般形同虚设，热气夹着腥气逼到人身上来，像虱子那样让人烦躁难受。

哇呕……我又吐了，跟一年前咬那口海鲜时一样，吐到肠子乱成一堆。不知为什么，最近我老吐，不吃海鲜，也吐。

我拿着抹布呆坐着，看小刀招呼客人。我想家，想山里绿的树绿的竹绿的草，想每一张绿色的叶子。

你去看看医生吧。小刀拿过我的抹布说，小果你一定是生病了，去打一针就好。

小刀，海鲜为什么是腥的？我垂着头问。有气没力的声音，我自己听了都懒得答。我不想去医院，我没有病，只是不想动，还讨厌这腥味。

说多少次了，海鲜闻着腥，吃着不腥！你神经病！小刀说。

我也说多少次了，我不是因为腥而不吃，而是因为不知道为什么腥才不吃！你傻子啊还是像你妈是聋子啊！我烦乱得像疯子。

没想到，小刀突然难受起来，生气起来，啪地一甩抹布，爆起眼球，大吼：你再说一次！

我要回家！我要读书！我不想跟你这样混！我也吼。我不知道是血还是泪直往我的眼里奔腾。

不！小果，别这样。小刀软下来。

我解开围裙说，我现在就买车票，明天就回家！这次我说到做到！

你回去了，我怎么办？摊怎么办？老柴还没回来啊！

别提老柴！他骗我们来北海帮他看摊，他人呢？

小果，老柴去南宁去柳州是找朋友卖海鲜。打开市场，生意才能做得大啊！生意做大了，我们就有钱了，就可以买房子、结婚、生子。小刀笑嘻嘻的。

你怎么这么傻啊！他骗我们呢！小刀哥，求求你，我们回去吧，或者去东莞找你哥。我们才 16 岁，应该有更好的前途，不是吗？

傻丫头，回去种田？收松香？那发不了财的！你看，这一年里，多难的事我们都过了，弄海鲜的活儿，我也基本会了。我以后一定会发财的，比老柴还有钱，你等着享福吧，啊！

小刀说完，蹲下去剥生蚝，没工夫再理我。因为又有顾客来了。

可我不愿意在海鲜堆里做一只海鲜！我对着他汗渍渍的背影吼，转身走了。

回来！回来……小刀瞬间破了嗓。

我躲到另一个摊子后面。忽然，我的手机响了。周围人乱起来。听说有人要跳楼。

是小刀！他站在摊边小旅馆的四层楼楼顶围墙上，一只人字拖鞋吊荡在空中。

小刀，不！不要——我忘了接电话，冲过去，却被夹在人群里。我挤进人群中间，我说，小刀不要跳，我在这里，我不回去！可是，一只黑影从我眼前跌落，摔在地上，啪一声响。我眼前一阵黑。

叫醒我的，却是小刀。他拎着一只人字拖，哭着说：傻丫头，都是我的错，我没想到一只鞋，能把你吓成这样！你也不想想，我小刀是那样的人吗？

我感觉小腹剧痛，低头一看，身下一摊鲜红。

她流产了！还不快送去医院？一个阿婆摇头跺脚说，这些孩子啊，真叫人堵心！

我躺在病床上，迷迷糊糊听到老柴来了，他这趟成了笔大生意。我听见他说：小刀，我是不敢留你们了！回去吧！读职中，种田，都行。

老柴，你知道海鲜为什么是腥的吗？小刀问。

老柴没回答，拍拍小刀的肩膀，走了。他要找新人来代替我们帮他管海鲜摊。

而最终，老柴没有找到新人，小刀也没有回去。我一个人，带着打工的钱，回到县城的旅游学校学习旅游服务与管理。

半年后，老柴到柳州专搞海鲜店后，小刀把海鲜摊盘下，并为老柴供货。

小刀在一步步实现当初的设想。只是，我不知道他还记不记得他最讨厌的那个问题：海鲜为什么是腥的？

我倒是很想告诉他，米为什么是香的，果为什么是甜的。

（选自《广西文学》2016年增刊·柳州青年作家专号）

一枚铜钱

歪 竹

这是一枚圆形方孔的铜钱，很普通，但伍蒙却视为宝贝。他遇事爱把玩这枚铜钱，以致这枚铜钱被他摸得油光发亮，很是诱人。

伍蒙跟树生本是一起长大的伙伴，关系一直很好，但近来因为他借树生钱未按时归还而打过几次架。他被打得鼻青脸肿，发誓再不还钱。树生呢，因为打了伍蒙，也没打算要他还钱了。

树生当着很多人的面，对伍蒙说："有种再打一架，钱就一笔勾销。"

本来，伍蒙也想再打一架，可听树生这么一说，反而不敢再打了。他生怕自己被树生打得太重，医药费还不止那笔该还的钱。但他吃了亏，总想报仇，就说："哼，等着瞧吧！"

树生以为伍蒙会去学武术，学好了，就会来找他，就加紧在家里练武，恭候伍蒙的到来。伍蒙见树生天天练武，更是气愤不平，就暗暗学起了巫术。他学的是模拟巫术，又叫顺势巫术，是以相似律为原则，以相似事物为替代品求吉或求灾的巫术手段。他当然是想替树生求灾。

伍蒙精心制作了一个稻草人，高矮胖瘦都跟树生一样，又用一张黄色的纸，画出伍蒙的五官，贴在稻草人的脸上，再用一张白纸，写上树生的生辰八字，贴在稻草人的胸部。看上去，这个稻草人就完全和树生本人一样了。然后，他在稻草人上洒了一瓶汽油，打火机"咔嚓"一声点燃了。瞬间，大火熊熊，稻草人烧成了一把灰烬。

伍蒙很怕，担心树生被烧死，很多天没有出门。

可令他想不到的是，树生安然无恙，练起武来还是威武得很。

伍蒙想不通，到底是哪里出了问题呢？该不会是法术失灵了吧。不，绝不是法术的问题，一定是稻草人不像树生，以致树生安然无恙。他又尝试其他方法，用泥巴造人，捏出了一个惟妙惟肖的树生，真是怎么看怎么像。然后，他将泥人扔到水里，让其溺死。

伍蒙很怕，担心树生被溺死，很多天没有出门。

可令他意想不到的是，树生安然无恙，练起武来还是威武得很。

后来，伍蒙终于还是找出了原因，就是方法太毒，太过分，因为巫术也有一条规则，就是报复措施超过了对方的错误程度是不会灵验的。于是，他打算将一些病痛转移到树生身上，那样就相称了。要转移病痛，就得找病源。而这样的事又是不能让人知道的，一则怕遭人谩骂，一则怕天机泄露，这就只能靠自己了。而他一向身体健康，等了好久都没有生病。他好郁闷，问自己："怎么还不生病呢？"

又等了好久，还是没有生病。他开始想新办法了。下雨的时候，他故意不打伞，任雨水淋湿衣服。衣服湿了也不换，长时间浸着。终于，他病了，高烧不退，全身瑟瑟发抖。他一边颤抖，一边高兴。

别人问他："你怎么了？"

他牙齿咬得咯咯响，强装笑容说："我高兴得'打摆子'了。"

别人转过头，轻声说："神经病！"伍蒙躺到床上，盖上三床被子。被子不停地颤动，他拿出那枚圆形方孔的铜钱，放在肚脐上，口里念念有词，希望病魔尽快进入铜钱。很久以后，估计病魔已进入铜钱，他踉踉跄跄起床，走到树生必经的路上，将铜钱丢下。然后，他躲在一边偷看，等着树生来捡。果然，不久树生就从这里经过，看见这枚闪闪发光的铜钱，立即捡起来了。

伍蒙既紧张又兴奋，估计这下病转移到树生身上了。他偷偷地回到家里，躲着不出门，生怕患病的树生怀疑到自己身上来。

第二天，树生却意外地来到伍蒙家里，将铜钱扔给伍蒙，说："我知道，这枚铜钱是你的，给你，以后小心点儿，不要再丢了。"

（选自《文学港》2016 年第 12 期）

爸爸回来了

王明新

徐嫂家的地有点儿偏，徐嫂去地里干活儿，常有邻村不正经的男人骚扰她。男人先是嬉皮笑脸要帮徐嫂干活儿，徐嫂撵都撵不走，干就干吧，手在人家身上长着。不一会儿男人就开始拿话挑逗徐嫂，问徐嫂的男人多久没回来了，夜里想不想男人，想男人了怎么办？徐嫂不答话，男人就凑过来动手动脚。徐嫂只好拉下脸，大声呵斥男人滚开。如果男人还不走，徐嫂手里是锄头就拿起锄头，是铁锹就拿起铁锹，凶狠地朝男人抡去，男人再靠近就绝不客气。直到男人悻悻地离开。

男人走了，徐嫂的心还要扑通扑通跳很久，汗也湿透了里面的衣服。这不说，还耽误不少工夫。后来，徐嫂就想出了个主意，自从徐嫂想出这个主意之后，邻村的男人就再也没来骚扰过她。

徐嫂的男人常年在外面打工，徐嫂也想与男人一起出去，但三个孩子没人管。徐嫂公公去世早，婆婆身体不好，别说照顾孩子，婆婆还需她照顾。男人出去了成年累月不回来，甚至两三年也不回来一次，钱倒是按时按点儿寄回家。男人的理由是，回来不仅耽搁挣钱，还多花路费，徐嫂知道男人的话不是没道理。但徐嫂也听别人说，男人在外面久了，有的找小姐，有的男人与女人搭伙过，像一家人。对此，徐嫂半信半疑。男人回来了，徐嫂就问男人，男人说别人什么样他管不着，反正自己清清白白。对此，徐嫂也是半信半疑。

徐嫂两个姑娘一个儿子，就是为了能生出个儿子，徐嫂才超生的。三个孩子都在邻村的中心小学上学，这天上二年级的儿子小刚考了个全班第一名，急着给妈妈报喜，让妈妈打电话给爸爸，爸爸答应过他，考了第一就给他买变形金刚。小刚知道这时候妈妈肯定在地里干活儿，放了学就往地里跑。小刚眼睛好，远远地看见在自家地里干活儿的不是妈妈，是个男人，因为妈妈与这里的多数女人一样，干活儿的时候在头上包个花头巾，农村不像城里，头发弄脏了洗起来麻烦。小刚觉得奇怪，又往前跑了几步，小刚一下子认出那是爸爸，因为小刚认识爸爸的衣服，还有那顶变成灰白色的蓝帽子。小刚真想喊一声爸爸，几步冲过去抱住爸爸，让爸爸把自己举起来。但小刚尽力克制住了自己，扭头往回跑，他想截住两个姐姐，告诉她们爸爸回来了。这可是个天大的喜讯，而这个喜讯是自己先知道的。

小刚怕错过也要回家的两个姐姐，所以跑得很猛，终于如愿以偿把两个姐姐截在半路上。小刚上气不接下气地说，爸爸回来了！爸爸回来了！两个姐姐不信，小刚说爸爸在地里帮妈妈干活儿，他亲眼看见的。姐姐说，妈妈呢？小刚想了想说，妈妈肯定在家做好吃的。

两个姐姐相信了，他们决定去地里看望爸爸。小刚说，爸爸两年多没回来了，我们给爸爸来个欢迎仪式吧？县里来学校检查，学校就常常组织欢迎仪式。姐姐说，欢迎仪式？怎么欢迎？小刚说，你们在学校不是学跳舞了吗？给爸爸跳个舞。国庆节就要到了，中心小学打算组织学生搞庆祝活动，小刚的两个姐姐被老师挑选出来，表演一个舞蹈节目，她们已经排练了很久。两个姐姐说那是个集体节目，我们两个人怎么跳啊？再说，她们指着自己的鞋子说，鞋底儿都快掉下来了，怎么跳得起来啊？小刚看看两个姐姐的鞋子，真的又破又旧，一走一蹋踏。

小刚说，那我们一起唱个歌吧。两个姐姐说，唱什么？

小刚说，《父亲》你们学了吗？两个姐姐立即拍着手说，学了，就唱

《父亲》吧。

三个孩子有点儿激动，不仅因为他们很久没见爸爸了，还因为他们要第一次给爸爸唱一首歌：那是我小时候，常坐在父亲肩头，父亲是那登天的梯，父亲是那拉车的牛，忘不了粗茶淡饭将我养大，忘不了一声长叹半壶老酒……

他们走到自家地里，爸爸正抡着锄头刨地瓜，虽说是秋高气爽的天气，但汗水还是湿透了爸爸的衣服、帽檐。爸爸干得很专注，没注意到三个孩子的到来，三个孩子在爸爸跟前站住，他们对看了一眼，按照约定，姐姐中的老大做了个手势，他们一起唱起来。

听到歌声，爸爸终于抬起了头，在爸爸抬起头的一刹那，三个孩子猛地愣住了，这哪里是爸爸啊，是妈妈。因为妈妈穿着爸爸的衣服，戴着爸爸的帽子，所以小刚才把妈妈当成了爸爸。

看见是妈妈，歌声戛然而止。妈妈看了一眼三个孩子，当然不明就里，说你们先回家做作业，我还要再干一会儿。

（本文获2017年7月22日“林语堂杯”小小说大赛一等奖）

微信时代的爱情

王培静

花新坐在从省城回家的高铁上闭目养神，在省城跑了多半天，竟然一无所获，他不免有些失望。这时手机响起微信提示音。

清新：花新大哥，今天的事，实在是对不起，您没生我的气吧？我刚上台唱了一首歌，到后台偷偷给您发个微信。

花新：你这个小天使这样说，我还有什么理由生气？不过，下次你一定要补偿我。

清新：怎么个补偿法？（笑脸）

花新：让我亲个够。（色脸）

清新：你太坏了，人家还没亲过嘴，不会。（羞脸）

花新：哥哥我教你。

清新：我又要上台了，哥哥，再见。想着我。（两个红嘴唇）

花新抬头向四周看了看，见车上的人都在玩手机，也重新低头看手机。

前几天的一个晚上，花新在外喝酒，突然手机响了，是一个叫清新的网友要加他微信。他不假思索就加了。

接着就来了微信。

清新：大哥，在忙什么？知道您是位大诗人，特别崇拜您。

花新：你是哪位？咱们不认识吧。

看网名和语气，应该是个女士。

清新：我是艺术学院大二的学生，学唱歌的。过去咱们不认识，这不就认识了。

花新：一定是个大美女。

清新：谢谢大哥夸奖。

花新：能发张照片给我吗？想看看你的模样。

停顿了一会儿，清新：好呀，不过大哥一定要替我保存好，不要给别人看。

花新：我向天保证。

清新发来了一张清纯照。

花新：真美，我收藏在心里了。

清新：谢谢哥。

又一次聊天记录：

清新：哥，你在吗？

花新：在，美女今天没有课？

清新：今天没课，突然就想起哥了。我们能语音聊会儿天吗？我想听到你的声音。

花新从办公室站了起来，看了下四周，走了出去。

进了厕所，见里边没人，他打开了手机。

花新：美女，还没问你大名哪，你叫什么？

清新：哥，你叫花新，我叫清新，说明咱俩有缘分。清新是我的艺名。你是不是真花心啊？

花新：我这可是真名。上辈给留下来的这姓，父母从小给取的这名，实际上我恰恰一点儿也不花心，我最看重的就是感情。交往时间久了，你就了解我了。

清新：哥，我相信你。你的声音真好听，特别有磁性，浑厚、迷离、温润，我超喜欢。

花新：你的声音更好听，像天使的声音，悦耳动听、清脆甜美，似那黄莺出谷，鸾啼凤鸣，清脆嘹亮却又婉转柔和，听了能使人心醉。

清新：哥真会说话。你是第一个这样夸我的男生。

…………

头天晚上，花新谎称要到省城办事，约清新见面。清新满口答应了他，两人约在艺术学院大门口见面。第二天他赶到艺术学院门口给她发微信时，她说，怕同学看见了，改在银座广场见面。他打车到了银座广场时，她又说：今天学校临时通知让她参加一个外事活动，不能出来见面了。

这时手机响了，爱人玉春问：你晚上回家吃饭吗？

不回了，几个朋友约在“山野人家”喝酒，我正向那地方赶。

他爱人玉春在高中同学的微信圈中，和当上了企业家的高中同学任得意对上了眼。为了和丈夫离婚时多分得财产，她在微信上对表妹交代，让她买个新手机号，化名清新加了丈夫花新好友，以女大学生的名义和他交往。

在法庭上，法官把玉春交上来的手机里的微信聊天内容一放，花新傻眼了。

花新要照片，表妹在网上找了张美女照片发给了他。这里有个前提，他从来没有见过我这个表妹。玉春指着旁听席上的一个女孩说。

法官问：花新，你还有什么要陈述的吗？

花新使劲朝自己的头捶了几拳，又使劲摇了几下，头深深低了下去。

（选自《金山》2016 年第 12 期）

帮　忙

王孝谦

他们从小学到高中都同班，他们相互帮助走过了十多个春秋。杨邦才考上了大学，李健却名落孙山。

李健从打零工开始慢慢办起了自己的贸易公司，也算当地的成功人士了。杨邦才大学毕业后回到市级部门慢慢做到了科长。两个老同学仍然往来密切，遇事相互帮忙。

有一天李健找到已经当了副局长的杨邦才说，他的公司被杨局长的手下查出了违规行为，只要杨局长一句话这个坎就过去了。杨邦才找来监督科科长了解情况后说，这个事我如果帮了你也许是害了你，你会继续违法下去，但事情迟早会暴露的，最后会葬送你的企业。你还是接受教训整改，做好自己该做的事情吧！

李健脸色骤变，起身摔门而去。

好长一段时间，互不联系。后来还是杨邦才主动约了李健到王爷庙喝茶，李健以为杨邦才想通了要帮他，就去了。

杨邦才边品茶边给老朋友讲了个盐商帮倒忙的故事。之所以约到王爷庙喝茶，是因为那个故事的主角盐商张成便是集资修建王爷庙的参与者。

话说张成在重庆的盐号大掌柜陈三麻子，从某一天开始突然很反常，狂嫖滥赌，挪用了不少生意上的钱，得罪了众多客户，生意亏损严重，直接动摇了张成的根基。

张成知道后恨得牙疼，又不便直接开销（解雇）陈三麻子，因他掌握了不少商业秘密，开销了他可能会带来更大的损失。思前想后的张成不但不予谴责，反而暗中指使盐号，每天为陈掌柜提存五十两银子。大家感到奇怪，张成解释说："他性情突变，将不久于人世。他对我家功劳很大，这点儿银子算什么？"一年多后陈掌柜死去，张成除赠送每日提存银子外，另送礼银上万两，这些银子足以让其后人在很长时间内生活无忧。多年后，陈三麻子后人因坐吃山空，远道来找老东家，张成派他去艾叶滩一井灶做坐堂掌柜，此人一点儿不懂业务，坐着吃喝而已，不但天天鸡鱼鸭肉，而且顿顿喝酒，非好酒不喝，非神仙饭（用生米蒸的饭）不吃，还日夜大抽鸦片。那眼井枯竭后，又被安插到另一井做掌柜，数年退休之后又把其儿子派到井灶上混饭吃。

杨邦才总结说，从表面看，张成是在做好事帮助人，这个事的确也给张成带来了好名声，实际上这是张成的高招，他用不多的钱直接毁了陈三麻子后人的前途，可以说是做好事使坏心。如果他不那样帮陈三麻子的后人，其后人可能会努力创造自己的事业，这是一种杀人不见血的报复啊！

杨邦才十分真诚地说，真正的朋友帮法不一样，给你出点子帮你指方向，甚至在你没办法了还可给你协调资金，你的合法利益受到侵害时理直气壮地帮你维护……但如果不该帮的帮了，我不在那个位子了你想想怎么办。纵容你实际是害了你呀！

李健终于笑了笑，说，好像有点儿道理。

几年之后，李健的企业成了集团公司，准备在新三板挂牌上市。

为庆贺公司即将上市，李健请杨邦才到王爷庙旁边的沙湾饭店大吃了一顿。李健还拿出了他多年都一直丢不开的美乐香辣酱让杨邦才蘸家乡土菜折耳根吃。酒足饭饱之后两个朋友又约在王爷庙喝茶。

李健首先提出最近的一件事，黄某和张某某两家是世交，两人从小就暗暗较着劲，谁也不想输给对方。黄某官运亨通做到了局长，张某某做贸易也小有成就，张某某常常得到黄某的帮助，两人保持了较好的关系，但张某某觉得比黄某矮了一截心里始终不舒服。后来黄某在成都为儿子买房子差钱，张某某就主动借了二十万给黄某，由于是老朋友便没打借条。后来黄某被举报受贿数额巨大，查实之后不仅丢了官还被判处有期徒刑七年，据说还是张某某去做的证。所以想整你就给你送钱，看起来是帮你，实际上是害你呀！

李健看了看正闭目品茶的杨邦才说，经历了一些事，我才明白了你这个老朋友当时才是真心帮我啊！

杨邦才说，我也不是完整地帮你，因为一个帮字由三部分组成，不仅只说给你耳朵听，还要有物质给予，就像帮字垫底那块毛巾样，要有实实在在的东西，才能丰富你的愿望和生活。而我之帮你正如我名字中的那个邦一样，就只是给你的耳朵送点儿好听的，没有物质帮助。想想其实你也帮了我，如果你一直坚持要我帮你，我也不可能一点儿都不退让，那样我也会犯错误，也就没有今天的发展。

李健望着如今的杨副市长，会心一笑，端起盖碗茶和老朋友碰了一下杯，然后浅浅地啜了一口茶，那茶香却余味悠长。

（选自 2017 年 3 月 23 日《富顺宣传》）

扁担王

韦如辉

在扁担王，几乎所有的人家都姓王。爷爷姓王，父亲姓王，儿子孙子也姓王。也有个别父亲姓别的姓的，但到了儿子这一辈又姓王。怎么回事？原来父亲是倒插门，孩子自然要随母姓了。

只有韩先让是个例外。因为韩先让的父亲姓韩，爷爷姓韩，祖祖辈辈都是姓韩的。

有了韩先让，扁担王王姓人家心里十分纠结。韩先让的父亲和爷爷也同样让他们的父辈和祖辈十分纠结。但是韩先让的先人有夹起尾巴做人的本事，才得以让韩姓苟安于王姓群中。

韩先让以前的日子，全部是复制了祖训过下来的。只是韩先让比他们的祖辈们相对高明得多，差一点儿达到居高临下鸟瞰扁担王的地步。这件事情，还得从韩先让在寒风里居住说起。那会儿的风水好宅都让王姓人家占了，而且谁的人口多谁的拳头硬谁占的好宅就多。韩先让自然属于人口少拳头软的那种，所以他一家住在村西北口的那个拐角，是再正常不过了。那个拐角招风，尤其招冬天的寒风。也可以这样说吧，当寒冷的西北风吹进扁担王的时候，第一个遮风挡雨的就是韩先让一家。韩先让也想住在有阳光温暖的地方，可有什么办法呢？谁让自家姓韩，韩跟寒不是同音嘛。

韩先让没有前后左右邻居，于是便空出一块地。韩先让因势利导，将空出来的地块圈起来养鸡养鸭。鸡鸭开始下蛋了，韩先让的人气也上来了。韩先让先让婆娘把蛋腌好，然后从扁担王的孩子开始，让扁担王所有的男女老少都能免费尝到自家的咸蛋。扁担王的人们咀嚼着韩先让的赠物，既觉得理所当然，不用回馈星点儿东西，又在坚硬的内心深处，认为韩先让这个人还是不错的。

有一年村里实行村主任直选，在王姓韩姓两派的争斗中，韩先让出人意料地当选了。当村主任是韩先让做梦都想不到的，甚至是包括在九泉之下的祖辈们做梦都想不到的。

清醒之后的扁担王人恍然大悟，怎么能让一个外姓人来统治扁担王呢？他韩先让姓韩，怎么能够对扁担王的人们指手画脚呢？他有什么资格？他祖祖辈辈不都是听我们的吗？

再一次选举，尽管扁担王的男女老少仍然吃着韩先让的咸蛋，韩先让还是落选了。

不管怎么说，韩先让能在他这一辈将韩姓在扁担王推上至高无上的地位，的确不能不说韩先让是个高人。

韩先让的高明还远不止这一点。

韩先让的小女儿韩丽，从小就是个美人胚子。女大十八变这话说得一点儿不假。等韩丽高中毕业后，哎哟，简直不得了了，这小妮子长得眉清目秀如花似玉。这让扁担王的大人们倒吸一口凉气，同时让扁担王的小伙子们寝食不安。韩先让家的木门槛，快让风风火火甜言蜜语的媒婆踏破了。人们似乎突然觉得，韩先让的那块宅子原来是风水宝地。那里不仅可以养鸡养鸭，还可以养漂亮的妮儿。每当媒婆上门，韩先让总是赔着笑。有人说韩先让脸上开花了，还有人说韩先让的心情比刚下了蛋的鸡还要兴奋。

韩丽出人意料地嫁到了浙江。

韩丽被浙江人从扁担王用车拉走的时候，扁担王人真正开始愤怒了。一开始是在韩先让的身后吐痰，后来找碴儿的人点着他的额头骂得他狗血喷头。扁担王人不再吃韩先让的咸蛋，似乎怀疑他韩先让是不是下了慢性毒药，才让扁担王所有王姓家族给迷糊了。而今，他韩先让不顾及扁担王的脸面不说，还让众多的后生患上不思进取的相思病，这不是明摆着跟扁担王过不去吗？

立夏的那个夜晚，韩先让近三百只鸡鸭一夜暴死，这些还没有长成的无辜生命，为韩先让的举动付出惨重的代价。曾经有些日子，聚集在井口榆树下的扁担王人，就韩先让是不是应该搬出扁担王，进行了热烈而积极的讨论。

直到次年麦收，这个话题才戛然而止。

那一天，一辆宝马车经过剧烈的颠簸，稳稳当当停在韩先让的家门口，扁担王人的目光再次集中到韩先让那儿。

韩丽和她的阔老公衣锦还乡了。据说，韩丽的阔不是一般的阔，以她现在的身价，可以买两百个扁担王。同样在井口的榆树下，聚集而来的人们津津乐道，乖乖，两百个扁担王，那是什么概念？而且韩丽笑吟吟地说了，准备给扁担王修一条通向镇上的水泥路哩。

水泥路说修就修好了，又宽又直，对着开拖拉机没问题。

扁担王人乐了，连满天飘扬的雪花，也似乎是从扁担王人的笑声里抖出来的。

韩先让一家老小是沿着这条水泥路走出去的。韩先让走完这条路，又走完镇上到浙江的路，不回来了。

扁担王好像十分失落，又十分庆幸。这下，扁担王总算彻底姓王了。

这年连降大雨，涡河溃堤，发生了百年一遇的水灾，扁担王变成一片泽国。事后，扁担王有人议论，韩先让的确是高人哪，这样的大灾大难都能先知先觉。

（选自 2017 年 8 月 31 日《亳州晚报》）

包子的香味儿

伍中正

那年高考结束后，我没有在家里等录取通知书，而是去了壮叔包子铺。

王镇是大山脚下一个热闹的小镇。壮叔的包子铺就在王镇上，离我家有二十多里地。每逢集日，镇上更热闹，十里八乡的人都来赶集。

壮叔包子铺生意很好。一个理由是壮叔的包子做法很有讲究，肉馅菜馅调料好，蒸出来的味道不一般，很香很香的。另一个理由就是壮叔在镇上经营了三十年，人脉资源广。镇里镇外的人认识的多，回头客也多。在王镇，几乎没有不知晓他的。

时间一天天过去，我在壮叔包子铺干了一个月活儿，也等了一个月，最终没等来我的录取通知书。我就下定决心在壮叔的包子铺里干。壮叔看出了我的心思，对我说，干吧！都是些粗活儿，哪天不干了也行！

起初来的时候，几乎是打杂，挑水、劈柴、扫地、关启店门。渐渐地，壮叔就让我揉面、做馅、包卷、蒸包子了。

那年放寒假的第一天，我在包子铺前看见一个小男孩。那男孩八九岁的样子，头发稍微偏长，穿在身上的一件旧棉袄上少了两粒扣子，扣得不是很紧，好在那天不是很冷。男孩很安静地站在包子铺前，不跟任何人说话，只是看着蒸笼里冒着热气的包子。看样子，男孩像买包子，又不像买包子。每出一笼热乎乎的包子，男孩的脸色就很快改变一下，变得好看一些。

男孩是上午 9 点钟来的，临中午的时候才走。这中间，我没有问男孩要不要买包子，也没有私底下给他包子。

我看着男孩转身离开。男孩走得不是很快，很久了，他转过身，还朝着壮叔包子铺回望，实际上，他是朝着蒸笼里热气腾腾的包子望。

我把男孩站在包子铺前的事跟壮叔说了。壮叔不以为然，还大声地提醒我，像这样的小男孩，要提防着点儿，他会冷不防从蒸笼里拿了包子就跑，你拿他没办法的。

快到年关，包子铺的生意仍像往常一样地好。预订包子的人不但没有减少，反而增多。腊月二十八，壮叔跟我说，蒸完最后的八笼包子，就不蒸了。我知道，那八笼包子蒸完，就意味着过年了。

那天中午，男孩来了，跟上次不一样，头发剪短了，棉袄上的扣子也钉上了，仍然很文静地站在那里。中午来，到下午离开，他足足站了四个钟头。我没有看出那个男孩有拿走包子的迹象。看来，壮叔的眼力出了点儿问题。

等我跟壮叔卖完包子，那个男孩也回家了。临走，男孩眼里憋着的两串泪终于掉了下来。男孩不是走，几乎是跑开的。

我跟壮叔辞别，就回家过年了。过年后，我随打工的人流去了南方的一座城市，一去就是十年。

十年后，我又回到了家，在家里，我看到一档寻亲电视节目。帅小伙跟他娘几乎用了十年时间，在他爹打工的工地、在他爹去过的城市寻找已经疯掉的爹，电视里，帅小伙终于找到了爹。节目中，我看到当年的那个男孩长成了帅气的小伙。他给电视机前的观众讲了一个故事。那个故事的题目就叫《包子的香味儿》。

帅小伙说，在我九岁那年，我爹在一家建筑工地打工，打了一年工，老板跑了，爹一年的工钱一分没有拿到。爹不敢回家，也没有回家。我跟娘过年，没有买一片肉，更没有买其他的年货。快过年的时候，我就跑到王镇的包子铺去闻包子的香味儿。闻好了闻够了，就回家。好在包子铺的老板很善良，他没有赶我走，让我在他铺子前闻了一下午的包子味道。

回到家里，我把这种味道告诉娘，过年不用买包子了。娘很满足。我跟娘说，要是爹在城里能闻到包子的香味儿过年就好了。娘一听，抱紧了我，娘的眼泪吧嗒吧嗒地落在我的脸上。

帅小伙的故事还没有讲完。我已泪流满面。

过完年，我再去找壮叔。壮叔正在铺子里忙活。我有了一个想法，不管壮叔同意不同意，往后，只要站在包子铺前的男孩女孩，我都会送他们两个包子。我要让他们的舌尖，真正感受到包子的香味儿。

（选自2017年2月21日《长沙晚报》）

桃花流水鳜鱼肥

肖建国

天擦黑，儿子回来了，脚步把村前的小路踩得啪啪响，震得路边的桃花落了一地。狗，跟着就狂吠起来。

老铁倚墙而坐，眯着眼，瞅着渐行渐近的儿子，不起身，也不吭声。儿子自是瞧见了爹，忙放轻脚步，来到老铁面前，立住。

儿子掏出烟，递给老铁一支。夕阳的余光像被顽皮的孩子涂抹上锅烟，黑麻麻的。老铁看不清烟盒上的字，正犹豫着，儿子说话了："双喜的，十元一盒，我抽得起。”

老铁这才笑一下，接了。儿子紧绷绷的脸上也绽开些笑容。

“知道村里的狗为啥咬你不？”抽口烟，老铁问。

这个，儿子确实没想到。按理，他是经常回来的，这狗不应该吠他才对。可今儿个日怪了。

“因为你不合群，你的心没跟这儿接地气。”老铁乜斜一眼儿子身上的衣服，儿子心里“咯噔”一下。这是套崭新的西装，为此，他还特意打了条领带。

“难道我就不能穿好衣服？”儿子有点儿不服气。

“当然可以，可要看在啥场合。你回到自己的窝，这种打扮，狗就觉得你变了，能不咬你？”

儿子不屑地哼了一声。

“不信，把这套衣服换上，再走出去试试。”老铁指指墙角，那里有一堆渔具，渔具上面放了一套普通的农家衣裤。

儿子极不情愿地脱下西装。“你火急火燎让我回来，不是为了让我穿这套衣服吧？”

“当然不是。走，跟我捕鱼去。三月桃花开，鳜鱼肥着呢，谁不馋呢。”儿子心里又是“咯噔”一下，乖乖跟着老铁往村外走。

还别说，这次狗见了他们，没一个龇牙咧嘴的。

路上，有村民打招呼：“王书记，去哪儿？”儿子习惯性张开嘴，想答，却发觉自己错了。老铁说：“走走，去河边抓点儿鳜鱼。”

村民笑：“你还缺鳜鱼吃？言一声，都往你家送。”

老铁说：“不了不了，自己捕的，那才香。”

听到这话，儿子脸上火辣辣的。

走到河边，天已完全黑透，只有两根烟头忽明忽暗。

这条小河从山崖子里流出来，水清藻绿，是村里的命脉。老铁退休后，不愿待在城里，回老家义务当起了这条小河的巡逻员。他不许别人砍树，更不许别人电鱼或药鱼。有人偷偷做了，他就追到人家屋里去，坐那里不走，直到那人拍着胸脯保证下不为例，他才离开。遇到特别困难的家庭，他走时，会悄悄放下一些钱。

渐渐地，这条小河日益丰腴起来。

儿子少年时期，多次跟老铁来捕过鱼。他最爱吃的就是鳜鱼，那肉细嫩鲜美，软香可口，故有“席上有鳜鱼，熊掌也可舍”之说。也因此，儿子对捕鱼这套程序了然于胸。

他们找了个小汊沟，开始挖窝。窝子挖得越深，留下来的鱼将越多。老铁操起锹，儿子说：“我来吧。”

老铁想了想，说：“也好，这大黑天的，你一个人干活儿，我帮你瞅着，也省得跑偏了路数。”

儿子咂咂嘴，觉得老铁话里有话。于是，他赶紧换个话题：“爹，你知道不？我今晚还有一件重要的事要办呢！”

“知道。”

知道？儿子心里一惊，不再言语了，把浑身的力气全使在锹上。不一会儿就汗流浃背，手掌上也磨出两个水泡。不过，儿子不敢吭声。他知道，老铁正紧紧盯着他呢。

窝子挖好了，星星也撒满天空。儿子看看手机，已快十点了。儿子有些焦急。老铁说：“干什么事非要等到这个时候？今晚就陪我抓一夜的鱼。”

黑暗中，儿子感觉老铁的双眼像 X 光，自己内心那点儿雾霾被照得紧缩一团，不敢放肆。

老铁在汊沟上游放水，儿子便拿起兜兜网扎在窝子后面，这样可把往下游逃窜的鱼挡回窝子里。

做好这一切，父子俩边休息边聊天。再过两三个小时，等露水全下来，鱼儿抢食吃，就可收网了。

老铁说：“你跟我说说话。”

儿子说：“说啥呢？”

老铁说：“说啥都可以。”

儿子却像哑巴一样，好半天都没吭声。

老铁说：“要不，我给你唱首歌？”

儿子扑哧笑了：“你给我唱歌？”

老铁说：“对啊，就是你小时候，我教你的。来，我唱，你也跟着唱。”也不管儿子同不同意，老铁就唱了：“月光光，照山冈。骑竹马，过河塘。河塘水深不得过，娘子牵船来接郎。问郎长，问郎短，问郎此去何时返……”

老铁唱着唱着，儿子就接上了。父子俩一块唱，唱得蛙鸣虫叫，草木飘香。

露水下来了，好大。

父子俩起网，从窝子里打捞起一兜篓鱼。有鲢子、鲫鱼、白条、草棍，最多的是鳜鱼。老铁看看鱼，这条小，放了；那条正长呢，也放了。

儿子看看老铁，忽然什么都明白了。提起兜兜网，走到河边，全放了。

老铁像孩子一样哈哈大笑。

趁老铁不注意，儿子掏出手机发出一条信息：今晚活动取消，今后这样的活动也不许再搞。

发完，儿子陪着老铁一起笑。远处，传来几声狗叫，友好且悠长。老铁说：“走吧，回家。再不回，它们就会跑来接我了。”

（选自《百花园》2016 年第 12 期）

良心价

胥得意

白菜在田地里往上蹿着刚露个头儿时，壮叔的心里甜滋滋的。今秋雨水好，二伏前一天种下菜籽，第二天细丝丝的小雨就往下飘，像是给壮叔的梦想配上了音乐。等到菜籽发了芽，怯生生地把土拱破一点儿皮往外长时，雨又停了，秋日柔和的阳光开始一遍遍抚摸嫩弱的菜苗。

等到白菜长得半尺高，正感觉缺雨水时，哎哟哟，老天真是长了眼，又哗一下子把雨水洒了下来。一条条雨丝均匀又绵长，像是壮叔的心事。这雨水哪是灌在菜地里，简直是流在了壮叔的心里。夏天时，姑娘和儿子一齐收到了大学录取通知书，临上学走，壮叔取光了银行里的钱。把孩子送到大学之后，他便瞄上了家里的地。麦子收过了，田里是种向日葵种荞麦还是种白菜他很费了一番心思。算来算去，他还是决定种白菜，虽然费点儿事，但会多得几百元钱。卖掉了这二十亩白菜，转年姑娘儿子在大学里的生活费便有了着落。

白菜长得像是孩子一样出息，眼见着就一天一个样儿，该长个儿时长个儿，该包芯儿时包芯儿，转眼到了收菜的季节。

原先壮叔的心思都用在了种菜上，卖菜这事真还没合计太多。哪知把菜刚收下第一车，他发现了一个严重问题。村子的地里种的竟然都是白菜。老天当初不是偏爱了他，家家的白菜长得都是水灵灵胖乎乎的。而他第一次装满三轮车去县城卖菜时，又被吓了一跳。县城各个路口、早市和街道都有从乡下开来的卖白菜的车。壮叔第一次感到秋天的早上竟然这样冷。前一阵子心思一直在儿女上了大学这件喜事上，后来心思又集中在了白菜地里，想的就是产量和多少钱一斤，看到这个状况，壮叔知道种白菜又遇上了“大年”。

壮叔已经不敢在价钱上计较了，只要能回了本就行，大不了冬天再出去打打工，怎么着也得把孩子们的生活费挣出来。壮叔的菜卖的只是良心价。别人论斤卖，他论棵卖。买一棵送一棵。他这种卖法是想到姑娘和儿子时突然冒出来的。家里日子过得紧，本来打算就生一个孩儿，老婆怀上了两个，一个姑娘一个儿子。他一直认为是老天额外多赠了他一个。日子虽然一直清苦，但是心里乐。他觉得卖白菜时，买一棵赠一棵，买主一定高兴。他的这种卖法，使一车菜很快就出了手。

从第二天开始，壮叔决定不到县城和菜农挤市场了。他要到更远的市里去卖。那里路途远，一般人吃不了那个苦，菜农一定会少些。凌晨三点，趁天没亮交通管制不严，他把车开到市里一个繁华的小区门口，靠边停好车，就偎在车上眯了一会儿。困，真是太困了。

壮叔不知道睡了有多久，就听见有人来了。他猛一睁开眼睛，天已渐渐亮了。果然如壮叔所料，他的菜卖得比在县里快。不到九点，车里除了两棵掉地上摔烂的菜和一些菜叶以外，什么也没有了。壮叔决定抓紧往家赶。待的时间越长会越饿，还要搭进去一顿饭钱。

没想到的事情就在这时发生了。在掉转三轮车时，壮叔听见"哧"一声。下车一看，刮到了一辆崭新锃亮的轿车。轿车停在那里没动，显然是壮叔的全责。壮叔的头"嗡"一下大了，傻在那儿，他不敢挪他的三轮车。

这时，一个青年男子走了过来。看了看轿车，问壮叔，这是你刮的？壮叔说"是"的声音已经颤抖了。那个青年又问，你知道这是啥车吗？壮叔呆呆地摇头。

青年又问，你知道这车多少钱吗？壮叔把嘴唇咬得死死的不敢估价。青年说，这车二百万，你赔得起吗?！壮叔快要晕死过去了。但他还是强打精神嗫嚅了一句，赔不起也得赔。

青年眼睛立了起来，赔不起你还在等什么，趁司机没来还不快跑！

壮叔说，咱碰了人家车，赔不起要卖屋要坐牢也得认呀。

青年说，让你跑就赶快跑。说完，他盯住了壮叔车上的两棵白菜，说，这样吧，能赔多少赔多少，你把那几棵菜放这儿吧，就等于赔车主了。这样你的心里就安稳了。

壮叔还在犹豫，听见青年又大喊了一声，快跑吧！一会儿车主来了，我告诉他你赔过他了。壮叔只好像做了贼一样，掉转三轮车，急火火地往小巷里开去。壮叔心惊胆战地跑着，心里安慰着自己，反正赔过了，没做亏心事。他一直跑一直跑，根本没敢回头，他已经忘了家里长的满地的白菜。

其实，壮叔应该回头看一眼，如果回头，他可能会看见那个青年正打开那辆豪车的门往里钻。而他留下的那两棵白菜，一名环卫工人刚从青年手里接过去，紧紧地抱在怀里，像是抱着一对儿女。

（选自《大观》2017 年第 2 期）

说谎者说

徐均生

领导推门进来时，张三刚跳下窗去。我只抓住张三的一只鞋子，面无血色。我说："张三……他……他跳下去了。"领导连忙扑到窗口，看到了张三扑在花草丛中。我要冲下楼去，却被领导一把抓住了。领导说："我有话对你说！"领导的眼睛都红了。我看着领导点了点头。

领导说："第一，张三无论是什么原因跳窗的，你对谁都不能说！"领导见我点了点头，又说："第二，张三从窗台掉下去是因为他搞卫生，对，为了迎接上级部门大检查，擦窗户时不慎掉下去了。他——张三——完全是因公掉下去的。这一点你要特别记住！"我很使劲地点了点头。

这时候，领导就和我一起快速往楼下跑去，刚跑了几级台阶，领导又对我说："李四，我有话说。"我连忙停住了脚步，气喘吁吁地说："我听着呢。"领导说："你看这样行不行？张三不是搞卫生掉下去的，而是因为救你掉下去的。"我大惊，眼睛睁得大大的，不解。领导解释说："你在窗台上搞卫生，脚下一滑挂在了窗台上，张三发现后连忙把你救起来，不料，他的脚一滑，就掉下去了。"我张了张嘴巴想辩解，领导用手制止了，说："你听我说，这样的话，对你没有任何影响，而对张三就不同了，他可以成为英雄，对他的家人就有很多好处，还有，对我们单位也是好事，你说是不是？"

我想应该是的，我不能因为自己诚实为人而影响张三及他家人的荣誉。我同意了，说：“我会按您的要求说的。”

果然，张三非常风光地去天堂了，张三的家人也得到了相应的待遇。我在单位也没受任何影响，反而受到领导的重视。领导对我重视了以后，我在单位的地位节节上升，过了没多少时间，领导根据民意测验提拔我当了办公室主任。这“民意”就是领导的意思，我心里当然非常清楚。就这样，我成了领导的红人，领导做什么都带着我，无论谈工作还是宴请要人，我肯定陪伴在领导的身边，帮领导打理一切琐事。

忽然有一天，领导被检察官带走。之后没几天，上级组织来找我核实情况。上级组织问：“张三救你落窗的事是不是你们领导安排你说的？”我断然回答：“不是，张三是救我掉下窗去的。”上级组织又问：“你们领导都坦白了，他为了政绩不得不让你说谎，你好好想想，是不是这样？”我依然断然回答：“不是的，张三绝对是救我后掉下窗去的。”上级组织再问：“请你放心，就算你说出实情，也不会被撤职，张三的荣誉也不会收回。”我很坚决很果断地说：“我所说的话都是真的，经得起任何考验！”

上级组织见问不出他们所希望的结果，就让单位的新领导来找我谈话。新领导没头没脑地责问：“你为什么不说实话？”我瞟了一眼新领导，断然地说：“我说的句句是实话！”新领导却说：“我给你一个机会，说出实情，我不会追究你，你还是做你的办公室主任。”我依然回答：“我所说的都是实情，每一句话都经得起历史考验！”新领导冷笑了一声，把一张纸摔在了我的眼前，喝道：“你睁大眼睛好好看看吧！”我看了一下，是张三的遗书，要自杀的遗书！我淡淡地说：“这是假的。”新领导一听我的话就怒不可遏道：“你给我好好听着，这是张三跳窗自杀前亲自给我的！”我气呼呼地反问道：“那你为何不制止？难道是你故意让他自杀的吗？”新领导顿时哑然，狠狠地瞪了我一眼，拿起张三的遗书愤愤地走了。

一切都照旧，太阳照样每天升起。新领导没有把张三的遗书公布于众，不过，我的办公室主任倒是换成了政治处副主任，分管老年工作。有人说我升了，有人说我明升暗降。我只是笑笑，什么话都没说。张三的事没有改变，他的家人该享受的待遇一点儿也不少。我有时也在想：是我在救张三，还是张三在救我？

（选自《微型小说月报》2016 年第 12 期）

吐金子的人

徐小红

大学实习期间，我师从小城名医康德泰。有一天快下班时，遇到了一个奇怪的病人。

“他每天下班回来，第一件事就是把金子交给我，我问他金子怎么来的，他说他会吐金子。可谁相信啊！他就当面吐给我看。还真是金子呢，去金店鉴定，人家说是千足金。如果只是吐金子也不碍事，白白得些金子，多好。可就怕他还有别的病。而且他最近一段时间食量大减，保不齐就与吐金子有关呢。”老妇人显然是病人的妻子，神色颇是焦虑。

一旁的儿子也急了：“大夫，你有办法吗？如果有办法让我爸只吐金子不生别的病便罢，如果把吐金子的功能治没了，我们也不情愿呢。”

“办法是有，不过你们得严格遵守医嘱。若能，我便接治；若不能，我也无能为力。”

“吐金子的功能能够保证不消失吗？”

“吐金子是与食欲减退共生的疾病，随着治疗，食欲加强，吐金子的症状会逐渐消失。”

“不治了，咱走吧。”儿子说着就拉父亲走出诊室。

病人的妻子没有动。康大夫整理着桌子，说："此病若不治，日久只怕性命难保啊。"

病人的妻子抹着眼泪走了。

此时已到下班时间，我简单打扫过卫生，开始像往日一样给康大夫按摩肩背。康大夫坐在椅子上，不停地唉声叹气。我问他何故，康大夫说："一切都是因为孙子呀。孙子最近交了个女朋友，是个拜金狂，要了钻戒要名包，要了名包要名表，要了名表要豪车，要了豪车要别墅，昨天她竟然跟孙子要飞机……欲壑难填啊。你说，我要是也能吐金子，该多好啊！"说完，竟涕泪横流。

"康老师，我有一个想法，我们可以研究这个病人，变个别现象为普遍现象，克隆一些这样的人为我们赚钱。"

"好倒是好，只是远水难解近渴呀。"

"你帮我搞几根病人的头发，其余的事情就不用管了。"说这话的时候我想起了校花季季，哼起了小曲。

一周后，吐金子的病人再次来到，他整夜失眠，眼窝深陷，精神疲惫，要求住院治疗。我借故检查，取了他几根头发，便请了假，匆匆离开了医院。

半年后，我到医院拜访康大夫，诊室里已无他的身影，新来了一位女医生。女医生说，康大夫前不久给孙子的女朋友买了一架直升机，孙子终于结了婚，但康大夫进了牢狱。那位吐金子的病人告康大夫利用他的身体赚钱。公安机关介入调查，在康大夫施治的房间悄悄安装了摄像头，一举破解了他暴富的秘密。

原来，康大夫为病人施治时在治疗床上动了手脚。康大夫让病人服用催吐剂，他用一个特制的痰盂截留了一部分呕吐物，从中获取金子。为了让病人长期住院，他还在用药上故意减轻剂量……

想起康大夫医术那么好，居然因为贪财而入了牢狱，我不禁唏嘘哀叹。

女医生说："不过那个病人也没什么好下场，据说他是城建局副局长，身体不好也舍不得让出位子，硬撑着，直至失去工作能力，被送回家。前不久还找过来要康大夫还他吐金子的功能呢，可见他不上班后，吐金子的特异功能也消失了。”

我来找康大夫，本来是想告诉他，我的克隆实验宣告失败，我发现，在具有官员身份的病人身上的许多东西是不能克隆到一个新的自由的生物体上的。

我原本打算自己好好努力，当上高官，并努力历练成为一个会吐金子的人，但只要一想起康大夫和那个病人的结局——要么恶疾缠身，要么锒铛入狱，我就会恶心呕吐，最终放弃了这样的追求。

毕业前夕，我在一个下雨天巧遇没有带伞的季季，我把伞罩在她的头顶，给她讲了康大夫和吐金子的病人的故事，她说我是个编故事的能手，挺崇拜我的。毕业后，她跟我一起去了我的家乡，我们一起走进了婚姻的殿堂。

一晃十几年过去了，我现在已成为一方名医，受病人信赖，吃饭香，睡觉甜，乐天伦，心头安。

（选自《小说月刊》2016年第10期）

响　担

杨海林

我们这里现在叫清江浦区，过去叫杨家圩，和清江浦八竿子打不着——这话也不对，杨家圩南边就是钵池山，靠山吃山，圩里的木匠特别多。他们伐来树，打成各式家具，挑到清江浦去卖，起个五更，八九点钟也就到了。

清江浦离杨家圩有四五十里地，杨家圩的木匠们，就靠一条扁担来来回回。

手艺再好的木匠，从来也不敢轻慢肩上的扁担——得挑个好日子，得去请李瘪爪。

程禹山带李瘪爪去学手艺的时候，师傅看他左手胎里带的残废：总是伸不直，又拗向自己的胸口。

他这样的人，学什么手艺哦？

可是程禹山在钵池山是数一数二的人物，他一个小小的木匠哪里得罪得起？

想来想去，教他做起了扁担。

令程禹山没想到的是李瘪爪的手艺很快超过了师傅：他做的扁担重而厚实，就是压上千斤也不会弯一点点儿。他做的担翅薄而轻巧，刚上肩时两头耷地，一起身就两头弹起，如帽翅般不停摆动。

李瘪爪起先只是念着大家的好，以为别人请他做扁担是看程老爷的面子，好歹给一口囫囵饭吃，后来就不这样想了：清江浦离杨家圩那么远，你打的家具再好，挑不过去，卖鸡的碰不着买鸡的，一样白瞎。

挑行里看重扁担，说“七分力气，三分扁担”，而李瘪爪的是“三分力气，七分扁担”。所以他再做扁担时就格外认真：得知道你是挑哪一样的，得知道你的脾气秉性——摸清楚这些，一条扁担在他心里也就形成了。

然后上到钵池山，确定树木的种类、算好它的光照以及生长的海拔高度，锯回来后劈梭刨磨，一根扁担才做得出来。

清江浦警察署落成的那一天，一群警察来到了杨家圩。

他们要程府门口的一对石狮子。

“杨家圩的木匠们没少得到诸位的关照，送点儿礼物也是应该的。”程禹山脸上堆着笑，摸了摸那几吨重一个的石狮子，“请几个壮汉帮着运到车上，算是庆贺落成。”

“那哪儿成呀，给警署的礼物，得劳烦您亲自送去。”

一帮人呼啦一下子走了。

程禹山瘦得像只鸡儿似的，又是个做爷的，他哪儿弄得动这两个大家伙呀？

说着话，李瘪爪来了，他用那只好手拍拍其中的一只石狮子：好沉。不过没事儿。我给您做一根响担，咯吱咯吱就挑到清江浦去了。

响担?

对。

这可是两只石狮子，能挑得动吗?

没事儿，我的响担，咯吱咯吱，挑到哪，响到哪，挑担的人听了心里惬意，能省不少力气。

响担是怎么做成的没人知道，响担是什么样子，见过的人也不是特别多——但是李瘪爪做出来了，程禹山很轻松地把两只石狮子在警署门口放好时，警察署署长惊得一下子跳了起来。

再看那条响担：柏木做的，不但薄，而且还镂了空。

手一抠，一块木屑就掉落了下来。

“就是个做苦力人的玩意儿，怕脏了您的眼。”程禹山说，他招呼下人，“放到我的烟馆里去吧。”一直摆了多少年。

有一年，程禹山到烟馆里盘账，忽然看到了这根响担。

“是个好玩意呀，竟能挑得动一对石狮子。”

程禹山拍拍手——这个时候，他和警察署署长早已成了朋友。

他对警察署署长说：“那对石狮子，是我们钵池山里景慧寺的老物件——明朝的哩。我得把它挑回去。”

警察署署长也很好奇，要亲自把它们挑着送回去。

程禹山不让。

程禹山在响担两头各绑了一捆绳，挑着响担往警察署走。

刚走了几步，程禹山就觉得肩上好像压了座山，他想放下响担，可是哪里放得下呀?

噗，他吐了一口血。

——那个时候，李瘪爪死了好几年了。

警察署署长一直把响担收藏在家里，直到有一天酒罢归来，他听到“咯吱”声响，脑后被什么东西狠狠一掴。

在医院里住了一个月，他想起来了：掴自己的好像就是那根响担。

回家寻找，哪里还有响担的影子。

（选自《短小说》2017 年第 1 期）

那儿好像有棵树

杨轻抒

陈庆芬老伴儿刘老西窝在一张破轮椅上，轮椅的扶手和门框差不多宽，平时要出门晒个太阳啥的，都是陈庆芬想方设法给一点点儿挪出来。现在，轮椅被门槛卡住了，又没人想到帮个忙，刘老西被卡在门框上，进退不得，样子很滑稽。

刘老西曾经也想努把力把自己弄出来，但左弄右弄，终于发现离了陈庆芬，一切都是徒劳的，就放弃了，于是，上身赤裸的刘老西就被卡在门框里，像一个方孔里塞了一团肉，还是一团水淋淋的有些变味了的肉。

刘老西说，那儿，我记得是有棵树的。

刘老西说话含混不清，没有人注意到他的话，就像除了陈庆芬，没有人注意到他的存在一样。

刘老西又说：那儿，我记得是有一棵树的。

刘老西的意思是，离陈庆芬倒下的地方不远，大概就二十米，早先是有一棵树的，那棵树不算太粗，但能遮阴，陈庆芬如果能够躲到那棵树下，就不会中暑，不中暑，就不会把命送了。

那儿真有一棵树吗？

大家觉得是，但又觉得不像。也是，这么大个城市，变化这么快，谁会记得哪儿曾经有一棵树？

一个神情严肃的中年人转过身来，擦了一把汗，问，你确切记得那儿有棵树？

见有人搭腔，刘老西显得有些兴奋，说，真的，我记得那儿是有棵树的。早些年我还没瘫的时候从那儿过过，还在那棵树下歇过一回脚。

那个人说，哦，看来是真的了，那儿曾经有棵树。

刘老西黑黄的脸上开始泛起红光，说，我记得的，那棵树有小孩的手臂粗，嗯，也不算粗，不过，叶散得宽，能遮阴。真的能遮阴，我在那儿遮过阴的。

中年人说，嗯嗯，那儿是应该有棵树。

见中年人说话了，围着看热闹的人也兴奋起来，终于有人想起了，说，对对对，那儿就是有一棵树，嗯，小孩的手臂粗，不大，但能遮阴，以前我们都在那儿遮过阴。

另一个人附和说，要是不砍那棵树，陈庆芬保准能不出事。

但是马上就有人反对，说，那棵树是能够遮个阴啥的，但是，那棵树长在那儿，太影响城市形象了，砍了难道不对吗？街上那么多树都砍了，难道偏偏那棵树就该留下？

反对的那个人是个年轻人，但眉头皱得很厉害，接着说，一座城市要有一座城市的形象，你们想想，以前我们这座城市是啥模样，现在是啥模样？是不是通透多了，有大城市的气派了？是不是让大家觉得扬眉吐气了？

大家想想，觉得有道理。的确，现在这座城市，比起以前来，真的感觉街道宽多了，楼房高多了，心里也敞亮多了，在外打个工啥的，说起来，底气都足多了。

蹬人力三轮的胡三胖补充说，就是，前几天我拉一个外地客人，人家对我说，哟，想不到这么个偏僻小县城，还这么气派，不简单呢。

有人笑，说，胡三胖你别得意，县里说了，过了年就要取消人力三轮车，看明年你上哪儿哭去。

胡三胖不信，取消？凭啥取消？取消了人力三轮儿大家坐啥去？

那个年轻人说，人力三轮儿影响城市形象你知道不知道？你看你们，蹬个三轮儿就好好蹬呗，还装个电瓶，跑得飞快，既不安全又不好看，不取消你们取消谁？

胡三胖跳起来，谁敢取消人力三轮，我就 × 他祖宗！

那个神态严肃的中年人听他们胡扯，有些不高兴，说，这事县上还在讨论，还没定下来，瞎传个啥？

胡三胖立即就不吱声了。

陈庆芬直直地躺在地上，下面铺的是一张乡下人早年常用的草席，上面盖了一张旧床单，旧床单上的牡丹花已经快看不出来模样了。

事情是这样的：快到中午的时候，清洁工陈庆芬已经扫完了自己大部分责任区域——准确地说，只剩下前边不到五十米的地方。这时候，据气象数据，当时地面温度达到了五十摄氏度，陈庆芬自己带的保温瓶里的水已经喝干了，但只剩下不足五十米的街道了，陈庆芬希望再忍忍，把五十米扫完，然后就可以回家了。但是，陈庆芬最终没有扫完，人就倒下了。那时候，街面上空空荡荡没什么人，陈庆芬倒下了，没人注意到。直到后来终于有人发现了，打了120，但陈庆芬已经不行了。

这是一起典型的市民意外中暑致死事件，算意外，说不上什么责任事故。因为陈庆芬扫大街就是社区安排的一个公益岗位。

那个神情严肃的中年人转过身来，问刘老西，你有啥要求没？

卡在门框里的刘老西下意识地挣扎了一下，但的确是徒劳，而且汗水更密了，就不折腾了。刘老西认真想了想，说，我记得那儿是有棵树的。

中年人纠正刘老西，说，你的意思是不是说，那儿应该有棵树？

刘老西说，嗯，大概……就是这么个意思。

中年人说，回去以后我向县长反映一下，看那儿是不是栽一棵树。栽一棵树，造福市民嘛，大家说是不是？

大家说是是是。

这时候，天上终于刮了一小阵风，风掀起旧床单的一角，露出陈庆芬脚上一双旧塑料拖鞋。

（选自《金山》2017 年第 2 期）

刺 青

远 山

听说约克小镇最西边的小山坡上住着一位叫“刺青”的英格兰人。

房东老爷爷曾经提醒过我，你一个女孩子不要去小镇西边的那个小山坡上溜达，那里虽然野花满山，但人稀车少，尤其是那个叫“刺青”的人，全身上下没有一块地方是原来的肤色，甚至头上脸上都是文满怪异的图案，那是一个异类。老爷爷说这话时面色略带恐惧。

我笑笑，自从北部那场大火把我变得人不人鬼不鬼的样子后，来到这个完全陌生的约克小镇，我怕的正是所谓的正常人的眼光，我同样也是一个异类。

今天是 public holiday（公共假期），约克小镇几乎所有的家庭都带着孩子和朋友出去玩了，我没地方可去，没有车也没有工作，没有朋友也没有多余的钱出去玩。于是，房东老爷爷对我关照不可去的地方倒成了我的首选。

山坡不高，只是几百米的海拔，11 月的约克小镇还是春天的景色，山花烂漫，各种野花任性地在山坡上肆意招摇，有蝴蝶、蜜蜂、苍蝇和叫不出名字的飞虫在花间乱舞。我是全副武装地，严严实实地包裹着自己，大草帽、太阳镜、口罩更是把我的一张脸遮掩得严严实实的，似乎，我是如此的见不得人，事实上我的样子的确吓人。

我找了一块相对空阔的地方，支起我的那架高倍望远镜，这是费客的最爱，当初他从火海中抢出这架望远镜，弥留之际看着满脸狰狞的我说的最后一句话是：好好爱它，它会给你带来情绪。费客用了一个奇怪的词“情绪”，是的，人是需要情绪的，喜怒哀乐，那才是正常人，而我已经没有了情绪，只是行尸走肉。

透过高倍望远镜，我看到那些不知名的野花在风中晃头晃脑，身子似乎在伸展，蜜蜂的触角亲吻着花蕊，有两只蝴蝶在镜头中一直相伴着飞舞、交欢，连那在野外以吃野草生存的苍蝇看上去也是肚子圆滚滚的，并不丑陋，喜悦的情绪渐渐地围绕过来。

我移动着镜头，对准了远处的一间木屋，这肯定就是那个英格兰人住的地方，我期盼着他走出来，期盼着他出现在我的镜头中。这样，我就能看清，比面对面更能看清这个老爷爷口里的异类了。

我如一个狙击手一样一刻也不敢放松，眼睛就盯着望远镜里的木门。果然，没过多久，一个只穿着一条牛仔裤、裸着上身的人走了出来，虽然我有思想准备，但还是经不住打了个战，他的身上文满了五颜六色的图案，似乎是一幅立体的百兽图，他的额头是一条斑马线，左右两边的脸各文着一只形似猫的动物，鼻子中间挂着一个大大的圆环，他的左耳是红黄蓝横着相隔，右耳是豹纹装扮，嘴唇用了深紫色……总之，这真的是一个异类。我知道世界上最震撼的十大文身，每一个都有自己特立独行的理由，比如为了艺术，比如为了掩盖疤痕，等等。谓自由也行，谓疯狂也罢，自己的身体自己做主，他们的文身都有一个响亮的名堂，或是猫女，或是蜥蜴人，或是老虎女士、拼图先生。只是望远镜里的这个人，我不知道他把自己当作了什么，他又是因为什么要把自己弄成这样。

“刺青”在慢慢往前走，在这仅仅有一大片野花的山坡上，显然，他看到了我，从望远镜中我能清晰地看到他脸上的肌肉在抖动，尽管他的整张脸是张牙舞爪的样子，但他的眼神却是特别的，特别得与众不同，碧蓝的眼珠晶莹剔透，是如此温和，出卖了那张凶神恶煞的脸。他的身影越来越大，一步步地像是要逼近我，我依旧弓着身子脸贴在望远镜上，一动不动地看着他。我没有一丝的恐惧，相反，我有一种找到了同类的安心感觉。

终于，望远镜里没有了木屋、野花和怪兽，我们中间隔了架望远镜。我直起身，与他的眼睛对视，我们像两头怪物杵在这片野花遍地的土壤上，一群飞虫在我们身边舞动，如此静谧，我慢慢地拿下大草帽，又慢慢地摘下了口罩，把自己袒露在对方面前。

“刺青”看着我，似乎并不惊讶，伸过来右手，拿掉了沾在我衣服上的花草，轻轻地说了一句：It must be very painful（一定很痛吧）。

瞬间，泪水溢满了我眼眶。

（选自《浙江小小说》2017 年第 2 期）

杨小黎

赵明宇

杨小黎在元城一中读高三的时候，每个周末都能收到一沓儿求爱信。杨小黎看都不看，微微一笑，全撕成碎片，一扬手，纸屑变成白色的蝴蝶，在风中翩飞。

我比杨小黎小五岁，读初二，也给她写过情书。我家离杨小黎家很近，上学路过她家门口，常常盯着她白白的皮肤、乌亮的大眼睛浮想联翩。有一次在路上走，我闭上眼睛想象她长发披肩、白衣飘飘的丰姿，结果撞在树上，头上起了一个包。嘴唇上毛茸茸的我把情书悄悄塞给杨小黎的时候，杨小黎蹙蹙眉说，去去去，小屁孩不好好读书，尽长歪心眼。

也许是因为长相出众的缘故，杨小黎没考上大学，并不意味着不好就业，她很快就被推荐到县政府，做了县长徐大伟的秘书。

杨小黎越发迷人了。走在上班的路上，就像一只彩色的蜻蜓在街上飞，身后的口哨声此起彼伏。交警透露，好多交通事故都跟杨小黎有关。据说一个青年骑着摩托车，只顾看杨小黎，结果把别人的腿撞伤了。被撞的人还不知咋回事儿，目光黏在杨小黎身上收不回来。

在元城民间，杨小黎成了公认的县花。杨小黎的工作就是负责接待。招商引资谈项目，她经常跟在徐大伟身后，葱绿色的旗袍艳丽无比，粉嫩嫩的脸蛋艳若桃花，眼睛顾盼迷离，仿佛要把客商的骨头笑酥了。

元城人都说徐大伟招商用的是美人计，杨小黎是功臣。

闲话也传出来了，说徐县长走了桃花运。有人说得有鼻子有眼儿，在苏州考察时，住宾馆，深更半夜，亲眼看见杨小黎走进徐县长的房间。

消息在元城悄悄扩散，传到了市里，徐县长的老婆出动了。本来要升任县委书记的徐大伟后院起火，只好回市里担任一个闲职。

杨小黎也离开县政府，到鑫发公司做公关部副经理。公司老总哈哈大笑说，当初就是看上了杨小黎，才来元城投资的。

老总劝杨小黎赶快结婚，以后就免得听闲话了。老总介绍供应科的张经理跟杨小黎先谈着。

有一天，公司门外贴满了杨小黎和老总的图片，杨小黎气得哭鼻子。张经理出差回来了，不想没结婚就戴绿帽子，哼一声就走了，再也没回头。

我替杨小黎打抱不平，为了查到是谁贴的图片，我在公司门外蹲俩晚上，一无所获。

杨小黎辞了工作，一个人关起门来过日子。

晚上，我从杨小黎屋后路过，看见一伙人趴在杨小黎的窗户边。我大喊一声，那伙人一哄而散。

半夜里常有人敲门、打电话、投掷砖头，骚扰杨小黎。好多人劝她，找个人嫁了吧，眼瞅着三十多岁了。

就有人给她介绍死了老婆的马三。马三经常扒杨小黎的窗户，我还亲眼见过马三望着杨小黎的背影流哈喇子。可是马三竟然一口回绝说，杨小黎是破鞋，妨男人，不适合做老婆。

后来，杨小黎失踪了。

半年后，我跳槽到石家庄一家公司上班。有一次路过一家鲜花店，发现店里的女老板竟是杨小黎。我说，你还认得我吗？杨小黎笑笑说，你不是赵明宇吗，咋会不认识你呢？

我问她，你还是一个人？她点点头，点得我心跳加快，手足无措。

我刚和女友分手，心情很是失落，杨小黎点燃了我的心。我向她求婚，她的脸红红的，低下头说，我比你大五岁呢，名声也不好。

我说，爱情不分年龄的，我爱你的人，不在乎名声。

我们悄悄举行了婚礼。

新婚夜，我惊讶了，杨小黎还是黄花闺女。

她扑在我的怀里，哭了。

（选自2017年8月4日《常德民生报》）

原　形

赵淑萍

他肖虎，最喜欢画虎。从小，他就在动物园观察笼子里的虎。后来，条件好了，笼子改成狮虎山了，他仍然痴痴地看着那些跑动着的虎。

有一次，父亲带他到动物园，在一位熟识的驯养员的帮助下，真的抱了抱虎崽。虎崽还没有牙齿，但仍能听到“呼呼”的低吼声。他抱着它，就如抱着一个孩子，目不转睛地看着。

老虎毕竟不能近观，猫虎相像，于是，他养猫。他亲自给猫喂食，朝夕相处，亲密无间。

他还养过一只小鸟。那小鸟可乖巧啦，经常扑到他手上啄食。甚至，后来他有意要放飞它，小鸟就是不肯飞走。让他非常纠结的一件事是：猫对小鸟虎视眈眈；小鸟一见猫也躁动不安，在笼子里上蹿下跳。于是，他把鸟笼挂得更高些，把猫“支”得远一些，“协调”它们的关系。

后来，他成了一名画家。他的虎可称当地一绝。在他笔下，是姿态各异的虎：有在月下长啸的，有在林中互相戏耍的。有的下山觅食，凶猛无比。有的正在听经，表情温和沉静。而且，他很喜欢“野兽和美女”的组合，老虎的身边常常有女神，或在吹箫，或手持法器在对虎进行训诫。女神的面庞，酷似他的妻子。

“我是把动物当作人来画的。”他说。

一位行家，指着他的那幅《母子图》说：“他画的母子多传神啊。母虎和子虎目光相对，母虎的眼中流露出慈爱；而幼虎，又是如此稚气可爱。”也有人说，他画的老虎呀，都不怎么凶，是不是他自己宅心仁厚所致呢？

名声一响，就有不少人上门求画、买画。

一位熟人来买画。他把自己认为画得最好的一幅卖给熟人。那是一只听经的虎，好像得了禅意，格外驯良温顺。但是，熟人却不领情，说这张不好，另挑一张。此后，凡有熟人来买画，他让他们自己挑。一日，他悄悄指着离去的那位，笑着说：“他把我画得最差的那幅挑走了。”原来，熟人挑的是最硕大的一只虎。

一位领导也让下属到他这里买画，说是要威风凛凛的虎。他画了“猛虎下山”，饥饿的虎下山觅食时，是最凶猛的。可是，那边把画退回来了，说要上山的虎，不喜欢下山的虎。

时间悄悄地流逝，如今，他囊中丰厚，住豪宅，买名车，离婚后再娶的妻子，比他小二十多岁，美艳、骄矜。他已经摸熟了人们的心性。他笔下的虎，都硕大，眼睛中带着凛然杀气，且常常以仰天长啸的姿势出现。流水线般的作业，换来的是盆满钵盈。家里养的那些猫，他一天天看它们不顺眼。甚至，有一次，他在逗鸟时，一只猫在旁扑腾，他狠狠地踢了它一脚，让保姆赶到一边去。

再后来，提出要“上山”之虎的那位领导，被判了刑。出庭的那一天，那位领导满头白发，苍老猥琐，哪有当年的半点儿威风。

他的老虎画渐渐卖不出去了。一天，他看到猫，想：“我何不画猫？本来，我画虎时，就是以它们为原型的。”于是，提起笔，想画。这时，那只猫却溜了，那神态似乎在说：我早已看穿了你。

（选自《三门湾》2017 年第 3 期）

癞蛤蟆的梦想

朱红娜

今天我要给大家讲一个大街上扶老人的故事。

大街上扶老人早已不是什么新鲜事了，我完全可以另辟蹊径，虚构一个寻找失踪老人，看护孤寡老人，或者牵线失偶老人之类的故事，为什么偏偏选择扶老人这样庸俗的故事呢？因为，这是发生在我身上的真实的故事。

生活永远比小说要精彩，我想不通，为什么那些小说家要削尖脑壳编故事呢。

我的故事要开始了。那天没有刮风，也没有下雨，风和日丽，春光迷人。我准备弃车步行上班，这车当然是公交车，是打工一族人挤人的交通工具。车上吃早餐的，打喷嚏的，挖鼻孔的，拍拖接吻的，万象丛生，不一而足。最恶心的是吃包子的，吃过以后还打嗝儿，那味道我一闻就想呕。所以，时间充裕的话，我宁愿多花半个小时走路上班。

沿着马路人行道，我一边走，一边盯着路面，看看是否有人们传说的马路上踢到金戒指的事发生。金戒指没发现，一路上纸屑果皮倒是不少，现在这人什么素质啊，路边不远处就有垃圾桶，他们视而不见，垃圾随手一扔，方便了自己，辛苦了环卫工人。我妈刚来城里的时候，也做过环卫工，每天半夜三更就起来扫大街，后来听说扫大街的工作被一个老板承包了，老板也要赚钱啊，发给工人的工资就更少了。后来我妈去给人家做保姆，保姆是受气一些，但主家有钱，住得豪华，吃得奢侈。我妈说，他们家一顿饭的费用就够我家三口吃一个月了。我妈还经常将剩菜剩饭打包让我去拿，起初我不愿去，吃人家剩下的饭菜多恶心啊！但我妈说很多菜根本没动过，或者动过一点儿，不吃浪费。唉，如果不是我妈做保姆，我这辈子也吃不上那么多美味佳肴。有时跟工友闲聊，我说我吃过龙虾、鲍鱼、鱼翅、燕窝，他们不屑一顾，你就吹吧，吹牛又不用花钱。我当然不可能告诉他们我吃的是别人的剩菜，他们当然也不会相信，谁信谁是傻瓜。

读到这里，你一定有点儿不耐烦了吧，这什么乱七八糟的，跟扶老人有半毛钱关系吗？

好吧，这叫铺垫懂不懂。接下来，我马上就要扶老人了。

话说在那个春光迷人的早晨，我走路去上班，看到前面路上围了一堆人。我忍不住好奇心，上前一看，地上躺着一个老人，还有一辆自行车。老人哼哼唧唧，看来是摔疼了。围观的人越来越多，却没人伸手去扶。不会是讹人的吧？这讹人的事太多了，有些竟然闹到法院，救人者还输了官司。这社会也真是的，明明有目击者，为什么就不愿意站出来证明一下呢？都是多一事不如少一事。

我正纠结着要不要去扶老人和扶自行车，你是不是又在一边吐槽了，难道我这么狗血的剧本也敢拿出来？

急啥呢，我都说了这事不是我编的，是真人真事。纠结之后，我的良心还是战胜了理智。不管三七二十一，我冲上去便扶起老人，再扶起自行车。

老人表情痛苦，说，年轻人，我受伤了，你能送我去医院吗？

不会真的要讹我吧？我心里嘀咕了一下，但我没有说出来。我看到老人的眼睛很善良，就像我爷爷的眼睛。我爷爷从不骗人，他常常告诫我，世上还是好人多，要做个好人。

沿着好人的道路，我送老人去了医院。为什么说好人的道路，因为我迟到一分钟要扣十元，迟到一个小时扣五十元，迟到一个小时以上扣一个月绩效，差不多一千元。陪老人看医生一个小时是不够的，通往好人的道路是要付出代价的。但我豁出去了，这样的事一辈子也许只遇到一次。

一个小时后，老人的孙女赶来了。老人的孙女真漂亮，我一看就呆了，我怀疑是不是上天故意安排，就是为了让我见到这个美女。

美女没有讹我，一个劲儿地道谢，还要重金酬谢我，我虽然五行缺金，但绝不会要她的钱，她加了我微信，我乐得心花怒放。

故事的结局是预料之外的，老人原来是土豪，怕单纯的孙女被骗，想出歪招“假摔”，为的是想找个善良有爱心的年轻人做孙婿，我幸运中招了。

读到这样的结局，你一定会嗤之以鼻，这故事也太拙劣了，你就编吧。

我这三脚猫的功夫终归逃不过你的火眼金睛，好吧，我承认，我是穷疯了，想媳妇想疯了。我这癞蛤蟆的梦想就是想吃天鹅肉，不过，天下之大无奇不有，癞蛤蟆兴许也能遇到瞎天鹅呢？你说是不是？

（选自《小说月刊》2017 年第 7 期）

肥胖症

阿　社

公元 2345 年，土豆终于离开了几千年以来他们一直安置在土壤里的家，把家搬到了树枝上。

第一个长在枝头上的土豆睁开眼睛的时候，第一眼看到的是全球闻名的科学家、人称“新生土豆之父”的冉教授。此时的冉教授满脸春风，按捺不住内心的兴奋，正在向记者们介绍他最新的科研成果——颠覆传统的新生土豆。他通过改变土豆的基因，让它像小树般茁壮成长，让它走出土壤攀上枝头，成为挂在树枝上的果实。

对于土豆而言，离开祖祖辈辈赖以生存的土壤，这是一个痛苦的抉择。但是，土豆没有选择的余地，冉教授也没有选择的余地，2345 年的土壤已受到人类前所未有的污染与破坏，已经不再适合土豆生长。土豆要么是接受一个物种灭绝的厄运，要么是寻找新的生存空间。而这个伟大的任务当仁不让地落到了冉教授身上。

阳光是那么的温柔和甜美，一群快乐的土豆正在阳光下尽情地欢呼雀跃，它们甚至感慨几千年来先辈们在黑暗和潮湿的土壤里的沉闷生活是怎样度过的。

而在冉教授这个实验农场，冉教授五岁的儿子小豆豆，也在土豆树下嬉闹玩耍。无疑，父亲的实验农场是他的乐园，聪明伶俐的小豆豆用竹竿打下树上的土豆，当成小皮球来玩弄。更让小豆豆感到亲切的是，父亲能将亲自培植出来的土豆，做成各种各样的美味。父亲说，要把天底下最好吃的土豆给他吃。

但是，冉教授显然并不满足于改变土豆生长环境这一成果，即使这一成果已被誉为农业发展史上的划时代事件。

那天，冉教授一边抚摸着圆满滑润的土豆，一边对记者说，不久的将来，这群可爱的小家伙将会长成巨无霸，一个个几十斤的土豆将挂满枝头，亩产三百吨将不是神话。

冉教授还说，人类追求与享受科学技术发展的成果是永无止境的，他也有义务与责任为人类的发展寻求更有保障的粮食。

成为巨无霸？这是土豆们想都不敢想的事情，如今却要在它们身上实现。它们甚至还来不及想象成为巨无霸该会是什么样子时，它们的身体已经在迅速长大。

在身躯不断膨胀的同时，它们的脑袋却在不断地萎缩，笨重的身体不再像以前那样蹦跳，呆滞的眼神看不到往日的一丝俏皮。

土豆正在按照冉教授的培育计划如期成长。但是，令冉教授不安的是，他真真切切地感受到土豆正渐渐地失去作为粮食所应该具有的灵性。

这是一个令人窒息的黄昏，实验农场花红叶绿，五彩缤纷的各种瓜果分外耀眼。

冉教授坐在土豆树下，数着树上的土豆。而曾经欢呼雀跃的土豆们正流着口水，对冉教授报以痴痴的傻笑。这让他想起了吃土豆长大的小豆豆，这段时间以来，小豆豆也在疯狂地长肉，去了几趟医院仍无法控制，仅五岁，体重突然升到六十多斤。

这时的小豆豆，正靠着冉教授的右臂睡觉，口水在小豆豆的腮帮和脖子上恣意纵横。

这几天，冉教授在同样的位置，用同样的姿势一直在思索着同样的一个问题：科学让人类变得更加聪明，而聪明的人类却又常常利用科学干傻事。

想到这里，冉教授抬头望了一眼那硕果累累的一树土豆，又低头无限深情地看了看臂弯里的儿子，一代科学家，竟也无奈地、傻傻地笑了。

（选自 2017 年 3 月 5 日《宝安日报》）

关于爱情之她见

彩　红

她感觉到了那种愉快和亢奋。她脚步轻盈，嗓音清亮，情绪像一匹烈马，红褐色的、高大的、英俊的、有着健壮肌肉以及颀长的腿。它正在旷野的风中自由奔驰、冲撞，难以驾驭。

她盯着镜子里的自己，脸上已泛起了微微的红晕，眼睛里也有了流动的波光。这样的症状已经一个月零三天了，她还不能确定。她做了一些破坏性的试探，去看一些平时不爱看的泡泡剧，去把时间浪费在商城里，去拜访很久没有探视过的长者，但这些事情总是做得心不在焉，毫无建设性可言。她试图否定它的形成。但情况正好相反，它正朝着她不敢确定的那个方向飓风般移动着，强大的中心吸引以及周边摧枯拉朽的旋转。

这样的情况在她生命里曾经发生过一次，那是20世纪的最后一个秋天，那时的她十八岁，刚刚考上医科大学，像一棵刚从一堆书下蹿出来的嫩苗，抖着满身不及脱落的字符碎片，小心地迎接着天空和阳光，以及任何可以感触到的新奇。

那个大四的男生，他是天安门广场仪仗队国旗班的那种形象。如果光是外形，也不足以对她产生典型的作用，作用是发生在他们之间许多次语言及思想的交流之后，是在她感觉到不仅仅是出于礼貌、出于关心的那种友谊之后，是在她确认大脑里产生了一种喜悦，心里又有了很愉快的感觉之后。到后来发展到对他的牵挂，时时刻刻的思念，周围的人告诉她，你恋爱了。

国旗班没有接住她的感情，他和前一个世纪一起离开了她。这段情感，像极了一场敌我双方的短兵相接，遭遇战，叫她猝不及防，败得青涩，败得一塌糊涂！那种扯着心的疼痛和难以自主的呼吸都令她至今难忘。她用了许多方式来摆脱那种痛楚，包括结束花季的生命。那一段时间，她周围的人只对她做一件事，就是别让她死去。

十八年过去了，她活得好好的，至少在人们眼里是这样的，有一份令人尊敬的工作，丰厚的收入，还有美丽的容貌和优雅的气质。除了爱情，一切都是那么美好。她周围的人告诉她，应该找个爱人嫁了。她很认同这一点。应该找个爱人，那个追求她的苹果男，在别人的眼里，他们俩是多么般配呀！她也真心希望能达到爱人的境界。可是没有，爱与不爱，没有理由可以解释。还有那个介绍来的香蕉男，她看他就像看一堆钞票，越看越眼晕，当然也没有，爱与不爱，也不是钱可以堆出来的。十八年来，打她眼前经过了多少男人，她已记不清了。周围的人都说她太挑剔，或许是被国旗班给灭了火种。那一场初恋没把她的人害死却把她的心思掐死了。只有她自己知道，根本不是那么回事儿。

她在等一种感觉，一种在大脑里产生了大量的多巴胺之后才有的感觉。而大脑只有在接收到某种信息时才会产生多巴胺，只有这种信息够多够足才能达到她要的那个量。什么叫爱情？她早就明白了，那个能让她的大脑大量地产生多巴胺的东西就是。它应该是一种能让指甲和头发丝都充满快乐的东西，是令人甜蜜和幸福，同时也痛不欲生的东西。

她看着镜子里的自己，姣好的模样，优美的身段。

当她听到他的声音，每一个字都像山涧里溪水在流淌。当她看见他的眼神，如同与清晨的太阳相遇一样舒心。当他拥抱着她时，她的内心立刻被一股强大的喜悦填满，像有一艘被吹盈了帆的船正欲驶出心的港湾。

她在确认自己的感觉，终于等到了，此刻的她，正以胜利者的理智，细心地去量度大脑里多巴胺的分量。

十八年，这是一个人从出生到成熟的周期，带着生死轮回的彻悟，也带着生涩和朦胧。

周围的人在祝贺她，祝贺她找到了爱人，像是在祝贺她重获新生。

她在论文中写道，多巴胺的大量产生与爱情的发生有关。它只是一个标量，是脑子里多巴胺的产生量，那是能令人喜之悦之的一种物质。当爱情来的时候，它就大量产出，令人快乐，感觉幸福。否则就只是其他的东西，绝对不是爱情。这种识别在人类的最初期就已经有了。

她现在已经是医学专家了。

（选自 2017 年 7 月 24 日《羊城晚报》）

牧　羊

曹隆鑫

我躺在山坡上，嘴里衔一根茅草，仰脸望着蓝蓝的天，慢慢地就进入了梦乡。梦里我还在数我的羊，数来数去，就是少一只。我慌乱起来，一下睁开眼睛，突然看见天空中掠过一两只白白的羊的身影，莫不是我的羊跑到天上去了？我仰脸咩咩地唤，羊儿们“哗”地围过来，朝我咩咩地叫。我赶紧低头数，数来数去，竟是多了一只，我高兴得笑了。

很多年以前，爱云山上尽是放羊的人。只有小雪不曾打过我，也不曾骂过我，我喜欢和小雪在一起放羊。后来，那些打过我骂过我的人一个一个地不见了，爱云山成了我和小雪的天下。照理我应该开心才对，可是我怎么也开心不起来。我担心地问小雪，小雪，你有一天会不会也不来爱云山放羊了？小雪看着自己的右腿，小雪的右腿比左腿短那么一截，走起路来一瘸一瘸的。小雪说，我和你一样，城里哪会要我们？都是放羊的命！

我还没开心几天，小雪突然不见了。爱云山上只有我家的羊，羊儿们咩咩地叫，一定是在叫小雪家的羊，叫得我心里像千万只蚂蚁在挠。我对老爸说，我不放羊了，我也要进城！老爸说，你进城去干什么？我说，打工！老爸嘿嘿地笑了，说，你小子还会打工啊！

打工是我从小雪那里听来的一个新名词。小雪说，她们都去城里打工了！小雪说这话的时候，一脸的得意。我问小雪，难道打工比放羊还要好玩？小雪点着我的脑壳，说，谁乐意在山里放一辈子羊啊！我倒是很乐意在爱云山上放一辈子羊，可是小雪一走，我心里的高兴劲儿就像被刀子剜去了一块。

我对老爸说，小雪都进城打工了，我也要进城打工！老爸说，你连羊也放不好，你还能打工？

老爸常说我放的羊一天比一天少。我知道我家的羊有时候会偷偷地跑到小雪家的羊群里去，反正第二天又在一起，我睁一只眼闭一只眼从不曾去喊它们回来过。如果我也是一只羊，我也会偷偷地跑到小雪家的羊群里去。有一天，我就跟着小雪家的羊往小雪家走。小雪说，你去哪里？我毫不犹豫地说，我去你家！我指指身边的羊，说，我们都去你家！

小雪一年才回来一趟，回来也不跟我说话，像忘了我似的。我上前去喊小雪，小雪，你能带我去城里吗？小雪笑了，怎么你也想要去城里啊？你去城里干什么呢？我说，你干什么我就干什么！小雪笑得更大声，说，你只会放羊呢！我说，城里有羊吗？我会把羊放得很肥很肥的，我保证不会放丢一只羊！小雪哧哧地笑着说，城里倒是有很多羊呢，你要是不怕，你只管去城里放羊好了！

小雪都不怕，我怕什么！可我老爸不让我去，说，你连几只羊都数不清，怎么能去城里？我把羊数过来数过去，不是多就是少。我在梦里也数羊，数来数去常把自己急出一身汗。

羊儿们突然咩咩地大叫，我从羊腿缝里看见有六条人腿向我这边移来，我赶紧吐掉了嘴里的茅草又仔细地数了一遍，确定是六条人腿，我当时很是吃惊，立即爬起来，害怕地要往哪里躲。他们中间有一个人大声跟我说话，你在这里放羊啊！看他们的样子，不像是要打我骂我。我壮着胆问，你们的羊呢？他们相视一笑，我听见有一个人在轻轻地说，真想在这里放一天的羊！很快又有一个人大声说，魏总，我们在这儿辟一块牧区，到时我们可以天天在这里放羊！

他们走进我的羊群，用手摸着我的羊，我的羊任由他们的手摸着，我的羊很受用地咩咩地叫。我放下心来，我问他们打哪儿来。他们说，我们是从城里来的。我听他们说是从城里来的，立即想起了小雪，我高兴地说，城里有很多的羊是吗？他们摇摇头，说，城里没有羊。我说，城里怎么会没有羊呢？城里没有羊那么多人都去城里干什么？他们一愣。我得意地笑了。小雪明明告诉过我城里有很多的羊，他们一定是怕我也去城里放羊会抢走他们的地盘呢！我很不高兴，驱赶着我的羊不让他们摸，我说，你们骗人！

我昨天照镜子的时候，突然发现自己已经不傻了。我曾请教过老爸，我什么时候才能数得清羊呢？老爸说，你不再傻了你就能数得清羊了。我照着镜子，脸上那么小的几颗痘痘我数了好几遍都是同一个数，我是不是已经不傻了？难怪那几个城里人骗我都能被我识破。我高兴地想，明天我就进城去找小雪，我倒要看看城里的草长得有没有我们爱云山上的草好。我要跟小雪说，我们爱云山来了三个城里人，他们一个劲儿地夸我们爱云山，爱云山现在到处是鲜嫩嫩的草，躺在草地上就像躺在绒毯上一样舒服。我老爸说，爱云山要吃香啦！吃香这两个字我懂，精明的城里人一眼就看中了爱云山上的草，一定会很快就把城里的羊赶到爱云山上来放。我要对小雪说，快回家吧，家里的草好着呢！

（选自《山东文学》2017 年第 2 期）

老母子

岑燮钧

根叔在省城摆摊。回来后，看着自家的楼房，感觉空荡荡的，失了手脚。

“回来了好！”老娘喃喃道，“高高楼房不住，租在一间小屋里，到底不亮堂。”根叔没言语，只管在院子里收拾几根老木。

根叔是小儿子，是娘四十岁时才得的。前面有三个姐姐，大姐今年已做了曾祖母。这几年，几个姐姐多次劝他回来，反正生意也不好，就是糊个日子，回来不也一样吗？老娘九十多岁了，托隔壁堂兄照看着。虽然身体还算硬朗，能自己料理自己，但终究不是长久之计。姐姐们也老了，看一趟是一趟。一次大姐来探望时，老娘躺在床上，已经一天没进水米。劝她到女儿家住一阵，她说老了不能讨人嫌，除了自己家，什么地方都不去。大姐是噙着眼泪给他说这事的。

根叔听了不言语。

第二天，他回来了，娘的病就好了。他顺道配了货，又回去了。

可是，根叔前脚到省城，后脚电话就到了。老娘让他赶紧回去，因为一阵过堂风，把大门给关死了，钥匙忘在了屋里。大门是铝合金的，为了今年儿子要带女朋友来，刚换上的。要是木头门，说不定使点儿猛力就能打开。

老婆埋怨归埋怨，可是他也不能不回，就是多趟车钱。

回到家时，已是日落西山，老娘坐在房檐下，望着院门。

“娘……”

娘没言语，似乎想站起来。

“娘！”根叔又叫了一声。

“你咋这么慢哟……”好半天，娘才说了这句话。

这一夜，根叔在床上辗转了好一阵才睡着。

“我们回去，这把年纪了，还能干什么活儿？”老婆问他，“你还能干地里活儿吗？”她指着根叔发胖的身体。

“这一次摊位能卖个好价钱，说不定过一阵就不值钱了，你没听说我们的市场要拆吗？”

老婆不停地絮叨，根叔不声不响。老婆知道他是个吃石头的人，出了眼泪。

根叔回来的头个月，几乎没买什么小菜。除了水电费，也就用了百把块钱。老娘有点儿心疼老儿子，把女儿送来的营养品给他吃了。

根叔找不着活儿。五十几岁的年纪，不尴不尬，总不能坐吃山空。儿子在北京找着了工作，可是光房租就得一千多块，就更不要说买房子了。

老婆先有了活儿，托一个堂妹的介绍，在三里远的一家鞋厂里贴商标，套包装，一个钟头八元钱。她不会骑车，是走路去的。后来，连中饭也带了去，做到晚上八九点钟才回来。

做中午饭时，根叔走过来，娘就把米淘箩让给他，让他煮饭时放一点儿冷饭，年纪大了，吃不了干饭，总噎着。

吃饭时，只有母子俩，话有一搭没一搭，很是寡淡。

娘幽幽地问：“昨晚好像听到她在哭，有事情吗？”

“还不是为了你！”男人说话总是硬声硬气，“没活儿，没钱嘛！”

娘噎着了。咳了好一阵，才勉强送进一小口饭。

半个月后，根叔开始在外甥女婿的厂里做车床。头几天，他每次回来，就不想动了，腰也酸，背也痛，老娘就默默地帮他做饭。“吃不消，就偷个懒。”娘说，一面埋怨外孙女咋不照顾着点儿娘舅。“下次你二姐来了，我跟她说。”根叔说，别，这不是难为二姐吗？

后来，外甥女送了他一辆旧电动车。上班时，他有时捎上老婆，先把她送走。老婆在车后叨叨，他后来就不带她了。

“你劝劝你老婆，也是五十多岁的人了，别‘铜奔心’，身体当心。”一次娘吃饭时说，“你也一样。”

“北京的房还没着落呢。明年要结婚，儿子想买套小的，合计来合计去，首付还差几万呢。”根叔闷头吃饭，嘴里咕噜咕噜。

“你二姐说了，买房总要靠小孩自己，你们一年做到头，说是也只能给他买个马桶位置——北京的房子咋那么贵呢！”

根叔只顾自己吃饭，他不想跟娘多说。

“唉……”娘也不由得为孙子劳心。

一天，夫妻俩吃了晚饭，已是九点多了，只听得娘的房间里传来唤他的声音，根叔就走过去。

“把你老婆也叫来。”娘说。

根叔就喊了一声老婆。过了一会儿，老婆擦着洗碗的手进来了。

娘坐在床上，摸摸索索地，半晌，她拿出一个布包，一层一层摊开来，露出几张纸头，交给根叔。“你看看，加起来是不是一万四？”根叔算了算，是一万四。“这三千，是二十年前你爹去世时留给我的，说是我的安老本。这八千，积攒好几回，后来我让你三姐合起来存的，有十年了。还有三千，是村里的养老金，说是年纪越大钱越多，后来我就让你三姐从折子里拿出来存了定期。反正我也这么大年纪了，用不了了，你们先拿去买房吧……”

“娘，我们有，你自己拿着……”根叔有些哽咽。

“我拿着跟你拿着，不是一样吗？我去了，还怕你不给我送终……”

“娘……”老婆也有点儿动情，“还是你藏着好……”

“你们凑合凑合，给孩子讨媳妇要紧……”娘说。

三个人都有些唏嘘。根叔把存单递给老婆。老婆站了好一阵，走出房门时，自言自语，又像是对根叔说：

“不知我们老了怎么办……”

（选自 2017 年 3 月 3 日《宁波日报》）

家

长白山

闹闹是只貉子。

闹闹离家出走！这让热热和热热爸爸既多了一些担心，但又没有太多的担心……

热热打小就是个“病包子”，三天两头儿感冒发烧，所以，热热爸爸就给他取小名叫热热。

热热打小就不喜欢家里养的动物。比如猫，他就很不喜欢。也不知道他是讨厌猫的呼噜声，还是讨厌猫发贱的“喵喵”声叫春时的“嗷嗷”声，反正一见到猫，他就拼命地用手抓，用脚往死里踢。至于鸡啊鸭啊猪啊，他似乎更没有理由喜欢。

狗，他喜不喜欢呢？不知道，因为热热家里没有狗。

热热家原来有一条狗的，个儿大，腿粗，是条好猎狗。只可惜在热热出生前一年夏天，热热爸爸领着它到山上溜达，顺便采点儿蘑菇。那天，热热爸爸遇到蘑菇圈，就采到了忘我的境界。采着采着，热热爸爸听到了猎狗的叫唤。他知道狗遇到大家伙了，于是，拎着猎枪循着狗叫声跑了过去……猎狗已经被猞猁的爪子抓破了肚皮，但它还牢牢地咬着猞猁的脖子，当时，热热爸爸的眼都红了，一枪就结束了猞猁的性命。

猎狗死了。热热爸爸很伤心。

但热热爸爸看到猞猁的腹部时，又觉得自己和猎狗犯下了不可饶恕的罪行，因为这只猞猁正在哺乳期！

从此以后，热热爸爸就不再养狗……

热热三岁那年的夏天，二驴子“哐当”一声推开门，扯着嗓子喊，老大，你看，我给你送啥宝贝了？

热热爸爸头都没抬，切，你还能有啥宝贝！

你看吧！说着，二驴子就从裤袋里取出了一个毛还没长全的小动物——一只左耳朵被烧掉一半的小动物！

热热爸爸看了看，说，这不是貉崽子吗？你从哪儿弄来的！

二驴子没说话，顺手拿起了热热爸爸放在炕上的烟，毫不客气地取出一支点上。

热热爸爸知道，二驴子就这副抠门儿德行，别人的烟他咋抽都行，他的烟别人想抽门儿都没有！

二驴子说，方才山那边着了火，烧得也不知道什么玩意儿哇哇乱叫，我就过去一看，是一窝儿这家伙，其他四只都烧死了，只剩这一只了，还烧伤了耳朵。老大，你喜欢鼓捣这玩意儿，给你吧！

我不要，还是你留着吧！热热爸爸心里想，我才不占你的便宜呢。

二驴子说，老大，你就养着吧。

不养！

我要！我要！也不知道啥时候，热热从院子钻进了屋里，见到了貉崽子就伸出了胖乎乎的小手。

老大，给你吧！

好吧……

从此，这只貉子就有了名字，叫闹闹。

闹闹刚来到热热家，热热天天抱着他，睡觉都得搂到被窝里。

那时，闹闹还得吃奶。热热爸爸就买来奶粉喂他。

热热爸爸给闹闹喂一勺，热热就从另外一个碗里给自己舀一勺；闹闹吧嗒吧嗒嘴，热热也吧嗒吧嗒嘴……

后来，热热长大些了，闹闹也长大些了。热热就天天跟闹闹在家里玩。热热喊，闹闹把鞋给我叼来！闹闹就屁颠屁颠地把鞋叼来。热热说，闹闹张开嘴！闹闹就龇着牙。于是，一小块馒头就塞进了闹闹的嘴里……

在玩耍中，闹闹渐渐长大了。长大了的闹闹，个儿大、腰圆、毛亮。

有一天早晨，热热忽然发现闹闹不见了，急得直哭。

热热爸爸说，热热别怕，闹闹不会丢。闹闹是野生动物，也许它出去三两天就会回来的。

热热信了爸爸的话，但热热爸爸的心里却七上八下的。

到了第三天晚上，闹闹真的回来了。

乐得热热亲了又亲。

闹闹在家过了年，又走了。这让热热和热热爸爸多了一些担心……

热热说，闹闹会回来的。是吧，爸爸？

热热爸爸说，是啊。闹闹是觉得家里太闷了，才出去散心了。等散够了心，就回来了。

热热高兴地拍着手，闹闹会回来的！闹闹会回来的……

热热天天都在热盼着闹闹回来，但闹闹一直没有回来。

春天时，有人在山里看到了一只左耳朵烧伤了的貉子。那只貉子与看到它的人打个照面后，便飞快地跑向了森林深处。

（选自《小说林》2017 年第 2 期）

影　子

陈婷婷

百合凋谢了，我看着眼前的花瓶，自言自语。

香水百合是我的最爱，可最近我却没心情管它。直到儿子问我："花瓣都掉了，妈妈，可以丢了吗？"我怔住了，这才想起似乎很久不曾欣赏它了。

儿子的声音奶声奶气的，提醒着我作为母亲的角色。当身份被当成角色，扮演就是自然而然的事情，我力争将自己锻炼成演技派。先生常笑我是沉浸在自己世界中的女人。"不过，这些年来你越来越有女人味了。"女人味？这或许是寡言带来的美好想象吧。

两年前，在一次家长会上，我见到了同是家长的他。高高大大的，老老实实地坐在小桌子前做笔记，在一众妈咪堆里格外扎眼。会后，他拥着女儿走在我们前边。和我并排而行的儿子，对着小女孩大声喊："叶青青，明天见哦！"他转过头，说："青青，那是你同学吗？"然后对我笑了笑。我也对他笑了笑，说："六七岁的男孩子，连狗都嫌，瞧这大声大气的样子。"

后来参加班上组织的一次亲子主题的野餐活动，他带着女儿最后一个到，打开车尾箱，拿出户外帐篷，帆布椅子，还让女儿抱着一大袋子零食。小女孩跟着他跌跌撞撞地走过来，他抱歉地对围坐在一起遛娃的妈妈们说："不好意思，来晚了，昨晚回家晚，早上没及时起来。"很快，他麻利地搭好帐篷，对女儿说："可以叫同学们到这里来玩了。"不一会儿，一帮孩子把那里当成了藏猫猫的最佳场所。我儿子是人来疯，和几个男生打进打出，不知什么原因，突然喊道："妈妈，我流鼻血了。"我一阵紧张，家长们都围了过来。他一边帮我扶住孩子，一边告诉我，将流血一边的鼻翼往鼻梁方向推，按住几分钟。我照着做，很快鼻血止住了。儿子安静下来，说："在学校叶青青也是教同学这么做的。"我说："青青真了不起。"儿子说："叶青青没有妈妈，她当然懂得多，因为要照顾自己。"当着人家的面，我愣住了，忙打住孩子的话："我觉得你现在应该和青青到边上去玩，看看她还知道些什么新鲜事。"两个孩子笑着走远了，我看了看他，说："小孩子啥都说的，你别介意。""没关系，青青妈妈出国后不久，我们就分手了，所以青青特别懂事。"他侧脸看着女儿，"我只有尽可能多地陪着她了。"

两个大人坐在草地上，说着说着话题就偏离了孩子，一会儿是校园的青葱岁月，一会儿是最近热播的电影、上演的话剧。这个男人被生活琐事困着，却固执地与俗事保持着距离。我很久没说过这么多的话。先生似乎是在多年以前跟我聊过电影，听音乐会的时候，经常是我听，他在一旁用手机上网，慢慢地就成了习惯。后来才知道，在我先生那里，沉默被解读成温柔，无话可说变成了所谓的心有灵犀——这些再也无可救药的自我安慰。

我们并不经常见面，每学期都有几次固定的家长会，会后，我们会找个安静的地方坐坐，说说最近的工作，孩子们的学习，畅销书排行，进口的大片。有一次，我跟他抱怨办公室人际关系复杂，让人好累。以后每周一都收到花艺公司搭配好的鲜花，随之赠送的卡片上，有教插花的步骤，高高低低的花朵和绿色植物装点了整个星期的心情，办公室的色彩也变得明媚。他发微信过来：自己动手插花的感觉怎样？无论如何都要快乐。

有时候儿子放学回家，聊起同学，我会问，叶青青最近好吗？儿子多半都说，她经常得 A，受到老师的表扬。只要听到青青很好，我就默认他也很好。我告诉自己牵挂着也没有什么不好。

牵挂归牵挂，但偌大的城市，快节奏的生活，我们根本没有时间见面。在上班的路上，我塞着耳机，听着快快慢慢的音乐，有时会想到他。等音乐停下来，终归要回到现实。我不能打破自己的生活，不能重组亲情和爱情，不能做后妈……其实，说白了，我什么也做不了。

什么也做不了并不代表什么也不做。我无数次假设跟他真正在一起的样子：两个人相视而笑，可是笑着笑着，我就开始闹，因为他跟前妻千丝万缕的联系，因为他对我的孩子不够上心，我歇斯底里，也有些不讲道理；他无言以对，更不讲道理。这些如果发生在现实中，爱情将变得面目狰狞。

所以，谁也不愿先一步说破。我装傻，他也装傻。装傻也挺好的。

一天晚上，单位组织集体活动，半夜才从KTV出来，我有些醉，抬头望着城市暗蓝的天空，眼前浮现出他那张温文尔雅的脸。如果他在我身边会是什么样子的呢？不远处，嬉闹中夹着粗鲁的嘈杂声。前面的夜总会门口挤了一堆人打车，推推搡搡的，其中一个男人的侧影让我觉得非常熟悉：是他！正纳闷着，男人一手搂过身边浓妆艳抹的女人，一手捏着她的脸颊，大声说："瞧你这狐媚样子，把人弄得心潮荡漾的，哈哈哈！"我定了定神，盯住声音传来的方向，那温文尔雅的五官在夜色里已经变成扭曲的模样。清清楚楚的独幕剧，剧中的男主角却不再是我期待的样子。

那一夜，我做了个噩梦，具体情节模糊了，只记得我追着他和欢场女子的车很久很久，但终究没有追上。醒来后我哭了。先生问："好端端的，怎么啦？"我说："没事，我梦见丢了自己的影子。"

（选自《小小说选刊》2017年第16期）

乡　愁

陈小庆

大学三年级那会儿，我们寝室的几个人破天荒地发现学习的重要性了，就像哥伦布发现新大陆那种感觉。这源于我们隔壁寝室一哥们儿，因为他是学霸，学习好，尤其是英语好，居然和一个来自瑞士的千金小姐谈婚论嫁了。你会说：瑞士不是说英语的国家。这你就不懂了，隔壁的哥们儿就是因为教人家瑞士妞学英语才争取到的机会！看出来这哥们儿英语有多好了吧！

那瑞士妞不仅漂亮，关键是有钱，老爹是开银行的，据电影里说，许多黑社会老大的钱都在她家存着呢！

我们眼睁睁看着隔壁那个穷小子一天天穿得好用得好了，日子过得，唉，说出来都让人难受！

我们寝室几个人就开始从自身找原因了——这是多好的习惯啊——必须好好学习，尤其是英语，一定要学好！

“为了学好英语，为了创造良好的口语环境，咱们以后日常生活都不能说中文，谁说一句，罚款十元！”四个人里英语最好的老白率先提出了建议，他最好的英语成绩是大二时考过 65 分，满分是 150 分。

“黑了心啊……”英语最差的韩金贤剜了老白一眼，韩金贤，名字很韩国，却是地地道道的山西老乡，家里比较有钱，但很小气，觉得老白此举完全是针对他的。

“我赞成！我觉得不罚款什么事都弄不成！”我的确是这样想的。我已经做好被罚个三十五十的思想准备了。

“可不可以五元？”老汤什么事都喜欢讨价还价，仿佛不讨价还价就吃亏了。

“老汤，这样就不对了，你以为这是在做买卖吗？”老白素来欣赏老汤的讨价还价功夫，每次去买十元以上的大件商品都拉上老汤，今天却对他讨价还价非常反感，“我定的这个罚款对每一个人都是公平的，学习不能讨价还价，你是给自己学的，难道你要和理想讨价还价吗？”

“这么说是一口价？”老汤问道。

“OK……”老白点点头，他明白爱讨价还价的老汤遇到久负盛名的一口价也就死了心了。然后我就问："罚款所得用在哪里？"

"喝酒！"这是我听到的老白最后一句中文。

韩金贤闻言也默认了。

于是老白说了句英文："Let's start right now。"看老白的表情，我连蒙带猜大意应该是："我们现在开始吧。"

韩金贤没有听明白，问了句："你说什么？"

老白伸出黑乎乎的手："Ten yuan."四周一片安静。老白怕他听不懂，用手指给他比画了个"十"，并且把字母一个一个拼读出来。

韩金贤愣了，又想说什么，但面对巨大的安静，他似乎明白了——已经被罚了十元钱。好在机智的他没有再说什么。他乖乖地掏出十元钱，放在了老白的手上。

我和老汤面面相觑，都不自觉地绷紧了嘴巴。

我不知道老白是怎么和小卖部的人交流的，反正他拎回了四罐儿冰镇啤酒，一声不响地递给我们，我们每个人都喝了个痛快，包括韩金贤。

要想说好英语，首先不能开口就说汉语，得想想英语怎么说。所以我们说话学会了三思而后说，甚至不说。

养成这个好习惯以后，我们在教室里说话也非常谨慎，开口前都要想想身在何处，所要说的话英语怎么表达。我因为常常想不起来英语如何表达，干脆就少说甚至不说。

韩金贤当然更不知道如何用英语表达了，他就用手势表达，比如他正站在梯子上往寝室墙上挂看图说英语，要让我帮他拿水杯，就咳嗽一声，看我注意到他了，他就做个喝水的动作，再指指水杯的方向，实在是既简单又明了。后来我和老汤发现真是天无绝人之路，手势真的可以表达很多很多意思，甚至老白也因为要表达许多复杂的意思，他所掌握的那点儿英语根本不够用——也因为他会说的那点儿英语，我们也都听不懂——也大用特用手势。

因为大家憋着不说汉语的毅力，我们也就喝过那一次啤酒。至今想起来，再也没有比那罐儿好喝的啤酒了。

但我们午夜梦回时的梦话是不受规定限制的，我们憋了好多天的语言系统，都渐渐学会说梦话了。我们在梦里飙各自家乡的方言，说起家乡的小河、麦田，以及种种……就好像，我们憋了三年的乡愁终于集体爆发了。

（选自《上海故事》2017年第6期）

刺 眼

陈振林

黑暗中，他爬上了楼顶。十二楼。

夜像块无边的幕布，罩在他的身上。忽明忽暗的灯，像鬼火一样眨着眼，像是在对着他招手。有风，吹起他的衣角，像一只大手一样要将他的身体钳住。

他真的下定了决心。

他曾在现场看到过一个想要跳楼的女子，三十多岁的样子，穿着鲜红的外套、墨绿的牛仔裤，在那个阳光灿烂的下午，站在一栋六层楼的楼顶大声叫喊着，说她的男人找了别的女人，她要跳楼。楼下全是看热闹的人。有警察隔着五六米远在向她喊话，让她想开一些，不要跳楼。也有消防兵，在楼下慌忙地铺着安全垫。他笑了笑，心里说，她这不是要跳楼的样子呢。于是，他也走近，跟着叫喊的人群，也大声地叫喊着："跳啊，快跳啊。"

结果当然是没有跳，女人哭着被警察扶下了楼。听说，这女人想跳楼已经好几次了。

于是他想，要是有一天我想跳楼，一定会真的跳下来。

生活似乎一直在和他开玩笑。他的小公司，遇上不景气的大环境破产了，还欠下成堆的债务。那个数字，他后半生不吃不喝也还不了。他的女人，曾苦苦追求了三年的女人，居然跟着一个农民工跑了。他的父亲，为了替他还债，日夜在工厂做工。年迈的母亲，常年卧病在床。而还不到十岁的儿子丁丁，不知怎么就患上了白血病。几乎所有的不幸，像走程序一样降临到他的头上。

接连几天，儿子的化疗没有效果，催债的电话却一个接着一个。他闷闷地接连抽完了两盒烟，走上了这十二楼的楼顶。

他慢慢地跨上楼顶的护栏。护栏是用砖块砌成的，他站了起来。再过一分钟，他就要从这里起飞，飞向天空，飞向那个没有压力的快乐世界。

他做好了起飞的姿势。他不再想什么了，也不用想他一会儿飞起之后冲向地面的姿势。他知道这时候没有谁看到他起飞，也不会有警察来和他啰唆什么。这也是他选择在黑夜上楼的原因。

他抬起了自己的左脚。

右脚一滑！

他潜意识地抓住护栏边的栏杆，那是用钢管焊接的栏杆。他想，如果刚才不是抓住栏杆，他就滑下去了。

就在右脚一滑的时刻，他眼睛一闪，觉得分外刺眼。远处如鬼火一般的灯光流动了起来，在他的眼前闪烁。那灯光的下边，是自由穿行的小汽车，小汽车里应该有一对一对美好的情侣。唉，那个自己爱着的女人，走了就走了吧，让她去寻找自己的幸福吧。他看见父亲正对着他训话，正像他小时候打破了一个菜盘的样子。他卧床的母亲已经起来了，他还似乎听到了儿子丁丁的呼喊，丁丁叫着“爸爸”，正向他跑来……

他觉得，那灯光刺眼。

他紧紧地抓住了护栏边的栏杆，那是用钢管焊接的栏杆。

他跳下护栏，落在十二楼的楼顶。

天空有几颗星星正对着他微笑。他掏出了手机，想拍下星星们的笑脸。

他看了看手机，手机上似乎什么也没有拍到。他用手拍了拍右裤脚，他觉得那右裤脚上有灰尘，是刚才在护栏上蹭的。

他迅速向儿子丁丁的病房跑去。他哼着一首歌，一首不知道名字的歌。

（选自《小小说大世界》2017 年第 1 期）

比如生活

飞　鸟

陆晓杰胃里装满了可乐，干瞅着满桌佳肴，干瞅着一道道新菜还在陆续端上来，几次拿起筷子又放下，嘴里一个嗝儿又一个嗝儿。冒着气泡的可乐，在他肠胃里绽放出无数美艳的花朵，他也觉不出花的芬芳，连着打了几个寒战。

马副主编的光脑袋油晃晃的，粉嫩得可爱，圆脸团在一块儿却有个尖尖耸立的鼻子，说："陆编辑，大才子，不喝可不中。"一大杯酒挟着风扑过来。"我体内缺少乙醛转化酶，喝酒过敏。"陆晓杰说着双手摆成风中的芦苇。马副主编转头问其他人："是吗？"陆晓杰望着王主编，说："真的，真的。"王主编皱着眉头盯着面前的烤鸭片，似乎在思索鸭片与活鸭之间的哲学问题，没注意这边发生的事情。大家都不说话，世界静悄悄的。僵持了一会儿，马副主编说："好，就这吧，我初来乍到，也不清楚，不喝酒可以，喝可乐吧。"陆晓杰忙端起能装小三两的一次性塑料杯，说："谢谢领导理解。"马副主编掂起可乐瓶，给他倒满，说："六六大顺，来，六杯。"

马副主编的欢迎宴融洽、热闹、尽兴，圆满结束。大家逐个被酒店的玻璃转门吐出来，握手告别，挥手再见。陆晓杰的老婆给他打电话："晓杰，周末了咋还回这么晚，都等着你呢。"

"啥事儿？"

“你忘了吗，早上物业通知开会的，小鸟扰民的事，等你投票呢。”

陆晓杰加快了脚步，他不想打车，肠胃里的可乐太难受了。他有点儿恨自己，为什么不拒绝马副主编呢？就不喝，他又能怎么样呢？陆晓杰是康城王集镇中学的语文老师，在刊物上发表过些一两千字的小说。《康城月刊》创刊，陆晓杰借调进了编辑部。《康城月刊》是康城县委宣传部主管主办的内刊，编辑部设在县委大院综合办公楼内。从镇中学的孩子王到县委大院综合办公楼上班，陆晓杰很愉快、很有面子、很光彩，可是随着四年时间的推移，光彩慢慢淡了，心也渐渐凉了。四年里，编辑部增加过编制，空缺过编制，作为首席编辑的陆晓杰一直想从学校调过来，一次又一次努力，一次又一次争取，最后都失败了。陆晓杰觉得有些浮漂，像踩在云朵上，他开始怀念教学的时光。有次在超市，陆晓杰碰见了教过的学生，学生亲切地迎上来问好，陆晓杰的眼泪差点儿掉下来。陆晓杰走在回家的路上，满满一肚子可乐和心事。假如你此刻正巧光临豫东康城，碰巧又走在建设大道上，你就能看见种满女贞树的人行道上有个高个子偏瘦的男人，头发有点儿黄，戴着近视眼镜，稍微驼背，满脸暮色地快步走着。

进小区，门卫说：“陆老师，大家在会议室等你。”陆晓杰点点头，去了物业公司会议室，业主们都在，看见陆晓杰，纷纷打招呼。陆晓杰是业主委员会的委员。物业公司经理老黄说：“大作家，就差你一票了。你说砍树好还是不砍好？”

小区里有棵大梧桐树，很多鸟齐集树上，每当第一缕晨光落在小区，鸟们就像赛歌一般，喧闹整个早晨。很多住户嫌吵闹，纷纷投诉，建议砍掉梧桐树。也有很多住户反对砍树，说鸟鸣是世界上最美妙的音乐。双方相持不下，只好协商投票决定。

对于这些鸟儿，陆晓杰有时候早晨看书也觉得吵，但更多的是喜爱。春夏，他望着活泼的身影在枝叶间翻飞跳跃，发出各种声响，觉得世界是充满生机的；秋冬，枝叶凋零，很多鸟窝显露出来，给人以无限遐思，有对春夏的渴盼憧憬，有对过往的回忆思考。陆晓杰在老婆身边坐下，肠胃里一阵翻腾。“投砍树票，要不我跟你没完，每天早上都被讨厌的鸟吵醒，看我皮肤越来越干燥了。”妻子在他耳边小声说。老黄问：“陆大作家，现在砍树票和反对票持平，就看你这一票了，你说砍还是不砍？”陆晓杰肚里又一阵翻腾，连着打了几个嗝儿。他突然莫名地愤恨了，生气地站起来说：“砍！”

陆晓杰站在阳台上，望着无处可栖的鸟儿一圈一圈盘旋、哀鸣，一只一只全飞进了他心里，心越来越满，越来越堵，开始疼痛和痉挛……

（选自《金山》2017 年第 7 期）

锦　衣

高沧海

我就知道我爹会忍不住来城里看看我。

新谷子新米、才出水的莲藕，我爹扛着一个鼓鼓囊囊的蛇皮袋子撞开我的门时，已是过午。

东西收下了，那花花绿绿还打着补丁的袋子，只瞅一眼我就准备把它扔进垃圾箱，这都啥年代了，还用这讨饭包，也不嫌塌架子。

我从床底掏出一个旧的行李箱，掸灰抹尘后，我爹拽着箱子走了一圈。两个轮子，前前后后左左右右还顺溜。他夸赞说，又省力气又排场，果然是件好物什。他看看我，说，一看闺女就是城里人了。

我爹拽着箱子，又走了一圈。他腿上绾着的裤脚有一只忘记放下来，露出脚上洗淡了的解放鞋。

我说好不容易来一回城里，怎么着也得换个新样法回去。

啥样法？我爹很敏感，就这老腰老腿你还想给我捋直了，还是把老脸上的褶子抹平了？话虽如此，但我还是能看得出他脸上隐隐的好奇和期待。

我说新样法就是从头到脚行头都换成新崭崭的。

我给我爹置办了一套深蓝色中山装，一双新皮鞋。我的二堂伯退休回老家后，这般穿戴一直保持着，西装领带，有板有眼。我爹从一开始就表示鄙夷，非说二堂伯的领带是拴狗绳。我爹说，我能不知道那物什叫领带？我真是看不中二哥这个老鬼，乡里乡亲，谁不知谁的底细？老鬼这个东洋调调儿寒碜人。

可是我知道，我爹是装的。他看着二堂伯西装革履时的那个眼神，分明就像想吃糖的小孩那般。小孩子可以哭可以闹可以打滚耍脾气，我爹却只能默默望着我二堂伯的背影，叹一口气，摘一朵秋月季，戴在默默跟着他的大黑狗耳朵上。

我爹麻利地换上新衣，说跟老子还这般客气，生分了生分了。穿衣镜前他却是左照照右照照，这衣领可真挺，扎脖子；这鞋子可真沉，脚都要抬不起来。我爹挺挺胸，手放在肚腹上，丫头，你说，你爹穿这一身回去，像不像是老干部下乡？

我爹穿了新衣裳，下晌的饭竟也不要吃，直奔汽车站。他要当天赶回去。

想回去就回去吧，我也不用担心，七十里地，到镇上最多也就一个小时的车程，从镇上再回家，那几步路我爹怎会放在心上。更何况一个粗老笨拙的老头子，除了我稀罕他是我爹，没人稀罕他。

从镇上的汽车站出来，我爹拽着他的拉杆箱心静气闲地站定，摸一摸他的光脑壳，抻一抻新衣裳，掸一掸新皮鞋上的灰尘，四下一打量，天哪！他这才发现忙中容易出差错，急赶慢赶，他竟然忽略了一个十二分不令人愉快的事实——天黑了。

搁在以往，从镇上到家，这十里八里的路还不是跟玩儿一样，有出租车，有三轮车，但是费钱，我爹非紧急情况断然不会考虑。兴许时运好会遇上熟人，摩托车顺路捎一程不会要钱，当然，最不济还可开步走，一二一，一二一，顺风顺水，心宽身又轻。

今儿个，却一定不行。

我爹第一时间就打消了以任何方式摸黑回家的念头。穿着这样一身贵气的新衣裳，神不知鬼不觉地回家，不就跟以前那傻帽儿地主老财攥着大把银子不置房产不置地不纳妾一样？

我爹打定主意要在镇上住一晚，花多少钱都得住一晚，今晚他不在乎钱。

那一晚，我爹用他粗糙的大手来回摩挲着他的新衣裳，就像是回味二堂伯在城里大饭店摆的那一场久久不能忘怀的盛宴，他几乎又想到了多年以前他娶亲的那个美好时节，他手里紧紧握着的那朵绸子大红花。新衣裳端端正正挂在床对面的衣橱里，橱门大开，镇上的灯光彻夜不息，窗外的月亮又大又圆，我爹躺在床上睁开眼即可看得到，他的新皮鞋摆在裤筒下面，闪光锃亮，无比端庄。我爹长舒一口气，这新衣裳是他的，新皮鞋是他的，就好比乡下那三间瓦屋是他的，那个在城里工作的叫高二花的女儿是他的，还有北岭山坡上那三亩地、牛棚里的耕牛是他的一样，是铁板上钉钉一百个有准头的事，无可更改。

那时的通信不发达，很久以后我才知道我爹那晚没有回家。我爹那次进城，我用参加工作后刚刚领到手的第一个月的工资，让我那穷了大半辈子的爹，平生第一次穿上了体面的好衣裳。

时隔多年，我依然可以沿着那条无比熟悉的路回家，在无比明亮的月光里，继续自由地想象。

我爹在愉快的叹息声里，美美地睡去，洁白而柔软的床铺像春天里的庄稼一样滋长他的梦。梦里，金色的月亮渐渐沉下，东方的天际，呈现一片浩浩紫气，壮观的太阳冉冉升起——天亮了。

（选自《天池》2017 年第 8 期）

最浪漫的事

红　鸟

大学毕业十年同学聚会，变化真的很大：有的当了教师，有的成了白领，有的考上了公务员，有的经了商。

酒足饭饱，团支书开始起哄：大家都来讲讲自己最浪漫的事吧！当年，在大学中文系读书时，他追求过一名女生，追得死去活来，全校闻名。

我们也跟着起哄，那就从你这儿开始吧。

他说："我大学期间追那个女孩，追不上，心里很难过，就打起了独身的主意，一心一意地去读书。大学毕业后，决定去新疆阿克苏支教，遭到家人的一致反对，他们认为那里很艰苦，但我坚持要去，一心向往美丽的大西北。第一次踏上西北的土地，第一次走进农场的小学，一切都是那么寂寞和空荡，但我绝不回头，既然决定了的事情，就要努力做好。每天晚上，搬课桌到操场上当床，数着流星睡去，也曾多次在牧民的帐篷里过夜。吃过吐鲁番的葡萄，喝过达坂城的白酒，享用过新疆的大饼。果子沟，夏天犹如万花沟；昭苏大草原，油菜花田一抹金黄；那拉堤大草原，骑汗血宝马尽情驰骋。骑在马背上，头顶着蓝天白云，四周是一片苍翠，山峦、松柏、碧草……置身在这种绝美的大自然怀抱中，人心也一下变得空旷辽远了。骑完马后，好客的牧民会招呼你进漂亮的毡房里坐坐。吃过晚饭后，去看民族歌舞晚会，沉醉于姑娘小伙儿优美的舞姿中，动情于牧民的好客和热情。日复一日，周而复始，我的青春在大漠绽放。"

我们听着团支书的讲述，心也飞到了那神奇多姿的地方。团支书动情地说："这是我今生最重要的决定，做自己喜欢的事情，我认为是最浪漫的。"

第二位同学讲："三岁那年，我随父母逛太昊陵庙会，人山人海，他们弄丢了我，正当他们焦急万分的时候，我已经和人贩子坐上了开往甘肃的火车。之后，我被以一千元的价格卖给了阿爸阿妈。阿爸阿妈四十多岁了，典型的山民，满脸粗糙的皱纹。他们一直没有儿女，待我如宝贝似的，每天的第一碗饭必然让我先吃，过年过节必然为我添新衣，而他们数年只穿一件土布衣服。在这里，我和当地的孩子一样，学会了放羊，学会了种植，油炸洋芋、大碗拉面把我养大。数年后，我的生母寻来，面对那个珠光宝气的女人，我死活不愿意跟她走，我的阿爸阿妈也哭昏了过去。最后，阿爸阿妈还是把我送走了，他们告诉我，孩子，走吧，这里太苦了，你本就是属于大城市的。我流着泪告别了阿爸阿妈，一路纠结一路惆怅。回到大城市，我才发现，自己普通话不会说，手机不会用，西餐不会吃，地地道道一个乡巴佬儿。在学校，同学们像看怪物似的看着我，我的成绩总是倒数第一名。不会英语，从来没有听说过英语。老师问我会什么，我说会放羊。在家里，我的弟弟妹妹一直排斥我，不准我动他们的玩具，不准我进他们的房间。虽然有爸爸妈妈的呵护，但我的心依然苍凉。过年后，我攒够了车钱，趁上学的间隙，一个人偷偷跑到火车站，买了去西北的火车票。几天后，我灰头土脸地出现在阿爸阿妈面前，我们抱在一起，哭成一团。那晚，阿妈给我做了拉面，我吃了三碗，好香啊。”

大家听了，都泪光闪闪。他说：“一个人逃离大城市，前往大西北，虽不惊天动地，但我认为这是我人生中最浪漫的事。”

第三位同学一直坐在那里沉默不语，拗不过我们起哄，他把烟掐掉，开始讲：“我大学毕业三年后结婚。妻子是个善良的农家女，会做一手可口的饭菜，她蒸的老面馍，百吃不厌。我不喜欢在外面吃饭，我就喜欢吃妻子蒸的手工馍和家常小炒。出差在外，再高级的饭店，也感觉没胃口，老是惦记着妻子的手工馍、小炒。婚后第六年，妻子生了重病，倒在了病床上，病情日益恶化。一天，妻子告诉我说，她想吃我做的手工馍、炸花生。我很为难，我一个大男人，从来没有做过饭。妻子看出了我的心思，告诉我做饭的方法，我只好回去试着做。第一次蒸的馍，成了一个个死面疙瘩；第一次做的稀饭，成了一锅糨糊；第一次炸的花生，成了焦炭。我把这些端到妻子身边时，她居然吃得很开心。以后的日子，她都这样，医院的饭菜从来不吃，老是让我回家做饭送过来。妻子也没有多少时日了，我伺候伺候她，也是应该的，尽量满足她的要求吧。这样过了半年，家常便饭我都会做了，手工馍、家庭小炒也成了我的拿手绝活儿，这时候妻子的生命也走到了尽头。一天中午，吃着我做的手工馍和炸花生，妻子泪流满面，说，这下我就放心了，你已经会蒸手工馍，会炒家常小菜了，我可以安心地走了。”

在大风大浪、大惊大险面前从来没有流过泪的男人，此时竟泪眼蒙眬。

（选自《北京文学》2017 年第 4 期）

杨花在秋天消失

侯建臣

我们村子周围，长满了杨树。春天里杨花一飘，满眼都是。

杨花站在杨花里，杨花一飘，杨花就晕晕的，感觉这个世界在一下一下地变成一个梦。

杨花是我们村的一个女人，她是我们村某个男人的女人。

杨花嫁到我们村的时候，村子周围那些小老杨就有些儿老了。这么多年过去了，那些小老杨还是原来的样子，杨花都不知道究竟该叫它们叔叔还是爷爷。

杨花的男人，一直就站在杨树旁边。家里墙上挂着的那些正在变色的照片里，他总是偎在杨树旁边。他和杨花的合影，也是站在杨树旁边的。

杨花说，我感觉周围都是杨树。杨花想照一张没有杨树的照片，比如在公园里或者在一条河边。

没有人听杨花说过，也或许是杨花根本就没说。杨花本来就知道，她说出来也没有人会听到，所以她只在心里说。

杨花很少去一个叫飞云的镇子，当然更很少去县城。村子里的人常去飞云镇，那里经常会唱戏或者过集，唱戏或者过集的时候会很热闹，人们都是去看别人热闹，也让自己热闹热闹的。也有的人会去县城，县城是个大世界，人们去了就会看到上一次没有看到的新东西，唏嘘一阵，然后买点儿东西回来。

杨花的男人，总说那些都是别人的，我们只属于这里。他说这话的时候，周围的杨树们晃着身子，不像是点头，更像是拍手。杨花听着，感觉自己一下一下地被这声音淹没。

杨花很少走出村子。

她自己觉得，好像她离那些杨树远了，就消失了。好像是别人觉得，她只能站在杨树围着的村子里边，离杨树远了点儿就真的消失了。

可是杨花总想把目光投到远远的地方去。她不知道在远离杨树的地方是不是梦也会不一样。可是杨花的目光一次一次被弯曲着的老杨树们弹了回来。

有好几次，她感觉到了痛。

春天里，杨花总是在飘，满眼满眼地飘。杨花伸出手来捉住一片，就会有另一片飘过来。隔壁的女人说杨花你做啥哩做啥哩，杨花不知道该告诉隔壁的女人自己是在做啥哩。隔壁的女人是刚刚从外边回来的，隔壁的女人的身上有一股别样的味道，杨花说不上来那是啥味道，但杨花知道，那味道跟村子的味道不一样。

杨花睁着眼睛，在村子的某一个黑夜里想了好长时间。

杨花一想到从外边回来的隔壁女人身上别样的味道，就会有一片杨树的影子在窗户上飘过。

杨花的男人，在耕作了村子周围那些贫瘠的土地之后，在耕作了杨花还在肥沃着的土地之后，用一长串鼾声把黑夜挤满了。他不知道，这样长长的夜里，杨花的眼睛一直睁着，直到天亮。

进入夏天杨花不再飘了，杨花飘进很远很远的梦里。在那些杨树的枝上，挂了些儿瘦瘦的扁扁的叶子。

杨花在屋子里站了一会儿，从镜子里看了看自己的脸，杨花很少在镜子里看自己的脸。杨花看着镜子里的自己，感觉好像是第一次见到的样子。

杨花在一棵杨树下站了一会儿，或者是在每一棵杨树的下面都站了一会儿，然后闭上了眼睛。杨花的眼睛闭了好大一会儿，好大一会儿。

杨花的男人，爬在秋天的垄沟里，抬起头来伸了伸腰，他看到一片云正从天上飘过，看着那片云慢慢地飘远，他的心里突然觉得空空的。他扔下了锄头，扔下了那顶没有了檐儿的旧草帽，一直朝家里跑，一直跑一直跑……他的鞋都留在村庄秋天的垄沟里了。

确实是，杨花不见了。

跟以前的某一个日子一样，跟以前的所有日子都一样，杨花说要回家做饭了，她就拍了拍身上的土，走出垄沟，走出从垄沟通向村子的那条路，一直消失在村庄深处。

可是，杨花不见了。

炕上的饭还没有凉，碗筷都摆好了。还放了一个瓶子，是半瓶二锅头。还放了一个杯子，是个老瓷杯了，边儿上都豁口儿了。可是杨花不在，好像是活儿都做完了，只出去上个厕所；或者是，把沾着水的手在衣襟上擦擦，出去歇口儿气，望望天……

杨花的男人站在院子里，朝远处看。他看到前边的一棵杨树上的叶子开始黄了。

杨花的男人一直看一直看，他没有看见杨花从厕所里出来，也没有看见杨花站在院子里的某个地方望天。

有人说，杨花是不是飘进了村子前边的那个水库里，似乎是，她在某一天在那儿站了好长时间。可是村里人费劲儿捞了一个白天两个晚上也没有捞上什么。

有人说，也许是走出去做啥走丢了。就到那个叫飞云的镇上报了案，可是好长时间也没有音讯。

村子里的杨树上的叶子都黄了，可是还没有杨花的音讯……像是夏天里所有的消失的杨花，杨花在秋天消失了。

若干年后，或者只是短短的一年两年，站在一棵杨树旁也变成一棵老杨树的杨花的男人，收到了一封信，抖抖索索地拆开了看。

他眼中的绝望变得更深了……

（选自2017年3月26日《大同日报》）

连心诀

荒 城

胡铁匠四仰八叉地躺在床上，见铁牛带着陈秀才推门走进来，便指了指自己的胸口。秀才轻轻揭开他胸口的布衫，一个黑色的掌印赫然入眼。陈秀才又让胡铁匠翻身，查看后背，只见那个掌印穿胸而过，在后背留下了一个红色的印痕。

不待陈秀才发问，胡铁匠抢先说道："陈先生，咳咳，我是活不过今夜了……"

陈秀才长长叹了一口气，转瞬又问道："这是黑砂掌还是朱砂掌？"

胡铁匠说："不是黑砂掌，也不是朱砂掌。这两路掌法虽然阴毒，但最多只能打断筋骨，不像这路掌法，力能透胸，却不碎胸，掌劲使五脏六腑悉数移位，如果用药，反而可诱使伤情加剧，故此伤者少有生还。"

"那究竟是何种掌法？"

"先生真不知道这路掌法？这是湘西凤凰城钟菱的风雷掌。掌势动静如风，无影无形，中掌者体内若奔雷滚动，待风隐雷遁之时，就是伤者大限之时。"

陈秀才脸上掠过一丝不安："寻仇？"

"爱恨情仇，谁说得明白！"

这时，风四娘提着陈秀才的家什盒子走进来，鞋上沾满泥水，而那只蝴蝶补丁却干干净净，一尘不染。四娘站在屋子中央，也不走近，看看胡铁匠微闭双眼，微微蹙了蹙眉。

陈秀才叹息了一阵，转身接过风四娘手中的盒子，把文房四宝铺开，吩咐风四娘研墨。

“陈先生，我并不是找你来为我画遗像，请先生来，是希望先生破例一次。我这些年在打铁之余潜心研创了一套刀法，名曰‘连心诀’，想请先生记录下来。”

胡铁匠奋力起身，走到熄灭的火炉前，伸手在炉灰中一探，提起一只刀柄，再一拉，拉出一口黑色的大刀来。

陈秀才上前一看，脱口赞道：“好一口玄铁陌刀！”

胡铁匠一边运气一边说：“此刀乃昔日唐将李嗣业征大食所用，辗转间传到我胡家，至今已数百年，可惜如此神兵利器只能埋没于胡某之手。”

胡铁匠调息完毕，一伸胳膊，已抄刀在手。陈秀才也叫一声好，手中画笔没入墨水之中。胡铁匠的刀稳稳向前推出，慢慢一招一式使出，身体似乎摇摇晃晃，但都在欲倒未倒之际突换步法，将劲力化去：“陈先生，这第一式，叫心灰意懒。”

“第二式，心烦意乱。”只见胡铁匠的刀法越使越快，小屋之中，烛影摇曳，沉重的大刀被铁匠舞得呼呼生风，杀招不断递出。陈秀才却是眼如闪电，笔走龙蛇，看得旁观二人目瞪口呆。

“第三十六式，心如止水。”约莫一盏茶的工夫，胡铁匠已经把三十六式刀法演练了三遍，一边背诵心法口诀，让陈秀才详尽地记录下来。

须臾，刀停笔落，二人相视哈哈大笑。

陈秀才说：“快哉！数十年来一直给人画遗像，忒无情趣，还是这笔下的武功让人痛快。说完，一笔一画地在封面上写上“连心诀”三字。

大功告成，胡铁匠脸上的红光渐渐退去，呼吸变得沉重起来，风四娘连忙拉出一把椅子，扶他坐下。

夜风挟着雨滴从窗口吹进来，颇有一阵寒意。胡铁匠有气无力地歪在椅子里，摩挲着那套刀谱，看着陈秀才，突然说道：“陈先生，可借尊夫人说句话吗？”秀才似早有预料，闻言看了风四娘一眼，轻笑一下：“胡将军，你搬到大风镇来不久我就知道你的底细了，只是不便贸然提起。今日事已至此，不如把该了的都了了吧。”话音一顿，又对风四娘说：“生在乱世之中，大家都有不得已的苦衷，该放的，就放下吧。”说完掩门而去。

胡铁匠的眼睛已经有一点儿迷离，他努力抬头看着伫立不动的风四娘，喃喃地说：“我得知你嫁给了陈秀才，自知你我今生缘分已尽，不便相认，只好搬到大风镇来，与你家比邻而居，已经十年了……”

风四娘深深地叹一口气，望着窗檐上的雨滴说：“想当年你追随杨公，在洞庭湖起事，本已约定待事成之后再回来接我，没想到战事失利，从此便没有了你的音讯，我四处寻你不得，若非陈秀才收留，我早命丧黄泉了。也早知道你已寻到大风镇来了，只是陈秀才待我不薄，当年若不是他收留……”

胡铁匠试图从椅子上站起身来，挣扎了一下，无能为力，只好放弃努力，跌回椅子里，重重地喘了几口气，继续说道：“洞庭湖战事失利，我重伤被擒，即将斩首之时，是钟菱将我救出，留我隐藏在凤凰城。我四处托人打听你的下落而不得，以为你已经……唉，后来老城主把钟菱许配给我，没想到两年后，我竟探听到了你的下落……”

话音未落，一个黑衣女子从窗口飘然而至，头戴斗篷，身披大氅，腰间挂着两把弯刀，以黑巾遮面。来得太快，带进一股劲风，屋内的三支蜡烛瞬间被吹灭两支。来人上前一步，看着椅子里的胡铁匠已经三魂幽幽，七魄荡荡，冷笑了一声，又转身向风四娘道：“哼哼，你竟然也在这里，很好，省我再费周折了。”

风四娘见她眼神中透出一股凌厉的杀机，知道这就是钟菱不假了，心知今日这道关是过不去了，反倒放宽了心，朗声说道：“胡铁匠是得到了我的消息才离开凤凰城的，此事因我而起，你杀了我便是，不必记恨于他。”

“说得轻巧！”钟菱怒不可遏，逼上一步，“我们成亲刚两年，他得到你的消息，知道你还活着，便带着铁牛不声不响地离开，江湖上无人不知我堂堂凤凰城大小姐被丈夫抛弃，这口气叫我如何能忍？我找了他十年，为的就是一掌打死他，今天你们两个不是相见了吗？好，我就成全你们……”说着，忽地举起了右掌。

"住手！"胡铁匠见她要朝风四娘下毒手，也不知道哪来的力气，猛地站了起来，厉声喝道，"钟菱，你不要为难四娘。当年带着铁牛不告而别，导致老城主吐血身亡，引来仇家落井下石，围攻凤凰城，使得钟家基业一旦尽废，此事不要记在四娘头上……昨夜来偷袭我，我就知道是你，所以没有还手。既然你还不善罢甘休，罢，罢，罢……"话音未落，胡铁匠身子往前一扑，顺势一滚，双手已经抓起了靠在床边的那口陌刀，忽地掉过头来，猛地一拉，大刀就如一支黑色的羽箭，倏地没入了胸膛之中。

…………

三天后，大风镇外的官道上，铁牛和钟菱相伴而行。

"娘，你要带我去哪里？"

"去你该去的地方。"

"爹的陌刀和《连心诀》呢？"

"交给陈秀才和风四娘了，想必，这也是你爹的意愿吧。"

"风四娘？你杀了她吗？"

"没有。我羡慕她，也讨厌她。你记住，你若讨厌一个人，就让她一直活下去。"

（本文获2017年8月25日首届"温瑞安杯"
世界华文武侠微型小说大赛一等奖）

同学会

黄克庭

红楼中学1991届201班学生毕业25周年同学会在李希奇宾馆举行。

酒足饭饱之后，主持人兼同学会出资人李希奇借着几分醉意，拿着麦克风站在宴会厅的舞台上，不无亢奋地说："岁月如梭，青春不再。一晃就过去了25年，宛如做梦一般。人生有几个25年？可以说，我们人生最美好的25年就这样消失了！今天，56位同学都能来，真是太高兴了！尤其是80岁高龄的班主任沈老师也来了，我们都十分激动！下面，请沈老师给大家讲讲话。今天，我借着酒胆，十分……百分……千分……万分迫切地想问问沈老师，当年我是那么默默无闻的一个，作为三年高中班主任老师的您，是否还留有李希奇这个人的记忆和印象？"

在一片欢呼和鼓掌声中，笑眯眯的沈老师在两名女同学的搀扶下，颤颤巍巍地走上宴会厅的舞台，右手接过麦克风，一张口，上面两颗门牙的假牙就掉落下来。

张口，就掉假牙。

张口，又掉假牙。

假牙掉落三四次后，沈老师干脆把假牙摘下，拿在左手中，右手把麦克风送到嘴巴前，口齿不清地说："我今天也很激动，但我不敢太激动，怕心脏受不了。长话短说。今天，我只说一件事。那是1993年的重阳节，也就是你们毕业后的第二年，镇里搞物资交流大会，人很多，特热闹。我也去逛街了。突然看到有一位我的学生在摆摊，卖衣服。我当时很生气，很想骂他，为什么不去复习考大学？但是，我很快就看到，他的摊位上有一件休闲装，款式大小，都很适合我。标价是138元，我很喜欢。但我很想花100元买下。但是，我不敢开口，生怕被自己的学生骂——老师的心肠太狠，杀价这么多，还让人活不？"

"走过来走过去，走过去走过来。我在那个摊位前，起码转了七八回。终于，我下定决心，要买下这件自己喜欢的衣服，可惜啊……可惜，我晚了一步，这件衣服被另外一个人买走了！我心痛了！"沈老师声音突然变得有些沙哑有些哽咽地说，"我心痛啊！自己特喜欢的衣服被别人买走了！可是，你们一定不会想到，更让我心痛的是，我不敢用100元买下的这件衣服，居然被别人……只花了28元钱，就，买走……了……啊……"

整个宴会厅，突然变得静悄悄的。

李希奇快步走到沈老师面前，拥抱了一下沈老师，接过麦克风，笑道："沈老师，还是当年的沈老师，批评人，还是这么有艺术……从来不指名道姓的！全班人，卖过服装的，就我一个人。我就是卖服装，赚到了第一桶金，给我后来转型升级——开宾馆，积累了原始资金。我虽然被沈老师批评了，但是，我很感激沈老师，因为他的心里还真的记着我这个差等生。"

"能否请你说说，为什么虚标价格这么离谱？"

"说实话吧！我高中毕业后，第一份工作就是摆地摊卖服装。我有件衣服标价 30 元，一个多月没有人问津。后来，在 30 的后面加了一个 0，第二天就被人买走了，成交价格是 180 元。我也纳闷啊！这个世界，怎么就变成这样了？"

"我要马上去吃救心丸了！ 23 年前的那种心痛，又来了……"沈老师不无玩笑不无认真地说，"没有 23 年前的那次买衣服经历，我也许不会老得这么快吧！"

沈老师说罢，把左手中的假牙塞进自己的嘴里，向大家招了招手后，径自往宴会厅的舞台下走去。

"沈老师，慢点儿走，沈老师，您走……慢点儿……"看到沈老师独自往舞台下走去，李希奇忙过去搀扶。

（选自《小说月刊》2017 年第 4 期）

白 露

李忠元

秋天的艳阳暖暖地照着，今年的白露就这样不约而至了。白露是北方农家种葱的好节气，白露种下的葱就叫"白露葱"。白露葱经过一段时间的秋光恩泽，需要穿越冬天的冰封期，第二年初春就可以茁壮生长起来，绿油油的一大池子，煞是好看，继而就可以移栽扩种了。

车旦老汉这个老庄稼把式，当然要紧盯着农时，不敢有一点儿怠慢了。白露这天一大早，他张罗着种葱，可上回赶集买的葱籽却不知放到哪里去了。车老汉翻箱倒柜，就是找不见。车老汉唉声叹气，责怪起自己的记性来。可责怪自己有什么用，自己毕竟年事已高，马上70岁了，记性还能像小年轻似的？车老汉就去儿子车生家找，可儿媳却板着一张苦瓜脸，说种子是去年的，她家还没种呢，可能自己家里还不够用呢。没办法，车老汉就忍住腰疼，慌忙穿上外套，半个屁股搭在院里的板凳上，草草地装了一袋烟，迅速点上，猛吸了两口，然后麻利地推上自行车，匆匆上路了。

今天正好逢九，车老汉要到集上去买葱籽，回来就把葱籽适时播下，要是误了时辰，在庄稼院里那可是要被人耻笑的。

车老汉没有别的交通工具，仅有一辆破旧的自行车，还是二儿媳妇从城里推来的。车老汉虽年事已高，但有个大事小情的，他还是要动用这辆自行车的，不然他是走不了那么远路的。

车老汉刚骑出一小段路，车子就出现了故障，掉了链子。车老汉下去弄，可干鼓捣，就是不起作用，链子安上了，骑不多远又重蹈覆辙。车老汉很无奈，想着越过这个集，下个大集还要十天呢，那可就要误农时了，错过种植关键期，葱可长不好。

车老汉推着破车，眼睛失神地望向前方的路面，心里焦虑万分。

车子本来是从城里推回来的，车老汉自己还没骑几回，倒是老儿媳总是在雨天里骑出去接她的娘家侄女来家，昨天还……

车老汉想起来了，一定是老儿媳，她昨天送回来时是推着回来的，坏就坏了吧，也不言语一声。要是事先说了，自己早就修了，何必在大道上风吹日晒？

车老汉没办法，自行车是个累赘，但毕竟是自己的依仗，也不能随便扔掉吧？他沿着公路，深一脚浅一脚，费力地推着自行车，蹒跚而行。大老远的路等他到了集市上，天也将近中午了，车老汉找了个停车的地方，抹去满头的汗水。

还好，集市上人虽然不多了，但毕竟还没散集，有一个卖葱籽的还在低一声高一声地叫卖。那人车老汉认识，论起来，还有点儿远亲，那人叫郭三。郭三见了车老汉，挤出一脸笑，问，车哥，买葱籽吧，我的葱是联合国进口，葱大白粗，一棵葱种好了，到秋就是十来斤，种了我的葱包您爆发！不发我回家拿您的钱买纸烧！车老汉听郭三说得这么好听，就买了两包。

回到家，车老汉找来铁锹，首先叠起了一个四方四角的池埂子，然后在池埂子圈住的“四方城”里深翻整土。继而挥动钉耙，将土块剔除，再将松软的土地整平，豁出一趟趟小沟，将葱籽均匀地播撒进去，最后再覆上土拍实，浇了水，就完了工，等着出苗了。可车老汉左等右等，等了十来天，还是没动静。车老汉着急了，待不住他就去遛弯。这一遛弯他才知道，很多人都被郭三骗了。郭三为了多卖葱籽，将自己的葱籽用开水煮过，这样种下不出，葱农就以为是自己的种植方法不对，会重新买葱籽。这样周而复始，郭三就爆发了。车老汉这才如梦方醒，赶紧三步并作两步往家赶，决定马上重新种葱。

车老汉回到家，抄起钉耙刚要毁地重种，却有了意外发现。

才几天的工夫，一畦畦小葱就都纷纷弓着嫩绿的身子，争先恐后地顶着一个个小黑点似的籽壳，神奇地破土而出。

郭三没有糊弄人啊？车老汉喜极而泣。

这时，老儿媳竟少有地光顾车老汉的小菜园，而且慢慢蹲下来，望着弓着身子的一畦葱苗发呆。老儿媳就是想不明白，自己那天趁老人不注意，偷偷玩了个调包，把公公买来的新葱籽调换成自己的陈葱籽，可自己偷梁换柱的新葱籽种下了怎么一棵苗也不见出来呢？

车老汉望着身边老儿媳失神的眼神，莫名其妙。

（选自《幸福》2016 年第 12 期）

红鞋子和口琴

李卓群

咔咔声准时在楼道里响起，菲菲蹑手蹑脚走到小窗户前，她要看看这个咔咔声是从哪里发出来的。菲菲上小学二年级，刚刚从乡下来，她和爸爸妈妈租住在一个小区地下室里，地下室的窗户只有巴掌那么大。菲菲没有猜错，咔咔声就是那个穿红鞋子和她年龄相仿的女孩子发出来的，听妈妈说这个小女孩就住在三楼，每逢周末的上午和下午，女孩都要去上跳舞课。跳舞课，菲菲无法想象跳舞课怎么上，但妈妈就是这么和她说的，跳舞课。

菲菲的爸爸妈妈是送水工，他们每天都有很多很多的水要送，山一样的水桶堆在那里，常常让菲菲觉得他们没有住在屋里，而是住在水桶堆里。穿红鞋子的小女孩家喝桶装水，她很少到楼下玩，菲菲觉得她穿的衣服当然还包括红鞋子真好看，菲菲还从来没见过一个女孩能像穿红鞋子的女孩这么漂亮的。菲菲听着咔咔声下楼，过两个多小时，菲菲再听着咔咔声上楼。咔咔咔，咔咔咔，菲菲已经熟悉了这种声音。

那天，咔咔声本来该上楼的，但是菲菲没有听到咔咔声。菲菲又蹑手蹑脚走到小窗口前，原来，院子里聚集着三四个孩子，正在那里玩。菲菲悄悄打开门，走到院子里。他们在玩什么游戏菲菲没看懂，只看到两个孩子手拉手追着另外两个孩子跑。菲菲站在那里，很羡慕地看着他们玩，这几个孩子当中，也包括穿红鞋子的女孩。穿红鞋子女孩的家长正站在不远处和别人说话，他们说的什么话菲菲听不清。就在菲菲站在那里不知所措的时候，听到有人说："嗨，你过来呀，过来加入我们吧！"

说话的正是穿红鞋子的女孩，菲菲有点儿不敢相信自己的耳朵，真的是邀请自己加入吗？菲菲心存疑惑，还是兴高采烈地加入到他们当中了。

他们玩的是一种"捉鱼"的游戏，两个人手拉着手就是渔网，奔跑着的孩子就是鱼，捉到以后渔网就会加大。第一次，菲菲觉得来城里这么有意思。那天菲菲玩得特别开心，她还知道穿红鞋子的女孩叫小石榴。菲菲觉得小石榴这个名字太好听了，简直和她穿的红鞋子一样漂亮。

时间又过去了几个星期，菲菲已经忘记了听楼道里的咔咔声，因为她和小石榴已经成为朋友了，几乎隔一天就要到楼下玩。那天，小石榴邀请菲菲到她家玩，菲菲惊讶地发现小石榴家的窗户是那么大。小石榴的妈妈给菲菲拿吃的，菲菲不吃，不管小石榴的妈妈怎么让，菲菲都摇头拒绝了。小石榴的妈妈就不再管她们，去忙别的事情去了。

小石榴拿出很多玩具，让菲菲挑选，说喜欢什么就玩什么。菲菲看着那些她见都没有见过的玩具，并没有想玩的意思。菲菲仔细地打量着小石榴的家，小石榴在一边玩玩具，像是忘记了菲菲的存在。

就在菲菲准备离开的时候，突然看到窗台上放着一只口琴。口琴对菲菲来说并不陌生，因为她刚刚转学来这里上的第一堂课，就是音乐课。音乐老师让大家每人备一只口琴，全班四十几个学生，只有菲菲没有口琴。偏偏，这周二又要上音乐课。

菲菲蹑手蹑脚地走近窗台，悄悄拿下那只口琴。菲菲看到小石榴正低头玩拼装玩具，小石榴的妈妈在厨房。菲菲想和她们打声招呼，却不知道说什么。她拿着口琴走到门口，可是菲菲不会打开小石榴家的门。正好小石榴的妈妈从厨房出来，帮菲菲打开了门，她没有发现，菲菲的另一只手藏到了身后。

上音乐课终于可以带口琴了，菲菲有点儿兴奋，她已经和妈妈说过两次买口琴的事，妈妈说买，但就是没有买。

周二那天，菲菲带着口琴去上音乐课，虽然菲菲不会吹，但老师教她教得很认真，没有口琴的阴影在菲菲心里一扫而光。

那天菲菲特别开心，菲菲知道口琴是小石榴的，她用完以后是要归还的。菲菲盼着小石榴再邀请她到家里玩，这样她就可以悄悄把口琴还回去了。

然而，小石榴没有再邀请菲菲到她家里玩，那次她们在楼下碰到，小石榴像看陌生人一样看着菲菲，没有和她说话。

又过了一个星期，菲菲在垃圾桶边看到被丢掉的红鞋子。菲菲可以肯定，这双红鞋子是小石榴的，因为她对这双红色的鞋子太熟悉了。菲菲把红鞋子从垃圾桶边捡回去，她是多么喜欢这双红鞋子呀。菲菲小心翼翼地把红鞋子穿在自己脚上，不大不小，穿上这双红鞋子正合脚。

菲菲看着红鞋子和口琴，不知为什么，她心里一点儿也高兴不起来……

（选自《安徽文学》2017 年第 7 期）

卧龙锥

刘博文

飞来峰山千寻塔，闻说鸡鸣见日升。

临近山顶，眼前的这块石碑引起了众人的注意。

千百年来，无数文人墨客登临飞来峰，仰望千寻塔，留下了众多脍炙人口的诗篇，可是今日……

清晨，微风，有雾。

老林和尚起来洗漱一番后，急匆匆地走进了万佛厅。万佛厅，顾名思义就是千寻塔的中央地带。当然，这里并没有一万座佛！

天魔宫此次大举进犯，我看咱们也抵挡不了，不如趁早散伙儿了吧。

大厅里端坐着十来个和尚，看这语气，他们似乎只等老林和尚一声令下，就作鸟兽散了。

胡说！

师叔，你？你来了！

老林和尚的脚步渐次穿过清晨庙宇的钟声。

有人的地方就有江湖，江湖险恶，这话世人皆知，谁都会怕，我不怪你们。

老林和尚叹了口气，忽然振声道，但我们作为武林正道的最后一丝血脉，是绝对不能屈服于邪恶的！

唉……

众人低下头去，千寻塔内又一次陷入寂静。

死一般的寂静。

说起来还真有些年头了，那时候老林还是被人唤作小林，头上钢锥般的毛发也还倔强地在头顶根根竖立。

小林，你可知这鸟雀为什么要往山林里飞？

因为小鸟要回家呀。

呵呵。

小林永远记得师父那长长的两声大笑，也不会忘记师父临死前告诫自己的那一番话。

江湖险恶，小林，你本不属于这里。

正月十五，本来是一年中最快乐的时光，却未曾料到，这是上天留给师父的最后一个黄昏。

一个很普通的黄昏，如果硬要说有什么不同的话，那就是山下喧天的打杀声。

小林知道，这意味着天魔宫的人已经攻到山下了。李轻狂却在独饮一壶酒后，死在了小林面前，准确地说，是死在小林怀里。

我师父已经死了。

死了？很好，小孩，你不介意我拿走这具尸体吧？

我不是小孩！

话未说完，老刀把子忽然闻到了一阵荷叶的清香。

谁都没有料到那一锥，或许可以这样说，那一锥完全不应该出自一个小孩子之手。据在场的人事后回忆说，老刀把子是笑着瘫倒下去的，这个杀人不眨眼的魔头至死都无法想象，他被一个小孩出其不意的一锥见血封了喉。没有杀气，伴随着那一击得手的是一股荷叶的清香……

天魔宫意图执掌武林牛耳的计划人尽皆知，那次上南山，屠杀李轻狂一役，老刀把子惨败于一个名为小林的后生，这个故事在以后的三四十年里，几乎传为神话！

神话总有破灭的一天。

神仙也有走下神坛的一天。

天魔宫已在近五年荡平三山五岳，江湖正派中，千寻塔是最后一家，他们早就放出话来，要会会当年的小林以及那把要了老刀把子性命的卧龙锥。

师父？

老林和尚被呼唤声拉出了记忆，呵呵，一眨眼，自己也是为人师表多年了。

传说只有卧龙锥才能打败天魔宫，拯救武林。师父，都到这个份儿上了，您就别……

天魔宫已经攻破最后一道山门。

千寻塔内，议论纷纷，有人说应该趁早逃命，有人仍旧犹豫不决。

每个人心里都住着无数只蚂蚁，每个人的心中都变成了一口热锅！

砰——砰——砰！紧闭的山门终于被一根巨大的原木撞开，伴随着哇哇的怪叫，黑压压的天魔宫教众扑上前来。

老林和尚信步迎了上去。

你就是小林？天魔宫主人花错大手一挥，一干魔众退后三步。

没错，洒家还未遁入空门以前，的确被人唤作小林，但那已是很多年以前的事了。

话音落，两人的眼神交织在一起，花错火热的眼睛仿佛遇上了一汪清水……

其实把你留在最后，只不过想见识见识昔日名扬天下的卧龙锥罢了，不过看你这副老不死的样子，估计多半也是难让我得偿夙愿。

寺院的钟声敲响……

转眼间，无数个鲜活的人全都变成了尸体！

老家伙，再不交出卧龙锥，我就一把火将这里夷为平地。

老林和尚看了看远处的落日，落日偏西，已是黄昏。

像是一道光芒吧，伴随着那道闪烁光芒的，是荷叶的清香，花错这才发现，自己错了，自己从一开始就错了！

很多年以前，天魔宫的败仗是因为一个髫龄小儿，今日，天魔宫又一次，败在一个耄耋老者的手上。

老林和尚一边默默摇头感念，一边看着飞入山林的鸟雀，晚霞在此刻美得像一道光芒。只可惜，这道光芒再耀眼，花错和一干魔众也看不见了……

（选自《天池》2017 年第 4 期）

大卫混书

刘会然

参加完朋友的婚礼，大卫回家后就闷闷不乐。妻子小芬挺纳闷，心想大卫是不是在婚礼上受了什么刺激。她问大卫，你是怎么啦?

大卫淡淡地回答，没什么。

小芬愤怒了，没什么，那你为何闷闷不乐？你心里肯定有鬼！

大卫这才告诉小芬。在婚宴上，朋友胡三吹捧大卫是本市著名的作家，说大卫已经出两本书了，很畅销。席间一位女士便恭维道，很荣幸能认识大卫，说她也是个写作爱好者，要向大卫学习。那位女士问大卫，你的书新华书店应该有卖的吧？大卫支支吾吾。胡三接过话头，说，那是肯定的，书店都没有卖，那叫畅销书吗？婚礼结束后，那位女士说，一定要去新华书店买大卫的书来拜读。

大卫一惊，坏事了，自己的书都是自费出版的，新华书店哪里会买得到？

小芬听完，哂笑道，我还以为什么大事，就因为新华书店买不到你的书？

大卫红着脸说，要是这位女士哪天去新华书店买我的书，人家说根本就没这两种书，多丢人。

小芬提醒道，你可以和新华书店的经理说一下，放几本在书店就行了。

大卫说，那多没面子，要新华书店通过正规渠道采购上架的书才有意义啊。

小芬生气道，有本事你就写本真正的畅销书，让出版社帮你出版，那样，在新华书店最显眼的柜台就能看到。

大卫叹息了一声，说，你不要取笑我，我要有这本领，还需要自费出书？

小芬嘲笑大卫就这点儿出息。

大卫还是寝食不安，一直想，那位女士要去新华书店买自己的书，这如何是好？转念一想，大卫觉得小芬的方法不失是一个好方法。大卫觉得应该去新华书店探访一下。

大卫准备去找新华书店的经理，可一走到门口就打退堂鼓。大卫想起，一些非著名的品牌产品想在大型超市上架，还得收上架费，万一自己的书放到新华书店卖，还要出上架费，那不是颜面扫地？人家出书是书店帮着赚钱，自己出书还要倒贴给书店？

大卫心里越想越不平静，心想，还不如偷偷摸摸把几本自己的书塞在书架上好了。这样，本市的读者就可以看到自己的书了。

说干就干。第二天，大卫怀揣着自己的两种书各三本来到新华书店。刚进门的时候，书店门口的提醒录音就响起：外带物品请存放在储藏柜里。

大卫还是把自己的书带到了店内。大卫心里忐忑不安，千万不要被管理员发现了，发现了就不好解释了。

大卫快速走到写着“畅销文学”的书架旁，可这个书架正好对着空调，很多人或坐或站在这个书架旁看书。

大卫刚想把手伸进怀里，把自己的书掏出来，旁边的一个人正看着他。大卫故意溜达到其他书架，慢慢又迂回到“畅销文学”书架旁。大卫四下观察，看到大家都沉醉在阅读中，没人注意到自己。

大卫用最快的速度把书从怀里掏出来，正往书架上放。一个声音在大卫身后响了起来：你还真是不“规矩”，一进书店我就发现你鬼鬼祟祟的。

那人把大卫“请”到了经理办公室。

经理说，看你书生模样，怎么能干这种事呢？

大卫羞愧难当。突然，他想起自己手里的书是自己的，根本就不用怕，于是他理直气壮地说，这是我自己的书。

经理说，真是笑话，你的书？你的书带到书店来干什么？别狡辩了。

大卫说，不是狡辩，真是我自己写的书，你们书店肯定没这种书。

经理说，我们先去查一下，本店的书电脑上都有记录。

大卫幸灾乐祸地说，那好，你们赶紧去查吧。

售货员很快就查出来了，说书店有这两种书。

大卫惊呼道，不可能，这书是我自费出版的，不可能出现在你们书店。

经理说，你还想狡辩，前几天，一位叫小芬的女读者找到我，恳请我们书店帮她代销两种书各十本，我看这两种书还好，而且都有正规书号，就答应了她……

大卫一听，怔在原地，哭笑不得。

（选自2017年7月1日《西南商报》）

城里乡下

刘　平

焉瓜两口子有一个梦想，在城里有一套属于自己的房子。很多农民工都有这个梦想。他们这个梦想是两年前开始萌发的，那时他们已经攒了五万元。焉瓜就对老婆翠玉说：“我们都努力挣钱，争取过几年在城里买一套房子。”翠玉说："嗯。努力。"

现在，他们有二十三万元了。

焉瓜在建筑工地开塔吊，每个月可以挣六千块钱。翠玉在制衣厂上班，每个月有三千多元。他们租住在一套三十多平方米的房子里，狭小拥挤，但每个月租金要一千元。为了梦想，焉瓜和翠玉结婚四年了还没有要孩子，他们打算在城里买了房子后再要孩子。他们都认为，只有在城里，孩子才会有一个好的未来。

每个月存五千块钱，雷打不动。焉瓜开始抽八元钱一盒的烟，三天两盒，后来翠玉说："不想买房子，你想咋抽就咋抽。"焉瓜一咬牙，就把烟戒了。

焉瓜和翠玉开始往房产中介跑，买不起新房子，他们打算按揭二手房。家里老人一直在催他们要孩子，他们觉得该买房子了。

掐算着手里的钱，又想买面积稍微大一点儿的，焉瓜和翠玉心里很纠结。后来他们终于看中了"桂苑"小区一套九十平方米的房子，六楼，电梯房，房主是个姓李的老太太。小区附近有小学、超市，生活、娃娃读书都方便。可首付要三十二万。焉瓜嘴甜，说："李阿姨！再少点儿？"老太太摇摇头："这个价，已经很低了。"

琢磨了半天，焉瓜和翠玉有了办法：把老家的房子卖了！

老家是个小院子，五间青砖瓦房，篱笆墙上，爬满牵牛花，院门口，有一棵大香椿树。每年春天，牵牛花开出白色粉色的小花，香椿发出嫩芽。老娘喜欢用香椿芽炒鸡蛋、煮苕菜，真好吃。焉瓜和翠玉进城后，老院子就老娘一个人住。焉瓜和翠玉商量，卖了老房子，就把老娘接到城里住，以后有孩子了，也有人带。

焉瓜回去和老娘商量，老娘心里有些舍不得，但还是顺了焉瓜。

焉瓜用手机拍了一些小院子的照片发到网上，还专门拍了香椿树的照片。焉瓜把照片发到网上，标价十五万。焉瓜想，十三万也卖。

隔三岔五就有人打电话联系，高的，出价八九万，低的，出价六万。因为价钱不合适，都没谈成。焉瓜知道他们不是真心要买，那个小院子，咋也值十三万。

“这些人，巴不得白送。”翠玉说。

焉瓜又接到一个男人的电话，出价十一万，还提出明天去看看老院子，再最后定价钱。焉瓜感觉这个人好像是真心要买，约好了时间，向工地请了假，第二天就早早回去等着。上午十点刚过，看房子的来了，三个人，一对中年夫妻，还有一个，竟然是“桂苑”小区那个房主李老太太。中年夫妻喊李老太太“妈”。

他们对小院子很满意，特别是喜欢院门口那棵香椿树。一番讨价还价，他们出价十三万。

很快，焉瓜和翠玉就拿到了“桂苑”小区那套房子的房产证。他们离开了那套狭小拥挤的出租房，带着老娘搬进了繁花似锦的桂苑小区。而乡下那个熟悉的小院子，也成了别人养老的地方。那天晚上焉瓜和翠玉都很高兴，他们心里都有一种新鲜的归属感。焉瓜抚摸着鲜红的房产证，说：“我们是城里人啦？”

翠玉说：“当然是城里人啦！”老娘在厨房里做着好吃的。

夜里，焉瓜和翠玉开始认真地做一件事情：他们打算要孩子了。

偶尔，焉瓜会想起李老太太。“城里人咋会喜欢到乡下过日子呢？”焉瓜想。焉瓜喜欢城里的日子。

只是，焉瓜常常想起老家院门口那棵香椿树。

（选自 2017 年 6 月 19 日《羊城晚报》）

老哥儿仨

刘向阳

老大在老家洮南，老二在大连，老三在深圳，平时难得一聚，只有过年了，老二和老三回家祭祖，老哥儿仨才能见上一面。

老哥儿仨很珍惜这一年一见面的机会，总要就着白肉血肠烩酸菜、小鸡炖蘑菇、清蒸鳌花鱼和东北大拉皮这咋也吃不够的家乡菜，喝着家乡的老白干，把攒了一肚子的话全倒出来。

老大说，我属牛的，过了年，虚岁就69了。这日子过得真快呀！一晃，老二也67了，老三最小，也是65岁的人了。再一晃，我们可就要往土里钻了。

老二说，哥，咱不说这话，咱哥仨身子骨儿都这么结实，为啥不往百岁上奔呢！

老三说，还是二哥说得对，咱苦里爬难里滚，终于赶上这好岁月，为啥不好好享享福呢！说着端起酒杯，招呼着，来来来，为咱老来得福干一杯。

老三的话勾起了老大对过往的心酸回忆，感叹着，是呀，倒退五十年，打死都不敢想，就咱这穷得叮当响的人家，能过上想吃啥就吃啥，想穿啥就穿啥的生活？干打垒的土平房换成了楼房，老二家住上了洋房不说，老三家居然住上了别墅。家家的小汽车都由夏利、捷达，换成了奥迪、大奔。再想想咱们小时候，要不是咱们命大，哪能有今天？！

老二唏嘘着说，要说命大，就属我了。记得我6岁那年，腊月二十八那天，舅舅来咱家串门，拎来一兜子冻秋梨。那时候过年，哪家能吃得起苹果、香蕉和鸭梨呀！能见到冻秋梨，就如同苍蝇见着血了。我趁大人不注意，偷了一个，啃了一口，那个甜哟！我忍着牙被冰得生疼的滋味，几口就把一个拳头大的冻梨蛋子吃进了肚。偷偷看着那兜冻秋梨，馋得我忍不住又拿了一个吃了。还是不解馋，我又拿了一个，不知不觉，一兜梨快被我吃光了。这时，我感觉肚子凉哇哇地疼。我咬牙挺着。可是越疼越厉害，疼得我浑身直哆嗦。实在忍不住了，趴到炕上疼得哭着喊咱妈。咱妈一摸我的肚子，立马吓坏了。我的肚子冰得咱妈直扎手。咱爸常年在松花湖渔场上班，总也不回家。那时候，又没处打电话，怀着身孕的咱妈，背着我踉踉跄跄地去了县医院。医院大夫说我的体温严重低于正常人体温值，幸亏来得及时，再晚了，很可能会死亡。

于是，老哥儿仨为老二大难不死，干了一杯。

放下酒杯，老大抹了一下眼睛，叹了口气，说，我也算福大命大造化大呀！

也是那年的大年初一，咱妈给我换上了用家织粗布染黑了做的新棉袄。一再叮嘱我要加倍小心穿，来年还要给老二穿，后年还要给老三穿。我高高兴兴地答应着，与咱家隔壁的宝贵去街上看扭秧歌。那时候，尽管家家都不富裕，也都拿出点儿钱给自家的孩子买几挂爆竹。哪像咱家，穷得连一个二踢脚都买不起。买不起，还想放，咋办？我就学着同样买不起爆竹的人家的孩子，抢爆竹。咋抢？就趁着街上的商家给过往的秧歌队放鞭炮时，冒着震耳欲聋的炸响，去抢没响的哑炮。由于我胆子大，不一会儿工夫，我的衣袋就满了。摸着胀鼓鼓的衣袋，那个高兴劲儿啊，我也可以痛痛快快地过把放炮的瘾了。突然，咚的一声响，不仅把我的美梦炸飞了，新棉袄也被炸出了个大窟窿。过后，听大人说，亏得只响一个爆竹，要是衣兜里的爆竹都响了，我的肠子肚子肯定炸烂了，命就没了。

于是，老哥儿仨又为大哥死里逃生，干了一杯。

老三抬起汪着泪的眼睛，有些哽咽地说，要说命大最数我了。你们谁也不会忘记，咱妈就是那年正月初六死的。咱妈死的头一天，就下起了冒烟雪，到了第二天，雪都没了膝盖。那天，咱妈知道要临产了，提前把你俩托付到了邻居家。我小，才三岁，咱妈不放心，把我留在了家里。接生婆也是咱妈自己请来的。按照接生婆的吩咐，咱妈卷起了炕席，将柴火灰铺到土炕上，然后，躺在了上面。接着，我看到咱妈大声哭起来，血从咱妈的两腿间流水一样地淌着。接生婆战战兢兢地喊着，不好，是葡萄胎！说罢逃也似的跑了。我哭着喊着叫妈妈，可妈妈就是不应声。我想起了住在南胡同的爷爷奶奶。于是，我冒着鹅毛大雪奔向南胡同。咱家离南胡同爷爷奶奶家也就半里地，可我怎么努力也走不到。后来，我倒在了雪地上。不知过了多久，我醒了。守在炕沿跟前的奶奶说，孙子，你真命大呀！我问奶奶，我妈咋样了？奶奶哭了。

老哥儿仨搂到一起，老泪哗哗地流着，喝一杯酒，流一阵泪，喝一杯酒，流一阵泪……

（选自 2007 年 1 月 19 日《天津日报》）

门口有棵槐树

麦浪闻莺

张山和李海是一对好兄弟。两人毗邻而居，就连一溜儿排开的六间青砖黛瓦房，也共着一堵山墙哩。

平日里，不是张山帮着李海家犁地，就是李海帮着张山家收麦。如果李海遇上个什么难事，张山必定会想办法去帮衬。村里人都说，这张山和李海两人的关系真铁啊，不是亲兄弟胜似亲兄弟。

那天中午，张妻在厨房一边忙活着焖土鸡，一边对张山说，你去喊一声隔壁的李兄弟吧，过来喝杯淡酒！张山立即起身去请李海，没承想跟跨门而入的李海撞了个满怀。原来，李海今儿赶集了，买了一斤猪头肉，也正想请张山喝酒呢。于是，两人四目相对，不禁哈哈大笑起来。张山说：大兄弟，还是老规矩，今天咱们打平伙儿！李海说：好哇大哥，我这就拿酒去！

小折叠桌，就摆在正对两家人共着山墙处的大槐树下。此时正值初春时节，大槐树吐绿扬枝，煞是招人喜爱。两个粗壮的汉子，就在树下对饮起烧酒来。坐在小马扎上的两个女人呢，则憨憨地傻笑着，看自己的男人喝酒。

正在两人喝得兴起的时候，来了个大腹便便戴着墨镜的男人，绕着大槐树不停地看，还不时用手拍打着大槐树粗大的树干。李海被那人弄得莫名其妙，忍不住问，你，你干啥呢？

二位兄弟，好兴致啊！墨镜男笑着说，这棵槐树长得可真不赖，看树龄，怕有 30 年了吧？

李海站起来，打着酒嗝儿说，这树，是我和张大哥十多岁时一起栽的，都快 40 年啦。

哦，那敢情好！墨镜男说，那我就冒昧地问一句，这棵树，你们卖不？要是卖的话，出个价吧。

不卖不卖！张山和李海异口同声地说：这树，替我们遮阳挡风几十年了，出多少钱都不卖！

俩兄弟呀，先别这么说。墨镜男依旧笑着解释，说他在城里接手了一个文体公园项目，现在急需一棵歪脖子的大槐树，以应景《天仙配》里“槐荫为媒”的故事。大槐树好找，但歪脖子的大槐树难寻呀。末了儿，墨镜男继续堆起笑容说：好马配好鞍，是吧？这棵槐树在这里是屈才，很可惜，应该让它去大城市的公园才对，那样叫啥？哦，对了，叫物尽其用。这样吧，我出 3600 块钱，买这棵树，怎么样？

李海一听，喝下肚子里的酒像起了火焰，呼吸顿时急促起来。他直着眼睛问张山，大哥，你看呢？

张山不屑地看了墨镜男一眼，说，兄弟呀，这不是钱多钱少的事儿！这棵大槐树，给我们遮风挡雨几十年，就值那么几个子儿？

也是啊！李海挠着头，可是……

那，那我就再加 3000 块吧！墨镜男愣怔了一下，接着扶了扶眼镜像是下了很大的决心，看那样子就像是在放他身上的血。接着，墨镜男伸出两根手指头继续说，兄弟，这棵树能卖到这个价，够高了！除了我，绝对没有人能出这高价了。

6600 块呀！张妻和李妻的眼光直了，一起低声惊呼着。

大哥，卖了吧！李海猛地一仰脖子灌下杯中酒，对张山说，再说，这棵大槐树，我也有一半的所有权呀。卖了，咱们就可以平分到 3300 块呢。还有，卖了，咱可以重新栽一棵槐树苗……

啥？兄弟，你这话说得可不太对头啊！张山见李海这样讲，心里盘算了一遍，打起了小九九，脸色显出不满。他放下酒杯说，这棵槐树呢，是我跟你小时候一起栽的不假。可我清楚地记得，这棵槐树苗，是那年我从学校苗圃里提溜回来的呀。如今树长大了，值钱了，怎么能这样平分呢？太伤感情了不是！

是啊，是啊。张妻随即附和说，我记得我嫁到你大哥家没多久，你大哥就跟我提起过这事儿。

大哥，是你从学校弄的槐树苗？李妻听了，连忙说，大哥啊，都是三十好几年前的事了，谁说得清呢？我还记得，我二十多年前嫁进李家门的当晚，你李兄弟就在床头跟我说过，这棵槐树苗，是他从镇上掏钱买回来的哩！是吧，李海？说着，李妻还用脚踢了李海一下。

张山气坏了，站起来说：弟妹，你得讲道理呀！

李海见话说到这个份儿上，也气坏了，摔了杯子说：大哥，你可得讲道理呀！

我不卖了！张山见李海居然摔酒杯，火儿呼地从脑门儿冒起，二话不说，就冲到屋里拿出一把斧头，要砍大槐树，看我不把它劈了当柴烧！

李海也怒气冲冲地跑回屋，拿出一把斧头，朝着大槐树就砍，边砍边大声吼道，不卖了，劈了它，冬季正好烤火哩！

这时，村里不少人被惊动了，围了过来，也没人劝，都嘻嘻哈哈地看热闹。

墨镜男眼见两人斗鸡眼儿似的直砍树，急得在一边直跳脚：喂，我说这个，喂，我说都别砍了，我逗你们的，我的祖宗！一棵树长这么大不容易，砍了不是让我损阴德吗？不买了，不买了，行吗？

张山和李海两人立时便泄了气，双双收了手，只拿眼盯着大槐树发愣。

人们哄笑起来。有人说，怎么不砍了？还有人说，这就是铁哥们儿啊……

张山和李海呢，羞愧地丢下了斧头，各自逃回了家里。

（选自《辽河》2017 年第 5 期）

阿　宝

砌步者

“阿宝快餐店”开张了，地段是跛脚阿宝精心选择的，靠近建筑工地。来这里吃饭的多是建筑工人，他们一身泥一身灰，去酒店或者大排档不受人待见。

“阿宝快餐店”像春天的芽一样从地里钻出来，正好解决了他们的吃饭问题。

阿宝炒的菜适合大家的口味，盐油味儿够足，更有从老家收购来的红辣椒，有家乡的味道，大家吃了有劲儿对付钢筋水泥和石块。快餐店生意红火，阿宝的收入比在建筑工地时翻了番。他就有了新的期盼，扩租了两个门面。

秋季的一天，店里来了个食客，身材高大，穿着中山装。阿宝矮，要仰着头看他。食客要了两个菜，一边吃一边与阿宝唠嗑：“老板，这菜贼辣。”阿宝说：“老板你不喜欢辣吗？那我给你炒个不辣的。”

“辣得够劲儿，很够味，好吃！”食客摆摆手，又伸出大拇指赞，尽管他辣得出汗，呵着气。

“您慢慢吃，这辣椒虽然辣，但够香，吃到肚里，浑身就有力气，劲儿使不完。”阿宝连忙给他的杯子添茶水，还握紧拳头，举起胳膊，上下晃动。

食客笑了，说：“老板很打趣。我叫牛起，就叫我阿起得了，你这饭好菜更好，以后我就把这里当我的饭店了。”此后，牛起真的隔三岔五地来吃，与阿宝攀谈，从国内谈到国外，有时候话头像风一样转个向。牛起问阿宝的菜是哪里买的，什么味料，怎样蒸煮烹炸。阿宝与牛起好到连一张纸的距离也没有，每每有问必答。

时间到了第二年春天，阿宝的生意渐渐地淡了起来。夫妻俩整日里净空忙，买的食材放冰箱里几天后就不新鲜，吃不完就得扔掉。如此反复，阿宝想这不是事儿。一天，他拽住一个亲戚问，大家怎么都不来吃饭了，是不是吃腻了？亲戚说，不是。阿宝递上一支烟赔着笑脸说，还是亲戚好，不是亲不来临。

亲戚接过烟，说：“我扯不断老表这两个字。”阿宝又问：“那大家怎么都不来了？”亲戚说：“唉，还是告诉你吧，那边早就开了一家“牛二碗快餐店”，味道与你家一样的够劲够辣够香，大家都去那儿了。”阿宝连忙又递上一支烟问：“嘛牛二碗？”亲戚摆摆手说：“就是可以炒一个菜免费吃两碗饭。”

亲戚走了，阿宝怔忡了一会儿，心里头翻江倒海，心想这样下去不是事儿，得想办法。阿宝想啊想的，终于想出一个门道。第二天，“阿宝快餐店”的招牌下面贴着一张醒目的红纸，上面写着一行大字："本快餐店免费吃饭。"

如是，不多久，不仅走了的客人都回来了，还带来了一些新面孔。每天，那几张饭桌闲不下来，被一拨儿一拨儿的人围住吃饭，生意比之前更红火。但一个月后，阿宝算账时发现一个问题，表面上看着生意好得不得了，却是亏本。阿宝后悔一时没考虑周到。

原来，建筑工人做的是人事，出的是牛力，一餐没个四碗五碗饭，哪里够饱？阿宝买的又是上等的米。阿宝以前也是爬脚手架的，只是一次不慎从脚手架上栽下来，命是保住了，但那条右脚永远恢复不了原样，走路成了"七七八八"。建筑老板人不错，眉头未皱一下，除了医疗费误工费营养费全报销，还赔了他二十万。

二十万在阿宝那个小山村现在也不算嘛钱，老人要赡养，孩子要抚养，阿宝不能坐吃山空，不然下半辈子怎么过？只好让老婆阿香撇下孩子父母，来这城市开个快餐店。现在亏本，咋办？阿宝的头涨得如箩筐一样大。

十几天后，"阿宝快餐店"招牌下面的红纸黑字换了面目："本店除了免费两碗饭外，赠送特制小吃一碟。"大家一看，虽然免费饭少了，但多了一碟小吃，且味很美，吃了还想吃，就没人去想那饭的问题。如此，阿宝又转亏为盈。

一天中午，来了一个熟悉的人影，谁？是牛起。他点了两个菜，但没尝几口，倒是对小吃很感兴趣，慢慢地品。阿宝一如以前那般热情，一样的笑脸。但牛起看得出阿宝的笑脸里有冷气凝聚。牛起什么也没问。他是个聪明人，自己偷了一次师，不可能再偷到第二次。

此后好久，牛起再也没有来。阿宝得意了，一天心血来潮，想去"牛二碗快餐店"看看。阿宝走进"牛二碗快餐店"时是中午，正是饭店一天最旺的时段，可店里门可罗雀，只有几个客人在用餐。说真的，这个店干净、明亮、整洁，比阿宝的快餐店高档。前台坐着一位老人家，问过才知道是牛起的娘。她告诉阿宝，儿媳妇两年前得病一直在住院，儿子刚刚去医院送饭还没回。

阿宝一怔，两年前，不正是牛起到自己店里问东问西的时候吗？阿宝想起自己跌断腿时的困境，眼睛发酸。当晚，阿宝骑上电动车，将剩下的几坛秘制小吃给牛起送去，并说吃完了再送。牛起这个一米八的汉子，顿时眼睛湿润，一下跪在阿宝面前，泣不成声，直说对不起！

阿宝的眼睛也湿漉漉的，连忙伸手扶起牛起说：“兄弟，谁都有跨不过去的坎。”其实，阿宝还有一件事没说，他的快餐店所在地被城市规划了，几个月后要拆建。他现在手里有了点儿钱，想回老家去开店。

阿宝拿到合同赔偿款那天，准备骑电动车去火车站买票回家。这时，一个高大的身影堵在前面，是牛起。他一把抱着阿宝说：“哥，别回去，这里虽然竞争大，但远比在老家要好，我们一起经营吧。将老人孩子接来，开个分店，你看，现在城西也在搞城市规划，工地多，工人也多，开家分店没问题。”

（选自《小小说出版》2016 年第 4 期）

孤山上的老狼

张红静

少年上学时要经过一段无人烟的山路。学堂很远，每天他都要早早起来，怀揣娘给他烙的杂面饼子上路。那时，自行车没有普及，学生上学全靠步行。

山黑黢黢的，不高也不大，可是传说山上住着一匹老狼。老狼从来没有祸害过人和牲畜，少年不知道狼以什么为生。狼一定很老了，或许每天饮露水吃野果吧。他每次走过这段路都像躲过一场生死劫。他总是担心狼会恢复狼性，忽然站在他的面前。

这天，走那段路时，他像以往一样提高了警惕，除了自己的脚步声和天上的星星，路上没有一个人。越是安静就越是害怕，村里小伙伴们都不去很远的镇子读书，可他不同，无论路有多远，人有多孤单，他都要去上学。少年略一分神，忽然觉得自己的肩膀上一左一右搭了毛茸茸的脚掌。少年吓得汗毛都竖起来了。他用眼角的余光看着，想象着狼的大舌头和獠牙，但是他不敢回头，因为他想起了做猎人的叔叔讲过的狼吃人的故事。

狼最喜欢一口咬断人的喉咙。狡猾的狼不去正面袭击人，总是尾随在人的身后。少年此时如果回头，喉咙正对着狼口。狼便会咬断他的喉咙，将人拖走。

少年的心扑通扑通跳得厉害，但仍假装旁若无人地往前走。据说，人有几分怕狼，狼有几分怕人。狼的前爪就攀着他的肩头与他前行。少年这时想起怀里的饼子，他真舍不得这一个杂面饼子，但他还是果断地从怀里掏出来，饼子还温热，他使劲往身后扔去。

狼放下脚掌，快速向身后奔跑。少年紧走几步，上了大路。此时天已微明，他啊啊呼喊着奔跑起来，以缓解刚才的恐惧。那天晚上，少年饿着肚子回家，怕娘担心，他不敢跟母亲说起狼的事情，只是让母亲第二天做两个饼子。

母亲有些迟疑，这样灾荒的年月，家里的粮食越来越少，没办法，她掺上更多的菜，拌上杂面。娘心里想着孩子长身体了，是该加一些饭了，可是粮食哪里来呢？她打算天亮后再找份活儿。

就这样，少年每天一早都要给狼一个饼。渐渐地，少年不再怕狼，他与狼之间仿佛有了一种默契，不去上学的日子，他会担心那匹狼挨饿。

少年的叔叔背来半袋子粮食。娘说，孩子饭量一下子长了，中午要吃两个大饼子。叔叔说，他这个大人才吃一个饼子哩，那个饼子，是不是给哪个女孩子吃了?！叔叔悄悄问少年，听少年说了途中的经历。叔叔大惊，果然有这样的狼吗？他可不能让自己的侄儿冒那样大的风险。第二天一早，他穿好棉大衣，藏起来猎枪，独自走在那条路上。这一天，少年没有上学，狼仍然在路口焦急地等待少年的出现。

叔叔来了，他走得沉稳和干练。忽然，他以猎人的敏锐感觉到了背后的生灵。他没有习惯性地转身举枪，而是等待那匹狼的脚掌攀上他的肩膀。少年讲述的经历他似信非信。果然，待身后的狼走到他背后，他感觉到两只毛茸茸的东西搭在肩上。

他依然没有拿枪，而是与少年一样拿出饼子扔得很远。所不同的是，他扔到了前方大路的路口。狼饿极了，奔上前去。猎人此时举枪，正击中狼结实的后腿。

这是一匹高大的狼，它忽然站起来，疯狂地向山上跑去，一路流着殷红的鲜血。狼走了几步又折返回来，将地上的饼子捡起放到口袋里。

猎人吹了吹枪口，冷冷地说："一点儿皮外伤！不好好做人，偏要披着狼皮干这点儿营生！我寡嫂母子二人不容易，兄弟，你就放过他们娘儿俩吧！"

（选自《涅水文学》2017年第4期）

鞋匠阿三

鹿禾先生

阿三是个修鞋匠。

在一个繁华地段的拐角处，阿三在那里摆了个地摊，每天天不亮，就推着摊子出来了。阿三的腿不好使，有人说阿三是当兵时参加战斗负的伤。也确实有那么回事，因为有人看到过阿三的胸前曾经戴过英雄勋章。阿三依旧是阿三，是一个补鞋匠，每天天不亮就出摊，围着他的是身边堆积的很多需要修理的旧鞋。阿三呢？也总是埋头修理着。

半晌的时候，秀姑会坐在阿三身边。秀姑是负责这个地段的清洁工，她长得并不像她的名字那样秀，身体肥胖，皮肤很黑，且是个寡妇，听说她男人是个清洁工，出车祸死了。男人死了，秀姑顶替男人继续扫大街。

阿三认识秀姑的男人，也认识秀姑。秀姑的废话很多，多数是道听途说来的。秀姑会指着城管队员说东答西，阿三只顾听，继续修鞋，从不搭腔。秀姑坐着，唠叨着，说累了，就会站起来，到大街上拾垃圾。每当这时候，阿三就从后头看着秀姑扭动的大屁股，吧唧一下嘴："丧门星，克死男人的女人。"自然，他是不敢大声的，秀姑听不见。

阿三继续修自己的鞋，很少离开自己的座位，来修鞋的很多都是漂亮的女人。女人们坐在阿三身边，就和阿三聊天，他也会说起自己的故事。阿三总是眉飞色舞地讲自己当年战场上的往事："那些女特务都是光着屁股，奶奶的，要是有邪念，枪子是没长眼睛的。"女人们捂着嘴笑："阿三，你难道一点也不动心？"阿三会盯着问他话的女人："那些都是玩命的女人。"

阿三的手工活非常好，女人们刚买的鞋需要加固的，也会来找阿三。阿三总是一边钉鞋，一边和她们说一些往事。慢慢地大家都晓得了，从阿三口里知道他复员后，就已经是一级伤残军人了。阿三的抚恤金不少，但阿三在家里待了几个月，觉得实在没意思，就向街道申请了这个位置，开始给大家补鞋。

那些女人走后，秀姑就转回来了，会靠过来，坐阿三身边，露出讨厌的神色说："都是些不要脸的东西，穿的都是什么呀，大腿露着，脸盖着，胸半裸着。"

阿三看一眼秀姑，就朝地上吐了口唾沫。秀姑不高兴："阿三，你吐谁？"阿三指了指地上说："吐沫。"

秀姑愤然离开。

有好事人看到秀姑总爱坐在阿三身边，就开始劝阿三娶了秀姑。阿三的头摇得和拨浪鼓似的："万万使不得的，那女的，妨男人的，一脸克夫相。"接着，阿三会说出很多理由来。

等到这些规劝的人离开后，秀姑会转回来，再坐在阿三身边。秀姑会夺过阿三手中的鞋，扔在地上："阿三，你不带这么造谣呀，你这么说，俺以后还咋找男人？"阿三盯秀姑一眼，再不紧不慢地拾起地上的鞋，拿起来继续补："怎么，你还想找对象呀？"

秀姑生气了："咋能不找呀，俺四十岁不到。"阿三听了，不说话，只朝地上吐口沫。秀姑生气，朝阿三吐一口："阿三，你别以为自己是战斗英雄就了不起，告诉你，追我的男人多的是，看见那个老王了吗？昨天还敲我的门呢，我是那么随便的人吗？”

阿三继续吐。

秀姑站起来，红了脖子大声嚷起来：“你个瘸阿三，死阿三！”

立即围上来很多人，秀姑愤愤不平继续又说又骂，阿三不搭理，继续修手中的鞋。秀姑就哭着离开阿三的摊位。大家也都摇着头散了。

和往常一样，阿三到了路灯发亮的时候，开始收拾自己的鞋摊。当他把修鞋机子搬到三轮车上的时候，秀姑站到了阿三身边：“阿三，你就给我一个痛快话，你愿不愿意？”阿三不说话，继续搬自己的家什。秀姑摁住阿三的手：“你给我一个痛快话呀。”

阿三把秀姑的手拿开，看着秀姑：“什么痛快话？我和你家里的是战友兄弟，我答应过他照应你，缺什么，我这里有，你可以拿走。”秀姑看着阿三：“你说我缺什么？我啥都不缺，就缺个男人。”阿三慌张地看着秀姑，眼里流动着复杂的神情：“你说的啥呀？我还得回家加班修鞋，明天等着拿呢。”

后来，阿三继续在那个地方修鞋，秀姑则继续在那儿扫大街，但再也没在阿三的摊位旁坐过。

再后来的一天，秀姑衣着光鲜地走到阿三摊位旁，说：“过几天是我与老王凑合到一起的日子，去热闹下，好吗？”阿三一听，“呼”地站起来，盯着秀姑吼：“我不同意！”

（选自《辽河》2017 年第 7 期）

乡村兽医师

墨　村

一个瘦弱的矮个子男人，手牵一匹矫健的白马，兀立在炊烟缭绕的墨村村口，他们的身后是一轮如血的夕阳，和一眼望不到边的大片金黄麦田，金灿灿的落日余晖给人和马醒目的轮廓镶上了一圈耀眼的金边，勾勒出一幅五月乡野黄昏里的生动剪影。不远处的一棵老榆树下，一个面目和善的中年男人，正频频与矮个子男人挥手送别，中年男人的身边还站立着他回乡探亲的儿子。突然，瘦弱的矮个子男人双膝一软，朝中年男人跪了下来，重重地磕了三个响头，嘴里还不停地念叨，好人啊，李先儿，您是俺的大恩人啊！……

1985年麦收前出现的这幅画面，有力地验证了众人称颂我父亲的高尚医德和乐于助人的精神。那个跪倒在地瘦弱的矮个子男人绝想不到，他的这一举动竟然影响了我的一生，使我在后来的日子里一直乐善好施扶弱济贫。瘦弱的矮个子男人是邻村一个叫黑皮的人，中年男人是我父亲，而站在父亲身旁的儿子则是已变成了城里人的我。

那一年，黑皮先是小儿夭折，后是妻子病故，落下了一屁股两肋巴的外债，当农田里的顶梁柱白马又病倒后，欲哭无泪的黑皮用拉车将病马拉进了我父亲的诊所。黑皮和白马在诊所里住了六天。我父亲亲自给白马熬中药、打点滴，夜晚睡在病马槽头，细心观察着它的一举一动，每隔一小时，便起身量体温，听心跳，看屎尿。第二天再据此加减配方，精心治疗。

当白马痊愈出院，熬得双眼凹陷体重减了九斤的我父亲，却将300多元的医药费一笔勾销了……

如今，同样步入老年的黑皮与七十有八的我父亲，逢年过节，依旧互相迎来送往。

我父亲还有一种让病畜起死回生的绝活。这手绝活，是一种随机应变，一种妙手偶得，一种灵光闪现。咱仅举一例。

那天，我父亲从西南乡赶集回来的路上，突然看到一个老头怀抱一只山羊，跌跌撞撞地迎面奔来。老头气喘吁吁，满头大汗，身上的衣服像从水里刚捞上来的一样，紧贴在皮肤上。他一见我父亲就放声大喊，哎哟，是李先儿啊，快救救我的羊！

我父亲跳下自行车，咋了？老头说，我在地里薅草，一时没看住，不知啥时它跑到豌豆地里，啃了一肚子豌豆苗，你看看，肚子胀得都超过脊背了。我父亲让他放下羊。山羊瞪着死盯盯的大眼，眼结膜充满了骇人的红血丝儿，张着大口，伸长舌头，拉风箱般艰难喘息着，左右摇摆，站立不稳，像喝醉了酒。

我父亲说，咋整？我没带药箱，啥也没有，回去取也来不及了。

老头哭了，李先儿，李先儿，您不能眼睁睁看着我的羊就这样撑死啊！我求您了！

南来北往的人们都停下脚来，围成了一圈看稀罕。我父亲环顾众人，大声问道，谁有小刀？一个年轻人说，我有，边说边从皮带上解下钥匙扣，取出一只削果皮的小铡刀。我父亲接过小刀，打上衣口袋里掏出一只圆珠笔，说，大家帮帮忙，用手固定好站着的羊！

众人依言而行。我父亲在羊身上伸手做尺，找准左边肋骨与胯骨之间的肷部三角窝中央部位，用小刀开了一个十字形小口，将圆珠笔深深地插了进去，并迅速卸下圆珠笔的屁股，抽出笔芯，稳住笔筒，手指在笔屁股上轮番轻捂慢松，缓缓放气。一股酸臭的气体从里面徐徐冒出，山羊鼓凸成球样的肚子，渐渐恢复了原样。

我父亲转身从车后架上取出刚买的花生油，拧开瓶盖，喝了一大口，对着笔筒，一气吹进去。一连三口花生油下去，这才缓缓拔出笔筒，说，好了，没事了，回去后用烧酒给伤口消消毒，一切完事大吉。

众人看着活蹦乱跳的山羊跟在老头的身后，嗒嗒地一路走远了，无不连声称奇。

（选自《广西文学》2017 年第 8 期）

图书在版编目（CIP）数据

2017 中国年度小小说 / 任晓燕，秦俑，赵建宇选编.
—桂林：漓江出版社，2018.1
ISBN 978-7-5407-8349-5
Ⅰ. ① 2… Ⅱ. ①任… ②秦… ③赵… Ⅲ. ①小小说—小说集—中国—当代
Ⅳ. ① I247.82

中国版本图书馆 CIP 数据核字 (2017) 第 288320 号

2017 ZHONGGUO NIANDU XIAOXIAOSHUO
2017 中国年度小小说
选编者：任晓燕　秦　俑　赵建宇

责任编辑：张　谦
助理编辑：孙精精
书籍设计：石绍康
责任监印：杨　东

出版人：刘迪才
漓江出版社有限公司出版发行
广西桂林市南环路 22 号　邮政编码：541002
网址：http://www.lijiangbook.com
全国新华书店经销
发行电话：0773-2583322　010-85893190
北京汇瑞嘉合文化发展有限公司印刷
[北京市经济技术开发区荣华南路10号院　邮政编码:100176]
开本：690mm × 1000mm　1/16
印张：21.25　字数：291 千字
2018 年 1 月第 1 版　2018 年 1 月第 1 次印刷
定价：47.00 元

如发现印装质量问题，影响阅读，请与承印单位联系调换
[电话：010-67817768]